未来天王 ①

WEI LAI TIAN WANG

陈词懒调 —— 著

羊城晚报出版社
·广州·

目录 CONTENTS

第1章 CHAPTER 1 末世后的新世界 001

第2章 CHAPTER 2 进场新秀赛 013

第3章 CHAPTER 3 《呵呵，亲爱的你》 025

第4章 CHAPTER 4 虚拟项目 039

第5章 CHAPTER 5 龙象天罗 053

第6章 CHAPTER 6 延洲德比 067

第7章 CHAPTER 7 第一乐章《天罚》 077

第8章 CHAPTER 8 上班能带狗吗？ 091

第9章 CHAPTER 9 代言争夺 103

第10章 CHAPTER 10 第二乐章《破茧》 115

第11章 CHAPTER 11 赫尔病毒 125

第12章 CHAPTER 12 方声解约 137

第13章 CHAPTER 13 自古烂片出神曲 149

第14章 CHAPTER 14 第三乐章《使命》 161

第15章 CHAPTER 15 兵役名额 173

第16章 CHAPTER 16 烈士陵园 185

第17章 CHAPTER 17 "火烈鸟"邀约 197

第18章 CHAPTER 18 "天狼星"号 209

第19章 CHAPTER 19 第四乐章《永恒》 221

第20章 CHAPTER 20 《交响新编》 233

第1章 CHAPTER 1
末世后的新世界

陨石雨带来了一场灭世灾难，陌生的元素让动物产生病变，看不见的微生物更是带来了无数疫病。

人类除了自身疫病，还要对抗更多的病变动物。无所不在的威胁，难以抵挡的无数变异微生物，疾病和灾难让文明的发展止步，并产生后退。

繁华的都市成为废墟，大片肥沃的土地沦为地狱。

方召不记得自己在那近乎末日的世界里生存了多久，战斗了多久。

九十几年？还是一百年？记不清了。

末世前，他原本是一个颇有些名气的作曲人，事业处在上升期，就在他准备将自己最得意的作品公布于世的时候，迎来了灭世之战。为了活着，他从四处逃生，到带着队伍奋战。当沦陷的失地一块块被收回，就在大家都觉得这场灭世之战即将结束，盛世将重现的时候，他倒在了黎明前的黑暗里。

"如果没有必死的决心，这场战争必败。"

"所以，全球八十亿人变成了现在的八千万。"

"老召，你说，咱们会胜利吗？"

"会。"

"我不是怕死，我怕的是，这么多人的命还换不来赢面。"

"会赢。"

"那就好，等胜利了，我就找个地方，重新开始放牧。唉，小时候的牧场，蓝天青草地……算了，记不清了。老召，你呢？以后重新当你的作曲家吗？"

"'重新'？我从来就没将它放下过。"

方召脑子里突然响起了他曾经与战友苏牧的这次对话。

临死前下属们的呼喊、变异生物的咆哮，似乎开始远离，数十年的伤病和致命的伤口带来的疼痛都消失得一干二净，身体有渐渐恢复知觉的趋势。

那种仿佛枯木逢春的生机，令方召很是疑惑。毕竟他已经一百多岁了，一个满身伤病、手指残缺的老人，就算他在末世中身体因为自身防御机制也产生了部分变异，体质增强，但毕竟久受伤病困扰，年纪也大了，每时每刻都像一台超负荷运转的机器，不可能还有这样轻松的状态。

就在方召打算细细感受一番的时候，脑袋像是被针扎一般的疼，无数陌生的画面冲击大脑，拥挤得仿佛下一刻就要炸开。

身体渐渐被掌控，方召猛地睁开眼睛，坐起来大口大口地喘息。用脑过度的疲惫让视线有片刻黑暗，但随着头疼渐渐减轻，视线恢复，方召敏锐地察觉了周围的异常。

在一次次生死战场上锻炼出来的直觉和感知力，让方召不用看就能确定，他在一个陌生的地方……不对！不是陌生的地方！

大脑中出现一个画面，一个似乎很熟悉的画面。这是他住的地方。

他是方召，却又不是方召。他在那场末世之战中已经死了，但现在又活过来了，在一个同样叫"方召"的人身上，活过来了。

活过来了！方召抬起双手，看了看完好的年轻的十根手指，动了动有些乏力却没有任何伤痛的双腿。这是一具年轻的、健康的身体！

大脑里不只有方召自己的记忆，临死前战场的一幕幕仍旧清晰无比，近百年的逃难、战斗经历全部都在脑子里；同时，他还拥有这具身体本身的记忆。

这个同样叫作方召的年轻人，年纪不过二十三岁，即将结束他的高等教育生涯。

这是一个年轻的作曲人。可惜……快毕业就被甩，刚工作就被宰，一直以为会并肩作战的好友，为了利益背叛他，将他三个月的成果全部盗取。连番打击之下，这人就选择了一种彻底解决烦恼的方式——自杀。

方召很不解，末世都结束了，生活在这么好的一个世界里，为什么要放弃生命？

不就是被甩了吗？不就是被偷了曲子吗？不就是被好伙伴背叛了吗？那又如何？天塌了吗?！末世里的人是想方设法地活命，就因为这点事而自杀？生活在末世里的人肯定想不明白。

不过，如今毕竟是末世后的和平盛世，生活在和平年代，人的想法不同。方召自己也曾经历过和平年代，只是时间相隔太远，记忆已经被无数次腥风血雨模糊了。

和平年代的人是什么想法？无所谓了。不管如何，事情已经发生。

方召搜索着大脑中属于这具身体本身的另一部分记忆，除了叹息就是怒其不争。遇到这种事情选择这样的方式，太过懦弱，是逃避。原主自己死了，盗取他成果的人还活得逍遥快活，摇身变为成功人士。他这死，到底值不值？

反正方召自己是觉得相当不值。现世仇现世报，鬼知道会不会有来生。

不过，原主不敢面对当下的情势，方召却不同。经历过末世的人，心性与和平年代的人毕竟是不一样的。

第1章 末世后的新世界

搜索到的记忆越多，方召越是惊奇。真的有新世界……那么多年的战斗，那么多年如在地狱般的生活，是值得的！

在搜索这具身体原本的记忆时，方召也没放松对周围的戒备，不论什么时候，即便是处在一个安全的环境中，方召也不会完全放松警惕。这是在末世时期养成的习惯，也是他能在末世中活那么多年的原因之一。

旁边传来越来越大的哼哼唧唧的声音时，方召才暂时停止对身体记忆的搜索，侧头看过去。他刚才就察觉到这个狭小的房间内有另一个生命体存在，只是并没有威胁，也没有表露出攻击意图。在末世的时候，这种一般都不是病变的狂兽，所以刚才也就没把主要注意力放在那边，现在听到声音越来越大，方召才看过去。

那是一只不大的狗，手指长的毛结成一团一团，到处都是污迹，不知道粘的什么。这狗很瘦，去掉狗毛的话，可能只剩下皮包骨。原主自杀前捡回来的流浪狗。

原主昨天晚上将它捡回来后，准备了最后一顿加料晚餐，一半自己吃了，另一半给了这只狗——两份食物里都放了从药店买的用来自杀的药。不远处的桌子上放着一个空碗，里面加了药的食物已经被原主吃完，而狗旁边的盘子里，还是昨天的那些，原样没动。

记忆中，昨天这只狗的身体状况不太好，几乎没法站起来。一晚过去，看着精神好了些许，只是仍旧起身困难，侧躺在那里，微微歪着头，扭着脖子往方召这边看，摇动尾巴尖，黑眼珠子巴巴地盯着方召。

方召动了动腿，虽然还有些无力，但走动还是可以的。双脚踩在地面，从脚底板传到大脑的踏实感，令方召心跳都加快了。

仿佛在确定眼前这些的真实性，方召走得很小心、很认真。一步，两步……从一开始仿佛慢动作一般的试探，渐渐快了起来，身体每一个细胞都随着大脑传递的情绪而兴奋着。由死到生，何其幸运！

走到那只狗躺着的地方，方召蹲身将地上那个不知道是用什么材料制成的盘子，以及里面盛放的加了药的糊状食物，一起扔进垃圾桶。

见到方召的动作，那只狗似乎又精神了点，眼里多了些神采。

屋里已经没有能吃的食物了，方召根据身体的记忆，从碗柜里拿出个碗。摸了摸碗壁，确定这不是他所熟悉的任何一种材料，乍看像是陶瓷，但摸上去却更像是一种塑料合成物，很轻。大脑中有一些关于新材料的模糊记忆，方召只能从那些记忆中知道，这是一种在特定条件下能快速降解且不会释放大量有害物质的材料。

没再深究，方召依照记忆去水池接了半碗水，放到那只狗面前。

原本躺在那里的狗，晃悠着站了起来，看着像随时要倒下的样子，却仍是硬生生站稳了，低头舔碗里的水，尾巴还朝两边小幅度甩动。

即使是一只流浪狗，也努力想要活着。

方召看了看那只狗，便将注意力再次放在这个不大的屋子。

总共二十平方米左右的空间，拥挤、杂乱，角落里更是一团糟。但留在脑子里的记忆让方召知道，昨天之前，那个角落其实是整个房间里最整齐的地方。

角落处约莫四平方米的狭小空间，是原主创作之地。原主过去两个多月的时间里所创作的歌曲，就是在那个逼仄的角落里完成的。

室内有很多陌生的工具和摆设，那些家用电器方召以前更是从未见过。但是，他能从大脑留下的记忆中了解一切，所以只要充分融合记忆，他在这里生存没有一点问题。

方召走到一处，在墙上一个小按钮上按了下，一个齐腰高的柜子从墙面伸出来，柜子上方则是镜子。没去研究镜子和柜子的材质，方召仔细看着镜子里的人。

原主与方召本人的长相有些相似。其实方召都不记得自己年轻的时候到底长什么样了，不过，看到镜子里的这张脸，方召还是有一丝熟悉感——并非基于这具身体本身的记忆，而是源于方召自己带来的记忆。

还真是……有缘。虽然不知道是什么原因让他获得了这具健康的身体，方召也不赞同原主的做法，但既然继承了这具身体，获取了原主的记忆，方召就会担起一部分责任。

盯着镜中的那双眼睛，方召心中认真道：你不要的命，我收下了。你的仇，我来报！你的债，我帮你还！你的梦想是成为全球作曲名家？正好，我也是。

其实方召的野心很大。末世前没能完成的心愿，在这里或许能实现。只是，这里毕竟是一个陌生的他所不熟悉的新世界，再多的雄心，也得建立在现实和自身能力的基础上。大话谁都会说，但还没适应环境，弄明白自己的能力之前，说再多也只是空话。

将柜子重新推进墙壁内，方召走到窗边，打开窗户。时间已经接近中午，外面也是晴好的天气。窗帘早已经拉开，但屋内仍旧昏暗，因为，这里是黑街，一个类似于贫民窟的地方。

所谓黑街，是在科技发达、建筑越来越高之后出现的高楼密集之地。阳光被大范围遮挡，以至于建筑底层的一些狭窄街道里，一天中的大部分时间都是昏暗的，所以这里被人们称为"黑街"。

方召现在居住的地方，附近一带都是百层以上的统建楼，楼与楼之间只有一些狭小的"缝隙"，而那些缝隙下方，便是人们所说的"黑街"。所以，居住在黑街上的人，又被称为"生活在缝隙里的人"，这是对底层人士的另一个称呼。

黑街的条件并不好，除了很少能见到阳光，环境也是混乱的。

原主在签约公司之后，便从学校里搬了出来，这样没有其他人打扰，方便创作，保密性也好。只是手头资金有限，只能在黑街租这种集装箱式的房子。原主也曾想着将自己努力创作的成果换了薪酬之后搬离这里，可惜……成果还没能交给公司，就被一直信任的好友盗走了。

原主有四个从小一起长大的朋友，分别是方声、曾晃、曾晃的未婚妻万悦，以及原主的前女友昔虹。他们五个是一起长大的，小时候住在同一栋楼。遗憾的是，中学时家

第1章 末世后的新世界

里居住的那栋楼因为意外事故爆炸，整栋楼活下来的人不足百分之一，只有他们这些住在学校的活了下来。

那场意外事故政府给的赔偿金很多，加上福利政策，足够他们衣食无忧地念完大学。五个人从小学到中学都是校友，大学时也一起来到齐安市，虽然在不同的学校，但也有联系，只是，五个人的关系不如小时候那么紧密了。

原主是五人中成绩最好的，大学考上了延洲最好的音乐学院——齐安音乐学院。

末世之后成立全球联盟，统一整体，不分国别。联盟十二洲，分为八大洲和特四洲。方召就读的齐安音乐学院所在的地方，就是八大洲之一延洲的政治金融中心，也是洲政府驻地——齐安市。

新世纪以来，延洲最有影响力的百位作曲家中，从齐安音乐学院作曲系出来的就占了近一半，其中不少人还在全球范围内有极高的影响力。因此，它是许多人梦寐以求的学校。

齐安作曲系的学生，多半都是还没毕业就被娱乐公司签了。原主也是，离毕业还有半年时间，就被延洲三大娱乐公司之一的银翼看中，并签了为期半年的实习合同。

这半年时间，前三个月原主在银翼学习，帮那里的前辈们打下手跑跑腿，上公司安排的培训课，后三个月则是银翼让他们准备音乐界新秀赛的时间。而后面这三个月的表现，直接决定他们是否能留在银翼成为正式员工，并且会影响到他们后续的发展。银翼会根据他们新秀赛的"成绩"来安排资源。

可是，原主为了新秀赛辛辛苦苦创作的成果，被发小方声偷了。

方声，与原主同姓，有那么点远亲关系，一直是原主的好兄弟、好伙伴，却在最为关键的时候，从背后捅了原主一刀，导致原主承受不住打击和压力而自杀。

停止搜索记忆，方召注意到，外面已经渐渐热闹起来，四周都有人声。这屋子在二楼，正下方的一楼是一间规模稍大的商店，楼下传来开门搬东西的吵闹动静，对面那栋楼也有人打开窗户往外看。

虽然周围还是比较昏暗，但方召却像是欣赏珍稀的艺术品般看着这条街道。

从末世到现在，变化实在是太大了，令方召陌生又新奇。这就是新世界！

末世，也就是如今的人们所称的"灭世时期"过后，迎来了真正的盛世！

曾经的那些老朋友，若是活到最后，肯定非常高兴。那场持续百年的战争，数十亿人的生命，最终还是换来了如大家所愿的盛世。

喧嚣、昏暗，原本应该令人烦躁，然而这时候，方召却感觉到了无穷的生机。曾经无比渴望的世界，竟再次降临！闭眼深呼吸，方召贪婪地感受着末世之后新世界的气息。

创作的灵感在大脑中肆意蹦跶，似乎想要冲出来。血液似乎飙升到一个快要沸腾蒸发的温度，每一根汗毛都激动得战栗。

还不够……想要成功创作，现在这点灵感还不够！

外面吵闹的声音越发大了,而窗外也比刚才亮了些许,并且,这样的变化还在加剧。

不再回忆,方召锁上窗。根据大脑中留下的这具身体本身的记忆,方召知道,白天最热闹,也是黑街最为珍贵的时候,就要来了。

视线扫过屋子,在床头柜上放着的手环上停留了两秒,方召快步走过去,将手环拿起扣在左手手腕上。这是新世纪九成以上的人都拥有的东西,属于个人终端一类。货币大范围以虚拟的形式流通,所以,想要买东西,方召必须带着它。同时,它还是这个屋子的钥匙。

扣好手环之后,方召走到门口又顿住,转身回去,将正趴在那里眼巴巴望着他的流浪狗捞起来,一同带出门。

出门的时候,方召就发现有许多人同他一样,正往一楼走。这栋楼如蜂巢般,里面住着许许多多的居民,而大多数人也都如方召一样,生活拮据,只能窝在这样一个逼仄的、每天大部分时间都看不到阳光的小地方。

高楼拥挤的地带,最下面的街道就算是在白天,大部分时候也都是阴暗的。有些资金的人都会住到高处去,人总是向往光明的地方。而既住不到条件更好的高层去,又不方便出行的人,便将目光放到每天中午——黑街一天中唯一能有短暂阳光照射的时间。

从楼上跑下来的人只是匆匆扫了方召一眼,便错身走过,他们对方召只有一点印象,并不熟悉,也懒得打招呼。有几个人见方召还抱着一只狗,便好奇地扫了两眼,方召也不介意,目光迎上去,笑了笑。

对方脸上露出明显的诧异之色,大概在疑惑这个平日里挺阴沉的年轻人竟然也会笑。

这个时间点来街上晒太阳的,大部分都年纪较大,从电梯里出来的人中,满头白发、步履蹒跚的老头老太太占多数。从楼道里走出来的时候,方召发现街道上已经有不少人。大型交通工具有其他的通道,所以处于地面的黑街上,基本不会见到来来往往的车辆,白天大部分时候都非常冷清,除了现在。

太阳渐渐高悬,阳光投向统建楼的更低层,有些没来街上的人也会打开窗户,享受一天中宝贵的阳光。方召没急着去占地方,而是走进一楼的那间商店。他现在肚子饿得很,其他事情等吃饱再说。

因为经历了末世,新世纪新成立的星球政府一开始并未限制枪支,就怕再来一场灭世之战,真那么倒霉的话,每个人都能拿着武器随时参战。可后来形势渐渐失控,枪支泛滥,动乱频繁,有几个洲还换了领导人,星球政府都差点被推翻,这才开始限制枪支。尤其是近百年,枪支管制格外严格,寻常民众是禁止持有枪支的。

至于楼下这家店的老板岳青,他是个退伍军人,也是这条黑街上少有的合法持有枪支的人之一。黑街上的混混们不敢惹拥有枪支的人,这也是这间商店能在黑街上安然营业的主要原因。

第1章 末世后的新世界

方召走进商店的时候，正打哈欠的岳青好奇地看了方召两眼，他记得，昨天这小子还一副要自我了断、什么话都听不进去的样子。他以为黑街上又会多出一起自杀事件，却没想到，今天这小子竟然又出现在这里。

岳青的视线从方召抱着的那只狗身上扫过，没错啊，就是昨天那个小子，他昨晚还见到这小子将那只流浪狗捡回去。昨天来他店里买东西的几个小混混见到后还开了赌局，赌那小子将狗捡回去干什么用，是给他自己陪葬，还是宰了吃。现在看来，都错了。

方召察觉到了岳青的打量，但这种打量仅仅是出于好奇，并不带有恶意，所以方召也就没理会，依照记忆选择了最为实惠的东西——三个拇指长的密封小条，别看个头不大，拿在手里那重量像铁一样——低端压缩类食品。

岳青收回打量的视线，看了眼方召挑的东西："一共九块钱。解压吗？"所谓解压，就是将压缩类的食物进行解压缩，让这些压缩的硬块成为能够直接食用的形态。

"解。再来一杯茶。"方召道。

"解压五毛，茶五毛，一共十块钱。"说着岳青便将那三个压缩食物拆封，放进解压缩机内，约莫十秒之后，将里面的盘子取出，上面放着三个二十厘米长、七八厘米宽的如蒸糕般的东西，还冒着热气。

"带走？"岳青问。

"不用，就在这儿吃。"方召接过盘子，又问岳青，"岳老板，能将椅子搬出去吗？"

"别搬太远。"岳青头也没抬地答道。他不怕这小子偷他店里的椅子，这条街上敢偷他店里东西的人还真没几个。

方召将狗放在商店门口不远的地方，又从店里搬了个椅子出来坐着。

三个压缩糕，方召拿了一个给脚边的狗，另外两个自己吃。这要是在末世里，他是不会这么慷慨地将食物分给一只刚见面的狗的，不过重生在新世纪，方召心情好，愿意分享。既然原主将它捡回去，它也没死，那就先养着吧。

压缩糕的口感并不好，茶也是劣质的人造粉末冲泡的，不然不会卖得这么便宜。但作为从末世过来的人，方召觉得这已经是一种美味了。末世初期他也经历过饥饿，后期虽然他不再担心食物了，但也没那么多讲究。跟紧迫的战争氛围中简陋粗糙的食物相比，压缩糕算得上精致。现在还能安然坐在这里享受一顿午餐，已经令方召非常满意了。

午时的太阳已经照向这条街道，驱散了黑街的阴冷。商店老板岳青也搬了张躺椅躺在门口晒太阳睡觉，一般白天他店里没什么生意，黑街最活跃的时间，其实是晚上，所以他晚上很少睡觉，白天便用来补觉了。这也是黑街上大多数店主的作息规律。

大口将两个压缩糕吃完，方召扫了眼趴在脚边的狗。给它的压缩糕已经被吃完了，那狗正舔着地上的碎屑。什么能吃什么不能吃，这些有丰富流浪经验的动物似乎非常了解，没点生存技能的也无法在黑街上活到现在。

吃饱了，方召感觉每一分每一秒都是享受，坐在黑街的街道上，抬头往天空看。上

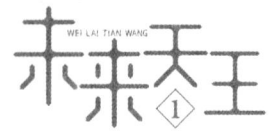

方的天空仿佛一条蔚蓝色的亮带，耀眼的太阳肆无忌惮地挂在空中俯视大地，没有一点末世时期的浑浊和血色。

"真好。"末世没有真正带来终结。

曾经他们口中的末路世界，成为新世纪人们所说的"灭世时期"。世界经过长久的大规模杀戮冲击，经历物种大灭绝，之后万物迎来新生，仿佛一次涅槃。人类仍旧主宰这个星球，世界终于还是迎来了再次繁荣。

太久太久没这么平静了，创作的灵感又开始不受控制地转起来。

方召随意搁在腿上的手指轻轻敲动，很少有人会去特地注意这点，即便注意到，也不会明白那到底是什么意思。

岳青盯着看了半天，也没能看出个所以然。作为一个退伍老兵，他也执行过许多任务，也学过很多种密码，但方召这手指动得，不在他所熟悉的任何密码之列。一头雾水地盯着看了会儿后，岳青还是放弃了，继续躺在店门口晒太阳。

有些人会在思考的时候无意识地敲手指，但只有熟悉方召的人才知道，他这举动其实是在创作。当有灵感的时候，方召便会开始创作，只是在末世，根本没有时间和空间给他安心创作，笔、纸之类更是别想。所以，方召凭借自己过人的记忆力，自创了一种独属于他自己的作曲方式。说起来，那其实也是一种密码，只有方召自己才懂的乐谱密码。

阳光留在黑街上的时间很短，前后不到一个小时，便渐渐从黑街撤离。

没有了阳光，黑街的温度都降低了几度。不过现在已经是五月末，延洲的天气还算温和，所以有些老人晒完太阳之后并没有立刻回去，就在原地跟老熟人们聊天。这是他们每天最热闹的时候。

方召不打算继续在这里待下去了，将盘子、杯子和椅子还给商店。正在这时候，黑街上议论的声音突然大了起来，空中还有飞行的物体靠近的声响。

岳青抬头看了看，笑得有些意味深长，抬手点了点空中，对方召道："你朋友现在混出头了。"方召也看到了，从空中降落的，是一辆飞车。

飞车不是谁都能用的，对于住在统建楼底层黑街的人们来说，属于比较奢侈的东西，飞车使用的能源更贵。

而每一次有飞车过来，要么与黑街上的大佬有关，要么，就是有谁要发达了。

黑街的老人们对这种情况还是非常感兴趣的，所以听到动静之后，都停下了原本的话头，齐齐看着降落的飞车，想知道又是谁要发达了，他们是否认识，若是认识，又能跟人吹个十来天。

飞车降落的地方，原本坐在那里的人早就提着椅子凳子避开，让出一块空地。

飞车上有一个花哨骚包的七色风图标。这在齐安市，甚至整个延洲都是非常有名的。

"霓光文化的车?!"

"有人被霓光文化签了?"

第1章 末世后的新世界

"发达了发达了，霓光文化有钱哪！"

"我记得以前咱们街上也有人被三大签进去，后来还成明星了呢，叫什么来着……想不起来，反正老有钱了！"

齐安市三大娱乐公司——银翼传媒、霓光文化和橦山实华。虽然来的这辆一看就是属于公司的车而非私人车，但这可是大名鼎鼎的霓光文化，老牌三大娱乐公司之一，进了霓光文化，还愁以后没钱？

娱乐圈是个金窝，这是群众的印象。签约霓光＝时来运转＝金钱滚滚，这就是大多数黑街人的想法。

这具身体的原主，在毕业前半年就被银翼签了实习生，而这位从小一起长大的朋友，因为学校比不得齐安音乐学院，自身也没有太突出的成绩，所以临近毕业也没有签约。不过，现在不一样了，人是会变的。

方召看着从飞车里走出来的人，大脑中的记忆已经告诉他所有关于这个人的事情。方声，原主的发小，无话不谈的好友，甚至原主还想着等新秀赛之后，想办法将对方拉进银翼，没法成为艺人就让他先从助理开始，总不至于找不到工作。可最终还是被这人从背后捅了一刀。

如今，方声那身廉价的衣服换了，接送是用的飞车，不算高档，但好歹也是辆飞车，还是霓光文化的飞车，在黑街也足够引人注目了。

方声将原主的辛劳成果据为己有，还用它们换取了利益，成功签约霓光文化。看起来霓光文化对方声交上去的作品还挺满意，不然不会把飞车派出来。没天赋，却有手段，这种人方召见过很多。

方声从飞车中出来的时候，对四周投过来的羡慕的目光很享受。这种众人瞩目的感觉，让他觉得好像自己一下子就成了明星，这让方声下车的时候身体都是轻飘飘的，直到他看见站在商店门口的方召，刚才飘飘然的心情瞬间沉了。

方声见到方召在这里，心中也是万分惊讶。依照他对方召的了解，再加上昨天从黑街的一个小混混那里买到的消息，方召这人本应该今天自杀死在家里，就算不自杀，也肯定会躲在屋子里苦思新秀赛的应对之法，或者自暴自弃怨天怨地。他没想到这人竟然还有心思出来晒太阳！这傻子作曲作傻了？

更让人意外的是方召现在的精神状态，没有萎靡不振，也没有自怨自艾，更没有处于重压之下身陷绝境的疯狂。相反，看那样子好像什么都没发生过，没有被盗取成果，没有陷入困境一般。这令方声心慌。方召身上究竟发生了什么？！

方声打量的视线并未停留多久，他不敢与方召对视。方召看过来的目光平静得太过诡异，给他的感觉像是盯着深不见底的大海，下方随时都会冲出一只怪物般，令他毛骨悚然。

但方声不认为自己做错了，谁不是为了自己？有机会为什么不用？打小一起长大的

情谊不是没有，但比起眼前的巨大利益，就不值一提了，至少他是这么认为的。

"看他们干什么？赶紧收拾东西回公司去，别在这里浪费时间。"从车里出来的司机轻蔑地扫了眼黑街上的那些人，催促方声。

"哦……好！"方声也不再耽搁，脚步匆忙地朝着电梯那边过去，背影瞧着有些狼狈，像是在逃避。

方声将方召的三首曲子偷了之后就投了霓光文化，被霓光文化招新的人看中，签了合约。霓光文化对于方声交上去的乐谱确实很满意，提前支付了一部分报酬，还给他安排了住宿。今天方声是过来搬家的，他住在五楼，虽然比起方召的二楼来说要稍微好那么一点点，但也同样属于黑街统建楼的底层，条件同样脏乱差。知道能从这里搬出去，方声就迫不及待地借了公司的车和人来搬家了。

心里一直想着事，方声显得有些心不在焉。不过，收拾好东西从楼里出来的时候，方声又往商店那边瞧了眼，没见到方召的身影，心里松了一口气，随即又觉得自己真是太过胆小，没必要这么怕方召。

之前他还担心方召将他盗取成果的事情说出来，但在收拾东西的时候又琢磨了一下，觉得不用担惊受怕。

那三首歌，是他先上传的，已经登记在自己名下，版权已经判定属于他个人。即便方召想打官司，他也不怕，早在方召埋头作曲的时候，他就已经安排好了一切。方召没有证据，怎么告？而且，方召现在也没钱告他，连温饱都成问题，说不定下个月的租金都交不上，又如何能告他？找曾晁和万悦借？

"嗤——"方声心中不屑，那两个也是穷鬼，不足为虑。不管如何，只要他一口咬定那三首歌是他原创就够了。

上车前方声又朝黑街上看了眼，视线扫过方召居住的二楼，那里窗户紧闭，里面也没有灯光透出，看不出里面有没有人。

深吸一口气，方声钻进车内。从今天开始，他终于脱离黑街这种破烂地方，脱贫致富！走向人生巅峰！什么方召，什么黑街，以后都不用再面对了！反正，他已经拿到了新秀赛的入场券！他的未来，在星光闪耀的新秀赛榜单！

那边方声满怀野心地离开，留下黑街上许久未停歇的议论，这边方召却并没有去多纠结方声的事情。背叛与忠诚，或许每个人在一生中都会遇到，在末世里，这样的事情更是随处可见，血脉亲情也可能变为刻骨仇恨。

原主的仇肯定是要报的，但当务之急，是创作出新曲交给银翼，如果逾期未交的话，他不仅会丢掉触手可及的好工作，而且还赶不上这一季的新秀赛末班车，以后的生活也会更加艰难。

现在是五月末，按照三个月一季，音乐榜单上专属于新人的榜单"新锋榜"一季为一期，这一期已经过去三分之二的时间。而每年的这个时候，都是新人拼杀最激烈的时候，也是各大娱乐公司盯得最紧的时候。

拼出头的人，名利双收是绝对的，以后的路也会更顺畅，不用自己提，公司自然会拿出更多的资源来推你上位。可若是在新秀赛拼不出个好成绩，就会被圈内人初步判定为没有太好的潜力，那以后的发展就难说了。

原主是非常重视这个机会的，还有两天就进入六月，留给方召的时间并不多了。这个时候再浪费时间去跟方声争夺那三首歌曲的版权，得不偿失。什么证据都没有，对方显然也是有备而来，就算耗费两个赛季也未必能将版权夺到手，反而会失去眼前的机会。

方召还了商店的东西之后，便带着那只狗走了百来米，来到一间药店。原主用来自杀的药在一般药店是难以买到的，那种比较危险的药物都需要出示医疗证明才能购买。不过，黑街这儿有这儿的规矩，想买总能买到。

药店并不大，白天这个时段也很冷清，一个随意披着件白大褂的人正趴在柜台那里睡觉。方召进门时，门口的扫描器发出了叮当的提示音。那人勉强抬起头，一副没睡醒的样子打着哈欠看向门口，见到方召之后明显愣了愣。

药店店主心中很是诧异，他还记得，昨天这个年轻人一副"我就是不想活"的样子进来买药，他也劝过，对方没听。本以为黑街上又会无声无息消失一个人——这样的事情黑街上太多了，活不下去就自杀，如黑街街角的虫子，死了也惊不起一点水花。

可现在再看到方召，药店店主就相当惊讶了，饶是他自诩见过不少案例，也没想到今天竟然会见到一个精神状态完全不同于昨日的人。

莫非这人昨天来买药不是为了自杀？店主心中琢磨开了。也不对，他相信自己作为执业医师的眼力，昨天这人买药的目的九成九就是自杀，却不知道是为什么而改变了。不过，他也只是惊讶片刻而已，很快就恢复原态。

黑街上有堕落至死的人，也有一夜之间奋起的人。

"买药？"店主问。

"不，麻烦看看它有什么毛病。"方召将抱着的狗往店主那边递了递。

店主嫌弃地将身体后仰："我不是兽医。"

方召没说其他，只是问道："能不能看？"这附近并没有兽医院，诊所都少，收费还贵。但记忆中，原主曾见过这个店主帮人治疗一只鸟。

"……我试试。"那店主道。反正闲着也没事，送上门的生意不做白不做，钱少没事，有得赚就行。仪器设备都有，太复杂的检查不了，但一些基本的检查还是可以做的。

方召注意了一下店主摆弄的那些仪器，结合记忆中的一些画面来看，科技的确发展了很多。笨重的仪器变得轻巧，单一的功能变得多样，操作朝傻瓜式发展，就算是一个没有医学基础的普通人，也能借助这些仪器给自己做个小检查，更何况是专业的医生？

约莫两分钟后，店主下了个结论："没什么大问题，营养不良，饿的，吃饱了自然就

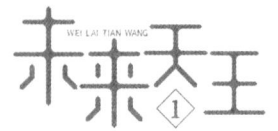

好了。"

新世纪的人更喜欢大型犬。末世的时候,犬类一部分狂化,成为人类之敌;一部分被人类训练成为警戒犬,协同作战,当一切电子工具无法发挥功用的时候,它们便是一大助力。有些城市的灭世纪念碑那里还有犬类的雕像,纪念它们在那个年代,在那场世界之战中做出的贡献。方召曾经的队伍里也养过。

还有一部分,是既没有狂化,也没有被人们挑选为训练犬的野犬,它们则在末世中躲藏求生,活下来的少之又少。眼前这只,不知道是那些功勋犬的后代,还是极少数的那部分存活下来的野犬后代。不过看这长相、毛色,即便是功勋犬的后代,也是串失败的后代,没什么养的价值。店主在心中给那狗盖了个"没钱途"的章。

店主又打量了一下方召,他觉得看方召昨天那样子,自己都养不活,还要养一只没什么价值的狗?

"这狗⋯⋯你要养?"店主问。

方召看向那只狗,那狗也不知道是不是听懂了,见方召看过去,摇了摇尾巴。

"养着吧。"方召道。醒来见到的第一个活的生物,也是缘分。虽说现在手头拮据,但方召有信心能很快好起来。他不可能一直靠身体原主留下的那点钱生活。

店主也不再说什么,做什么选择是人家的事情,他只管拿钱办事。他指着那狗道:"它这毛都打结了,不知道在外头流浪了多久,洗也洗不干净的,浪费时间浪费钱,不如干脆剃了。"

"那就剃,多少钱?"

"检查收你五十,剃毛得一百。不过看你现在这样也没什么钱,剃毛就收五十算了,一共一百。"店主说道。他这不是乱收费,而是行情如此。至于为什么愿意打个折⋯⋯每一个能从绝望中爬起来的人,以后的路会怎样,谁都说不准。黑街上这样的例子不多,但他也遇到过几次。只是随手卖个好而已,对他而言是桩划算的生意,就算对方以后再寻死,这个价钱他也不亏。

自己吃个饭花了十块,在狗身上就花了一百,找罪呢?方召暗自摇头。不过,今儿他重生,高兴,任性。至于以后这狗是留下还是自己跑,那就随它了。

方召转账之后,听店主说完全处理好得花一个小时,他便将狗先留在那里,打算出去走一圈,多了解这个世界。了解了,才能着手接下来的事情。

出了药店,方召乘电梯到五十楼,然后沿着五十楼的楼内通道走,一直走到通道尽头,那里有个突出的平台,是个车站,已经有人在那里等车。

前方,如脉络般从低处到高处,从各个高楼边延伸出来的如蛛网般的公路,给方召的视觉震撼非常大,从记忆中看到远不如他亲眼见到来得触动。

五百年了。末世已经结束五百年了。

第2章 CHAPTER 2
进场新秀赛

  列车进站的提示声响起,近百米长的作为普通公交来用的列车减速靠近。方召依照大脑中的记忆,用手环在最近一节车厢车门上的扫描区扫了一扫,进车内找了个靠窗的位子坐下。现在是下午两点,这个时间并没有多少人乘车,上班上学的人都不见影,车上空座很多。

  随着列车行驶,高楼快速往后退。这附近都是统建楼,一栋挨一栋,留的空隙并不多,不然也不会有那么多黑街。但当列车驶出这片区域的时候,视野一下子就开阔了,阳光间断地从窗外投射进来,远处的高楼外墙,一个个硕大的光幕上人影闪动。

  明星,广告,宣传……科技高速发展,娱乐同样如此。末世之后,一切都再次加速更新,方召找不到一点儿末世以及末世前的痕迹。

  "快看,是米虞!"

  "美!"

  "我偶像!她代言的那款手环已经售罄,我在网上已经订不到了……"

  "听说米虞要开演唱会,你们买票了吗?网上票价都炒疯了!"

  方召听着前排几个年轻女孩的议论,透过车窗看着远处高楼上的巨大光幕。光幕上,一个近乎完美的年轻女人正绽放着耀眼的光彩,一颦一笑间释放着无法抵挡的风情,漂亮的脸上找不到一点缺陷,丰满的身材透着无限诱惑。对上那双带着笑意仿佛会放电的眼睛,心跳都会漏掉一拍。

  的确是个美人,这点方召也赞同。末世里大家都忙着生存,不论男女,没人耗时间去注意外表是否光鲜,根本见不到这样的艳丽风景。只是,方召看着高楼光幕上绽放迷人微笑的女人,第一眼就有种奇怪的感觉。很快,大脑中的记忆就告诉方召原因了。

  那不是真人。

  方召盯着远离的光幕,待完全看不见之后才收回视线。

  "虚拟偶像",科技与艺术完美结合的产物。所谓虚拟偶像,并不是真实存在的可以

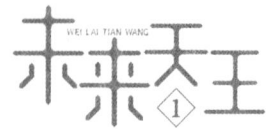

触摸的活生生的人,而是借助科技,人为创造的作品。

虚拟偶像诞生于虚拟世界,外表与真实人类一般无二,曾经风靡一时。他们曾将同时期的天王巨星挤下神坛,一度将真人明星压得喘不过气,甚至险些逼得真人明星退出历史舞台。现在虽说真人明星再次辉煌了,但虚拟偶像的影响力仍旧无法小视,这是得到世界认可的产物。

一位投资真人明星的传媒大亨曾评价:虚拟偶像,是诞生于虚拟世界的怪物,如果不将他们灭绝,只要有一丝喘息的机会,他们将卷土重来,那将是真人明星的末日!

让很多投资真人明星的商人可惜的是,这么多年来,虚拟偶像从未退出娱乐界,即便他们早已没了巅峰时期的影响力,即便他们的"新陈代谢"比真人明星要快,但也稳稳占据着娱乐圈的半边天。

车内响起一阵节奏明快的乐声,将方召的注意力拉回。那是很久很久以前,一位天王级乐手的经典曲目,没有歌词,仅仅是舞台上的一段演奏。

方召闭上眼,感受着这段乐器演奏的乐声。

这段演奏经常被公交司机拿来提神,不止是司机,连乘客们的情绪也一同被刺激。曾有人笑谈这段音乐成了上班神曲,听一听感觉上班都有劲了。

音乐传递着如火般迸射的热烈和激情,坐在座位上的人,跷起的腿跟着节拍一抖一抖。下午的车厢里昏昏欲睡的人,精神开始振奋起来,抖腿的频率也趋于同步。

听着歌,同在一车的路人,在此时产生了共鸣。

多久没感受到了?方召感觉体内的血液似乎又开始沸腾起来,兴奋得想要大声咆哮一番。这个世界,他喜欢!

这趟车是环城列车,虽然只是环绕了小半个城市,还是环的城郊区域,并非中心繁华地带,但方召已经有了深刻的感受,大脑中的记忆也融合得差不多了。再次回到乘车的站点时,方召从车上走下,心境已然不同——他要尽快融入这个世界,然后,享受它。

车费是根据车程计算,从方召上车扫环的那一刻起就开始计费。公共交通工具相对而言还是比较实惠的,这一趟花了方召五十块钱,比其他交通工具稍微便宜些,但对于如今方召手头这点钱而言,有点奢侈,不过方召觉得值。

回到黑街,方召先去药店接了狗。那只浑身脏兮兮、毛全部打结看不出原本毛色的狗,被剃光之后更瘦了,皮下的骨头一根根凸起得非常明显。

狗被剃毛之后显得不安,药店老板也是一脸菜色:"你这狗差点将我的机器都剃坏了。"他跟方召抱怨,"不过我既然说了只收五十,那就不再加价。"

狗毛有那么硬?方召疑惑。之前因为狗身上的毛打结太严重,还粘着许多脏污,也感受不出什么,现在药店老板抱怨,莫非末世之后狗毛也都变硬了?但药店老板这话也不全是事实,可能夸大了几分。

第2章 进场新秀赛

"行了,赶紧带着你的狗走吧,我还要补觉。"药店老板挥手赶人,黑街生意最好的时候都是晚上,所以白天他得多睡会儿。方召也不再多言,抱着剃了毛的狗离开。

待方召离开之后,药店老板清理剃毛机的时候,发现机器已经无法正常工作。他发誓,他刚才真的只是夸张地说一下而已!

"剃个狗毛而已,这就真坏了?"药店老板也蒙了,来回仔细检查了一遍,确定真没法用,"还好买的只是便宜货。以后再不剃狗毛了……"药店老板嘟囔。

方召回去的时候,路过岳青的商店,进去又买了点食物带回去。

再次回到二楼租的小屋,这个点除了高楼八十层以上的住户还能享受点阳光之外,下方楼层的住户是一点太阳都别想见到了,更别说方召这儿是二楼,更黑,进屋里不开灯比他刚醒来时还要昏暗。

简单收拾了一下屋子,方召扫了眼手环的显示屏,上面显示已经屏蔽了十七个来电。十七个来电里面,三个是公司那边负责实习生的经纪人打来的,四个是万悦,十个是曾晃。

万悦和曾晃是原主另外两个发小,不同于方声的是,这两人虽然平日里与原主相处的时间没方声多,但两人对原主还是真心的。只是原主受了方声的挑拨,自大学之后就渐渐与那两人远离,进入银翼实习之后联系得更是少之又少。

关掉屏蔽之后没两分钟,曾晃就来电话了。方召按了手环上的接通键,手环弹出一个光屏,上面是神色焦急的曾晃。

"大召你还好吧?"曾晃见到方召之后大松了一口气,见方召还算平静,想说什么,但是话到嘴边又顿住,小心打量方召的脸色,"我还担心你想不开,做什么傻事。"

傻事已经做了,方召心道。见曾晃脸上担忧的情绪也是真的,方召便道:"还好。"

"那就行,想开了就好,小虹……"曾晃刚想提起昔虹,又觉得这人才刚失恋,再提前女友就不好了,话在嘴里转了转,便气愤道,"方声那小子现在可得意了!大召,要告他吗?那三首歌别人不知道,我们还不清楚吗?那明明就是你的作品!以方声的能力根本写不出来!"

"暂时不用。"方召道。

"如果是担心钱的事情,我和万悦手里还有点积蓄。"

"真不用,现在没时间去跟他掰扯。"方召道,"新秀赛已经开始,我得抓紧时间。"

曾晃一愣,他没想到这时候了方召竟然还有拼一拼的想法。这一季的新秀赛已经开始两个月了,就剩下最后一个月,六月再进场,来是来得及,可方召现在并没有能拿得出手的作品。

曾晃心中虽然不看好,但既然方召又提起精神来,他也不打击了,只要方召能将这段最艰难的时期熬过去就好。"那你……努力,有什么需要一定跟我们说。手里还有钱吗?"问出口曾晃又担心伤了方召自尊,毕竟平日里他特别不喜欢别人说起他手头拮据的事情。

只是曾晃还没解释,方召便道:"还有点钱,再坚持一个月是没问题的。"

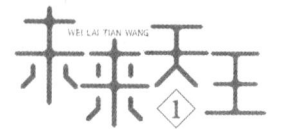

"啊……哦,那就好,那遇到困难了你一定跟我们说。"

"嗯,我今天开始要闭关。""闭关"是很多创作者用的俚语,意思是他们要埋头创作,拒绝外界打扰。

曾晃明白,方召这意思是他要准备新歌了,没什么特别急的事情就不要来打扰。以前方召也这样,不过,以前方召跟他们说这话的时候往往带着明显的排斥情绪,现在却没有,只是告知而已。

经历了方声的背叛之后,方召不仅没有更抵触他们,反而态度好了很多,这让曾晃非常高兴。他们几个都是一同长大的,共患难过,曾晃是他们中年纪最大的,自从大家家里都出事之后,他就觉得自己应该像个兄长一样照顾几个弟弟妹妹。可惜随着成长,五个人之间的关系也渐渐疏远。

但出了事情曾晃还是非常担心的,可惜方召不在学校,又没告诉过他们住处,找也找不到人,电话也打不通,曾晃和万悦心里着急也没法。现在确定方召状态还行,曾晃也就放心了。

挂断了与曾晃的通话,方召又翻出经纪人杜昂的电话拨了过去。

刚一接通,那边杜昂就一脸暴躁地吼道:"方召,你到底怎么回事?!还想不想转正?!新秀赛放弃入场了?!看看这都什么时候了,啊?!都要六月了,六月了!知道六月意味着什么吗?这一季的新秀赛已经开始激烈拼杀,公司十个实习生,六个已经进场,没进场的四个里面,另外三个也拿出了作品,公司安排人已经录制完毕,明天就可以进场。只有你!方召,你的呢?!"

"还没完成。"方召道。这时候,在火山一样的杜昂面前说再多都是废话,任何理由都是借口。杜昂要的只有结果,至于别的事情,管你是不是作品被盗,那不在他的职责范围内。

杜昂不可置信般瞪大眼睛,深吸一口气,光屏上凸起的双眼紧盯着方召,下一刻就要开喷似的。最后,杜昂还是忍了下来,不是他不想骂,而是他不想浪费时间骂。杜昂几乎一字一顿地强调:"十天时间!十天后,拿得出来作品,立马安排你进场,新秀赛给你留个位子!拿不出来,你,走人!!"说完也不等方召开口,断开通信连接。

方召倒也没因为杜昂的态度而生出什么不满情绪。杜昂这次因为迟迟没看到方召提交作品,电话也打不通,气得很,但职责所在,他也不能当不知道而忽略。这时候终于能联系到人了,可仍旧没东西拿出来,杜昂自然不可能有什么好态度。

不过,虽然杜昂话放得狠,但方召从记忆中了解到了情况,知道杜昂已经是帮了他了。十天时间是杜昂最后帮他争取的,若是换成其他经纪人,别说十天,五天时间都难给,甚至可能现在就将他给踢出门。

杜昂说的赛场,指的就是音乐界新人们最为看重的"新锋榜"。

并不是谁都能在这个榜单上发曲,想上榜必须是具有发曲资格的人,绝大多数都是即将毕业的或者刚刚毕业不久，与娱乐公司签了发曲合约的学生，也有一些提前签约娱乐公司成为公司员工的优秀人物。很多还没签新人的公司也会盯上这个榜，看能不能从中捡漏，抢到个有潜力的新人，或者挖别家公司墙脚。

提到新锋榜，就不得不说一件事情：虚拟偶像的诞生，对于创作者而言，是利好！

歌手？虚拟偶像团队可以自己修音，一只蛤蟆的呱呱声，技术人员也能修成天籁之音。所以，相比而言，主推虚拟偶像的公司更看重幕后的技术人员和创作人才，看新锋榜自然会投入更多的注意力在作曲人身上。

这是所有初步踏入音乐界的作曲新人们，迎来的第一个大机会！

这是属于新人的拼杀，也是公司与公司之间的较量！

方召打开手环看了看，正如杜昂所说，与他同期签约银翼的作曲实习生中，有六个已经进场，而且都杀入了榜单前五十，只要公司继续推，他们的人气还能上升，等这个赛季结束，排名肯定会更好。

这次银翼直接签了十个实习生，其中三个是原主的同学，每个实力都很强，竞争还是非常激烈的。

没再多看，方召思索着接下来的打算。还剩下不到十天时间，怎么办？

接连遭受重创，已经殚精竭虑的原主在临近的新秀赛和公司的双重压力下，也没能拿出个好的对策。勉强拼凑出一个成果交出去？肯定会被刷下去。

若真那样做，别说原主的自尊心不允许，就是银翼也绝对会毫不留情地将他扫地出门，实习生也做到头了。被银翼提前扫地出门，就相当于一个职业黑点，这会给他以后的音乐生涯带来更多的困难。

"新秀赛……"方召搜索着记忆中关于音乐界新秀赛的所有信息，这里与末世前那些公司的运作方式有很大不同，方召得适应如今的新形势，作曲也得考虑当下听众的喜好。

"流行"也是有代沟的。经历末世的冲击，再发展到现在，已经过去数百年。如今新的乐器和电子合成音能挑花眼，大众思想不同，喜好的风格与方召曾经的那个世界也有许多不同之处。

虽说方召也想什么都不管，直接按照自己以前的习惯和喜好来，但他如今这个处境，一旦失败，他就得流浪街头了。艺术家也是人，衣食住行都是摆在眼前的难题。

磨刀不误砍柴工，方召坐在屋内用来工作的角落里，闭着眼睛静静思考。想到什么，方召拉开旁边的一个抽屉，从里面拿出一个笔记本。在许多人都喜欢用手环记录东西的时代，原主却喜欢将重要的东西用纸写下来。

这是原主这半年来所有的记录，前面是他在银翼实习观摩的时候记录的要点，后面则是他准备的新秀赛作品。看标注的时间，原主很早就开始准备新秀赛了。

里面已经完成的三个作品上，被人用笔画了深深的痕迹，纸张被划破数页，可见当时原主拿笔时所用的力道，那是发现这三首曲子已经被盗取的时候，失望、愤怒和绝望的强烈情绪的宣泄。但原主并没有将这个笔记本撕毁，最后还是放进了抽屉里，因为他舍不得毁掉，那是他辛劳的成果。

方召看了看那三首已经完成的歌，其中一首填了词，两首未填，大概是打算送去公司之后，让公司专门负责填词的那些人完成。

这笔记本中间还有几页是未完成的一首歌，是原主在失恋的时候创作的，他还写了一篇日记，大概是想用那篇日记作为这首歌的词。

主旋律已经定了，原主是打算待新秀赛证明自己的实力之后，借助公司的资源，将这首歌好好制作再发表，毕竟这首歌对他有着特殊的意义。只是没想到，之后会发生歌曲被盗的事情，这首歌也没能面世，原主自杀前还遗憾过。

方召很认真地看了这首未完成的歌，手指在纸页上点了点："就你了。"

墙角的架子上放着折扇一般的东西，横拉开会出现一个键盘，如钢琴键盘般的按键，按下去的手感也不错，这是原主创作的时候最喜欢用的工具。质量算不上顶好，但也绝对不是劣质货。方召自己是第一次接触这个，刚开始还有些生疏，不过，随着大脑中记忆的融合吸收，手上也越来越顺。

方召还试弹了几曲曾经的作品，不过，那些都是残缺的尚未完成的曲子，方召将它们都记下来免得以后事情多了会忘记，打算等新秀赛结束之后，再来完善它们。这些都是保存在记忆中，陪伴方召度过一个又一个末世日夜的珍宝，总有一天，方召会让它们重现世间。

熟悉了工具，融合了记忆，方召开始带入情感。原主创作这首歌的时候是什么感觉，方召得好好体会一下。只有带入了情感，他才能将这首歌补完。

一连几天，方召除了中午下楼晒太阳，去岳青的商店里买食物之外，就没出过门。以窗户的隔音效果无法将黑街夜晚的喧闹隔绝，但也没有扰乱方召的创作进程。

头两夜方召确实不习惯，过度的警惕让他的睡眠质量并不好，但是第三夜开始，方召就能平衡警惕心与外面的喧闹了。快速适应环境也是在末世里锻炼出来的一项技能，许多幸存者都能做到。

又是一天中午，商店老板岳青晒完太阳拖着椅子进店。虽然天气开始热了，甚至一些能常见到阳光的人都在准备防晒，但黑街的人还是很珍惜这短暂的日光浴。进店前他又往楼道口那边瞟了眼，正见到方召带着那只浑身没毛的狗走进楼道。

"那小子最近很忙啊。"岳青低声自语。

进入六月之后，新锋榜榜单上，新秀赛的拼杀进入白热化阶段。圈内关注榜单的人都在议论，这一季进入前十的会是哪些人，属于哪些公司。

银翼的高层也关注着这个新锋榜。杜昂最近的压力很大，一面要应付上面的询问，一面要安排手下这些实习生的事情，三个助理都没能让他轻松下来。

第2章 进场新秀赛

其实杜昂只需要按照往年的规矩和步骤，督促他们创作、约制作人、录制、上传和宣传运作，很多事他只需要发句话就行了，自然有专门的团队去完成。但今年公司高层似乎有什么重要打算，看今年扩招的十个作曲实习生就知道了，往年都只招三五个的，今年一下子招了十个！而且杜昂还打听到一点消息，上面决定，若是这十个人都表现得不错，只要进得了前五十，十个都转正。说公司不想大干一场他都不信。

也正因为如此，上面施加的压力更大了，杜昂跑上跑下地安排事情，累成狗。他们这些负责新人的还好些，其他负责带老人的经纪人简直愁得头发都快掉光。

只是，一想到自己带的十个新人里面，最后那个还没有拿出成果的方召，杜昂就觉得脑仁疼。

"队伍不好带啊！"杜昂长叹。他可是顶着压力给那小子争取了十天时间，这还是因为今年上面格外重视这届新人，他才能多争取些时间。就是不知道那小子争不争气，若是十天时间还拿不出个让人满意的作品，那就只能让他滚蛋了。

翻了翻榜单的实时排名情况，杜昂盯着排名最前的那两个，眼睛都快烧出火来了。他气啊！

新人展示自己能力的第一个赛场——新锋榜，榜单头两名已经有一个星期没换了，稳稳的，还将后面的人越甩越远。要是别人杜昂或许还会想着争取一下，再推一把手下的新人，可那两个人出现之后，杜昂就歇了心思。

新锋榜榜单上——

第一名:《相信我》，歌手旬怀，作曲旬怀，出品方橦山实华。

第二名:《彩虹糖》，歌手菲丽丝，作曲菲丽丝，出品方霓光文化。

作曲演唱都是同一个人，这人肯定实力很强吧？

不是！这两个人实力是很强，但是，他们并非真人歌手，而是虚拟偶像！

真人明星出道经历重重拼杀，新人们绞尽脑汁冲榜，整天提心吊胆，生怕自己首秀的成绩不好，毕竟他们的成绩是与公司相关的。但虚拟偶像不同，尤其是这种带着明显目的性的虚拟偶像，都是背后的公司花了不少人力财力，经过漫长的筹备策划，内部筛选之后才推出来的。公司会将更多的资源集中在他们身上，这是真人小新人们无法得到的便利。

每个虚拟偶像背后，都有一个完善的团队，和野心勃勃的资本力量。这能算新人吗！

这种大公司推出的虚拟偶像，背后的人力物力和财力，是其他新人得不到的。今年没有一个能够与那两个虚拟偶像匹敌的真人新秀，银翼也不可能集中资源来对抗他们，公司的重点在更大牌的明星身上。所以，高层已经决定放弃新秀赛前两名的争夺。

新锋榜上的虚拟偶像，就如bug一般，一年一年刷着存在感。每当新秀赛出现虚拟偶像的时候，其他新人都只有成为垫脚石的份。

曾有银翼的一位高管向全球音乐协会的人提议取消虚拟偶像的新锋榜资格，可惜被

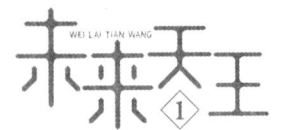

驳回了。银翼的人一想起这事就恨不得喷出一口老血。

当然,不明真相的吃瓜群众肯定又会说了,既然三大公司中的两家在本季推出虚拟新人,你银翼不服气也推一个啊!然而,只要是对这个圈子有点了解的都知道,银翼在虚拟偶像方面就是个弱鸡,推一个倒一个,推一个倒一个,就没一个能站得住脚的,个个扑街!

去年公司内组建的一个虚拟偶像团队,制作人在所创造的虚拟偶像扑街之后,被橦山实华和霓光文化那边毫不遮掩的嘲笑气得吐血,至今还在医院休养,其实也是无颜来公司面对银翼的高层和员工。毕竟,当初他可是立过军令状的,但现在……悔不该啊!

银翼的高层同样在心中后悔。早知道还是失败,他们就不该涉足虚拟偶像的创造,以至于现在业内的其他人都在明里暗里嘲笑他们,砸在虚拟偶像项目上的钱足够他们推出好几个潜力新人了。

银翼启动的虚拟偶像项目,几乎都是血本无归。这一季新锋榜上出现两个虚拟偶像,银翼高层都觉得是橦山实华和霓光文化故意的,故意在他们打算大推新人的时候,用虚拟偶像来恶心他们。

现在公司已经打消了创造虚拟偶像的想法,一门心思推真人偶像,所以新人这边压力也很大。榜单前两名的虚拟偶像就不说了,公司的意思是前十名,能拿下几个拿几个。只要能拿下三个,杜昂薪水翻倍;能拿下四个,升职。

不管是加薪还是升职,对杜昂的吸引力都相当大。前十……能拿下几个?

正想着,杜昂的手环响起一声提示音,点开一看,是方召传来的样曲。

"哟,这就到了!"杜昂精神一振。收到这份样曲,不管它质量如何,不管是方召独立创作还是有其他人相助,到现在为止,十个新人全都已经上交作品,杜昂的任务已经趋近完成。

为了防止被盗,提交过来的粗制作小样都是经过加密的,用的是公司内部的加密软件,收到之后经过解密才能试听。听的时候,杜昂顺便看了方召提交的一份文档,紧皱的眉头微松,眼中闪过一丝意外,脸上也难得露出点笑意:"他倒是会取巧。"

带了这么多届新人,杜昂就算没作曲的天赋,分辨一首歌是否有潜力也还是可以的。虽然小样并不完善,制作也比较粗糙,但仅凭短短的一段,他就能听出许多不同来。

这首歌制作完成后,应该会有一个不错的成绩,至少不会太难看。

杜昂对方召提交的这首歌还算满意,不枉他顶着压力给那小子又争取了十天时间。听完小样之后,杜昂给方召回了个简讯:"下午来公司一趟,抓紧录歌。"

即便科技进步带来的技术革新大大节省了制作时间,但早点完成,杜昂心中也会更踏实,再说了,这一季的新秀赛都快走完了,不抓紧点进场难道打算吃风沙么啊?

挂断通话之后杜昂联系运营部的人:"三天后的新歌宣传,帮忙给留个位子。"

制作人、运营等等挨个约好之后,杜昂又问一旁的助理:"新签的歌手还有几个闲着?"

"歌手的话……这一届毕业生签了四个，三个都有安排了，还剩一个，好像最近状态不好。"那名助理缩着脖子答道。

"状态不好？"杜昂眉头再次皱起，他特烦听到这种话。"状态不好"这四个字概念太宽泛了。

"好像是……失……失恋……"那助理看着杜昂黑下来的脸色，声音都低了下去。

杜昂当然没好心情了。今年都签的些什么人？屁大点年纪就要死要活！他是来带新人的不是带小孩的，鬼来的时间跟他们谈心！

"一个两个的，不省心！"这行竞争这么激烈，赛季战斗那么惨烈，谁有闲心来考虑你的情绪？你以为你是天王巨星？想要安慰？找自个儿爹妈哭去吧！一个小新人，有苦也得憋着，谁不是这样熬过来的？甭管遇到什么事，给你机会的时候，咬着牙爬也得给我爬过来，受不了这压力就趁早滚蛋！

"把他给我叫来！"杜昂声音中都带着火药味。

"是！"小助理赶紧撤了出去，他可不敢留在这里面对又开始暴躁的杜昂。

杜昂这张嘴最近就像开炮似的逮一个轰一个，手下的工作人员都战战兢兢，一点没敢马虎，生怕点着火挨轰。

方召接到杜昂的通知之后就坐车赶了过来，从统建楼片区到市中心地带，需要半个多小时，这还是在现在这个交通工具大幅改进的时代。若是在末世前，没一个小时别想靠近市中心，若是遇到堵车就更难说了，同样距离耗两三个小时也是常事。

银翼传媒在市中心有栋一百五十层的楼，呈塔型，近八百米高，楼顶处挂着一对巨大的银色翅膀。论高度，这楼在这一带并不算突出，比银翼大楼高的楼还有很多，但延洲三大娱乐公司之一的名气却不小。

楼里的人来去匆匆，没人在意方召这个小透明人物。大人物们有大人物们的通道，方召只能用普通员工乘坐的电梯通道。

杜昂在二十楼，方召到的时候，杜昂正唾沫横飞地训着人。

杜昂对面，一个二十岁左右的年轻人正赔着笑乖乖挨骂，被喷了一脸唾沫也没敢擦，连连跟杜昂保证："肯定不会有下次了，绝对不会有！我已经休养三天了，嗓子绝对能立马开唱！真的，不信我唱给您听……"

"闭嘴！"杜昂止住对方想要证明的行为，余光扫到进门的方召，看方召精神状态还不错，没自己想象中的那么萎靡，心情稍微好了那么一丁点，"行了，别废话，赶紧开始准备录制。新秀赛的榜单差不多都定位了，你们要是再不进场，别说前五十，前百都别想！"

一般来说，延洲新锋榜上，三大公司推出的新人是不会被甩到百名以后的，毕竟三大公司的资源和推广渠道在那里；但若是真有人被甩到百名以后，签的合同就此终止。

依照程序，方召需要将创作的歌曲提交公司，然后公司选择歌手。他是以作曲人的

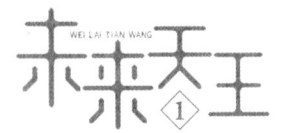

身份签约的,按照合约,除非有另外的补充协议,他所创作出来的歌曲,得让公司的歌手来唱。

"方召,你就拿出一首?"杜昂问。

"嗯,现在暂时就完成一首。"方召道。

"这么长时间,别人都两三首……唉,算了,先把这首完成。按你自己的编曲来?"

"是。"

"……行,随便你,就算你要找公司的人编曲,现在也找不到太好的。"杜昂低声道。

好的编曲人早已经被抽走支援大牌明星去了,不会留给新人。与其为了几个实力不够硬的编曲去找主管编曲部的妖人,不如就遵照方召的意愿算了。一想到编曲部妖人的那副德行,啧,辣眼睛,去一次辣一次。

杜昂刚训完人也不歇着,匆匆喝了杯水就带着方召和同样在实习期的新人歌手贝致前往录制层。他现在也不期待其他了,就希望快点把这最后一个人推出去,这样他的任务也就完成了。至于能获得怎样的成绩,抓不抓得住机会,那就看实习生们自己的能力,他这个经纪人能做的只有将所有的事情安排好。

方召带着新奇的感觉看着杜昂安排一系列的制作程序,也真实体会到"背靠大树好乘凉"这句话的含义。

这也是娱乐业高速发展的年代,那么多人想要挤进大公司的原因。很多时候,不是你有才华,就一定能出头的。创作的人那么多,每天上传的新歌何止千百,大众关注的、公司大力宣传的,肯定是那些已经拼出头的前辈。至于他们这些没人脉没背景的小透明,新秀赛就是他们难得的机会。错过了,再想让公司花大气力助推,那就难了,甚至终此一生都无法再遇到类似的机会。

这就是为什么原主如此看重这次新秀赛,以至于在发现成果被盗无法参赛的时候绝望自杀,他觉得他的梦想也随着那三首歌被一起偷走了。

经历三天时间,歌曲制作完成之后,会有一个内部的核查,看你准备提交的歌曲是否与其他已发的歌曲有大量相似的地方,若是超过了一定程度,就会被列入"待定"里面。雷同度太高可能是因为巧合,可能是抄袭,又或者是其他原因,总之公司不会允许它发到网上的。

娱乐业高速发展,许多规则也与方召在末世前经历的不同,变得更有秩序,虽说不可能有绝对的公平,但相对而言,规则约束也给了更多人机会。

"明早八点,进场!"杜昂敲定发布日期,方召才算是正式获得一张音乐圈新秀赛的门票。虽然这赛季已经快要结束,但,好在赶上了。

今天已是六月十日,这赛季的最后一个月已经过去十天,榜单上的排名虽然还在变动,但幅度已经不大,各公司都将目光放在前十的争夺上。第一、第二名已无悬念,那两个虚拟偶像肯定霸占前两名，至于第三到第十名，就有看点了。

银翼的艺人和工作人员也都在关注。毕竟，能在新秀赛夺得好成绩，公司老板高兴，他们这些小鱼小虾也能轻松点，说不定还能加工资。

"这一季新锋榜前十，目前为止咱们公司有三个呢！"

"哎哟，不错啊！以前都只有一两个，今年的新人给力！"

多稀罕，前十里面有三个自家公司艺人，这样的成绩，银翼的员工们已经相当满足。

银翼的确是三大娱乐公司之一，奈何这些年势弱，新秀赛也很少能有令人欣喜的成绩。不过，今年算是过得去了。

一些规模赶不上银翼的公司，同样在议论。

"这一季新秀赛，前十竟然全被老三大给包了。"他们口中的"老三大"就是指延洲三大娱乐公司：银翼传媒、霓光文化和橦山实华。

"今年银翼的势头很猛啊，冲进了三个，听说会有大动作。"

"我也听说了，银翼今年签作曲的新人都签了十个，大手笔。"

"嚯！一下子招十个新人？投资不小啊。"

"十个？我怎么只看到九个？"

"前五十确实只见到九个银翼的，还有一个莫非质量不行挤在后面？"

"没有啊，前两百我都找过，没有！"

"那第十个肯定就是没入场了。银翼虽然这些年弱了许多，但手段还是有的，不至于前一百都推不上去，老三大的面子丢不起。"

……

"老板，榜单前十将后面越甩越远了。咱们还要不要争一争？"一家娱乐公司的员工问自己老板。他们公司今年也推了新人，其中一个还挤进了前二十。

眼看着前十将后面的甩得越来越远，目光扫来扫去，公司老板盯上前十的最后一位了，指着榜单第十的那个，对下属道："就他了，咱们再加把力，把他拉下来！"

榜单第十位，《飞扬》，歌手孔谢，作曲方声，出品方霓光文化，下载量1,502,461。

没办法，谁让前十里面其他人都已经攻破两百万下载大关，偏偏第十才一百五十万的下载量，虽说第十一位以后都是一百三十万以下，与前面还有差距，可耐不住大家野心勃勃，都盯着那块肉。第十名与第十一名，虽然只差一名，地位却相差一大截。本季还剩二十天呢，再加把劲未必不能将自己公司的新人推上去。

与这位小老板有同样想法的还有其他人。眼瞧着榜单变动已经不大，前十与后面的距离逐渐拉远，一些人已经放弃继续争夺，而另一些手中有实力牌的公司，则将心思动在第十名上，仿佛一群猫对一只正在蹦跶的肥老鼠虎视眈眈。

相关音乐院校的学生们同样关注着榜单的变动。

新世纪大学六年制，今年大五即将升大六的学生们，不管是作曲的还是歌唱专业的，都在关注这个榜单，他们同样会根据这个榜单来衡量各家娱乐公司的优劣，看哪家公司更有实力。

本洲三大娱乐公司中，银翼是最弱势的一个，就算曾经辉煌过，但毕竟已经成为过去。有条件的学生们优先考虑的是霓光文化和橦山实华，尤其是橦山实华，近几年越发给力了，虚拟偶像也发展得很好，作曲、编曲等人才需求大，正是他们的用武之地。

"今年银翼那边也不错，前十有三个呢。"一个学生说道。

"前十全都被三大占据了。"

"这才是老三大该有的霸气！"对于学生们来说，既然是延洲最大的三家娱乐公司，当然应该有霸榜的气势。

"嘿！前十里面，作曲有五个是咱们学校的！三个在银翼，一个在橦山实华，一个在霓光。"有学生兴奋道。

"欸？三个在银翼？第四个呢？我听说银翼在咱学校大六的作曲系那边签了四个人，其中三个都冲前十了，第四个哪儿去了？别说前十，前百我都看了，没见到。"

"是吗？我看看还有谁……作曲系的有荣正、楚光、沙安度，不对，沙安度签的橦山实华，普雷斯？"

"普雷斯签的霓光，榜上都有名呢。"

"哦，不是他，那还有谁……对了，方召！没看到方召！"

"还真没看到他。"

"不是说方召是最早被签的那个吗？当时我们导师还挺看好方召的，说方召有在新秀赛冲前十的潜力。"

学生们仔细找了一遍，还是没见到方召的影子。出什么事了？现在都赛季末了，还没进场？

不仅是同校的学生，作为发小，曾晃他们也急啊，严重上火。眼看着方声稳坐前十在那儿嘚瑟，他们心里堵得慌，恨不得冲出去告诉全世界：方声那首歌是偷的！偷的方召的！但苦于没有证据，他们出去嚷嚷反而会被告诽谤。法律上对诽谤的惩罚很严，霓光也肯定会护着方声，得罪霓光文化那种大公司，他们这些小喽啰讨不到好。

"大召怎么决定的？真要进场？现在都十号了。"曾晃的未婚妻万悦，与方召也是发小，也在关注方召的动向，然而他们一天天等过来，还是没有消息。

正说着，曾晃听到手环"叮"的一声清脆提示音。

看到屏幕上显示的来短讯的人，两人双眼一亮："来了！"

第3章 CHAPTER 3
《呵呵，亲爱的你》

方声最近春风得意，其实自从入新秀赛场以来他就没睡好觉，前期是因为紧张，不知道会拼出怎样的成绩，后期则是兴奋的。看着光屏上显示的下载量，他仿佛看到了自己账户哗哗来钱的景象。

下载收费，一首歌一块钱。若无其他合同，一般是按照3∶2∶5的比例分成，他们作曲的人能占三成，歌手占两成，公司占五成。因为虚拟偶像的出现，创作者升值，歌手贬值，论地位，底层的小歌手是比不上作曲人的，分成自然会少些。

这一季新秀赛，方声将偷过来的三首歌全发了，上三层保险，全押在这一季，公司也同意了。所以，依照合同分成，三首歌如今合起来下载量已经有三百万，方声能拿到手的钱也有一百万。若是以后发展得好，签高一级的合同，分成比例还能再提升，那就赚得更多了。他，因为这三首歌，直接脱离了贫困窘境！这才过去多久？

看着这三首歌的成绩，方声非但没有一点心虚和愧疚，反而庆幸自己选择了这个方法，这三首歌偷得太值了！

之前进公司的时候，那些招待新人的员工对他态度还很冷漠，现在见到他，一个个都给了笑脸。态度的转变代表着地位的提升，以后，他在霓光会得到更多的资源，会与更优秀的歌手合作，"钱途无限"四个大字每天在他大脑中刷屏。

至于方召？方声低笑了一声，打开手环上的光屏，翻了翻榜单，榜单依旧没有多大的变化："方召没希望的。"

就在此时——叮！一声提示音响起。

方声设置了很多提示，这声音可能是代表其他人给他留的简讯，也可能是别的他关注的信息。但不知为何，方声听到这声音的时候心中莫名一紧。

看向时间显示，早八点整。

早上八点，是新曲上传至平台，经审核后正式发布的时间。

方声突然有点不敢去点开提示。

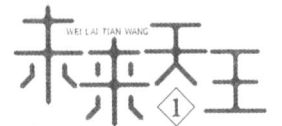

深吸几口气,手指还是点了下去。说不定是别的事情呢,方声心想。

但是,点开之后,看到屏幕上的内容,方声脸色顿时白了。

屏幕上显示的是这一季新锋榜他所关注的作曲者的新歌提示:

《呵呵,亲爱的你》,歌手贝致,作曲方召,出品方银翼传媒。

作曲……方召!

方召!没去注意歌名到底是什么,"方召"这两个字刺疼了方声的眼,但他却像是自虐一般,把那个名字硬生生盯了一分钟,才用有些僵硬的手指,点了试听选项。再之后,方声就一直没有从房间里出去。里面,一片死寂。

下午方声被叫到公司的时候,有人打算上前跟他套个近乎,却发现方声脸色如鬼一般,吓人得很。

"他受什么刺激了?"员工们私下里讨论。

"不知道,他在新秀赛成绩挺好的啊,三首歌都进了前百,其中一首还冲进了前十。"

"吓得我还以为他第十不保,这不是很稳吗?"一个霓光的员工看了看榜单,说道。

没人知道方声现在的心情。他虽然在作曲上没有多高的天赋,但他会听,什么样的歌能火什么样的不能,他都能听出来,谁让他的喜好与大众相同呢。也正因为如此,他深知方召那首歌可能会带来怎样的变化,若方召只是孤身一人那便罢了,不足以威胁到他,可方召身后是银翼,人们口中的老三大之一!只要银翼留给新人的宣传推广渠道打开,方召肯定会冲上来的!

二十天,说长不长,说短,其实也不短。

怎么能!怎么能呢?这才几天时间,方召怎么能拿得出来?!一定是早就作好了藏着,肯定是!原来方召防着他!

方声又想到了他去黑街搬家的时候,方召看向他的眼神。当时那眼神给方声的感觉如同深海之下暗藏杀机,现在,杀机已经出现了,明晃晃摆在他面前!

六月的天,延洲的气温也已经不低了,方声却感觉浑身冰凉,像刚被人从冰窖里拖出来一般。

银翼作为延洲三大娱乐公司之一,就算这些年势弱了,宣传推广渠道也仍旧是许多小公司比不了的,新歌上传之后,便通过所有新人特享的渠道往外推广。

齐安音乐学院,校内交流平台。

"出现了!银翼推送的一首新上传的新人新曲,作曲者就是方召!"

"赶紧下载,好歹同校的,咱也出把力支持支持。"

"作曲系的兄弟姐妹们,快去支持方召师兄!"

"已下载支持!"

"已下+1!"

"虽然我是学乐器的，但也出一分力。"

许多人并不听歌，却跟着大家一起支持刚毕业或快毕业的师兄师姐们，这不是方召独享的待遇，而是每一届优秀的毕业生都会享受到的。

还有些人并没有支持方召的意思，他们不认识方召，支持的是其他新人，但耐不住他们对方召好奇啊，这个在赛季末才迟迟进场的人，提交的是个什么样的成果？银翼敢在这时候将方召放进场，参与榜单的拼杀，他的曲子肯定不是什么粗制滥造的作品，否则就算方召想，银翼也丢不起那个老脸。

齐安市一所高等教育学校，某宿舍内。

一名大三的学生上午没课，睡了个懒觉打着哈欠起来上网，打算看看今儿有什么新闻。按照以往的习惯，他打开了一个经常听歌的音乐应用"懂你音乐"，直接点了今天自动推荐的歌单，这些歌都是根据他以往喜欢听的音乐风格，统计筛选后进行推荐的。若是听到喜欢听的，他会先收藏，特别喜欢的，才会花钱下载。

他戴上耳机，一边听歌，一边浏览今天乱七八糟的娱乐新闻。没什么有意思的事情，耳朵里传来的音乐也没能让他有多少印象，不算难听，也不算喜欢。或许有一两首听的时候觉得还不错，但听过了，也就过了，不会再去想。等当天推荐的歌曲全部听完，你问他对听过的歌有什么印象，他是半点也说不出来的。

他们这些非音乐圈子里的人，大多数时候都是这样，完全凭自己喜好，听自己收藏下载的歌，间或听一听每天推荐的或新或老的歌曲。

而就在他打着哈欠，漫不经心地翻看新闻的时候，耳朵里突然传来一阵诡异的笑声，让他打到半路的哈欠急转变成了喷嚏。身体一个激灵，还没走的瞌睡都给吓崩了，直愣愣地像是惊呆一般坐在那里。

维持着刚才的动作过了约莫二十秒后，那学生终于动了，抬手指翻动光屏上的页面，将娱乐新闻的页面切换至音乐应用，查看正听的这首歌叫什么名字。

待看到歌名的时候，那学生目光顿了顿。

"《呵呵，亲爱的你》？什么鬼名字……"那学生一边看着榜单上一溜歌名中画风格外与众不同的那个，一边吐槽，手上的动作也没停，等一遍听完，果断点了再次试听。

又一遍听完，再试听。再试听。再试听……

叮！"您今日的试听次数已用完。"光屏中弹出通知。

试听次数已用完?! 已经听五遍了？有这么快?!

他突然发现，听这歌都听五遍了，压根没干别的事情，这时间光去听歌了。他竟然会全神贯注去听一首歌听五遍?!

下载！一块钱而已。他觉得这首歌他今天可以单曲循环一下午，尤其是下午那两节格外催眠的课，听这歌正好，说不定一要睡的时候就被耳机里的"呵呵"给呵醒了。

下载之后，这位同学冲到校网上发帖推歌。

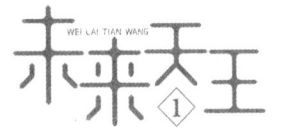

【帅哥的帅歌】：今天被一首歌帅醒了！下方传送门直达试听页面。

这个时间点，睡懒觉的人也起来了，还有大把没课的学生在网上闲逛，见到推歌帖便点了进去。还有些懒得进去听的在下面闲扯。

【吉他的翔】：什么歌能把人帅醒？

【帅哥的帅歌】：《呵呵，亲爱的你》。

【游游鱼鱼】：……啥？

【帅哥的帅歌】：自己去搜，不说了，觅食去，下午还有周公的课。

【最爱米虞】：且慢！楼主说的是学院三大催眠神人之一的那位"周公"吗？

【帅哥的帅歌】：正是那位。

【吉他的翔】：……我去听歌了。

【游游鱼鱼】：我也去！

【最爱米虞】：同！

之后还有许多安静围观的人，见状也都点进传送门去试听，他们也想知道，什么歌能抵抗三大催眠神人之一的周公的"催眠术"。

"周公"是这所学校的一位老教授，还没退休，曾经是教哲学的，现在跨行教编曲。这几年老教授没那么多精力了，于是改教选修课，这种课课时比较少，教学质量的要求也不如主业课程那么严格。

只是，这位老教授的风格有那么点慢条斯理，用学生们的话来说，周教授说话就跟树懒似的，听得人犯困。学生曾多次提议将周老教授的课程改为网上授课，可惜被驳回了。

课程催眠，还得爬到教室上课，按理说应该没人选他的课的。无奈的是，这位老教授的课学分多啊，选他课的学生自然也多，于是，被催眠的人大把大把。曾经有位年轻讲师私下里听到学生们的议论，不信邪，去旁听了一下，再后来……就没有后来了，他们再没见过那位讲师旁听周教授的课。

周教授资历老，也为学校做过许多贡献，一般人不敢说他老人家，而敢说他的人也不想管。于是，周教授的课就一直这么上下去，一年接一年，周老还教上瘾了。这人在课上要求严，上课的时候，学生可以不听他讲，但是绝对不能做其他事情，包括睡觉，情节严重者挂科消学分。

这天，周老教授悠闲散步似的走进教室，往教室扫了一眼——看不清，人太多，他眼神不好，就感觉人到得挺齐。同往常一样打开监控器，周教授仔细看了看千人大教室的各个角落，很好，没有见到玩手环的，再看看别的几处，也一样。

这令周老教授非常满意，唯一古怪的是，今天上课的同学，仿佛意识与宇宙合为一体，精神脱离了肉体在仰望星空一般，如一群迷之思想者在与星辰神交。简言之，他们在集体走神。

若是以往，周老教授见到这种情况就直接忽视了，可今天越上课越感觉不对劲，出

第3章 《呵呵，亲爱的你》

现这种情况的并不是一两个学生，也不是少数，而是大多数！气氛古怪至极！

周老教授越讲越慢，终于停下。气氛不对，讲不下去了！他按下一个按钮："这位同学，你将我刚才的话重复一遍。"

被点名的同学，是被桌子上闪烁的红灯给拉回神的，桌子上的红灯闪动，表示他被点名了。他站起来想说句"没听清"，嘴巴却鬼使神差来了一句："呵呵。"

周老教授："……"

教室里的其他学生："……"猛士！

周老教授是沉着一张脸下课的，而且出教室的步伐快了很多，完全不似平常那种树懒爬行般的步伐。上选修课的学生看得心惊胆战，总觉得要起风暴。

没心情去理会学生们的反应，周老教授回到自己的办公室之后就打开网络。他已经从学生那里问出了原因，登进网之后就直奔试听页面。

戴上耳机，周老教授打算好好听听，到底是怎样一首歌，让他的课都上不下去！

听到歌曲开头的人声，周老教授本来就皱着的眉头皱得更紧："现在的年轻人，都唱的些什么……"拿起笔，打算开始写评论，动作却随着前奏的响起顿时止住。

直至一曲终止，周老教授深吸一口气，笔尖点了点空白的纸张，搁下笔，翻看页面上的歌曲详细信息，目光放在次级页面的编曲人信息上面。

"方召？"看了歌曲信息之后，周老教授在自己的朋友群说道："今天发现了一首新歌，推荐给大家听一听，编曲挺有意思，我没听出流派。今年齐安音乐学院那边的毕业生不得了啊！"

"哈哈，能让你这般评价的歌还真没多少，难得你评价的还是一首新人新歌，确实得听一听。"一些老朋友也产生了好奇心，有些并不懂什么编曲，也跟着去凑热闹。

两日后，又是周老教授的选修课。今天上课的学生格外乖巧，没有偷偷上网，没有戴耳机，就算戴了也没开音乐，他们想看看周公今天的反应。上次课结束的时候，周公的脸色实在是太差了，让他们提心吊胆了两日，生怕周公一气之下让他们集体挂科。

可让他们惊讶的是，周老教授今天进教室的时候看着心情还挺不错。

周老教授扫了教室一眼，打开投影仪："今天，我们来分析一首新歌，划重点，期末考就考它了。"

后方，十米高的光幕上显示出六个闪瞎眼的大字——呵呵，亲爱的你。

光幕前面，是周教授那张笑得异常和蔼的老脸。

全体学生："……"

夜晚，一些临近毕业的学生聚在一起联络感情，告别他们最后的学生时代。

KTV无疑是一个相当好的发泄情绪的地方。服务员保持着职业微笑，端着托盘从一个包厢内出来，脸上依旧维持着无可挑剔的笑容，但心中却在叹气。毕业时说分手，这

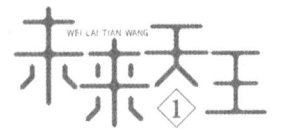

种事情实在是太常见了，每年这个时候他们店里都会见到好多情绪格外强烈的毕业生。

左边包厢，一个一米九的汉子正一把鼻涕一把泪地忧伤他学生时代枯萎的恋情。右边包厢，一个身材娇小的妹子用她地动山摇的吼声，唱着肝肠寸断的凄婉情歌。

唉，这帮小孩……服务员心中长叹一声，便也不再去想那些了。他们只要保持微笑就好，一想到最近生意更好了，他们本月又有奖金，脸上的笑意又浓了三分。

就在那名服务员刚经过的左边包厢内，七个学生在聚餐，唱过一轮之后，他们就唱不下去了，关了投影和音响设备，六个人安慰着坐在中间的高壮汉子。没了乐声，气氛也冷下来。

"哎，说起来今天我还没让我小秘书给我推荐音乐呢。"坐在边上的瘦高男生见安慰效果不大，便试着转移话题。他口中所说的"小秘书"，正是如今比较火的一款音乐应用"懂你音乐"里面的一个功能，与试听历史、相关推荐、私人电台这类功能作用一样，但这款软件里面的"小秘书"是可以自行设置形象的，前提是得付钱。

打开应用的时候，那瘦高男生声音有些荡漾："我的小秘书可是米虞哟！"

说话间，手环上方影像显示，米虞曼妙的身姿出现，似是从远处款款而来，与此同时热情的声音响起："欢迎回来懂你音乐。"

"你居然把小秘书设置成米虞的样子！花了不少钱吧？"其他同学羡慕道。

使用明星形象也是需要支付版权费的，而越是受追捧的明星形象，费用越高。米虞如今正红，身价自然不低，相应的版权费也高，一般听歌的人舍不得花大价钱去购买小秘书形象。

瘦高男生一脸得意，本想再嘚瑟一番，但想到这里还有几个失意的哥们儿，话头还是止住了，转而道："听听今天我小秘书给我推荐些什么歌。"他最近喜欢听让人心情飞扬的歌，今天推荐的歌应该也能活跃气氛。

"米虞推荐什么我都听！"这位是米虞的脑残粉，不顾推荐歌曲的只是一个借了米虞形象的音乐软件。

"听听听！气氛再搞起来！"

热闹总是能驱散一些负面情绪，为了安慰失意的、失恋的以及感性的宿舍兄弟，他们也是拼了。

连接房间里的音响系统，"呵呵，呵呵呵……"一阵带着三分自嘲七分悲伤的笑声响起。

包厢内一静，包括刚才还沉浸在失恋中黯然销魂的人，视线都投向那个瘦高男生，无声控诉：这就是你的品位？这就是你说的搞气氛？！这就是你说的心情飞扬？！

瘦高男生也纳闷了，想骂推荐歌曲的小秘书，可对着米虞那张完美的脸，实在不忍骂下去，只幽幽一句："没想到你是这种小秘书。"

"别介意啊，咱换一首。"瘦高男生抬手打算换歌，却在笑声结束、前奏响起的刹那，顿住了。

第3章 《呵呵，亲爱的你》

与主流有些不同的略微复古的和弦，跳跃的鼓点，音色浑浊的乐器声在编排之下如风沙渐起。

距离上次跟你说话
已经过去好久
同一座城市
太多东西令人止步
时间走得好快
我有些紧张
……

人声、和声以及各种乐器的完美配合成功构造了一个意境，仿佛一个被抛弃的旅人在孤独前行，叹息往事如昨、故人不再，步履艰难。

如今电子音乐技术应用广泛，听众们自然是非常熟悉，但这首歌里面的电子乐却不拘一格。耳朵灵的专业人士能从歌曲中听出作曲者的师承，然而这首歌，他们听！不！出！

这首歌的前半部分有种哀愁苦闷的气氛，一起高音就令人鼻酸，但渐渐地发生了变化，一阵惊艳高昂的贝斯声过后，升华到另一种境界，令人心境都变得宏大了起来。

如洪水般往外喷涌的纷杂糟糕的情绪，像是突然间被坚固的堤坝给挡住了，听者的心情就像坐在飞车上，从低处高飞而起。

有时候，一首歌胜过无数话语。

包厢里，坐在中间的那人将脸上的鼻涕眼泪一抹："这首歌叫什么？我要唱。"

瘦高男生回过神，听到这话脸皮一抽，扯出个笑："是新歌，这家店还没有伴奏。"

"那我清唱。"

其他几人张了张嘴，想说什么，还是憋了回去："行吧，你高兴就好。"

听一个天生五音不全的人在情绪高昂时清唱，是怎样的一种感受?!

从那大高个儿"呵"第一句的时候，室内的其他人就同时露出一副惨不忍睹、一言难尽的表情。随后齐齐掏出耳机戴上。算了，他们还是听原唱洗洗耳朵。

试听次数反映的是歌手、作曲人背后公司的宣传能力，但能不能留住听众，让听众花钱下载，就只能看歌曲本身了。毫无疑问，这首歌有这样的实力！

本赛季已经接近末尾，迟来这么多日的歌曲虽然有延迟劣势，但它前冲的速度却让许多人都注意到了，尤其是关注这个圈子的那些人。

从榜单末尾冲到前两百，没几个人会注意到；从两百冲到一百，关注的人也不多。但当这首歌三天时间就杀进前五十的时候，想忽略都不行了。

作为新人单曲，《呵呵，亲爱的你》前冲的速度令许多关注榜单的人咂舌。听众以学生居多，但也不乏一些研究作曲编曲的老资格们关注，比如那位周教授就是。他给学生

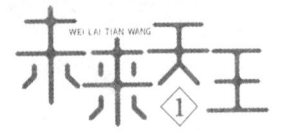

的考试题目就是让他们分析这首歌的编曲,惹得那些学生对这首歌又爱又恨。

但不管怎么说,这首歌成功了。就如杜昂所想的那样,这首歌天时、地利、人和都占据了!虽然进场晚,但也不算太迟,前冲的力量是足够的。

自打方召的这首歌正式发布,杜昂每天从早盯榜盯到深夜。其他几个新人的下载量已经增长很慢了,开始接近饱和,排名也没有太大的变动,唯独方召这首,是最关键的!它关乎杜昂是加薪还是升职!

银翼传媒,杜昂的办公室内。

本季新秀赛已经接近赛季末,暂时没有其他需要制作的新歌,杜昂也没之前那么忙了,该忙的是宣传运营那边的人。所以,最近杜昂整天做的事情就是盯榜,看着方召那首歌的下载量从最开始的0,变成三位数、四位数、五位数、六位数……

上传第九天,终于破了一百万!

很多新歌就算能破一百万下载量,但破了之后,增长就很缓慢了,但方召这首不是!它是在"J"形增长中破掉的一百万下载量,现在仍旧以迅猛的势头上冲!

紧盯着页面上的数据,杜昂布满血丝的眼睛挪都不挪一下。从早上八点来公司到现在,除了吃饭上厕所,他就如着魔一般,一直盯着页面上的下载量,浑身的肌肉都紧绷着,大脑呈高度兴奋状态。之前的九个实习生都没让杜昂如此紧张,实在是方召这个特例,太让他惊讶,意外,也期待。

一般来说,成品和样曲虽然有区别,但也不会太大。可经过方召编曲后做出的成品,让编曲部那边的妖人都惊叹。

"这次说不准真的可以升职呢?"杜昂低语。加薪与升职,杜昂自然更期待后者。

杜昂的三个助理去他办公室的时候,经常会听到他在低声念着什么,一开始没听清,后来多去了几次,才知道杜昂一直盯着光屏上的下载量念:"升职!升职!升职!"

其实不只是杜昂,负责新人这边的员工们也都在盯榜,他们当然也是希望方召这首能挤进前十,只是,如今榜单第十位的下载量已经一百八十万了。

八十万的差距,实在太大。还剩十天时间,八十万,不,应该至少得再增加一百万,毕竟对方的下载量也会增长,所以,必须得增加一百万的下载量,才能冲进前十。

一百万,对于一个新人而言,依靠现有的推广渠道,可能吗?

明明感觉不可能,心底却仍旧抱着一丝期待,这种期待随着时间一天一天过去,发酵膨胀,越来越大。

太快了!前天看才刚挤进前五十,没两天就冲三十去了!

新锋榜排名第三十的那首歌,是一家小公司出品的,这次他们公司定的目标只是前五十,没想到签的新人这么给力,直接就冲到第三十名了,简直就是意外之喜!

作曲者同样很高兴,眼看着本赛季剩下的日子不多,榜单上的排名应该不会有太大

第3章 《呵呵，亲爱的你》

的变化，第三十一名离他也还有段距离呢，所以他的心情也放松很多，这些天都跟朋友出去庆祝了。

昨晚喝多了，凌晨两点多的时候正睡得死死的，却被一阵催命似的提示声给叫醒。他设置过勿扰，一般夜晚的来电是不会响的，但若是超过三次的话，就会开始提示了。既然连着来三次通信，肯定是急事。

他皱着一张脸在床上打了个滚，不耐烦道："接通。"手环语音确认之后自动接通，还没等这边的人说话，那边就急不可耐地吼了："你被爆了！"

"你才被爆了呢！"那位作曲人还有些不清醒，但最听不得这句话，所以下意识地回了一句，搓了搓额头，他突然顿住，声音陡然加大，"你刚说什么？！"

手环那边传来清晰的声音："你真被爆了！我不是跟你开玩笑，唉，你快看，快快快！看新锋榜，你第三十的位子已经不保了！"

嗖地一下翻身起床，那位作曲人打开手环上的光屏，开榜单一看，他的排名真已经被挤到第三十一名了。"我靠！谁挤的？！"他这几天的确没关注榜单，也没太注意榜单上的其他人，每天就看一眼自己的排名以及他前后五个，没发现有多大变动。可现在一睁眼，他怎么就突然被挤出前三十了？！

看一眼第三十二到第三十六名的，没错，还是熟悉的那几个，下载量之间的差距都没怎么变。再看一眼排他前面的，第三十、第二十九、第二十八名也依旧是他熟悉的，原来一直压在他头上的那三个，但第二十七名却是一个生面孔。

"《呵呵，亲爱的你》？银翼传媒的？"对于突然蹦出来的这位，他既疑惑又好奇，又点进次级页面看了看更详细的信息，发布日期六月十一日？这么晚？

"银翼传媒有病啊？！拖到六月十一才发！"嘴上骂着，手上也不停，翻看这首歌的其他数据信息。越看越心惊，再看看对方这几天的趋势，深深倒吸一口气。这简直就像注射激素一样，才几天时间？下载量从五十万直接蹦进了一百万，而且数据还在快速拉升中。

两天内，对方就从五十名开外冲进前三十了！四十万的涨幅！如今直奔着前二十去！

其实从第三十名到第二十五名，数据差值并不算大，第三十名现在的下载量是1,403,952，而第二十五名则是1,437,756。若是在赛季初期，三万多的差距并不算什么，但现在已经赛季末，大家都趋近饱和，涨速相当，拉近一万下载量都难，偏偏几天时间不见，对方就冲进了前三十，破掉原本的榜单排名。

到底什么歌能做到这种程度？好奇之下，他点开了试听。再之后，便是许久的沉默。

他一脸复杂地盯着那首歌的详细信息。这并不只是公司宣传手段的差距，真正决定成败的，还是歌曲本身的质量。

"技不如人。"他认了。

从接到被爆的通知到现在，翻歌曲信息，然后研究歌曲，已经过去两个多小时，窗外已经开始亮起来了。

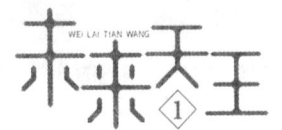

他突然记起排第二十五名的那个是他认识的一个朋友，昨天还在祈祷榜单就这样别变了，对第二十五名这个成绩非常满意。现在看到榜单上突然出现了一匹黑马，他赶紧联系对方。

这个点那个朋友也在睡觉，估计跟他一样，这几天玩狠了，困意十足。接通的时候那边并没有开启视频模式，只有迷糊的声音："谁啊？"

"你快要被爆了！"

"什么？！这玩笑开不得！"那边的声音有些慌。

"我发誓，没说谎。"

嘭！啪啦——一连串杂音响起，过了会儿，那边终于再次传出声音，声音听着有些恍惚："……已经……被爆了。"

"什么？不可能！"他被叫醒看榜的时候那首歌还是第二十七名，才两个小时过去，怎么就破掉了二十五？！不相信地翻出榜单一看，果然，第二十五名那里，早已经换人。

找了找原因，原来是零点时一位知名夜间情感主播推荐了《呵呵，亲爱的你》这首歌，然后，下载量迎来了再次快速提升。

"这不是结束，绝对不是。"他关掉手环上的光屏，看着时间显示。

还剩七天，榜单上的很多人，都要失眠了。这么一想，他被爆出前三十的糟糕心情突然平衡了点。不再睡了，他洗了把脸，联系还在睡觉的公司经纪人。最后这几天绝对不能放松，说服公司再推他一把，或许能将第三十的位子夺回来，但若是放任这样下去，他很可能第三十一的位子都不保了。

这匹黑马带来的风暴，绝对会影响到整个榜单！

《呵呵，亲爱的你》这匹在赛季末突然冲进赛场的黑马，就这么一路前冲，爆了上去，势如破竹。

六月二十五日，《呵呵，亲爱的你》下载量破一百七十万，排榜单第二十名。

六月二十六日，下载量破一百九十万，排榜单第十八名。

在这种时候还保持着这样的涨幅，惊掉了一地的眼镜，甚至逼得很多公司都启动紧急预案，为公司的歌手开放了更多原本不打算安排给新人的渠道。比如之前排第十七名的那位，公司一见势头不对，赶紧又推了一把，将原计划安排给其他明星的推广渠道挪了过来，让他一夜之间蹦到第十四名。被挤下去的人一看，也吓蒙了，赶紧联系自己所属的公司，申请更多的宣传渠道。

有些公司愿意多耗费几个宣传渠道推他们一把，但也有公司衡量了一下，觉得不值得，他们手中的宣传渠道要放到更重要的人身上，新人就算了。

方召投下的这块石头，惊皱了一池水。

六月二十七日，《呵呵，亲爱的你》下载量破两百二十万，排榜单第十二名，与第十一

第3章 《呵呵，亲爱的你》

名的那位相差不过三位数。而此时，榜单排名第十的下载量是两百四十万。

二十万的差距！还剩三天时间！

曾晃看着榜单比方召还激动，联系方召："大召，你快超过方声了！"

"嗯。"方召正在黑街小屋子里给狗刷毛。这狗剃光毛之后很快又长出了将近两厘米的毛，还稍微带点卷。他咨询了药店的老板，为什么这狗毛长得这么快，可药店老板也说不出个所以然来，只说有的狗是比较特别，末世之后，动物身上也的确出现了一些特殊状况，毛长得快也可能是这个原因。

方召的淡定没给曾晃的激动降温，他依旧很兴奋："大召，依照你现在的势头，明天或者后天就能超过他了吧？我听很多人说《飞扬》其实有很大的缺陷。"

"是。"

曾晃还想说一下方声的那首歌，但一想到方声那首歌其实是方召作的曲，批那首歌的不足不就等于抽方召的脸吗？这就尴尬了。察觉到曾晃的尴尬，方召说道："他赢不了，是因为编曲。他偷走的只是曲谱和小样，但是在编曲上出了问题。"

"这……这样啊？原来如此，哈哈。方声编曲的能力并不高，应该是霓光那边给安排的人编的，只是双方在交流上出现了问题。"虽然曾晃不混作曲编曲这一行，但他也了解一些这方面的事情。

编曲的人在编曲的时候，会与作曲者有一些交流，以更好地了解作曲者的感想和目的以及风格等。但方声偷走的只是曲谱和小样，并不完整。至于投注在曲子上的情感和灵感来源，他就算能提前从原主口中套出话来，也不可能有作曲者本人对歌曲的感情深刻。

霓光给方声这个新人安排的编曲人，显然也不是顶好的那些，导致那首歌并没有展现出它全部的光芒。若非如此，《飞扬》不至于只到榜单第十，怎么也得再往前冲几名。可惜了。

曾晃也觉得可惜，不过，看到如今的方召即将把方声挤下去，曾晃心中既高兴也难过。他们几个从小一起长大的人，最终还是走到了这一步。

六月二十八日，凌晨一点。

方声僵硬的面孔如石头般，双眼木然地盯着光屏上的数字跳动。榜单数据每一分钟都在变动，而方召早就挤到了第十一名，眼看着就要追上来。

自从方召进赛场，方声就没有睡过一天好觉，每晚噩梦连连。经常梦到他站在海面上，脚下是幽蓝的深不见底的海水，一只巨大的海兽突然冲出海面，张开满是尖牙的兽口，朝他咬过来，避无可避！

而现实不也如此？

凌晨1：32。

第十名：《飞扬》，下载量2,430,561；

第十一名:《呵呵，亲爱的你》，下载量2,402,796。

凌晨2：15。

第十名:《飞扬》，下载量2,434,129；

第十一名:《呵呵，亲爱的你》，下载量2,419,582。

凌晨3：55。

第十名:《飞扬》，下载量2,437,643；

第十一名:《呵呵，亲爱的你》，下载量2,437,596。

凌晨4：00。

第十名:《呵呵，亲爱的你》，下载量2,437,710；

第十一名:《飞扬》，下载量2,437,709。

方声脸色惨白，嘴唇抽动着，拿着手环的手剧烈颤抖："输了……呵呵，还是输了……"

啪！签入新公司之后新买的闪亮的手环，被狠狠摔向地面，摔得七零八落。

霓光不会再给方声安排另外的推广渠道，因为在察觉到方召的逼近时，方声就已经申请了一次，如今想要更多，公司是不会同意的。偌大一家公司，还有许多有潜力的人，还有大牌明星，能用在你一个新人身上的资源有限，若是被踩下去，也不能怪公司。

说看重，霓光也的确是比较看重方声，毕竟冲进榜单前面了嘛。但要说特别看重，那是不可能的。新人方面，公司的主要战斗力都放在今年推出的虚拟偶像身上，其他人都靠后。

第十名与第十一名，一阶之差，对于此时的方声而言，却仿佛天堂与地狱的差距。

太阳渐渐出来，人们又开始了一天的忙碌。

银翼大厦内。方召一大早被杜昂叫过去，说了签正式合同的事情。方召已经挤进前十，现在正朝着第九冲上去。不管如何，前十是肯定的，升职是肯定的！

杜昂今天心情特别好，难得没有吼人，对方召笑得格外灿烂，谈合同的时候还帮方召争取了一些好处，所以签约进行得非常顺利。

"对了，你看过公司的留言板没？"杜昂问。

"留言板？没看过。"方召从记忆中搜索到了一点关于留言板的信息，不过很少，想来原主接触这个也非常少。

"去看看吧，你那里的留言还挺多的。"

方召在杜昂的指点下，登录公司官网，进入留言板区域。

排前面的那些几乎都是公司的大牌热门明星，方召搜了一下自己的名字，点进去，确实有很多留言，虽然比不上那些大牌，但作为新人，上千条留言也算多的了。

方召走出公司，坐上返回城郊的列车。上车之后，方召点开留言板，听里面的留言。

因为方召只是实习生，还没有正式签约，所以在留言板上，粉丝们只能留言，不能送礼。

有些人留的是文字，有些人留的是语音，不过都可以用"听"模式。

5楼：为什么要有前面的"呵呵"？没有前面的"呵呵"声这首歌能提升一个档次！银翼那边为什么不发删减版？

6楼：笑话，银翼那边为什么要发删减版？我们学校有人外放这首歌的时候隐去了前面的人声，结果被人嘘，让放完整的。你倒好，还嫌弃上了，真是印证了前人所说的那句话：得不到的永远在骚动，得到的却弃之如敝履！

……

12楼：我不管，我就喜欢原版，反正有它之后，我上课都不瞌睡了，光顾着走神！

方召之前也看到了网上的一些议论，不过，他也看出来背后有银翼的运营团队在带节奏，议论也能提升人气。

那段笑声不是原主日记中的，但却是原主在写日记之前确实有过的行为。说到这个，方召也不得不承认，银翼签新人歌手是经过严格把关的，就算之前掉过链子，但贝致确实很有天赋，再加上有一定经历，比起其他人，他能将这首歌更好地演绎出来。

关注了一下听众们的反应，方召也安心许多，他在编曲上的手法还是被大众接受的。这样一来，是不是说，他自己的作品，也能真正放出来？

再继续往下听。

51楼：差点错过这首歌，已收藏下载。

52楼：哈，我也差点错过了，刚听这首歌的时候被前面那段笑声刺得一激灵，什么鬼玩意儿！十秒过后，咦？前奏好像还不错，再听听，听完之后……呵呵亲爱的你啊~呵呵亲爱的你~

不知道谁爆料方召这首歌的灵感来源于他被甩的经历，倒是让很多人理解了这首歌。

129楼：听说方召是在他女朋友甩了之后，才创作的这首歌，如果能创作一首这样的歌，我愿意被我女朋友甩！

130楼：楼上的，首先……

131楼：你要有……

132楼：一个……

133楼：女朋友……

……

272楼：对一个男人而言，最无奈的事情，就是在自己最无能为力的时候，遇到了想要照顾一生的姑娘。我不知道方召是谁，但我觉得我能体会到他的心情。

……

316楼：加油哥们儿，15号的时候我押了手头所有的零花钱在你身上，押你冲进前十！这就是我毕业之前最后的任性！现在，我正在数钱！挺你！！

……

429楼：不要怕，就算全世界都抛弃了你，方召，你还有音乐！

……

500楼：方召师兄，加油冲吧！——齐安音乐学院大五编曲系全体学生留。

……

方召看着车窗外阳光下繁忙的城市，笑了："放心，这才刚开始。"

6月28日，下午3：21。
第九名：《呵呵，亲爱的你》，下载量2,512,576。
6月28日，晚上7：08。
第八名：《呵呵，亲爱的你》，下载量2,578,394。
6月29日，中午12：03。
第七名：《呵呵，亲爱的你》，下载量2,710,962。
6月30日，凌晨2：33。
第六名：《呵呵，亲爱的你》，下载量2,800,357。
6月30日，中午12：45。
第六名：《呵呵，亲爱的你》，下载量2,908,728。
6月30日，晚上11：56。
第五名：《呵呵，亲爱的你》，下载量3,000,923。

这一晚，几乎整个延洲音乐圈的新人都没有睡着，全都在守榜。

他们就这么看着那匹最晚冲进新秀赛场的黑马，依旧以迅猛的气势一直往上冲，爆掉第十名之后，三天时间，又接连爆掉第九、第八、第七、第六名，直逼前面的第三、第四名！若是再给他一天时间，第三、第四名也会被爆掉，若是再给他一个月，榜上到底是怎样的情形，也未可知！

当时间显示终于跳到"00：00"的时候，当新锋榜上终于显示出"定榜"标志的时候，守榜的人都长呼一口气，终于结束了。

尤其是排第四名的楚光和排第三名的荣正，他们与方召一样签约银翼，还是同一个系的同学。他们排名高是因为进场早，而且获得了银翼安排的一些优秀资源，占据了先机，但方召的出现令他们背后一凉。差点，就被超了。

数据上他们虽然在第三、第四名，但也仅仅只是刚过三百万的下载量，领先不了方召多少。就如其他人所想的那样，若是再给一天时间，不，只需要半天，他们的位子真的不保！幸好！于银翼而言，他们都是新签的作曲人，公司只看排名不看人，可他们身在局中的人在意啊！幸好，这个赛季终于结束了！结束了……

真的结束了吗？

第4章 CHAPTER 4
虚拟项目

新的一个月的开始，也是新赛季的开始，虽然这个赛季的关注度不如前一季那么高，但也是新一轮的厮杀。一场新秀赛过去，优劣已分，已经在上个赛季获得好成绩的人，在公司大力助推下，利用更好的资源，制作更优良的音乐；而没有获得好成绩的人，原有的许多资源会被撤掉。

方召这匹黑马确实引起了不少人的注意，在圈内也引发了不少话题。

《燎原火》是业内人气颇高的网络媒体，总公司就在齐安市，他们关注的也都是延洲大大小小的明星，而乐坛这个赛季的赛场，他们自然也关注了，新秀赛榜单的前十名赌局就是他们开的。

七月一日，新的一期节目开播。还是观众们熟悉的那两个主播，一男一女。

节目一开始，装扮明艳的女主播就笑道："六月过去了，这大热的天，多少人在月末几天被惊得失眠……"

圈内的观众同时在心底咕哝：是，你们吃瓜群众都在看戏，我们这些身在赛场的人都失眠好久了！难怪别人都说第二赛季是一年四个赛季中最激烈的一季，是真正的新秀赛，够残酷够现实，不带一点水分。不管你平时多能吹，市场都能将人打回原形。

节目里女主播还在说："说起这一季新秀赛，确实有亮点啊。"

男主播："的确，因为里面有一首驱除睡意的歌曲嘛，呵呵。"

男主播一语双关的玩笑，让观看节目的圈内小新人们想摔手环：呵呵你个头！听到呵呵就头疼！

女主播："过去的一季新秀赛，其实是意料之外，情理之中，两位新出道的虚拟偶像霸居榜单第一、第二名。"

男主播："对，今年一直没动静的橦山实华和霓光，两大公司终于再次启动虚拟偶像项目。"

随着主播的声音，一个影像出现。修长的身影，身穿印着锥形山图纹的白色连帽卫衣，

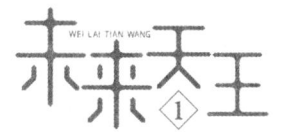

笑起来带着坏坏的帅气，只是简单的一抬头，便能俘获万千少女心。与此同时，《相信我》的歌声响起。这正是上赛季榜单排第一名的虚拟偶像旬怀，已经霸居榜单第一名两个多月了，上赛季歌曲下载量破五百万，所属公司橦山实华。

在旬怀之后，是一道玲珑的身影，虽看着年纪尚幼，但样貌却无可挑剔，俏皮的笑容和灵动的眼睛，让人见之心喜。这是榜单第二名的虚拟偶像菲丽丝，歌曲《彩虹糖》，上赛季下载量四百八十万，所属公司霓光文化。

"哇，一个赛季两位虚拟偶像，旬怀的实力就不说了，最近我几个表妹都在关注他。菲丽丝也不差，据说和霓光合作的一个糖果公司靠今年出的彩虹色糖果赚翻了。"女主播说笑似的提到。

"两位虚拟偶像确实实力强劲。不过，这一季到现在，我却更关注榜上的其他人。"男主播接过话，"今天我们就收到了一份动画投稿，与这一季的新秀赛榜单有关。"

观众们顿时提起神了，什么动画？

很快，节目里就放出了影像。一只标着"10"的油光水滑的肥老鼠在呼哧呼哧拼命奔跑着，在它后面，一群花纹各式各样的猫紧追着。若是仔细看，后面的猫身上都有各自公司的标志。

了解榜单的人心照不宣，笑得意味深长。这不就是赛季最后，榜单上的情况吗？

动画里，一群猫紧追着前方的肥老鼠。

"我的！"

"是我的！"

"都滚，前面的老鼠是我的！"

"你们都闪开，我要放大招了！拿下前方的肥老鼠！"

而就在众猫争夺的时候，一只猎豹从后面风一般追上来，越过众猫的身影，踩在前面那只肥老鼠身上，未做停留，继续往前奔跑，只留下一个矫健的背影。

看到动画的霓光新人部员工："……"

方声的经纪人："……"

铁青着一张脸的方声在周围或嘲讽或可惜或幸灾乐祸的目光下，砸了他买的第二个手环。与之相反的是银翼的员工，一个个咧着嘴乐呵。以往很多时候都是霓光那边看他们的笑话，现在反过来了。

虽然，他们银翼在上一季新秀赛没有夺到第一、第二名，但第三、第四、第五名都是他们银翼的！再加上第八名的那个，前十他们占了四个呢，四个！以前想都不敢想的！杜昂昨天晚上盯榜盯到零点的时候就乐疯了，被他老婆砸了一枕头也不在意，傻笑到天亮。升职了！他升职了！！

新人歌手贝致看到最终成绩的时候也兴奋得一夜没睡："我火了？"贝致瞪着双眼盯着榜单，舍不得挪眼，"呵……呵呵……哈哈哈哈！"

第4章 虚拟项目

柳暗花明，否极泰来；塞翁失马，焉知非福。同屋的另外三人都觉得神奇。他们四个新签约的歌手住在公司安排的宿舍。与作曲的人不同，他们这些歌手没有什么需要保密的东西，实习期上课、接受培训、练歌，都不是什么秘密。

贝致刚签约的那段时间诸事不顺，另外三个人都知道，以他的状态根本唱不好歌。他们以为贝致会提前被淘汰，但谁能料到还有个方召在后面。六月的时候贝致缓过来了，并且正好接到了杜昂的安排，捡了便宜。

"我火了，哈哈哈！"贝致如一只抽风的羊，在屋里蹦跳着撒欢。

"对了，我还要感谢方召！"贝致赶紧拿起手环联系方召，这么大的金大腿，此时不抱更待何时？他是个新人歌手，跟作曲人打好关系是必须的，以后才能继续有好歌唱，有好歌唱他才能火。

有人欢喜有人忧，欢喜过后也会有烦恼。比如第二天接到升职调令的杜昂，现在就非常苦恼。以前杜昂只管作曲新人，现在升职，管公司所有作曲人。上一个主管因为去年的虚拟项目彻底失败而离职，位子一直空着，现在被杜昂接了。

升职是好事，但看到待办事项之后，杜昂就笑不出来了。

银翼每年都有虚拟项目，只是很少有大投入，用银翼老板的话来说就是，他们可以有偏重点，在虚拟偶像上可以弱势，但绝对不能没有！偌大一个银翼，不能让人说他们造不出来虚拟偶像，火不火是一回事，有没有是另一回事。

但去年大投入的虚拟项目失败后，虚拟项目部便散了。员工有的调离，有的跳槽，现在去那层找人都难得看到人影。高层没办法了，也不管合不合适，手一摆，反正你们这几个主管想办法。一年一个项目是老规矩，不能破，今年的还没开始，你们瞎编也给我编个虚拟偶像出来。反正只要凑数完成任务就行，别的不要求。

说是这么说，失败了还是很丢面子的。

这个烫手的山芋抛来抛去，最后落到一直空缺的职位上。之前作曲这边的主管空缺没人，所以大家都当这个项目不存在，现在杜昂接任了，其他人终于放下了心。

"老杜啊。"编曲主管亚尔林捏起个兰花指指着杜昂。

"别'老'啊，我才四十，当前人口平均预期寿命一百八的年代，我的人生才过去不到四分之一，还是个年轻人。"杜昂头也不抬地道。

亚尔林像是没听见似的："老杜啊，你说你这是何苦呢，爬起来受罪。"虚拟项目那是能接下的吗？

杜昂也跟上面反映了，专业不对口，玩不来虚拟这套。可现在大家都不接，项目摆在那里，上面表示：既然你上来接任职位，那就由你接算了。

杜昂后悔得想吐血，早知道这样他就不升职了，等有人接了虚拟项目他再申请调任。

悔不该啊！上一个躺医院的虚拟项目主管就是他的前车之鉴。

郁闷的杜昂只能拿手下的作曲人们开刀，召集人员，上来就开始诱惑："你们谁愿意接下这个项目？有优待，直接升职的哦。"

收到杜昂的在线会议消息，作曲部的所有人都准时上线。方召也是，他本来还打算出去跑一圈，收到消息后也不出门了。可众人一上线，就听到杜昂抛出了个炸弹。

是的，银翼的员工都知道，本公司的虚拟项目是个坑，坑钱又坑人，谁碰谁倒霉。而且，专业不对口，他们只是负责作曲的，又不是虚拟制作人，就一外行，什么都不懂，杜昂说的这话他们怎么接？

于是，在杜昂抛出那句话之后，所有在线开会的人都沉默了，垂着眼，连呼吸都放轻，生怕呼吸声重了会被注意到。就像上课中的学生害怕与老师对视，因为视线一对上，就有可能被老师点起来。方召也没出声，他对虚拟技术并不了解，当然也不会冲动地接过来。

与方召同一期签进来的另外三个新人，虽然听到能升职有些心动，但一看大家的反应就明白了，这绝对不能碰。他们好不容易在新秀赛拼杀出来的大好局面，不能因为这个项目而毁了！赶紧噤声，当自己是块石头。

杜昂看着装哑巴的众人，心中也憋着一股火气。看吧，他就说了，这项目他们这边完不成，抛出升职的诱饵都没人上钩。可上面定下的任务，杜昂也不好硬着头皮还回去。

反正上面也是个敷衍的意思，对虚拟项目没有太高的要求，只要完成任务。杜昂想了想，打破沉默："行了，大家都是明白人，我也就不说其他有的没的。这个项目上面已经确定交给我们了，没其他的要求，只要制作出来看得过去就行，经费也有限，两百万……"

"两百万？！"有人惊呼。不是觉得太多，而是这经费实在是太少了！

去年虚拟项目的投资是多少？虽然公司对外宣称投资五千万，但了解内情的人心里都明白，投进去的初始资金或许就不少于一个亿，最后血本无归。要不然公司不会一怒之下清出一大批参与虚拟项目的人，解雇的解雇，降职的降职，整个虚拟项目部现在几乎已经空了，剩下的就在那儿过着退休般的生活。

两百万相比起一个亿的投资，少得可怜。从投资的金额就能看出公司在这个项目上的敷衍态度，掺进去是绝对没有前途的。

杜昂横了插话的人一眼，他现在是老大："我话还没说完，你插什么嘴？！"顿了顿，继续道，"上面一开始说的是经费两百万，不过在我的争取下，又追加了三百万，一共五百万。"

五百万也少，众人心中暗道。像今年新出道的旬怀和菲丽丝那两个虚拟偶像，初始制作绝对是数千万的级别，若是发展得好，后续可能会再投进去几个亿。但人家橦山实华和霓光有本事让那两个偶像捞钱，就算是砸进去几个亿他们也能捞回来，菲丽丝代言的糖果就是一个捞钱的例子。

可他们银翼的虚拟偶像呢？目前为止，还没见到有特别能捞钱的，个个都是才出道不久就扑街。

见还是没人接话，杜昂咳了一声："既然大家都不愿意接，那就随机抽吧。"

随机抽？！众人顿时提起心来，祈祷：别抽我，千万别抽我！

杜昂可不管他们心中是怎么抱神佛大脚的，为了防止其他人说他作弊，杜昂这次没有用电脑抽取，而是在屏幕前当着大家的面，做了许多写着各人名字的纸条，然后团好，装进一个箱子里，用最古老的方式来抽。

"看好了，这完全是公平的抽取，没作弊啊，你们就祈祷自己没那么倒霉吧。"说着杜昂将手伸进纸箱内，掏出一个纸团，在屏幕前打开。

杜昂是将纸团朝着屏幕的方向打开的，所以众人能看到纸团上的字，杜昂却不能。在打开的那一刻，他听到了众人如释重负的喘息声，像是溺水的人又回到了岸上，大口呼吸着空气。

杜昂将纸条翻过来一看，上面两个大字——方召。

眼皮一跳，杜昂也意外这个结果，他其实不太想让方召接这个项目，以方召在新秀赛的表现，后面肯定会有更出色的歌曲。作曲部现在有五十多个人，本想着五十分之一的概率，不至于选中方召，谁想，还真就抽到他了！可这事他也没法反悔，当着众人的面抽的，若是反悔就要惹众怒了。

杜昂看了看方召的反应，见他只是微微皱着眉，并没有很强烈的情绪反应，心中叹道：果然是新人，还不了解内情。虽然有些遗憾，但既然选择了，事情也就定下了。

"方召，"杜昂看着光屏上的方召，"这个任务，就交给你了！好了，其他人都可以下线。方召，你下午来公司一趟，我带你去虚拟项目部那边看看。"

断开通信后没多久，编曲部主管亚尔林过来串门："老杜，听说你将那包袱甩出去了？"杜昂这边一结束会议，亚尔林就通过自己的手段从几个作曲人那里了解到了事情的始末。

"关你屁事！"杜昂看到亚尔林这妖人就觉得辣眼睛，以前他职位低一级，说话气短，现在大家职位齐平了，说话就有气势多了。

赶走了亚尔林，没多久运营部的朱利安过来，一脸八卦："杜昂，听说你手下的一个作曲人接下了那个项目？"朱利安资历比杜昂老，至于职位，虽说如今大家都是部门主管，但杜昂还真不敢太得罪朱利安，应付的语气也好了些。应付完朱利安没多久，后勤部的主管，年纪比杜昂大三十多的布莱又来了。

"小杜啊，听说你们作曲部的人接那个项目了？"

杜昂："……"心累！在一小时内，几乎整个银翼都知道，今年迟迟没启动的那个虚拟项目终于有着落了！被塞给了作曲部那边的一个新人！

于是，下午方召走进公司的时候，受到来自周围一圈人的注视。

"就是他？"

"对对，就是他！今年作曲部那边签的新人，新秀赛第五那个。"

"新秀赛第五？就是呵呵的那个？"

"对对对！"

"是他啊，可怜。"

"这人真够倒霉的。"

"没办法啊，新人，没法拒绝上面的安排。可怜人哪！"

"新人不就是用来收拾烂摊子的吗？瞧着吧，以后肯定得挨骂。"

谁都觉得方召倒霉，新秀赛都排第五了，而且明眼人都知道方召的那个第五含金量有多高，可以说，只要按照经纪人的安排来走，方召以后的路很有"钱途"的。可惜，接了坑爹的虚拟项目。

方召没有去杜昂的办公室，而是依照杜昂的要求，直接上五十楼。

五十楼是虚拟项目部的地方，一整层都是。其实早些年公司成立没多久的时候，从四十五层到五十五层都是虚拟项目部的地盘，但随着时间过去，虚拟项目办得越来越差，楼也一层层被公司收回做其他的事情。到现在，只剩下五十楼还留着了。

去年公司大投资的虚拟项目组成立时，这一整层都是满的，现在，方召走出电梯的时候，只有一个感受——空！设备回收，人员撤离，留下大片大片的空间，喊一声能有明显的回音。

"这边！"等在那里的杜昂将方召叫过去，带着他走进一间办公室，"在项目完成之前，这里就是你工作的地方。"

方召看了看，两百多平方米的精装修办公室，还只是他的单人办公室。大概也就银翼这种不差钱不差地方的大公司能提供。

既然杜昂接下虚拟项目部这边的事情，那他就是这边的主管了，方召则是他指定的制作人。不过以后杜昂的重心肯定是在作曲部那边，虚拟项目部这边，就由方召看着办。

"从现在开始，方召你就是这个虚拟项目的制作人。整个虚拟项目部除了我，就你最大，什么事情都由你决定。这是上面已经同意，全都建档了的，你的信息已经录入这层楼，进来只需要扫手环确认身份就行了。"

方召点点头，问："这里其他人呢？"

"出门左拐往前一直走到头，最边上那间办公室里，我刚看那边正睡觉呢，大概昨晚通宵玩游戏了。"杜昂道。

方召疑惑，以杜昂的脾气，见到有人上班睡觉竟然不发火？

"那边有几人？"方召问。

"一个。"

方召："……"

方召伸出两根手指向杜昂确认："也就是说，现在整个虚拟项目部，加我就两个人？！"

"咳……是这样没错。"杜昂就算脸皮再厚也不好意思，这真的是欺负人啊，欺负新人。

方召不知道该说什么了，他之前就听别人说过，虚拟项目部因去年项目失败而遭到"血洗"，只是没想到洗得这么彻底。若是没杜昂接手，这项目大概公司都打算一直拖下去不做了。

"没人你可以招新人嘛，或者从其他部门借人。"说到后面杜昂自己都编不下去了，"那什么，你慢慢适应，我先下去了，作曲部那边还有很多事情。"杜昂准备开溜。

"等等！"方召叫住杜昂。

"还有问题？"

"明天我要去学校参加毕业典礼，办理毕业手续，项目还不能马上开始。"

"呵呵，不急。"杜昂道。他当然不急，已经将包袱甩出去了，一身轻松。至于方召弄出什么样的虚拟偶像来，他就不在乎了，只要完成任务就好。

拍拍方召的肩膀："加油，好好干！"

杜昂离开之后，方召仔细打量了一下这间办公室。除了办公桌和那里的微计算机外，最显眼的就是那一排书架。如今看纸质书的人已经很少了，但也不是没有，有些人喜欢复古的风格，有些人则是纯粹喜欢纸张的手感和观感。

这间办公室的书架上大概有上万本书，有些看起来很新，有些已经被翻得边上都起毛了。或许是因为材质的升级，方召并没有看到缺角烂页的，也或许是那些被翻烂的书已经替换成了新的。这个书架经历了不知多少任主管。

方召大略扫了一眼，多是关于虚拟偶像的书籍，从虚拟偶像的历史沿革，到技术更新，再到形态性质都有。《虚拟偶像的概念及其文化特征》《虚拟偶像身体美学》《论虚拟偶像的情感表现力》《雷哲空间简史》……

方召挑了一本介绍虚拟偶像文化发展的书，坐在办公椅上看起来。办公室的条件比黑街那边好得多，没有人打扰，不开灯只开窗也有足够的光线。

一页页翻着书，越看方召就越感受到这个时代娱乐圈的不同。虚拟变革的开始，就是在末世结束后。新世纪206年，被当代人称为"虚拟偶像之父"的雷哲，发明了"雷哲空间"，将虚拟偶像正式推上星光灿烂的大舞台，让其在阳光下，与真人明星展开竞争，开辟真正的虚拟盛世。

"灭世时期过后，世界经济快速复苏，科技迅速发展。数字技术是其一，它将现实中的一切信息数字化，并通过视觉、听觉甚至其他感觉再现给人们，还可以通过一定规律和手段合成现实世界中没有的图、声、像。

"电子技术合成的虚拟形象，也是人类社会视觉时代的产物，它们从虚拟世界中走出来，活生生地站在人们面前，活跃在大荧幕上，欢腾在一个个会场中。无可否认，雷哲空间无疑是一个划时代的发明……"

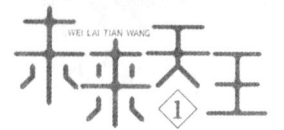

方召看着书中对雷哲空间的介绍,感觉当真神奇。"雷哲空间"是一个虚拟世界,是三百年前被称为"新世纪虚拟偶像之父"的雷哲创造的,一项结合物理学与计算机的技术,虚拟偶像就是通过这个技术制造出来的。

三百年前的雷哲将虚拟技术改革,创造雷哲空间这项技术,让以后的虚拟技术人员能更好地、更真实地创造虚拟形象。"雷哲空间"承载数十亿种颜色,脱离投影空间的局限,让虚拟偶像的动态效果衔接更加自然流畅,不受观看角度限制,投射在空气中,触手可及。用这本书里的话来说:"虚拟偶像的创造,是一个在虚拟世界中创造形象,并赋予其活力的过程。"

诞生于雷哲空间的虚拟偶像们,从幕后工作人员的头脑以及更新的电子技术中不断获得生命。到了三百年后的今天,虚拟技术已经经过无数次提升,使得虚拟偶像更加完美,但那些新技术无一不是在雷哲空间的基础上完成的。可以说,雷哲空间技术,就是新世纪虚拟技术的基石,是每一个从事虚拟技术的人员都必须了解的技术。

雷哲创造了"雷哲空间",开辟了虚拟偶像盛世,但三百年后的今天,雷哲早已离去,虚拟盛世不再。不过这并不是雷哲空间自身的原因,关键点还是人。人,才是"雷哲空间"的掌控者,才是创造虚拟偶像的神之手!

若是能够选择,方召倒是很愿意穿回三百年前,看看书上和影视纪录片中都提到过的虚拟盛世究竟是怎样一个时代,看影片总比不上亲身经历来得深刻。

思绪回到现实,方召有些犯难。技术人员可以找,但当下首先得决定,他要造出一个怎样的形象?书上说:"在雷哲空间里,你就像是一个握着画笔的画者,一个手执工具刀的雕塑家,创造属于你的梦想。"方召现在面临的问题就是,就算给他一支笔,一把工具刀,他要画什么?刻什么?

就在方召苦思的时候,有人来访,还是三个。编曲部主管亚尔林、运营部主管朱利安、后勤部主管布莱,一起过来了。

"啧啧,难得这里又有人了啊。"亚尔林抬起没骨头似的手指点了点办公室内的几个角落,"还是太空了。"

"没事。方召是吧?"后勤部的主管布莱一副关爱小辈的样子,"别担心,我明天就让人给你送个沙发过来,还缺什么就跟我说,只要不是太难办的,我都能帮你搞定。"

"就是,别跟布莱客气,他那里经费多,随便挪一点就能帮你将这些事情给办了。"朱利安笑道。

他们三个就是好奇过来看看,也觉得将这么个坑爹项目扔给新人有些不合适,更别说这个新人还是在新秀赛中获得好成绩的,这不是欺负人吗?

虽然心中觉得不合适,但要让他们接这项目,他们是绝对不干的。布莱也只是答应在物资上补偿方召一下,压根不敢提项目相关的事情。

第4章 虚拟项目

"方召,我知道你是作曲专业出来的,你对虚拟偶像了解多少?"朱利安问道。

论年纪,重生前方召比三人中的布莱还要大得多,但毕竟这具身体年轻,三人看小辈的态度方召就不较真了。至于朱利安的问题,方召想了想,道:"虚拟偶像,就旬怀和菲丽丝那样的?"

朱利安三人同时沉默了几秒,这话他们不好接。顿了会儿,朱利安才笑道:"年轻人,目标不要定得太高,定太高了会失望。"

谁都知道那两大公司擅长虚拟偶像的制作,尤其是檍山实华,只要推出来的,都是千万粉丝级的偶像。今年推出的旬怀显然也是个成功之作,已经开始投资影片了,以后会更火。再想想他们银翼那些扑街的虚拟偶像,怎么比?

"不需要达到旬怀和菲丽丝那种程度,唉,总之你尽力就好。失败了咱们也不怪你。"布莱叹道。边上的亚尔林翻了个白眼。是,他们是不会怪方召,但上面的高管们的态度可就难说了。

"您几位有喜欢的虚拟偶像吗?"方召问。

"当然有!"亚尔林正打算说什么,突然停住,讪笑了下,"唉,都是以前的事,别提了。"

方召又看看朱利安和布莱,这两位也一副不想说的样子。

"我们就是关心你过来看看,方召你先忙,我们得回去做事了。"布莱摆摆手,转身出门。

"我也得下去了。"

"我也是。"

朱利安和亚尔林都跟着开溜,亚尔林走出门之后还暗自庆幸,还好他打住话头了,要是说多了,方召依照他说的造出一个虚拟偶像,以后项目失败他也是有责任的。

幸好幸好!

在那三位主管离开之后,没等方召看两页书,又过来一人。来人三十多岁的样子,胡子拉碴,手掌长的头发乱糟糟地堆在头上,脸上还有红痕,大概是趴在桌子上睡觉的时候印出来的。这就是杜昂说的如今部门唯一的员工。

"你好,我叫祖文,是虚拟项目部的技术员。"

"我叫方召,现虚拟项目制作人。"方召抬手示意祖文自己找椅子坐。

祖文也没什么不自在的,拖过来一张椅子跨坐下来:"我知道你,全公司都传遍了。"

方召知道,这个"传遍了"肯定不是因为新秀赛的原因,虽然新秀赛对他们这些新人很重要,但对公司其他人而言就未必了。所以,"传遍"的原因可想而知。

虚拟偶像项目的坑被塞给了一个作曲部的新人,这个事情整个银翼都知道了,公司内部网络里一些人讨论得火热,整天混网络的祖文当然不可能不知道。

"现在整个部门真就只有我们两个人?"方召问。

"是啊,现在就只有我们两个。"祖文不在意地道,"本来还有三个的,上午听说你要

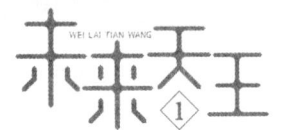

过来,就临时申请调离,跑其他部门去了。"

在方召来之前,虚拟项目部的确不至于洗得只剩下一个人,上午之前还有四个。自去年公司投资的虚拟项目失败之后,虚拟项目部这边就没人管了。上一个主管兼制作人现在还躺在医院,据说是被打击到了,心情抑郁,并发症太多,留医院休养到现在还没出院。但真实情况怎样,他们可不知道。

反正这边没人管,他们就像放羊似的,每天来打个卡,睡觉、上网、玩游戏,到点下班。每个月照样拿工资,不多,但轻松好拿。现在一听说项目要启动,那三个人就吓跑了。

"你怎么没走?"方召又问,"其他人都走了,为什么你选择留下?"

"没来得及。"祖文打了个哈欠,"要调离还得写申请,上午写了一半睡着了,现在才醒。"

方召:"⋯⋯"难怪杜昂见到祖文工作时间睡觉都没骂人,大概是担心将这最后一个骂走了,这里没人。

见祖文不断打哈欠,方召突然问道:"你追星吗?"

"你指的是现在活跃在网络上的那些虚拟现实的偶像明星?"

"不止,以往那些也算。"

"如果是那些的话,我不追星。"祖文咧着一口白牙,"因为我是一个雷哲空间技术员。"

方召记得,刚看的书上提到过,雷哲空间技术员大多都有一种心理:我创造的,才是我所追求的,其他人创造出来的只是别人心里的偶像,而我的偶像,必须从我自己手里出来!

"那你觉得,咱们应该创造一个怎样的形象?"方召问。在虚拟方面,他真是个新人,虽然末世之前也有虚拟偶像,但那时候与现在不同,现在都有成熟的运作体系了,实在是不可同日而语。

"别问我啊!"祖文噌地从椅子上弹起来,像是被钉子刺到似的,"千万别问我!我只是个技术工,理论上的东西,比如虚拟形象,是由制作人决定的,我只负责将制作人决定的形象造出来。简单点说,我只做你安排的事情,该做什么由你这个制作人决定。"

祖文可不想背锅,银翼的虚拟项目一直都是这死样子,要是他说的东西最后让项目失败,那就惨了。见一个两个的都对虚拟形象避如蛇蝎,方召也意识到,这项目的形象设计还真得他自己来了,别人都不敢碰。

"那什么,没事我先回去了。"祖文就是过来报个到,看看新来的制作人到底怎么样而已。

"行,你先回去吧。"

被放行的祖文一个字不多说,大步离开,留方召独自坐在偌大一间办公室里,看着桌上的书出神。虚拟形象,该弄个什么出来?

这时候,手环提示有来电。是黑街那边的事情,他预约了装修工人,将租的那间屋子重装一下。银翼的薪酬已经打到账上了，依照合同，方召因为新秀赛的歌曲下载量，能得到一百万——九十万是歌曲下载的分成，十万是公司对排名第五的奖励。

方召是可以用这些钱去租个条件更好的地方，甚至去城郊买个小点的单人房，公司也询问过是否需要安排住宿的地方，正式员工是能够申请住处的。

原本方召计划去城郊买个单人房，但接到这个项目之后，方召就暂时歇了那些心思。他之后很长一段时间可能留在公司的时间居多。作曲人的时间可以自由支配，不需要天天来公司，但作为制作人，要了解虚拟项目更详尽的信息，有一些资料得在公司才能免费查阅，公司之外，在网络上看还得额外支付大笔钱。

翻阅资料在公司，甚至睡觉也可以直接留在公司。这么一来，现在去找住房就没有必要了，末世时条件更差的地方都住过，住处就不着急了。还是将这个项目先完成再说。所以，方召选择了装修原租房。

跟杜昂说了声，方召离开公司，回到黑街的住处。决定暂时不换住所后，方召先升级了装备，耳机、眼镜、音响装备都换了一套更好的。现在装修的人正给这个小屋换更隔音的窗户以及通气设备。不过一个小时的时间，改装完成。

看看时间，已经下午五点了，方召下楼，那只卷毛狗也亦步亦趋跟着下楼。来到商店，方召进店买吃的，他现在手里有点资金了，没必要委屈自己，点了些用料更好的食物。岳青将解压的食物递给方召。这些食物比之前的那些压缩糕更加细腻松软，香味也更自然。

"多少钱？"方召问。

"不用，送你的，恭喜你新秀赛取得好成绩。"岳青平时也不关注音乐圈的事情，还是听昨天来店里的几个小年轻说话的时候才知道。

方召也不矫情，接过盘子："多谢。"

"对了岳老板，你喜欢什么样的偶像明星？虚拟的还是真人的？"方召问。

"偶像明星？"岳青被问得愣了愣，随即摇头，"不，我不追星，现在那些偶像明星，我没什么感觉，听歌也不会去关注谁唱的、谁作曲。就你们玩音乐的新秀赛我也是听别人说起才知道，以前没关注。不过……"

岳青谨慎地回头看了眼店内，确定自己老婆还在上班没回来，才对方召道："不过我记得有个明星，身材特别好。"岳青语气荡漾，用手比了大弧形，"叫什么来着，哎，不记得名字了。"

"虚拟的还是真人？"方召又问。

"这个倒不清楚。嘻，虚拟还是真人，有区别吗？对咱来说不都看得见摸不着？"岳青说道。

"那岳老板，你有崇拜的人吗？"方召问。

"崇拜的人？有啊，我老大，不过他在部队，想当年还没退伍的时候……"岳青提起曾经的部队生活，有些走神，但很快又回过神来，"你问这些干什么？"

"接了个关于虚拟偶像的项目。"方召道。这不是什么秘密,用不着隐瞒。

"那我就帮不了你了,我对那些偶像啊明星啊,没什么感觉,就算记得个模样也不记得名字。歌之类的就更不懂欣赏了,反正听到特别对胃口的,就存下来。不过现在对胃口的歌少了,不是太绵就是乱糟糟的震耳朵,不喜欢。"岳青是真不懂音乐,他听歌也少。

这时候有个人在喊方召:"哎,方召!这儿呢!"

方召循声看过去,是药店的老板正朝他招手,示意他过去。

"艾丸应该找你有事。"岳青说道。艾丸是药店老板。

将剩下的食物塞进嘴里,方召还了盘子,快步走出商店,往药店那边过去。

"什么事?"方召问。

艾丸扫了眼紧跟在方召脚边的狗:"你这卷毛狗的事情。"

将方召拉进店内,艾丸递过这几天他的检验成果。当时剃了狗毛之后,他就想看看这狗毛有什么特别之处,竟然将他的机器都给剃坏了。但检验后,发现狗毛并没太大异常。

"有五种罕见的金属元素超标,之前没检测出来。不过没大事,可能是长期从垃圾堆里捡东西吃造成的,垃圾堆那地方有很多有毒废弃物,不用在意。"艾丸说道。

方召看了看艾丸列出的检验单,问:"你就是想说这个?"

"当然不是。"艾丸将另一份检验单列出来,"检查狗毛的时候我将测出来的DNA序列同数据库中的比对了一下,你不是问过它的品种吗?结果就是,它可能有灭世前卷毛巡回犬或水猎犬的血统,不过你这狗的毛卷的波浪有点大,而且灭世时期大多数物种的基因突变,所以结果并不准确。因为灭世时期灭绝的生物品种太多,数据库保留下来的资料有限,无法得到更确切的数据。不过我又对比了一下灭世后的犬类数据。"

艾丸又调出一幅图:"你可能不知道,灭世时期之后,功勋犬身上发现了一些标志基因,灭世时期幸存的野犬身上,也有它们不同于驯养犬的标志基因。以前研究犬类的人就是通过检测那两种标志基因,来分辨功勋犬后代和野犬后代。"艾丸指了指结果图,又指指方召脚边的卷毛狗,"而我在这卷毛身上发现,两种标志基因它都有。"

"所以你的结论是?"方召问。

"它祖上肯定有一只是功勋犬与野犬的后代,不过到它这儿,野犬基因可能更强吧,毕竟它体型小。功勋犬一般都是大型犬。当然,不排除是那少数的几只小型功勋犬后代的可能性,但我还是更倾向于前一种判断。"体型小,生命力强,是灭世后野犬的一大特性,因为大型的野犬早就被灭了。

"你回想你捡到它的时候它是什么样,还有身体里重金属的浓度,若是换成其他狗,早死了,是它身上的野犬血统救了它。"

说着艾丸还想过去摸一摸狗头,被躲了。

"嘿,你还躲,当时剃毛的时候多乖啊,一按就趴那儿不动。"艾丸抱怨。

"谢了。"方召道。虽然这不是他要求艾丸查的,但艾丸能耗时间检查还告诉他结果,道一声谢是应该的。

"别客气，我自己好奇随手查的，你不介意就好。"艾丸摆摆手。

方召想了想，又问："艾老板，你有喜欢的偶像明星吗？"

"偶像明星？有哇！就那个叫什么的，在去年的一部影片里面演护士的那个女的。嘿嘿，特别可爱。"

"记得名字吗？"方召问。

"名字一时间还真记不起来。"

"虚拟偶像还是真人偶像？"

"虚拟的，唉，你说要是真人该多好，说不定我哪天就见着了。不过真人没她演得好，当时她演的那护士可有感觉了，就跟真的是医院急诊室护士一样。其他演员就演不出那效果，就算看着像也糊弄不了学医的。"

离开药店，方召回到二楼屋里，用新买的投影设备，看了以前人气比较火的一些虚拟偶像参演的影片和举办的演唱会，看看以前那些红火的虚拟偶像都是什么样的。

质量上乘的灵境眼镜和耳机，能让方召更好地去感受影像中的氛围，还原当时的场景。

灵境技术，即幻真技术，也就是人们常说的虚拟现实技术。

虚拟偶像的演唱会分两种，一种是实场演唱会，一种是虚拟演唱会。实场演唱会也就是在真实的会场演出，购票的粉丝直接去现场；而虚拟演唱会则是在网络上开展，借助灵境装备去感受的。

虚拟技术的发展，让人能隔着时间和空间的距离，去体会舞台上辐射出的那种让人血液沸腾的热量。

舞台上耀眼的形象，不管是真人还是虚拟的，对粉丝们来说，来到会场的那一刻，台上的人就是他们的全部。

宏大的场面，震耳的音效，逼真的呈现。不管那些演出者唱的歌质量怎么样，方召关注的是那些能带动全场节奏的核心人物。

人气火爆的虚拟偶像很多，各种类型都有。就如明星有自己的定位一样，虚拟偶像在被推出时，背后的团队也给他们定性了：或阳光型，或深沉型；或走成熟路线，或走可爱路线。

不同于真实人物，虚拟偶像是能真正冻龄的，一个设定为十六岁的虚拟偶像，能永远十六岁下去，而不是如真人明星那般需要借助外力来修饰遮掩。

方召不可能将所有现在正当红的虚拟偶像演出都看一遍，所以他只是大略地看了一眼。时下流行的虚拟偶像似乎都是迎合年轻人的喜好来制作，想想也是，年轻群体本就是一个喜欢追星且愿意为之消费的群体，像岳青他们这样的就不会去凑热闹了。

方召看了些影像之后，还是没什么头绪。

曾经火爆的虚拟偶像有很多种类，尤其是在"新世纪虚拟之父"雷哲的时代，人、兽、兽人、神仙、妖怪，可以说是群雄并起造就的虚拟盛世，不然也不可能将真人明星一度逼到差点退出历史舞台。

虚拟盛世也称为雷哲时代。那些虚拟偶像不一定都出自雷哲的手，但都是诞生于雷哲空间技术。现在的那些人气火爆的虚拟偶像身上，或多或少都有那个时代的影子，能从那个时代的虚拟偶像身上找到相似的地方。

不然，也学他们，照着雷哲时代的火爆偶像做？

方召拿不定主意，但也不想真如杜昂说的那么敷衍。他做事，要么不做，要么就尽力去做。

为此，方召决定明天去学校的时候，请教一下学校里教虚拟知识的老师。

第5章 CHAPTER 5
龙象天罗

次日，是毕业生们最后一次以学生的身份站在学校里，今天之后，他们将脱去学生的身份，走向各行各业。

学校师生们的关注点自然是那些优秀的毕业生，就拿作曲系来说，新锋榜前十有六个他们学校作曲系的，除去两个虚拟偶像，八个作曲的人里面，齐安音乐学院就占六个！

作曲系的人高兴，校领导更高兴啊，大手一挥：吹！都给我使劲吹！

眼瞅着毕业生走了，大一又要招新，这事情吹出去之后肯定会有更多优秀人才报他们学校。所以，这几天齐安音乐学院都沉浸在一股喜气洋洋的气氛中，作曲系的系主任更是满面红光，出门脚步都轻飘了三分，直到听说银翼将虚拟项目塞给了方召。

"我不管，你们这是打压新人！浪费人才！是糟蹋！"方召过去的时候，系主任正在跟人视频，光屏上正是银翼现任作曲部主管杜昂。杜昂也一脸的无奈，难得好脾气地解释了几句。没办法，这事确实办得不够厚道，再者，他也能看出这位系主任的心思。

自己系出来的成绩优秀的学生被如此对待，总得有点表示。就算对方是老牌三大娱乐公司之一的银翼，但他们也是名校啊，名校就该有名校的傲气，该出声的时候就得出声，这事发生在其他学生身上他也会这样做。

虽然知道他抗议改变不了结果，但能否改变是一回事，出不出声是另一回事，至少这个态度要摆出来。杜昂心中也在暗骂：老狐狸，这时间掐得多好，正好赶上方召过来找人，说不定是早就安排好的。

怒气冲冲地断开视频通话，系主任转身看向方召时，态度和蔼多了，一副为之叹息的样子，还安慰了方召几句："总之，别太大压力，他们请的那些专业人士都造不出来一个好的，你也别给自己太大压力。"

"谢谢主任，我知道的。对了，荣正说您找我有事？"方召今天一来学校，同系的荣正就告诉他，系主任找他有事。

"没什么，就是让你别将这事看太重，反正他们银翼也不重视，而且这项目进行期间

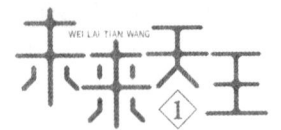

你也可以继续创作的。"又安慰了方召几句，系主任确定方召是真没他们想的那么颓丧，才放人离开。

"唉，多好的苗子，就是运气不好，又得耽搁一年。"系主任看着方召离开的背影，低头叹息。不过一想到他们作曲系的另外几人，心情又好了。

虚拟项目肯定得耽搁大半年甚至一年多，虽然他跟方召说项目进行期间可以继续创作，但真正忙起来，哪有心思和灵感去创作？所以耽搁一年是肯定的。不过，在接下来的一年时间里，他们作曲系还有其他几个优秀毕业生在乐坛刷存在感，新锋榜前十的作曲新人，少了一个方召，不是还有五个吗？他们"齐音系"依旧是老大，这是其他院校没法比的。

而另一边，从系主任那儿离开的方召，也能猜出那老头的几分心思，他又不是真的刚踏入社会的小年轻。所以，对系主任的话他没太认真。让方召感受比较深刻的是，冲新锋榜的时候，那些喊着支持他冲冲冲的人，今儿似乎有点避着他了。

作曲系拼进新锋榜前十的六个人中，方召受到的待遇明显与另外五人不同，倒不至于说冷遇和疏远，而是别人不知道该跟他说什么，过来说话的人也多是安慰。新人刚拼出头的这一年有多重要，他们都听以往毕业的前辈们讲过，因为一个项目耽搁一年甚至更久，这之后不确定因素就多了，前途未卜。

方召倒是没多在意，对于别人安慰的话，他也只是笑着道一声谢。

毕业典礼的时候，方召作为优秀毕业生之一，与其他人一同上台接受颁奖。为什么大家都拼命往新锋榜前十冲，就是因为前十有足够的曝光率和知名度。

方召也能听到台下那些人的窃窃私语，感受到看向他的眼神，大概，他们都觉得他会在接下来的一年时间里消失在乐坛作曲界。

毕业典礼结束之后，方召并没有同其他人一起离开，原主平日里在学校也没个特别熟的朋友，没什么话好说的。他去办了个虚拟偶像课程的旁听证。既然已经毕业，就不能再作为在校生享受便利，旁听得另外支付金额办理旁听证。

虚拟偶像课程是在一个大的阶梯教室上课。相比网上授课，现场授课的互动性更高，更主要的是那个阶梯教室的装备齐全，还都是顶级的设备，能让人感受更深刻，所以方召愿意大老远跑来听课。

办理旁听证的时候，方召遇到了楚光。楚光与方召一样，都是作曲系出来的，他是新锋榜第四名，同样签约银翼。

"旁听证？你要来听课？"楚光很是诧异，不过想到方召被塞的那个项目后，也了然了，"咱学校上这门课的人并不多，不过上课的老师是我叔，叫楚鸿。我跟他说说，你以后有什么不懂的可以问他。不过他刚被几个老师拉走了。"

"多谢。"方召道。

"客气，大家都是同学，又是同一家公司的，谢什么。"如果方召没有被塞进虚拟项目部，楚光或许还会防着方召一点，毕竟大家也有竞争关系。但现在就没必要了，他愿意帮一把。

"对了，你叔叔教虚拟课程，你对虚拟偶像了解多少？"方召问。

"没多少了解，不过我就知道一样……是我叔叔说的，不是我说的！"楚光赶紧将自己撇开。

"嗯，放心，我不告诉别人。"方召也知道楚光的顾虑。

得到方召的保证，楚光安心了点，看看周围，没别人注意到这边，便压低声音道："我叔跟我爸喝醉酒的那次，他发牢骚时我听到的，他说，乱世硬汉，盛世娘炮，大概，以后虚拟偶像会往后一种发展。"

方召闻言皱眉："为什么？"

"因为市场已经不需要一个战斗英雄去定乾坤了。"见方召仍旧皱着眉，楚光打开手环上的光屏，切换到绘画模式，"简单点来说就是……"楚光在光屏上画了两个圈，用一条直线连接，然后指了指左边的那个圆圈，"这个，是特别硬朗型。"又指了指右边那个圆圈，"这个，是特别软萌型。"

方召点点头，表示自己明白。

楚光又在线最中间的部位标了个圆圈："这里，是这两者的中间类型。在雷哲时代，虚拟偶像的风格大多数是中间以及中间偏左型的，就算有偏右侧风格的，也是少数。但在雷哲时代之后，就渐渐向右侧这边发展了，所以我叔才会那么说。虽然话有点极端，当下情势也没那么严重，但数据统计出来的大趋势是这样的没错。"

方召听明白了，他看过的资料里面也提到过虚拟偶像风格的转变。为了能同真人明星竞争，虚拟偶像的风格必须做出改变。而改变的趋势，确实如楚光所说的，朝这条线的右端发展。

楚光将手环上的光屏收回："这是一个视觉时代，每个时代的审美都会变。雷哲时代的那些人气偶像，放到现在未必能火起来。现在的那些虚拟偶像，虽然身上或多或少都有雷哲时代那些经典虚拟偶像的影子，但也根据当代人的审美喜好做了修改，更符合时下流行的视觉喜好。就算是咱们作曲人，一生中作曲的风格也会改变。

"有个商人说过，市场没错，如果你不能为市场所容，那么错的只能是你。与时俱进，别跟市场倔。"

楚光见方召似乎仍旧找不到答案的样子，笑着安慰道："不过你不用太在意，你是个作曲人，不是专业的虚拟偶像制作人。银翼也不会对虚拟偶像项目多在意，你就照着以前银翼推出的那些做一做就行了。早点将这个项目完工，创作才是正经事，我们在乐榜等你。"除了新锋榜，乐坛还有许多其他的榜单，新锋榜只是一个初始级别的小榜单，他们以后还有很多榜要爬。

走出校门之后，楚光就驾着他的飞车离开了。方召也坐上列车，他还得转一趟车才

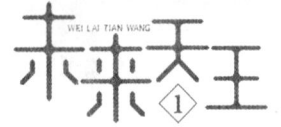

能到黑街。

方召回到黑街的时候已经下午四点了，黑街依旧是那么昏暗。

卷毛狗听到动静，已经趴在门后等着，在方召进去的时候哼哼唧唧地使劲甩尾巴。方召扫了眼屋内，没有发现什么东西被破坏，摸了摸狗头，在狗盘里倒上食物。

刚放下手里的包，一杯水还没喝完，方召的手环就响起了来电提示。看看上面的名字，方召有些诧异地扬了扬眉。接通之后，方形的光屏上出现了方声的脸。

大概因为新锋榜被方召挤下去的事情，方声在霓光的待遇，虽不至于一落千丈，但也的确不如之前热乎。一段时间不见，方声没了之前的意气风发。糟糕的脸色，浮肿的眼睛和眼下的青黑，都说明这段时间方声的状态很差，也不知多久没睡好觉了。

"方召，你行！"方声咬牙切齿。

"多谢夸奖。"方召压根没在意他这话里的怨恨。小偷有资格怨恨吗？

"这么耍我，你一定很高兴吧？"方声已经认定是方召藏私了，以前就防着他！不然，那首"呵呵"是从哪里来的？他之前一直跟在方召身边都没发现。

不怪方声，实在是失恋日记这种东西，方召除非将作品完成，否则是不会给其他人瞧的，即便是当时视作好友的方声。

将杯子搁下，方召并不回答问题，而是看向光屏里的方声："你以为这样就结束了？"

原本方声还打算嘲笑一下方召接下虚拟项目的事情，听到方召这话，却不由得愣了愣："……你什么意思？"

"接下来等着。"

等着干什么？方召他还想做什么？莫非，除了那三首，方召自己还藏了别的更好的作品？！

"方召，说清楚，你到底什么意思？！"

方召压根没理会急躁的方声，直接断开了通信。

走到创作的那个角落，拉开原主放置日记本的那个抽屉，将今天毕业典礼时得到的由延洲音乐协会颁发的新锋榜第五名的奖章，放进这个柜子里。

虽然编曲的是方召，但作曲的主要还是这具身体的前主人。得这个奖，功劳还是原主的。

"剩下的，我来。"

方召已经毕业，不需要再去学校。暑假到了，下一次虚拟偶像课程得等到九月，现在才七月初，还有一个多月的时间。方召得趁这一个多月的时间将项目的大致计划列出来，不然以后事情排满了就没法去听课了。

人员召集什么的都得放后面，方召首先得敲定形象。

楚光的话方召都明白，只是，他毕竟是刚来到这里的"老古董"，还没能完全吸收时

第5章 龙象天罗

下的流行风格。

效仿前人，做个芯子一样就换个"皮"的？

虚拟偶像的优势在于，他不一定是人，雷哲时代红极一时的神魔形象和流行过的那些可爱的毛绒宠物形象，都有很大的市场，有些经典形象甚至影响了一两代人。不同的形象风格对应的市场人群不同。

市场？怎么迎合市场？市场是个无法捉摸的东西，也没有谁能给出一个确切的答案。

一直到第二天，方召也没能想出个对策。

早上吃早餐的时候，方召看到了拉开的包里露出来的纸质记录本，这是他在公司翻资料的时候用来记录关键信息的，后来发现要记的东西太多，索性选择了手环的扫描储存功能。

但是，在这个只写了数句话的记录本里，有一句话让方召印象深刻，新世纪虚拟偶像之父雷哲说过的那句话："我创造的，才是我追求的。"

作曲，也是一种创造。身为一个创造者，即便身在牢笼，心也应该是自由的。

"我创造的，才是我追求的。"方召低声又说了一句，随即笑了笑，打开大片空白的记录本，拿出笔在上面画了起来。

没人知道这具身体的芯子经历过百年灭世，方召没法去掉自己灵魂里的时代元素。

与其束手束脚不知所措，不如放开手脚干！

时间过去，窗外渐渐亮了起来，接近午时，阳光又将降临到这条街上。

穿着背心大裤衩，拖着椅子躺到商店门口晒太阳的岳青，没看到方召出来还挺意外。

"那小子出去了？"艾丸过来串门，问道。

"不知道，早上没看到。"说着岳青往窗户那里瞟了一眼，窗户是打开的。

"没出门，那小子还在里面呢。"岳青确定道。

"那就奇怪了，罕见啊。"艾丸摇头晃脑。出于职业习惯，他研究方召好多天了，总感觉那人有点奇怪，难看透。大概艺术工作者都是那样吧。

屋内，卷毛狗吃完方召给它的早餐之后，就安静地趴在地上，两只耷拉的耳朵随着外面的动静时不时转动一下。

午时窗户的阳光和黑街上的喧闹，半点没影响到方召握笔的手。

灭世时期的英雄是不能随意拿来做虚拟形象的。虚拟偶像刚发展的时候，一些公司为了吸引人，确实利用过灭世时期的那些战斗英雄的形象，但玩来玩去，人设就玩崩了，气得英雄后人们联合起来抵制这一乱象。

所以，在那之后，虚拟偶像不准再使用灭世时期真实存在的英雄形象，名字都不准。若是非要用到虚拟形象，必须正式申请，通过重重审批之后才能用。否则，法庭上见。

战友们的不能用，方召也没想过用自己以前的形象，他人就在这儿，要干什么亲自上阵就行，没必要玩虚拟的。但让方召自己选，肯定是选择他感受最深刻的人和事，既

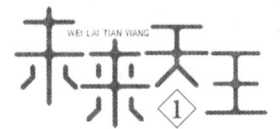

然末世时期的真人不能用,那就用其他的代替。

两天时间,除了吃饭睡觉,方召一直在角落那里,画了改,改了画,才完成一个初稿雏形。他不是画家,绘画水平有限,专业的事情肯定要交给专业的人才去做,他现在只是确定一个大致的形象,后面再请人完善。

又是一天中午,窗外越来越亮。

方召面前,工作桌摊开的纸上画着一幅草稿图,虽然画得不够清楚细致,仅仅只是一个粗糙的草图,但任何人都能看出,那是一棵树。

方召深呼吸,他不知道这一步是否正确,但这确实是他现在所想的。

"龙象天罗"。

龙象天罗,末世时的一种常见植物,没人知道末世前它们是什么样,但看规模,应该很普通,分布很广泛,全球各地都有。末世降临后,很多植物都死去,新一轮物种大灭绝爆发,但也有一些植物经过变异活下来了,比如龙象天罗。

龙象天罗的名字,是一个植物学家取的,可惜那个植物学家在末世早期的时候就离世了,没人知道他到底叫什么,但龙象天罗的名字却被人们一直这么叫了过来。

在大多数植物都没法生存下去的时候,这种树却在末世中活了下来,成为末世中数量庞大,不仅无毒还有药用价值的植物。末世时很多药物就是从它身上提取的。

在设定虚拟形象的时候,方召就想到了曾经一次聚会时同几位老朋友的闲聊——

"老召,你说,咱们几个像不像龙象天罗?末世之前,多普通啊,我就一守监狱的,苏牧就一放牛的……"

"老奚你说错了,我放羊的。"坐在一旁的苏牧纠正。

"都一个意思。老奚你看,放羊的、当老师的、守监狱的,还有你一个作曲的,都是普通人,一场末世,都变了。不只是咱们,能活到现在的人,哪一个还有曾经的样子?不是为名,不管变成什么样,一切都只为生存而已。"

……

末世时曾经用过的不少木质工具,都是用龙象天罗树木做的,还有从龙象天罗中提取的药物等,能帮助一些人预防末世里的疾病。可以说,龙象天罗是与人类一起走过末世的。

曾有人笑称,龙象天罗是人类的另一个战友。

方召收好图,洗了把脸下楼。

时隔三天再次看到方召下楼,岳青和艾丸都好奇地过来问。

"这几天你又关在屋子里创作?"

"是啊。"方召又从岳青店里买了些食物,一边吃一边晒太阳。

"你们这些创作人员也不容易,费脑子。"艾丸叹道。

第5章 龙象天罗

跟岳青和艾丸小聊了一会儿，待黑街上的太阳消失，方召回屋整理了一下东西，背着包来到银翼，直接上了五十楼。

祖文不知是不是昨晚又在公司玩游戏玩通宵，方召叫了好几声他才给了点反应。

"你谁……哦！新来的制作人！"祖文睡得迷糊，差点忘了虚拟项目部来了个方召，好在及时记起。

"形象已经想好了？"祖文打着哈欠问道。

"草图确定了。"方召将记录本打开，放在祖文眼前。

祖文盯着记录本上展开的那页纸沉默了两秒，揉了揉眼睛，又认真往上面看了看，许久才憋出一句："不是我没睡醒，就是你疯了。"

祖文看清纸上画的东西，第一反应就是不信：你特么在逗我？！

"如果我没有看错，你这画的是……树？"

祖文这两天想过方召会给他定一个怎样的形象，甚至想过方召会不会如以前那些项目负责人一样，将几个虚拟偶像拼凑起来——这个的鼻子，那个的眼睛，谁谁的脸型，谁谁谁的身材等。唯独没想过方召会给他一棵树。

人、兽、神仙、妖怪，在此之前都有人推出过虚拟形象，可作为一个虚拟技术工作者，祖文没见过哪家公司推个植物出来。植物形象也就罢了，总得整得有特色一点吧？比如更可爱一点，吸引人一点，花哨一点也不错啊，怎么吸引人怎么来。可偏偏，方召就是个另类。

哥们儿，你这是想让它成为当代虚拟偶像界的泥石流吗？！祖文瞪着方召，见方召真的点头确定，顿时一副前途渺茫的颓丧脸。

"这是什么树？"祖文指着纸上的画，恨不得将纸戳穿。

"龙象天罗。"

"什么？"

"就是你们特别熟悉的天罗树。"

"天罗树什么时候有'龙象天罗'这名字？"在怀疑中，祖文直接用桌上的微计算机搜索查找。

"天罗树，又称龙象天罗，灭世时期的产物，被称为灭世时期植物界之龙象……"对着屏幕上显示的资料，一字不漏地念完，祖文没半点不好意思，"抱歉，我植物学从来不及格，第一次知道它还有这名字。"

"你真要做这个？我是说，你跟杜管说过了吗？"祖文问。

"杜管最近忙，没时间。"方召道。

"明白了。"不管杜昂最近是真忙还是假忙，不想管这边是肯定的，所以现在虚拟项目部，就得听方召这个制作人的。

"你需要多久才能将它的虚拟形象弄出来？"方召问。

"依照你给的这个,初始形象的话,大概得一星期吧。别嫌慢,毕竟只有我一个人,这已经够快的了。"

初始形象就像画图的草稿一样,只是制作这个形象的第一步,后续还会再做修改,以及形象丰富化。

虚拟偶像相比真人明星,优势在于,他们的造型改变是无限制的。

美化?一棵树能美到哪里去?就算是拟人化的树也没什么美感。

Q化?这个倒可以,弄得可爱一点。

祖文心里正想着以后怎么改造型,就听方召问道:"虚拟偶像的推出都要准备MV?"

"一般来说,是这样没错。哦,对,说到这个,你得开始做铸魂准备了。"祖文道。

确定外形只是第一步,之后还有更重要的铸魂步骤。

所谓的铸魂,就是为之注入生命的过程,即确定这个角色的具体设定,比如他的身份背景,来自哪里,是什么性格。这是为了让观众们更了解他。这是一个铸造灵魂的过程。

虚拟偶像的出道,一般是同MV联系在一起的,像霓光和橦山实华那边就是,新秀赛推出旬怀和菲丽丝的时候就推出了MV。一般来说,新世纪的虚拟偶像们,第一首歌的MV会告诉别人他的出生背景和为人风格。

创造一个虚拟偶像,也是一个编故事的过程。或许一开始没人在意,但若是以后火了呢,到时再去编造?虚拟团队都是在还没踏出第一步的时候,就已经做好了百步以后的打算。如果只是敷衍一下,可以,随意,怎么简单怎么来,但若是你要认真,就得做充足的准备了。为什么虚拟项目的投资那么大,因为涉及的东西实在太多。

"形象初设我可以一个人搞定,你抓紧时间去找声源,还得找其他技术员,专业的发声系统还得专业的人来做,我的长项并不在那上面。补充技术工是肯定的,以后就我一个忙不过来。不管是重新招人,还是跟其他部门借人,最好是能提早决定好。至于声源……咱们公司唱歌的那么多,随便找一个就行。"祖文说道。

虚拟偶像的背后是一个团队,方召实实在在地感受到了这一点。因为,现在光靠他和祖文两个人,整天累成狗也没法有效推进制作进度。

招人?大家对五十楼都避之不及,生怕掺和到里面来。而且,经费有限,招人恐怕是很难的,只能先找别的部门借人了。

形象初步确定之后,方召得赶紧找到声源,再找制作发声系统的技术工。借技术工的话,是按工作时间来算酬劳的,暂时不急,找到合适的声源之后再去借人不迟。

祖文让方召去借公司的歌手。其实公司也有专门的配音人员,但毕竟人少,而且早就有了任务,里面有不少是给大牌们配过音的,未必看得起虚拟项目,就算能请过来,酬劳也不低。与其去找他们,不如去借一个没工作任务的歌手过来,底层的歌手要价实惠一些。就算是同一家公司的人,也得算明账。

方召先去了新人歌手那边,杜昂是自己的直属上司,方召要资源也是先找他。

第5章 龙象天罗

杜昂今天从早上起床到现在，眼皮一直跳，总觉得会有什么不好的事情发生，所以他把自己最近几天的工作安排，已经完成的，正在进行的，还有待办的，都捋了一遍。

新人歌手的安排，已经吩咐下去了，接手的经纪人提交的计划他也看过，没什么大问题；新人作曲那边，也还好，没毛病；新人编曲……编曲已经全交给亚尔林那个妖人了，没他事儿，不用管；昨天的会议报告也写了。

还有什么？

好像，忘了个部门……

叮！内部通信提示响起，是他的助理。

"杜管，方召找你。"

靠！杜昂觉得眼皮跳得更厉害了。

第一次，杜昂感觉见一个下属比见上司还要紧张。喝杯水先冷静一下。深呼吸，平静下来之后，清了清声音，杜昂摆出上司的派头，严肃地道："让他进来。"

方召进杜昂的办公室之后，就发现杜昂的状态不对劲，虽然看着挺严肃冷静，但以方召的阅历和眼力，自然能感受到杜昂此时就像是浑身的筋都绷紧了一般，仿佛自己是个定时炸弹。

装作什么都没发现，方召直奔主题："杜管，虚拟项目你要看看吗？"

"我最近很忙啊，不是说了吗，虚拟项目的事情你自己看着办就行。"杜昂装模作样地在旁边的一面满是图文的光屏上指了指。

方召点点头，像是没看见光屏上末尾的"已办"字样。

"虚拟形象我已经定了，祖文正在制作初始形象。现在部门缺人，得找声源，我看过往年的项目计划书，好像还得找演员？技术工倒是可以在人员都定好之后再去借，但声源不能拖，你看新人这边有哪个歌手最近有空？"

听方召说虚拟形象已经定下的时候，杜昂正准备说一句"给我看看"，可听到方召后面的话，杜昂顿时把方才的话咽下去了。相比起没什么发展前途的虚拟形象，他更在意手底下的几个新人。已经坑进去一个方召，他可不能再赔人进这个大坑了。

"他们最近都很忙，这不是敷衍你，前天贝致他们就被拉过去搞专项培训了，什么时候回来说不准。"

杜昂这话半真半假。前半句说几个新人歌手被拉去专项培训是真，虽然新秀赛成绩尚可，但新人的歌唱技巧还有待提高，为了他们以后更好地发展，新接手的经纪人针对各人的弱项安排了培训。这事杜昂已经批了，歌手们也都不在公司，方召想找人也找不到。但说回来的时间不确定，那是睁眼说瞎话，杜昂自己批的时间，他自己还不知道？

方召在杜昂说这话的时候看了他一眼，看得杜昂眼皮跳得更厉害了。

"新人这边没人，你可以去五十一楼的训练室那边看看，公司的歌手们空闲的时候会去那里训练。就你们楼上，近得很。"杜昂赶忙将祸水转移。

以前五十楼上面和下面几层都是虚拟项目部的地盘，只是后来虚拟项目势弱，除了五十楼，其他几层都被公司收回做其他的事情了。比如五十楼上面的五十一楼，就被拿来做公共练声区。

方召从杜昂办公室出来之后，就直接到五十一楼。这里公司内部的正式员工都能过来，没有限制，实习生和编外人士就不行了，得从其他渠道获得通行资格。方召已经是正式员工，还是五十楼的项目制作人，当然有资格进入。

验证身份之后，方召踏入大门。进大门之后有一个安静的缓冲区域，是供人休息和放置物品的地方。

方召进去的时候，里面有七八个人在谈论着什么，见到方召之后都好奇地扫了他一眼，经常来这里的熟面孔他们都知道，方召是这里的生面孔。

论长相，方召只能算是过得去，但在偶像明星多成狗的公司内部，高颜值成为主流，长相中等偏上的也只能沦为背景。不过，由于前些日子内部网络讨论得火热的虚拟项目事件，还是有人记住了方召的样子。

有没认出来的还想着跟方召打招呼，被身边人拉了一下，附耳低声说了几句，顿时闭嘴了。有人当作没看见方召，也有人礼貌性地颔首笑了笑，笑容里有些歉意和尴尬，方召也不在意，礼节性地回了个笑之后，便踏入正式的练声区域。

又穿过一道门，第二道门一开，各种声音迎面而来，让人脑袋都被冲击得有瞬间眩晕。不过方召在末世中经历过更多比这更严重的声音冲击，只是眉头稍稍动了动，便走到练声区边上的一张椅子上坐下。

来这里练声的，都不是公司大牌的歌手，因为有点实力或者有点人脉的，都会去其他几层的练声区，那边有单人的练声间，而这里，是公用的场所。

练声的人一个个戴着耳塞，各练各的歌。方召大致扫了一眼，里面有八十来个人，并不都是歌手，有些是公司内部其他部门的员工，就是工作压抑了，来这里扯开嗓门吼几声。公司内虽然也有供娱乐的KTV包间，但那不是普通员工能用的。找不到地方，来公共练声区发泄也是个不错的法子，还不用另外付费。

有些人认出了方召，跟身边认识的朋友往方召这边指了指，然后凑在一起嘀咕，时不时往方召这边瞟两眼，大概也猜出了方召来这里的目的。虚拟项目部的制作人，在其他人眼中，是个没"钱途"没大权的鸡肋职位。所以，就算认出了方召，也没人来打招呼。

别人说什么，看他什么眼神，方召一点都不在意，他在进来之后就注意练声区的声音了。找声源，他只听声音不看人，长相怎样、年纪如何、有无经验，这些都无关紧要。就算能修音，方召也希望尽量找个符合自己要求的声源人。

目光无焦距，耳朵如滤网一般，筛查着整个练声区的声音。突然，方召视线一聚，朝练声区的一处看过去。

人太多，还有其他陈设遮挡，方召看不见发出声音的到底是谁，便起身直接往那边

第5章 龙象天罗

走过去。原本在议论方召的人，见方召突然起身，也来了兴致，都好奇地往那边凑。

方召循着声音一直走，来到练声区的一个角落，那里有一个看着像是刚毕业的年轻人，比周围人稍微矮一点，所以之前方召看不到他的人。

长相很普通，放人堆里也难以引起注意的那类。真要说有什么特别的，这人脖子比别人短一截，好在不胖，若是稍微胖一点，大概就看不到脖子了。

周围其他练声的人都像是避着这人，离他最近的一个都得有十米以上，戴着耳塞还捂住耳朵。

方召看了看那人胸前的小牌，那是公司编外人员的标志。这一类歌唱者，有时候是给人和声，有时候是合唱缺人被拉来救急，他们不算是银翼的人，各种福利都是享受不到的，地位连实习生都不如。他们又被称为歌唱者中专业跑龙套的：漂浮不定，不确定位置，不知道下一站会到哪里填个无关紧要的空缺。

方召听他刚才的发声练习，应该是在为合唱做准备。见方召过来，那人本来就断断续续的练习声停了，发现方召的目标是他，顿时紧张了起来。

"抱抱抱歉，我打打打打扰到你了吗？"那人结结巴巴地道。

"没有，你继续练你的，我随便听听。"方召直接坐到角落那边的一张椅子上，反正这个角落周围没有其他人，都避着这里，椅子都没人坐。

那人有些迟疑地抓了抓头，看看坐在那里的方召，又看看周围的人，张张嘴，唱不出来。总感觉周围很多人都在看他，太紧张，有些害怕，真开口把人吓到怎么办？会不会把他赶出去？想了想，那人索性直接走到一边坐下，不唱了，先休息一会儿，等周围人转移注意力之后他再唱。

"你叫什么？"方召问，"近期有合唱？"

"近期银翼的一个合唱团需要人，我过来碰碰运气。"那人紧张地握着手里的水杯，"我叫庞普颂，是不是听着很像一首歌？哈哈……"干笑两下想缓解一下自己紧张的情绪，但笑完庞普颂感觉更紧张了，猜想对方是不是要开口赶他走。

"我叫方召。"庞普颂听对方说道，"银翼一个虚拟项目的制作人。"

制作人啊！一听就是大人物！庞普颂顿时肃然起敬，明明对方看起来跟自己年纪差不多，都混到制作人了，难怪气场这么强。

"我在找声源，听到你练习的发声觉得比较合适，不过我想再听听，你将刚才那段再唱一遍。不用压着，合唱时的那套收起来，你自己平时怎么唱的，现在就怎么唱。"方召道。

庞普颂感觉被一个巨大的馅饼砸中，头有些晕，怀疑自己刚才是不是听错了："再再再唱一遍？"

"对，就刚才你练的那段，放开唱，别管其他。"方召耐心地说道。

"好好好好的！"庞普颂搁下水杯就起身唱，杯子没放稳倒了，差点滚落都没去多看一眼，脸色像是上战场一样的严肃。

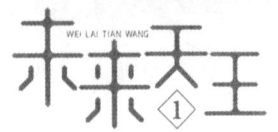

周围几道注意的视线依旧让庞普颂有些犹豫,清了清嗓子,没开口。

"你唱你的,看他们干什么?"方召道。

"是!"庞普颂收敛心神。他今天来这边,本来是想争取一个合唱空缺,面试时间是下午四点多,他舅舅托朋友帮他弄了一张银翼的公共练声区的通行卡,面试之前都在这里练习。没想到会遇到这样的好事,相比之下,声源当然比合唱更重要,这就像是主角与配角的区别。

尽量忽略周围的那些视线,放开顾虑,庞普颂开始重复之前练习的一段。一开始还有些放不开,但两句以后,就没再压制着唱了。

周围几个戴耳塞的歌手,原本跟着耳塞里面的伴奏练,可唱着唱着就唱不下去了,紧皱着眉,关了耳塞的音效,朝庞普颂那边嚷道:"要唱你就出去唱,这里不欢迎你!"

"对啊,这里不欢迎你!"

"不如你让方召带你去楼下唱呗?"

"就是,有种你跟着方召去楼下,楼下随便你怎么唱。"周围有人起哄。

这次庞普颂真的吓卡壳了,茫然地看向方召。

方召并没有在意周围的指责声,反而露出笑,心情不错。

"这里是公共练声区,意思就是大家随便唱,放开嗓门唱。自己唱歌沉不下心还怪别人了?你们有种,怎么不去单人练习区?"方召随意扫了指责庞普颂的那几人一眼,没再多说,对不在意的人他懒得多废话。欺软怕硬哪儿都有。

指了指庞普颂,方召道:"你,跟我来。"

庞普颂像一个迷路的小学生,缩着本来就短的脖子,跟着方召离开公共练声区。

"嘁,还真把自己当个大人物了!"有人看着方召的背影,嗤笑道。

"方召是来找声源的吧?"

"肯定的。嘿,求我我都不会去。"

"也就唬唬外面那些不知情的人。看刚才那傻子,离开的时候还乐着呢。"

……

离开公共练声区之后,方召领着庞普颂来到五十楼的办公室,又问了问庞普颂近期还有没有别的安排,若是没有别的安排,尽快安排声源制作。

"没有!最近没别的事!"庞普颂不由得往椅子边沿挪了挪,紧张地坐直,等着方召后面的话。

"这是一份合同,你看看。"方召从桌上的微计算机里面调出合同,这是以前用过的模板,稍作修改就可以直接拿过来用。

庞普颂很认真地看了合同,并未发现不合适的地方,当下就点头同意。虽然依旧只是暂时的合作,而不是进银翼成为正式员工,但庞普颂却兴奋得恨不得在原地跳两下。签完合同之后,感觉整个人都像是浮在云上一样。

第5章 龙象天罗

他没有站在台前的外形条件,只能站在幕后,但幕后的工作也分主次,以前都是同其他人一起分担次要任务,这还是他第一次签单人任务,这就相当于主角了!

"你的信息我会上报,等通行证办好了会通知你过来。"方召道。

"好……好……好的!谢谢!谢谢!"庞普颂恨不得给方召鞠躬,出门的时候不知道是不是兴奋得头晕,直接撞在门上。

方召见状摇了摇头:"算了,我跟你一起下去,我要到楼下找人。"

方召要去找杜昂,不过他得先送庞普颂下楼。庞普颂还没缓过来,那状态,一不小心出什么毛病了,短期内他再往哪儿找个合适的声源去?

出银翼大厦的时候,上方的空中有一个车队过来。不同于方召他们这些小员工,大牌的明星们工作的地方,都在楼层更高处,楼层内也有专用的停车位。所以很多时候,方召都见不到他们的人,因为人家是直接坐飞车进楼层的。

看那些车,直接去的百层以上的楼,应该是公司的几个大牌人物。

"要是能混到他们那高度,就算是死也无憾了。"庞普颂仰着短脖子看向空中,羡慕道。

方召只是笑笑:"未来,谁知道会怎样呢。"

看着庞普颂到了车站候车,方召往楼内走时,还能听到庞普颂激动地跟他妈通报这个好消息。

"喂,妈……是是,我今天来银翼练声了……对,就是用舅舅给的那张卡进来的……没惹事,真没,我都压着声音唱的,影响不到人。不过……哎,别激动,听我说完,你别听到个转折就觉得是坏事啊……我今天签了个项目……对,有合同的银翼内部的一个项目……不是合唱,就我单人的,银翼的一个虚拟项目制作人找我当声源……"

就好像一个跑龙套的突然当了一回主角,就算只是一个小制作,那不也是主角吗?对于从小不知跑了多少龙套的人来说,这就是人生的一座里程碑。

方召进楼之后,去杜昂那里说了庞普颂通行证的事情,又去五十楼看祖文的进展。

之前庞普颂来的时候,祖文关在工作室内没出来,听方召说人已经签了合同之后,下意识道:"他傻啊?"

见方召看过来,又赶紧改口:"不是,我是说,他真是个好人。"合同上可没说究竟要持续多久,要是持续时间长,那不是要坑人一年?祖文觉得庞普颂那人果真太年轻,太容易被忽悠。

不过,说起声源,祖文又好奇了:"公共练声区那么多人,你怎么就挑中他了?"

方召想了想,没直接回答,而是问:"你知道'势'吗?"

祖文摇头。就算是在以前的虚拟项目部,也没听谁说过这东西。

"'势',无形无像,它可以存在于绝对的沉默中,给人一种焦虑的紧张感,也可以存在于声音中,让人有更深刻的恐惧、悲伤、喜悦、兴奋等感觉。于演唱者而言,唱歌并

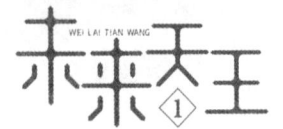

不只是依照曲调唱出来,还需要调整声音的一些要素,来更大限度地提升听众的欣赏兴趣,牵动听众的心理,这就是'势'的力量。"方召解释。

"就像同样一首歌,有人唱得能让人更有感觉,而有些人唱得听过就忘?"祖文道。

"没错。那也是一种技巧,声音在变化的时候,便会将潜藏的'势'释放出来,牵动人的感官和情绪,给人心灵震撼。不过,有些人天生并不需要采取其他手段,就能散发出比其他人更强的'势'来。"

"你是说新签的那小子?"

"嗯。只是,'势'在合唱中不好掌控,所以他在练声的时候才会压制自己这种与众不同的声势,尽量做到与其他人一致,让自己显得与众人相同。他觉得他的声音里睡着一头怪物,这头怪物使他与其他人不同,在合唱的时候会打扰到别人,练声的时候也会引人排斥,令他处处受阻,所以他一直在压制。但他不知道,那是一种足以牵动全局的潜在力量!那不是怪物,那是天赋。"

祖文抓了抓胳膊上冒起的一粒粒鸡皮疙瘩,总感觉,那就是怪物!

不过,祖文转念一想,一个是声音怪物,一个是虚拟树怪,多好的组合!

怪物给怪物配音,正好嘛。他都开始生出一点期待了。

第6章 CHAPTER 6
延洲德比

声源找到之后，方召就去租了专业声源制作设备，公司的这类设备自然是顶好的。不只是制作声源的工具，其他各种仪器、机械工具等等，都是顶好的质量。不管是谁，不管哪个部门，租用的时候都需要支付租金，一些热门的器具还得提前预约。好在虚拟项目相关的工具没人跟他们争，不需要预约。方召去找了布莱，将需要的工具从设备科借了过来。

制作声源的技术工是方召从其他部门借来的一个女孩，也是刚毕业的，专业是修音、混音等。她刚签到银翼，因为是新人，在方召过去借人的时候，便被团队扔了出来。

"你……你好，我……我叫宋秒，之前是是是负责修音的，这是我……我的毕业证和学位证明。"宋秒将自己的证书调出来。刚来到虚拟项目部，她有些紧张，说话不太连贯。

方召看了看这位借来的员工，半长的头发随意绑了个马尾在脑后，穿着简单的运动装和平底鞋，明显的技术工装束，提着个工具箱，脸色紧绷，大概不太适应新的工作环境。

问了几个声源制作的问题，方召便将庞普颂叫过来："带宋秒去那边工作室。"

"是！"终于要开始录制，庞普颂也振奋起来。

打造一个完整的声库需要专业的发声系统，设备已经安置好了，剩下的就得宋秒来接手，负责声音采样和技术处理，打造声库。好在如今的设备高度智能化，节省了人力，否则，就宋秒一个人，恐怕还忙不过来。安排好声源这边，方召又去祖文那边看了看形象的制作。

"对了，眼模要找人吗？"祖文问。既然是树人形象，也不指望能有多丰富的面部表情，那眼神的表现就很重要了。

眼模，是专门给虚拟偶像提供眼神参照的模特。一些没有颜值，没有权财，还运气不好得不到资源的演员，娱乐圈地位比较低，很难站到台前。他们平时接的片子不多，角色也不重要，有些人便会接一些别的任务，比如给虚拟偶像提供眼神参照。

要求不高的虚拟项目部，会直接从数据库中寻找参照，比如以往影片中的某个镜头，

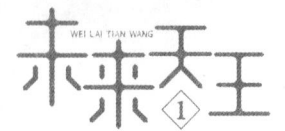

将那些实力派演员的演技，应用到虚拟角色身上。但就算是实力派影帝影后，也是根据片中的某个场景片段和所演的人物内心活动来表演，如果虚拟偶像所处的背景、角色定位不同，再套用这些就不合适了，给人的感觉会很怪。

一些抗拒虚拟偶像的人，也经常批评虚拟偶像的演技复制模仿泛滥。不过那些虚拟偶像背后的团队并不在意，虚拟本就如此，大家都这样，只要观众们买账就可以了。当然，也有要求高的虚拟项目部，会请专人去根据不同的场景提供参照。正因为发现方召对待项目太认真，祖文才这样问。

"我昨天跟杜管说了这事，他说会帮忙看看有没有合适的人选。"方召正说着，杜昂就带了个人来五十楼。

虚拟项目部这边的事情，虽然杜昂不想管，但毕竟他职位绑在那里，不可能真的什么都不知道。实在好奇之下问了方召敲定的虚拟形象之后，杜昂半天没说话，在办公室内沉思，甚至还想过是不是要推翻方召之前的工作，自己亲自接手去安排。

不过后来杜昂想通了，他知道自己也不是什么创作型人才，不管方召怎么想的，既然项目已经正式开始，就由着方召去搞，就算失败，就算以后被嘲笑，也当作一次历练。年轻人嘛，多经历挫折是好事。反正那个坑爹项目再怎么失败，公司也不至于完全怪到方召一个新人身上。

昨天方召找了杜昂之后，杜昂便问了几个带演员的朋友。

公司不管是歌手还是演员，都是分级别的。根据他们签订的合同，由低到高，从D级到A级，最顶尖的S级不在这之列，那是另外的存在。

D级一般都是新人和边缘人物，杜昂现在眼光高了还真看不上，所以问老朋友借人的时候，也是问的那些带C级和B级演员的。

"B级的人不能给你，我都留着冲A的，一点问题都不能出，不过C级的可以帮你看看。"这是昨天杜昂的老朋友给他的回复，今天就将人带了过来。

有一个C级演员过来这边跑个场，杜昂觉得已经足够了。C级的演员在演技上虽然比不上那些更强的，但比起普通人绝对有优势。实在不行，那就直接套用数据库里面的那些镜头算了，省事。

"这是纪泊伦，以前演过一部灭世题材的影片，应该能帮到你。"杜昂简单介绍了一下，便丢下人离开了。

方召看着这位新借来的演员，听说是C级演员，他不清楚不同级别的演员究竟有多大的差距，大脑中留下的记忆也没有多少关于这方面的，所以对待这位演员还算客气，毕竟对方过来也是帮他们。

不过，不同于宋秒来时的拘束紧张，这位演员倒是有些明星的派头。脸自然不用说，这时代能当明星的都不会太差，头发打理得一丝不乱，身材挺拔，举止间带着点潇洒和文雅。不过，是装出来的。

第6章 延洲德比

纪泊伦挑剔的眼神扫过这层楼内的陈设布置，看方召几人的眼神带着毫不掩饰的高高在上和傲慢。"开始吧，你们要拍什么样的？我时间很紧。"掸了掸衣袖上不存在的灰尘，纪泊伦抬脚往里走。

祖文看向方召，见方召点头，便过去将纪泊伦往录制影像的工作室带："这边。"

方召简单将他们要拍摄的背景讲了讲，刚说两句，纪泊伦便打断："行了，我知道了，你说的这些我都演过。退一边去。"又看向祖文，"注意，开始了。"

方召没说话，退到祖文旁边的椅子上坐下，对方如此态度他倒没怎么生气，只要将镜头拍好就够了。

那边纪泊伦经过情绪酝酿之后，便开始卖力地表演。还别说，纪泊伦这人虽然之前态度高傲，看人都带着点俯视的意味，但表演起来还是很认真的，只是……

"我觉得，咱们还是从数据库里面找一些相关的镜头算了？"祖文在手环上写下几个字。那边还在表演呢，他不好直说。

纪泊伦是很认真在演，看得出来没敷衍，但跟那些实力强的演员还是有明显差距的，集中到眼神时差距就更明显了。祖文最近看灭世时期的片子看多了，现在看纪泊伦的演技，感觉有点尴尬。这还不如直接套用数据库呢。方召的眉头也是越皱越紧，看了祖文写的之后，站起身往纪泊伦那边走过去，拍了拍对方的肩膀。

"干什么？！没见我正演着吗？"纪泊伦不高兴，"知道什么叫融情于境吗？思路都被打断了。"正打算继续回想刚才表演的感觉，纪泊伦就发现对方又拍了自己几下，顿时火大，扭头发现方召抬手往旁边指了指："站一边去。"

纪泊伦怀疑地指了指自己："你刚才，是在跟我说话？"

方召点头，重复道："麻烦站一边去。"

纪泊伦不可思议地看着方召，像是在看一个疯子。确定方召不是在说笑后，表情都有片刻的扭曲，猛地起身大步离开："行！别说我耍大牌不配合！"他给经纪人面子过来跑一趟，这帮人不但不感谢，还嫌弃上了是吧？！

再没刚来时的潇洒文雅，纪泊伦大步朝门那边走去，但是在抬脚要走出门的时候又停住，转身回来，重重坐在祖文旁边的一张椅子上，也不装了，抱着胳膊跷起腿，他倒要看看这人到底要怎么办！看这架势，是要亲自上阵？

喊——听说这人只是个作曲新人，竟然还做起了演员梦，当演戏是打游戏吗？天真！他以为他是谁？一个新人，搁他们演员这边就是个D级合同工，比自己还低一级呢！

纪泊伦心中开始想着，若是对方待会儿的表现很烂的话，他该说些什么话才能一报刚才被驱赶之仇？不报他咽不下这口气！岂有此理！

方召也没管纪泊伦在想什么，更没在意他看过来的眼神，给祖文打了个手势，示意重拍刚才的那一段。

方召不懂纪泊伦他们这些演员在演戏的时候该具备哪些技巧，纪泊伦刚才说融情于

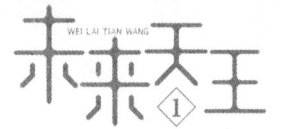

境，那只是一种假设，将自己摆放在大脑假设的场景里。不只是纪泊伦，相信其他演员也都是如此。因为没有谁真正经历过那个令人绝望的年代，所有的一切都是从影像上了解的，除了方召。

灭世时期也用电子设备记录过一些真实影像，灭世之后的新世纪，也拍了不少关于那个年代的影片。虚拟技术的发展，让人能离那个年代更近，体会更深刻，可再深刻的体会，也不如方召这个真正从那个年代走过来的人了解得深。

学着纪泊伦先闭眼酝酿了几秒，方召才睁开眼。

坐在那里的纪泊伦浑身一震，跷着的腿放下，身体不由得前倾，脸上也褪去了刚才的随意，变得认真起来。

仿佛在聆听一首世界的哀歌，方召通红的眼睛里有泪光闪动，却没有眼泪滴下，流露出的是无尽悲凉与无奈。

天崩地裂，家毁人亡。天灾面前，才觉万物如此渺小无助。

那一瞬间爆发出来的哀伤与压抑的情绪，如风一般席卷整间工作室。

纪泊伦深吸一口气。这些都是方召自己一个人，在这个封闭的没有任何场景衬托的空间里完成的。没有搭戏的人，从头到尾也没有一句台词，他只是坐在那里，甚至身体没有什么动作，仅仅是用面部神态和那双眼睛里面流露出来的情绪来演绎角色的情感。

即便是一个眨眼的动作，也像是被精确到了最合适的时间，快了一步，慢了半拍，都不会得到这样的效果。

纪泊伦又想了想自己刚才的表现，与方召这个一比，就显得略夸张造作了，少了一份真实的触动感。在学表演的时候，纪泊伦听老师说过，悲哀的情绪不是都靠尖叫和哭喊表现的，有时，仅仅是一个眼神即可。

这人真的不是一名职业演员吗？纪泊伦脑海中浮现了无数灭世题材影片的经典片段，然而，一个都对不上！方召不是在模仿哪个片段！纪泊伦甚至有种感觉，似乎这人不是在演戏，而是真就经历过那么一场浩劫，真正生活在那样一个年代！

对了，他们定的是个什么虚拟角色来着？性格是什么样的？失策！他竟然什么都不清楚就开始照着想象中的演了！这是大忌！或许是因为之前他听经纪人毫不在意的语气，自己也没在意，没看重。

纪泊伦没说话，那边方召也继续依照原本计划的剧本演，不用谁提示，他自己策划的东西没谁比他更清楚。

这是一段没有任何对白的戏。所谓眼模，拍摄的重心只有眼睛！

工作室内，呼吸声都放轻了，只有祖文摆弄设备的声音。但不管是祖文还是坐在一旁的纪泊伦，都感受到这个并不算大的工作室内气氛一直在变化。

从压抑的悲伤，到窒息的绝望，茫然，彷徨，生路在何方？仿佛一只被关进屋子里的蜜蜂在寻找光源为自己导航。

第6章 延洲德比

时间一分一分过去，直到宋秒那边制作声源遇到了疑问，方召才暂时结束这里的录制。

"先休息一下。"方召让祖文先休息，他起身离开这间工作室前往声源制作那边。起身的时候，方召已经完全脱离了刚才的情境，如平常一般。

这么快就抽离情绪了？纪泊伦再次傻眼。等方召一离开，纪泊伦就过去问祖文："那个方召，他的专业真只是作曲？没有学过表演？"

"有没有学过表演我不知道，我只知道他确实是专业作曲人，新秀赛二十天冲到第五呢，你应该听说过。"祖文道。

这些纪泊伦当然知道，但刚才方召的表现让他陷入怀疑。

"哎，你不走吗？"祖文以为纪泊伦会被气走，可对方现在似乎一点都没那意思。

"走？我干吗要走？对了，有MV和你们那个虚拟角色更详细的介绍吗？给我看看。"纪泊伦问。

祖文诧异地看了看纪泊伦，将抽屉里的纸质资料递给他。反正纪泊伦在来的时候已经签过保密协议，而且这些资料本就是打算给他看的，只是纪泊伦一开始没想看。

第二天。

祖文已经不指望纪泊伦了，方召上阵就可以搞定。可纪泊伦第二天还是来了五十楼。

"别看我啊，就当我不存在，你们继续，刚才演到哪一段了？变身了没？"忽略方召和祖文看过来的视线，纪泊伦自己拖过椅子坐下，很认真地在边上旁观。

不只是第二天，之后的好几天，纪泊伦一直都在。他过来这边也不做什么，就直接在录制工作室坐着旁观。大有一种老子就赖在这里不走了的意思。

纪泊伦这人虽然小毛病很多，但也是个有上进心的演员。方召也没赶人。

当需要的片段终于录制完成时，纪泊伦终于忍不住，过去找方召解惑。

"能不能问问，你在表演的时候，脑子里想得最多的是什么？"他想知道方召到底是怎么将自己的情绪融合进场景里面，然后真真切切地表现出来的。

方召听到这话，喝水的动作一顿，很认真地道："BGM（background music，背景音乐）。"

纪泊伦："……"

纪泊伦突然想起大学时候老师讲过的一句话：不要尝试去弄清楚一个职业作曲人脑子里在想什么，因为他们可能走路吃饭喝水时都是自带BGM的。

对于方召来说，他要将某种情绪表现出来，想的不一定是某个场景，而是某一段音乐。就像程序员将一切变为编程语言，方召也将一切变成音乐。

MV的歌曲他早就有了选择，是在末世的时候创作的，并不完整。他最近才渐渐将它补充完，然后重新编曲，其中几处针对庞普颂的声音做出了修改。

在录制的时候，他想过曾经的一些场景，但是对末世初的那些年，记忆已经有些模糊了，唯有那时创作的音乐一直留在脑子里。每一次回想起一段段并不完整的音乐，方

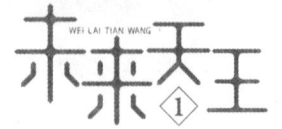

召就会重新体会到末世初的心情。

将录制的片段映射到虚拟的角色身上后，祖文将一份样片给方召看。

光屏上，一边是木棕色的眼睛，眼周布满了粗糙的开裂的树皮；而另一边，是录制时截取的方召的双眼影像。

"一样吧？可还满意？"祖文问。

方召点点头。明明是截然不同的眼睛，却显露出了相同的眼神和情绪。就好像，将同样的灵魂安放在不同的个体身上。雷哲空间，当真神奇！

或许，这就是从雷哲空间出来的虚拟偶像如此吸引人的原因。很多时候，即便他们的外形与人类有很大差别，却让人容易忘掉他们只是虚拟的影像，仿佛真的拥有灵魂，真实存在一般。

"满意就好。"祖文活动着胳膊，"初始形象也已经完成了，就是制作MV的事情，最好还是多请几个人过来，就多一个也好。就我自己的话，想要完成CD不知道要等到何时，如果你今年之内想要看到成品，就得再借个人过来。"祖文这些日子忙得连游戏都没玩。

"我也问了，你以前提过的那些懂雷哲空间技术的人，都不想来。公司今年也没招新人，去年洗走了一大批，公司内是别想借到人了。"方召说了现在的情况。

"那就从外面挖人，外面那些小公司，或者私人工作室之类的。外包合作也可以，不过公司一般不赞同在这种项目上外包，都是自己内部搞定，你就看看能不能再从外面挖点人过来。今年毕业生那么多，还没找到工作的应该也有不少吧？先坑几个过来再说。"祖文一边整理样片，一边给方召出主意。

祖文这话倒是让方召想起一个人来："雷哲空间技术员，不要求有几年经验？"

"不要求那么高了，现在重要的是赶紧坑个人过来帮忙。累死了最近。"

祖文又进了他的工作室继续忙活，方召则在回到办公室之后，给曾晃发了条信息。

很快，曾晃直接来了通信："怎么了大召？项目进展不顺利？"曾晃也知道方召被塞了个虚拟项目，还问过方召需不需要帮忙，当时方召说对项目还不了解，暂时不用。

"你们那个工作组忙不忙，能私下接活吗？"方召问。

"你那边要人？"

"是，缺雷哲空间技术员。你没空的话，你认识的人有谁还没找到工作或者要换工作的？不要求技术很硬，差不多就行了。"

"雷哲空间技术员？技术没太多要求？没找到工作或者要换工作的？"

"对，有推荐的吗？"

"我啊。"

"……"

"我正想换工作呢。你也知道咱刚毕业，也不是那些很牛的学校出来的，待遇肯定一般，正想着换工作呢，既然你那边缺人，正好。"

第6章 延洲德比

祖文说的是将人忽悠过来帮忙，但方召跟曾晃说的时候，将现在的情形照实说了。曾晃他们在方召处境困难的时候也伸手帮过忙，这时候坑朋友就太不是东西了。

曾晃听了方召的话，说先考虑一下，但没十分钟就给了回复。

"大召，还需要人吗？我跟万悦两个人都过去帮你。她也懂一点雷哲空间技术，不过她更在行的是后期处理，不知道你需不需要。"

"要。"方召笑道，"谢谢！"

"嘁，大家谁跟谁啊。大召，别给自己太大压力，咱们还年轻，就算失败，就当一次历练了，多闯闯练练是好事。"

"知道。"

"你想明白就行。就这样，我明天和万悦去投奔你！"

曾晃、万悦他们和庞普颂一样，签合同也是签短期的合作协议，不算正式员工，这种是没有保障的临时的雇佣关系。这些方召都跟他们说了，但曾晃还是决定来帮忙，就现在银翼虚拟项目的处境，曾晃他们过来也没其他的目的，完全就是为了帮方召一把。

曾晃还在郁闷呢，怎么方召今年运气就这么差？之前被偷歌就算了，难得在新秀赛拼出了点名气，又被扔进这个坑。不想看见自家兄弟低声下气去求别人，所以曾晃和万悦都辞了手里的工作过来。反正他们还年轻，以后想换其他工作也有很多机会，这时候还是选择帮方召。

第二天，曾晃便同万悦一起来银翼找方召，签了合同之后，方召给他们弄了通行证。

除了曾晃和万悦，之前被拉走培训的贝致也过来帮忙。贝致知道他在新秀赛的成功得感谢方召，听说这两天这边要重新布置设备，便过来帮忙。

"欸？他们竟然放你过来，不怕你受影响？"祖文看到贝致问道。

贝致觉得无所谓："没事，课已经上完了，下一个任务还没开始，三天休息时间，就过来帮个忙。"

庞普颂、宋秒和贝致三人在外面忙着，方召在工作室里跟祖文和曾晃他们谈着MV内容制作。既然是涉及末世的内容，当然不可避免地会放入一些末世时期的病变生物。祖文将自己事先整理出来的一些病变生物给方召看。

"这个去掉。"方召指着其中一个说道。

"为什么？"祖文问。

"没见过。"因为没见过，不知道是否存在，方召选择将自己不熟悉的都去掉。

"嘿，这话说得，好像你真见过一样。"祖文也没在这上面纠结，直接将屏幕上那个病变生物移除。

"这个，头稍微弄小一点。"方召指着另一个说道。

"这样？"

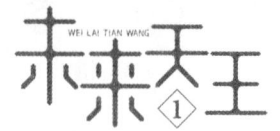

"再小点。"

"这样?"

"太过了……我来吧。"

方召看着仿佛浮在空中的影像,抬手去修影像头部。虽然没有实质的触感,但是这种影像智能修图,非技术人员也是可以的,就跟捏泥人一个样。

"看着好怪。"祖文道。

"不怪,它们就长这样。将它们胡子去掉。"

"没胡子?不会吧?我记得看过很多灭世时期的影片,那里面都是有的。"祖文怀疑地去查资料。他已经从一个权威杂志上将灭世时期的那些生物资料下载下来了,上面的资料都是那些专门研究灭世生物的教授们整理的,全球公认的权威,下载还花了不少钱,不过都是从项目经费上扣。

"我演的那部影片里,这种也是有胡子的。"一直在一边旁观的纪泊伦也出声道。

"你那个本来就纯属虚构。"方召也看过纪泊伦演的那部灭世时期的影片,槽点太多,不过作为商业片看一看就算了,不能跟那个较真。

"你这个也不是真实版本啊。"纪泊伦还记得这项目的虚拟形象,那也不是真实存在的。

"我的版本我做主。"方召简单道。

"行,你是这项目的老大,你说了算。"

这时候祖文也查到了那种病变生物的历史资料,调出杂志上的影像:"还真没胡须。"

之后几种病变生物,方召让做的改动,都与那些权威杂志上的影像一致。这次祖文没再翻,是纪泊伦去查的资料,查完之后憋出句话:"你厉害。"

室内几人都在心里想着,这人的历史得有多好,才会记住这么多细节?

当五十楼忙的时候,杜昂正在办公室接老朋友的视频通话。

纪泊伦现在天天往五十楼跑,他的经纪人开始担忧了。之前让纪泊伦去那边帮忙,那小子还挺不情愿,现在怎么就跑得这么勤?这里面一定有什么不可告人的隐情!

"听说你们手下那个制作人,是从黑街出来的?会不会用了手段逼人留在那里帮忙?"纪泊伦的经纪人各种猜测。

"还没录制完吗?前两天怎么听说他们已经录完眼模部分了?"杜昂听到这事也奇怪。

"所以才觉得不对劲!我现在不在齐安市,老杜你亲自去看看,说不定就是你手下那个制作人用手段了,听说黑街的人下手挺狠的。"说得这么委婉,意思就是他怀疑方召动用武力威逼。

"等等!方召他只是在黑街租房!不是生长在黑街的人。还有,黑街也不是黑帮!不要歧视人啊,我年轻的时候也在黑街住过的。"那边还打算说什么,杜昂先一步道,"行了行了,你说的事情我知道了,待会儿就上去看看。放心吧,没事,方召不是你说的那种人。"

断了通话，杜昂也觉得好长一段时间没去五十楼看情况了。就算没纪泊伦这事，他作为领导，怎么也得做做样子去转一圈。

乘电梯到五十楼，一开门，杜昂就看到纪泊伦累哈哈地扛着一个设备。

杜昂："……"他突然有点怀疑自己的判断。这种靠脸吃饭的偶像明星可不能打脸，打了要赔不少钱的，他这一个月的工资全赔上都不够。

"那个，小纪啊，你过来一下。"

纪泊伦见来人是杜昂，便放下设备。杜昂看了看，没发现纪泊伦有挨打的痕迹，又问："这边不是已经录完眼模部分了？你怎么还在这里？"

"没其他事，就在这里帮帮忙呗。"纪泊伦答道。

杜昂看了看周围，五十楼的变化还挺大，也可能是因为人多了。看了眼不远处帮忙搬东西的贝致，杜昂问："方召人呢？"

"刚进办公室。"纪泊伦往方召办公室指了指。

杜昂过去的时候，方召也正准备出来。"杜管？来得正好，刚打算去找你。"方召道，"歌曲要准备开始录制了，你帮忙给预约一下录音室。"

"曲子写好了？"杜昂接过方召递来的纸质版曲谱，又接收了加密的样曲文件，掏出平时随身带着的耳机试听，他也想知道方召准备的歌到底怎么样。

看曲谱还有些不明白，但结合样曲就清楚了。他就说刚才看曲谱感觉怪怪的，原来方召选择的是这种风格！杜昂猛地抬头盯向方召："你这是……这是你自己作的?!"

"是。"

"你这个……这就是要发布的MV的歌?!"杜昂的声音都上扬了，其他正在搬东西的人都好奇地看向这边。

"是。"方召倒没有意外杜昂的态度。

"你等等，其他的什么都先别干，等我消息！"说着杜昂便匆匆离开，至于来时是什么目的，他哪还有心情去考虑！现在杜昂只有一个想法，就是找人商量，决定是否真要将这首歌发出去。

编曲部的主管亚尔林和运营部的朱利安都被杜昂给急急叫过去了。

"我说老杜，你这么急着将我们叫过来，到底出什么事了？虚拟项目那边搞砸了？我先说一声，虚拟项目的事情我可不插手。"到了杜昂的办公室，同朱利安一起进门的亚尔林说道。杜昂没说话，只是将准备好的两副耳机递给亚尔林和朱利安。

"搞什么，这么神神秘秘……"亚尔林不在意地将耳机戴上，但很快，他就像是被定住一般。旁边的朱利安脸上也露出惊异之色："这是……这是哪里来的？天马的新作？"

"不，不是！"不等杜昂回答，旁边的亚尔林就出声道，"乍一听风格有些像，但还是有很大差别，绝不是天马的人所作！而且，天马的人拿出的样曲也不会这么粗糙。"

亚尔林和朱利安口中的"天马"，指的是银翼的一个顶级工作室"天马行空"，亚尔

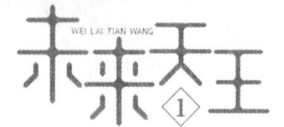

林曾经无数次想要挤进去也没能成功。那里，是整个银翼最顶级的作曲家、最顶级的编曲家等公司最顶尖的人才聚集之所。

"可这如果不是天马的人所作，又是谁作的？"朱利安不懂作曲编曲那些，但她知道，这首歌如果真的发布，影响力绝对不小！公司现在除了天马的人，谁还有能力创作出这样曲风的歌？如果真有，早就被吸入天马行空了。

"谁？老杜，这歌到底是公司里的谁作的？"亚尔林追问。朱利安是个外行，但他作为一个资深编曲，仅仅是一段不完整的样曲，也已经听出了太多的不凡来。

杜昂脸上的表情很奇怪，有点骄傲，又有点可惜，还有些说不出的复杂感。

沉默了一会儿，杜昂才道："方召。"

"谁？！"

杜昂搓了搓被这两人尖锐的声音刺疼的耳朵，叹息道："这歌的作者，是方召。"

亚尔林和朱利安没说话，但都用同样的表情看着杜昂：你在逗我！

"哎，我真没说谎，真是那小子给我的。我拿到就跑下来找你们商量了。"

亚尔林猛地倒吸一口气，还是难以相信："就方召那年纪，能作出来？"

"方召那年纪怎么了？你别忘了方召的新秀赛成绩！"杜昂听不得别人质疑自己手下的作曲人。

"但这首歌与新秀赛的歌根本不一样！这可是……"亚尔林有些激动，但最后两个字还是没说出来。没有听到成品，他不能轻易下结论。

"别说废话，我找你们来就是让你们帮我拿主意的。你们说这首歌，是发，还是不发？发了会不会出事？"杜昂有些担心。

"发！为什么不发？！"亚尔林比杜昂还积极。

杜昂看向朱利安，等着她的回答。朱利安不答应，他们就算将歌制作出来，也发不了。

朱利安对上杜昂的视线，淡淡一笑："我跟亚尔林一个意思。这样的歌，不发可惜了，难得我有机会听一听完整的。"朱利安以前很喜欢天马行空的作品，只是天马行空的作品极少会放完整的歌曲出来，就算是掏钱也无门路下载。他们这些下面的主管，也没资格请动天马行空的人。

"行，那就发吧，方召说随时可以开始录制。录音室那边……"杜昂看向亚尔林。

"我帮他预约！"亚尔林与录音层管理录音室的人熟悉，他出面当然要比杜昂方便得多。

亚尔林呼吸有些急促，他已经迫不及待想知道，天马行空的那些人听到这首歌的时候，会是何种精彩的表情！

第7章 CHAPTER 7
第一乐章《天罚》

时间已经进入九月中旬。

新人期是持续一年的，在六月的那期新秀赛之后，方召在新锋榜上已经消失了快一个季度。如今榜单上都是一些新的歌曲，上一季的歌早就被新歌取代。当然，霸占榜单高位的仍旧是旬怀和菲丽丝这两位虚拟偶像，只是歌都换成了新歌。

方召已经快被人们忘了，或许还有少部分人会想起上一季的那首歌，想起上一季在季末突然飘起来的黑马。但网络总是健忘的，高速发展的年代，网络大众的记忆时间都像是被缩短了，层出不穷的新鲜事物总会更吸引他们的注意力。

方召坐在偌大的阶梯教室里，听着前方讲课的老师说着虚拟偶像的发展史，分析当代人气虚拟偶像的魅力元素。能坐数千人的教室里，零零散散只坐了不到十分之一。

"虚拟是一种艺术，运虚入实，虚实相生……"

方召将一些比较重要的东西记录在笔记本上，纯手写，没有借助电子设备。

教室里也有几个人认出了方召，方召作为优秀毕业生之一，在学校的论坛上露脸比较多。有些不明真相的人还在疑惑方召怎么会在这里听课，被同学告知原因之后有些可惜，看方召的眼神带着同情。

想想同期的优秀毕业生在干什么，再看看孤单地坐在这个冷门课程教室里的方召，怎么说呢，这人再强的实力也挡不住接二连三的霉运。当真可惜了。

当天的课程结束之后，教室内的学生三三两两离开，方召也收拾东西打算离开学校回公司。

"方召。"从讲台那边走过来的楚鸿叫住正打算离开的方召。

"课都听得懂吗？"楚鸿问。倒不是怀疑方召的智商，而是他知道这门课在本校太冷门，而方召以前是没上过虚拟偶像课程的，他不知道方召能不能接受他的讲课速度。楚光跟他说过方召的事情，总得有点表示。

"听得懂。"方召回道。其实楚鸿讲的那些，大多数他都已经从网上课程中了解了，

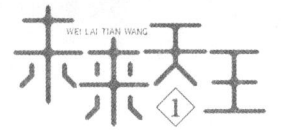

上这课只是进一步加深理解而已。

"不懂的可以问我。听楚光说这段时间你一直在忙虚拟项目的事情,进展怎么样?"楚鸿问。

"还行,差不多了。"

"那就好。"楚鸿也不问太多,问多了也不会得到答案,这种事情属于公司机密,不能随意透露的。所以楚鸿并没有问项目的具体进展情况,而是以一个课程主讲人的身份,问方召是否还需要一些虚拟偶像方面的指导,然后说了一些当下热门的虚拟偶像的特点和闪光点。

"现在的那些虚拟偶像,首先有一个,外形得好看,这个是最基本的,这点你知道吧?"

"嗯,知道。"方召点头。

"那你们要推出的虚拟偶像,长得怎么样?"楚鸿还真挺好奇的,一个作曲系出来的门外汉会推出怎样的虚拟偶像。

"算不上好看。"方召道。

说得这么委婉,意思就是不好看了?楚鸿犯难。就外形这关都难过,他能怎么帮?

等方召离开,楚鸿给楚光发了条信息:"你那同学,叫方召的,负责的那个项目怎么样了?你看过他们的虚拟形象没?"

楚光现在正好没事,收到信息便直接用视频联络。"听说那边的项目应该是快完成了,可能会很快推出。不过到底什么样,我没见过,杜管也瞒得很紧,不让我们多问。"楚光说道。

"那应该不会有什么好结果。"想到方召说的外形不算好看,制作人又是个门外汉,楚鸿不看好。

"公司里的大家都不看好。不过,我总觉得杜管最近的状态有点怪,和另外两个部门的主管经常在办公室不知道商量什么,一说就是两三个小时。"

"不管他们怎么样,你现在应该也准备好最后一季的歌了吧?我听你妈说还请了她以前的老师给你指导,这首有把握拿下第三吧?昨天还听你妈抱怨说,如果没有那两个虚拟偶像,你就能冲第一了。"楚鸿脸上露出笑容。

楚光的语气也带着些许轻松:"拿下第三,我觉得是没问题的。"

不只是楚光他们,业内的其他人也都盯着年终收尾的最后这一季。今年的最后一个赛季即将开始,在过去三个赛季中取得了好成绩的人摩拳擦掌,想要来一个好的收尾,年末赛季若是能在榜上有个好成绩,说不定年终奖还能多拿点。

经过前两个赛季的人气积累,优劣早已分明,资源不再均匀分配,好的更好,差的更差。

而霓光文化和橦山实华,都打算在最后这个赛季将自家虚拟偶像的热度提一提。这两个虚拟偶像参演的第一部影片也要出来了,提早就开始宣传,盯着收官战。

就连业内人气很高的媒体《燎原火》都称:最后这个赛季,将是橦山实华与霓光文化的双强之争。旬怀和菲丽丝,这两位新人虚拟偶像,到底谁能获得本年度的最终胜利?

THE TOP
IN
NEW AGE

我写过星际冒险类型，写过小清新的都市宠物类型，也写过玄幻类型，总希望去尝试一些新的东西。这本书是听歌的时候产生的想法，想尝试一些与音乐相关的元素，也是一次新的挑战。

写现代都市娱乐的书很多，我想换个世界背景，所以构建了一个幻想的未来都市。这是一本娱乐元素居多的，整体小轻松、没多少虐点的小说。

我不是学音乐的，远不够专业，也略去了很多专业的东西，但也翻了不少文件，尽量减少错误。在这本小说里，大家可以把重心放在故事和角色上，老书粉都知道，我的作品里会有一些积极的向上的东西，也希望新读者们能从这本小说里获得正向的情绪和感受。

欢迎大家进入《未来天王》的世界。

第7章 第一乐章《天罚》

那篇报道中还用了"延洲德比"的字样,意思就是整个延洲实力最强的两家公司对碰。银翼的支持者看到这话就"呵呵"了。延洲德比?问我们了吗?!当以前说的延洲老三大是放屁吗?!银翼被你们吃了?!

当然,在众多抗议者的言论攻击之下,媒体的解释是,他们指的是延洲虚拟偶像实力最强的两大公司,而不是指其他。

但脑子灵活点的都知道,这就是故意的!那些不了解圈内事情的普通群众看到这话,还以为全延洲只有霓光和樟山实华呢!可银翼的人也无奈,虚拟偶像的确是银翼的弱项,而且弱得一言难尽,说出来能字字泣血。

一些媒体还开了名为"聚焦延洲德比"的赌局,赌年终这场新秀赛的榜单上,到底谁会是第一。在众多议论中,两大新人虚拟偶像旬怀和菲丽丝的热度,如他们背后的公司所料,再度上升。

在圈内圈外的各种猜测声中,九月过去,十月来临,本年度最后一个赛季拉开了序幕。

十月一日。

没有任何征兆,没有任何预热,八点一过,朱利安便下令,将早已经安排好的宣传渠道,全面开放!

这些新人的资源安排都是有顺序的。一开始的新秀赛大家资源等同,随机决定,谁先准备好谁先上;但在新秀赛之后,新人期其他赛季的资源就是依照实力和公司的态度来安排了,越被看好的排位越前。而本年度新锋榜最后一个赛季资源安排顺序为:

第一顺位:《天罚》,歌手极光,作曲极光。

第二顺位:《华丽之舞》,歌手伊诺克,作曲楚光。

看到资源安排顺序的楚光一脸蒙逼,这和说好的不一样啊!为什么他的宣传顺序只排在第二?他最大的竞争者荣正也被挤第三去了。

第一的那个是哪里蹦出来的?凭什么被放在第一顺位!极光是谁?要不是看歌曲不同,他还以为自己名字被打错了呢。看到《天罚》歌曲后面的"MV"标志时,楚光更气了。他以为只有他和荣正两人因赛季成绩出众,歌曲能享受到MV待遇,这个空降的为什么也能享受到?!但是再一看,歌唱、作曲都是同一个,再加上MV……靠,这是虚拟偶像的出道标配!

楚光心中很是疑惑,但在没有弄明白原因的情况下,他是不会贸然去询问的。他打算先听一听那首歌,能被朱利安安排在第一顺位,是本身实力的原因,还是因为虚拟偶像的特殊地位?

银翼有很多放映室,一些办公室也会有放映MV的设备。在正式签约之后,楚光也有自己的办公室,而他们这些新人的办公室附近,又有一个配备完善的MV放映厅。楚光打算去那个放映厅,用那里的播放设备听听,到底是一首怎样的歌,竟然能占据第一顺位。

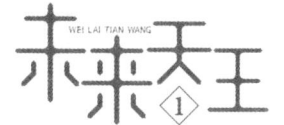

来到放映厅的时候,楚光没想到在他之前,荣正等同一批签约的新人,都在里面。荣正的表情有些奇怪,带着些惊异、不可思议,就是没有忿忿不平的情绪。

"来了?一起听吧。"荣正指了指边上的椅子。

楚光坐在椅子上,看着设备开启之后投下来的全息影像。优质的音响设备清楚传递着所有声音。电子乐、摇滚乐,还是其他流行的乐风?在音乐响起的那一刻,楚光才震惊地发现,都不是!

影像中。

放眼过去,无尽的树林,郁郁葱葱,充满了生命的活力。不论是花草还是树木,它们都是以一种拟人的形象出现,树的树干上有眼、鼻、口等人类五官。似乎一派祥和。然而下一刻,天空的蓝被蒙上一层红色。

耳边传来的号声带着不安的音阶,在低音区徘徊。看似不协调的音程,传递着逐渐加深的焦虑情绪,管弦预示着这场即将到来的灾难,像是谁在呜咽。

"交响乐构架?!"楚光惊得差点站起身。

影像中,带着火光的陨石极速朝着大地砸来。惊慌失措的生灵在大地毫无预兆的开裂中,掉入绝望的深渊。

重重的鼓点像从远处传来的滚雷,由弱至强,从轻缓到急促,敲出忐忑的震音。

砰砰!砰砰!不知是巨石坠地、山川崩裂的声响,还是谁紧张之下沉重的心跳。

惊慌与恐惧的氛围蔓延。

管弦乐与打击乐一阵震耳欲聋的合奏之后,一个低沉的声音短暂哼唱。

不同于楚光所熟悉的歌舞剧中那般高亢饱满的唱腔,这个声音充满野性与自然气息,仿佛就是影像中聚焦的那个树形的身影所发出的悲叹。声音带着一种神奇的力量,透过音响设备,辐射到大脑的每一根神经上。

紧张的管弦乐再次响起,打击乐有规律地振动人的鼓膜,电子合成器制造出来的各种音色编排,让气氛越发不安,虚幻的震响仿佛从遥远的天际入侵。世界病了。

重重的打击乐配合着管乐器有力的吹奏,揭示那些病变生物狂暴嗜血的性情。四处充满了那些残暴的身影。周围都是断枝残骸,一棵棵不知生长了多少年的参天树木倒下。有些是被掉落的巨石砸倒,有些是被剧烈颤动的大地折断,还有些是被那些四处窜动的身影撕碎。万物在这场灾难的践踏中走向死亡。

天灾之下,万物如此渺小。阳光被厚厚的烟尘遮挡,剩余的温暖在四伏的危机中不断消逝。

耳边,琴声与管乐组合的旋律出现,它代表"末世之灾"主题,拉开尸横遍野的凄凉画面。层次千变万化的弦乐,错落有致的编排,优质的音响设备高保真地将乐章传递至人的大脑,似乎有一种超自然的力量在拉扯灵魂,让人身不由己地进入那段烟火弥漫的历史。

第7章 第一乐章《天罚》

　　交响式的超低音气势，带着厚重的历史内涵。即使闭上眼睛，脑子里也会浮现出沉重、沧桑、苦难、千疮百孔的世界，那是新世纪每个人都知道的一段历史。百年灭世！

　　低音提琴不失细腻的演奏如泣如诉，影像中满目疮痍，电子音乐模拟出传统乐器无法实现的变化，以一种非常规的编排方式，如一个诡异奇谲的音乐语者，营造出令人心惊的气氛。

　　音色逐渐变化，再次加强了心中的烦躁不安，满是焦虑惊惶的情绪。

　　在这个病态的世界，全是混乱惨烈的画面：死伤无数，曾经茂密的树林变得残破而凄惨，病变的狂兽啃食着那些已经死亡的无辜生灵，火光冲天。

　　影像中聚焦的那个身影，他看着周围发生的一切，眼中流露出无尽的悲哀和迷惘。这就是末日？生命是否要因此而终止？

　　耳边低沉的哼唱渐起，似乎自他心底响起的声音，对那些死亡生灵的哀悼，对未来的不确定。音乐渐强，悲怆的管乐夹杂着滚石坠地般的有规律的敲打声，重拍长音的停滞似乎暗示着他内心的些许犹豫，但随之而来的管乐号角般的吹奏，重新唤起了对于生存的渴望！

　　危险已经逼近，这片土地，已经不再适合生存。是蜷伏于一个黑暗的角落，在乱世之中祈求好运苟且偷生，还是寻找另一条出路？他站在光与影的边缘，站在血与火交织的危险境况中，做出选择。

　　音律气势转变，仿佛迎来了一个关键的契机。音色奇异的笛声与电子合成乐逐渐变得凌厉，短暂的停顿后，音调昂扬起来。思绪暗涌的沉默，沉默中破釜沉舟的爆发。

　　一阶一阶快速拉升的琴音，铿锵有力的定音鼓似乎敲散了心中的犹豫不决，带着绝境之中，置之死地而后生的悲壮，喷发着一种破土而出的波澜壮阔的豪情。

　　影像中，他一直深埋于地下的树根，挣脱大地的束缚，破土而出，根须扭合，变成适合行走的样子，苍绿的叶片卷折，茂密的树枝收拢。

　　终究，还是跨出了这一步！

　　变得高亢起来的人声再起时，令人背后的汗毛都根根竖立的气势迎面冲击而来，仿佛骤然掀起的风暴。

　　无法抛弃

　　亦不能轻言放弃

　　希望尚在

　　向前

　　哪怕前方荆棘丛生

　　生平第一次，完全站在大地上。他不知道需要多久才能到达心中的目的地，但既然踏出了第一步，就能踏出一千步，一万步！

　　天道有常，但，变数与规律同在！

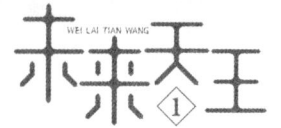

一次选择，便能决定命运的变更。

他回头看向族人。

破晓时分的光线微弱，耳边传来一声仿佛唤醒沉眠者的号角。

那个穿透力极强的嗓音之后，听不出数量的高昂的和声响起，带着驰骋世间的厚重与悲壮。

一棵，两棵，十棵，百棵……仿佛浪潮一般，站起的身影相继掀动。千千万万的幸存者们，挣脱土地的束缚站起，同他们站在最前方的族人一样，变成适合行走的形态。

自此刻起，它们将离开这片自小生长的故土，不再安宁；自此刻起，它们将不再怯懦。

没有谁生来坚强，但为了活下去，踏出这一步又何妨？没有后退的路！为了生存，它们只能向前！

或许，世上还有某个地方，能让它们继续生存？

管弦乐器拉出长长的尾音，雷声般的鼓点仿佛在云端滚动，似乎即将揭开另一场序幕。

影像中，一边是密密麻麻数不清数量的即将离开故土的幸存者，另一边是血色烟尘之下，闪动着的恶魔的虚影。

影像渐消。

字幕显示——

MV主角：极光

种属：龙象天罗

歌曲名：《百年灭世》第一乐章——《天罚》

制作人：方召

制作团队：极光项目组，成员方召、祖文、宋秒、庞普颂、曾晃、万悦、纪泊伦、贝致等

出品公司：银翼传媒

音与影同时结束。

放映室内的人似乎经历了长久的窒息，都不禁深呼吸，缓解心中尚留的那种心悸的感觉。

"这是……这是……"那两个字楚光还是没有胆量说出口，他怀疑自己的判断。之前的不忿却早已消失殆尽。

他不如。

编曲部。亚尔林同样带着编曲部的人在放映室。

闭着眼，深深呼吸，仿佛在享受空气中未散去的音波带来的余韵。"闻到了吗？"亚尔林轻声问身边的几个编曲人。

"什么？"他们还没完全回神。

第7章 第一乐章《天罚》

"史诗的味道。"

在新世纪,有一种音乐,它不同于流行的曲风,也不同于那些经典的被无数人传唱的曲调,或许喜爱的人也不多,但没有谁能否认它的地位!它是生死离别、绝境重生,是星辰浩瀚、宇宙洪荒,是无尽的梦想和希望,是瑰丽众生,是绝望之下诞生的奇迹,是发自心灵的绝对震撼!

人们称之为——史诗!

史诗!这就是亚尔林在听到样曲之后,一直没有说出口的两个字,也是楚光没敢断言的那两个字。

听样曲的时候,亚尔林不确定这首歌的成品到底具有怎样的品质,不敢妄加评论。交响构架的歌曲并不容易驾驭,没有足够的经验和感悟,以及对全局的掌控力,很难得到一个满意的结果。就算是亚尔林自己亲自操刀,也没有把握如此完美地完成。

这就是为什么在第一次听到样曲的时候,亚尔林会怀疑方召,因为方召看起来实在是太年轻了,根本不像是能创作出这种歌曲、掌控这种歌曲的人。

而音乐完成之后,亚尔林才发现,方召在力度和速度等细节的处理上堪称完美,将交响乐和新世纪的电子音乐完美地结合在一起,在层次和布局上都花了很大心思。那种汹涌澎湃而又敏锐细腻的乐声,将MV的氛围表现得淋漓尽致!

见惯了小清新式的抒情活泼,见多了舞曲的强劲热情,见多了其他流行乐风,这还是荣正和楚光他们第一次见到史诗式的宏大叙事风。

在这种大气磅礴的乐声之中,每一个听到的人,好像被带到了那个不安的年代,穿过层层血色的烟尘,见证一个种族在那个时代背景下的变化,伴随着它们抬起的脚步,向前,向前……

那是末日时代,来自生命的呐喊!音与声之震撼,深入骨髓!

现在,亚尔林对它的定位,就是史诗级!

那种音与声的完美搭配之下,气势恢宏的强劲穿透力和感染力,没错的!

"是与不是,或许,下午就能得到答案了。"

然而,亚尔林还是低估了这个行业的反应速度。

没有等到下午,《天罚》发布之后的一个小时,十月一日,上午九点,延洲公认的业内最权威媒体,延洲音乐协会创办的《延洲之声》上有了评价:

"极光,新世纪以来,首位以'史诗'出道的虚拟偶像……"

史诗出道!一锤定音!业内最权威的评价,没人能怀疑!而"史诗"这两个字的评价,也预示着在这股冲击之下,这一季新秀赛的榜单,注定一!地!鸡!毛!

不,或许不只是这个新锋榜,这将是整个延洲乐坛的一场风暴,称之为一场颠覆也不为过!它打乱了太多人的计划。

为什么亚尔林和楚光他们不敢随意给出"史诗"的评价,撇开音乐本身的质量不谈,

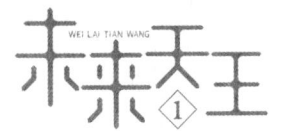

以前从未有过这种情况!

能被称为"史诗"的音乐,其实也有一些。银翼传媒、霓光文化以及橦山实华这三大娱乐公司,都有自己的王牌工作室。银翼的"天马行空",霓光的"金属狂潮",还有橦山实华的"四次元",都是能出史诗级音乐的工作室。

不只是延洲,全球其他洲的这类顶级工作室也都是如此。他们创作出来的音乐,大多是以"版权音乐"的形式存在,从来不与流行乐走一样的路,针对的从来就不是普通消费者!

这类工作室制作出来的音乐,配的都是利润以亿计的鸿篇巨制!比如电影,比如重要的节目、广告,比如游戏,比如真正的天王级明星!一直都是高高在上的存在!

而且每一次制作都是绝对保密,不会往外泄露半分,所以这类王牌工作室的地位在公司里非常特殊,就算是朱利安这种部门主管级别的人,他们也不会给面子。朱利安说她平时想听到一首完整的都不行,那并非虚言。

如果其他公司或者机构想要借用顶级工作室制作的那些音乐,都需要专门支付一定费用。而那些费用都不是一般消费者能承受得起的,最低都是四位数,还不是完全的买断,只是有期限的使用而已,可能几天,可能几个月,长短不一。

若要真正买断,报价就更高了。据说去年银翼的天马行空出的一首音乐,以七位数的价格卖给了一家游戏公司。具体多少没人知道,乐曲质量如何也没人听过,反正传言是这么说的。这还不是史诗级别的,若是一首史诗级别的音乐,报价更高。

也正因为如此,银翼推出的一个虚拟偶像的出道歌曲,竟然是一首史诗级别的歌,简直惊掉了一地下巴!

"神经病啊!"这是霓光文化菲丽丝团队的人对银翼这般行为的看法。银翼的人疯了吗?一首史诗音乐竟然只是给一个不知前途如何的虚拟偶像铺路?!那是一般的歌吗?那是金砖!若是他们霓光的金属狂潮工作室出了一首这样的歌,他们是绝对舍不得给一个新人虚拟偶像的。

银翼的行为简直堪称疯狂!浪费!"壕"无人性!就像是用一把屠龙的刀去拍蒜,银翼不心疼,其他人看着都心肝乱颤。

创作圈子也被银翼这般"大手笔"吓到了。竟然一声不响,偷偷摸摸地制造虚拟偶像,原来如此!还以为银翼天马行空的人在为年底的大投资贺岁片制作音乐呢,没想到啊!

圈子里的人,到了那个高度,不可能相互之间什么联系都没有。于是,《天罚》出来之后,不断有人联系天马行空的人,可惜什么都问不到。"算了,你们不说我也能理解。不用解释,我懂,你们也有苦衷。"问不到原因的人开始自行脑补。

然而天马行空的人也一脸蒙。等等,你们懂什么?!你说说你们到底懂了什么?什么苦衷?我们怎么不知道?还有那个歌,到底谁写的?银翼什么时候有这样的人才,为什么我们天马的人不知道?!

第7章 第一乐章《天罚》

天马行空工作室的总负责人再次挂断一个电话之后，颤抖的手捂着胸口。心疼！史诗啊！竟然只是给一个虚拟偶像铺路！如此浪费，他要看看究竟是谁拍板决定的！

接过助理递来的药吃了之后，天马行空工作室总负责人顾不上歇息，起身拿来一个专用联络器。他要找银翼最大boss告状！

在音乐界各种议论的时候，外界也同样热闹非凡。

一首被权威媒体评价为能撑起一部鸿篇巨制电影的歌曲，竟然只是给一个虚拟偶像出道，的确是用金砖铺路！

"我听到了什么?！钱！无数的钱哪！"

"不，你听到的是金砖的声音！"

金砖哪！一块钱就能买到的金砖哪！就算是从来对史诗类型的音乐不感兴趣的人，也都忍不住跑去下载。下载的只有音乐，MV现在是不能下载的，只能收藏。

而每一个看完MV的人，都会有一种想法。

"为什么有种未完待续的感觉？"

"你没感觉错！它就是未完待续！没看到片尾的'第一乐章'四个大字吗！"

"年末了，我觉得银翼要搞事情。"

"我也觉得银翼要搞事情！"

"前段时间霓光和橦山实华的那两个虚拟偶像炒得沸沸扬扬，银翼一直没出声，原来是在憋大招！"

"第一个大招都出来了，第二招也快了吧？"

"只有我一个人注意到'方召'这个名字吗？"

……

不管如何，《天罚》被业界权威评为史诗级音乐这件事，的确掀起了无数水花。银翼从上到下都无比意外，除了杜昂、朱利安和亚尔林。

在看到评价之后，杜昂三人就直接冲上五十楼。因为今天算是极光的出道之日，极光项目组的人都在，三人上去的时候，项目组的人正在兴奋地庆祝。

祖文、曾晁他们对音乐没什么兴趣，但也知道这个评价会对他们推出极光有多大帮助。

杜昂三人上楼之后便将电梯那里进五十楼的大门直接锁死，不让其他好奇的人过来打扰。杜昂还在激动之中，一张嘴就发现刚打算说的话都给忘光了。亚尔林和朱利安见杜昂张了几下嘴都没发出个音，将杜昂挤到一旁。

"方召，那真是你自己创作的歌曲？"朱利安问。虽然这个问题问了好多次，但今天在得到确定评价的那一刻，还是忍不住怀疑。

"是我创作的。"方召点头。

"若我没料错，你应该还有后续的乐章？"亚尔林急促地问道。

"的确。"这个方召没瞒着,"还有三个乐章。"

亚尔林三人齐齐倒吸一口气。三个乐章!

"制作了吗?我们先看看。"杜昂迫不及待。

"还没开始制作。"方召道。

"为什么?"杜昂诧异。

但方召像是更意外他们怎么会问这么蠢的问题:"没经费了啊。"

各种顶级的仪器设备,很多都是有使用寿命的,光租金就能将上面拨下来的五百万经费耗掉大半,更别说其他耗材费用了,而且,项目组的员工还没发工资。

还是那句老话,艺术家也要吃饭。方召不会亏待自己人,既然经费用完了,那就停工,什么时候追加投资什么时候再继续。当然,最重要的是,第一乐章的成功让方召确定,银翼肯定不会放过这次好机会。

"嘶——这是一个很深沉的问题。"杜昂三人也终于想起来,这个项目,初始投资只有五百万,这还是杜昂跟上面多要的结果,若是按照一开始上面的计划拨款,更少。也对,依照现在的情势来看,五百万,的确是太少了。方召他们能将极光成功推出来,也不容易。

"你放心,经费的问题我肯定会跟上面反映,肯定不会像上次那么少了。而且,你们的奖金应该也不会少。"杜昂说道。傻子都知道这次银翼的虚拟偶像可能要站起来一个了,公司怎么可能不大力扶持?更别说可能还有下一首史诗!

这小子要发达了,还可能会被吸进天马行空工作室,那是亚尔林努力到现在也没能达成的目标。

被一个如此现实的问题泼了盆冰水,杜昂也冷静了些:"说到这……"杜昂扫了周围一圈,视线在祖文几人身上都有短暂的停留,"你们最近口风紧点,别乱说。"

祖文憨着笑:"明白!"

外面现在都以为极光随着"史诗"出道的方式,是银翼今年憋到现在终于放出的大招,就连刚才他们在网上看到的一段采访里,银翼的新闻发言人被问起这个的时候,也只是淡定地笑而不语,一副神秘的样子。但他们项目组的人都能猜到,那位新闻发言人后背大概全汗湿了。

除了笑而不语保持神秘,还能怎么答?!说不知道?那不是往自己脸上抽巴掌吗?!真那样的话,银翼就是本年度业内最大笑话,甚至可能会载入业界史册。这个脸银翼还丢不起。

杜昂三人离开之后,方召收到了贝致和纪泊伦的道谢。方召将他们的名字写在项目团队的名单里面,也大大增加了他们的曝光率,对于他们这些歌手、演员来说,这是很好的人气提升方式。

贝致自己也没想到,他只是在空闲的时候去五十楼那边帮了三天忙,搬了三天设备,方召还是在制作团队名单里面加上了他的名字,虽然依照排序他只是个甩尾的,但也足够令他激动。刚才经纪人告诉他，他的名字在网上的搜索热度大幅增加，不管怎么说，这也是一种人气，他比其他新人多了一个优势。超高兴！超兴奋！

"呵呵，呵呵呵呵，哈哈哈哈！"新人宿舍里，贝致激动得像一头抽风的羊，满屋子撒欢地跑，其他三个新人看得也眼热。该怎么说好，运气这种事情，真的很难捉摸。

方召接受贝致和纪泊伦的道谢与恭喜之后，便翻了翻网上的评价，粗略看了看外界的反应，然后便去找了找人气高的媒体对这事的评价，他们才是舆论的引导者。

人气媒体之一《燎原火》，像是将前些日子所说的"延洲德比"的话给吃了，现在报道的通篇都是猜测银翼此举有何深意，以及猜测银翼下一步的计划。他们断言，银翼肯定早就开始准备这个虚拟项目了，至于之前的各种传言，只是烟雾弹而已。为了向公众证实他们的猜测，《燎原火》还请了专家教授来节目点评，专家总不至于骗人吧？

直播节目上，《燎原火》请了两个人，一个是延洲大学历史学院专门研究灭世时期的教授布拉德利；另一个，则是延洲科学院研究灭世时期病变生物的研究员寇达，正高级职称。这两位都是各自领域的名人，不带任何贬义，他们说的话就是权威，研究方面，没人会怀疑他们话语的可信度。

直播里，布拉德利从专业的角度，分析了《天罚》MV中灾变的过程以及陨石坠落、地震等现象的先后顺序、发生位置及规模。得出的结果是：MV中的那些场面与历史事实一致。虽然那个虚拟偶像是不存在的，但这个背景，他挑不出任何毛病，比一些所谓的灭世时期的电影要严谨得多。

延洲科学院的寇达教授也是一样，从专业角度分析了里面出现的每一个病变生物之后，得出来的结论是：没一点错误！灭世时期病变的兽类那么多，但在MV里，有很多容易被人忽视的细节都注意到了，严谨到他想与这位背后的顾问聊一聊人生。

直播里，两位主持人一副"看我们挖出来多少秘密"的样子，总结道："所以，我们推测，银翼的这个项目背后一定有一个实力强大的顾问团队，而且肯定是业内有名气的，只是因为签过保密协议，现在没现身而已。由此可见，银翼在这个项目上面花的心思不少，肯定准备了很长时间。"

银翼五十楼，祖文等人看到这里，都朝方召望过去。实力强大的顾问团队？呵呵。

外面的人都在等银翼接下来的动作，其实银翼内部的很多人也在等，他们在等公司上层的反应。这事不是一般的新人出道事件，吸引了太多的注意力，他们不敢轻率行事，没看到首席发言人到现在都只能"笑而不语"吗？

杜昂的办公室内，在同亚尔林以及朱利安商议之后，杜昂本打算找上面要钱。到现在为止，上面仍旧一点反应都没有，他想先拿这事试探一下。可没等他找过去，直属上司的一条简讯吓得杜昂差点抖掉手上的杯子，脸都唰地白了。

"怎么了老杜?"亚尔林和朱利安见杜昂一副耗子见了猫的样子,赶忙问。

"施经理让我们叫上方召,上去开会。"杜昂稳住手上的杯子,答道。

"我们三个都要去?"朱利安指了指自己。

"对,施经理说了,我们三个,还有一个方召,四个人,一个都不能少。"

"去哪层开会?"亚尔林问。在哪层开会,暗示着召集和主持会议的人是哪个等级的职位。

一般来说,在银翼,开会地点的楼层越高,主持会议的人职位越高。这次叫他们去开会,肯定与这次虚拟偶像和"史诗"的事情有关,知道在哪里开会,他们才好通过一些人脉去了解会议主持人的目的。

杜昂咽了咽唾沫,抬手指了指头上方,声音有些发颤:"顶层。"

顶层会议室,会议主持人从来只有一个——公司的最大boss。

难怪到现在高层都没发声,原来是在等最大老板。

"段……段董?"亚尔林声音抖得更厉害,"她不是去了皇洲吗?"

"我怎么知道?!"杜昂现在也不知道该怎么办,他们料到了公司这次不可能轻拿轻放,但事态的发展有点脱离他们的想象。

"肯定是天马的人告状了!"亚尔林说出自己的猜测。

"不管是不是,现在赶紧准备一下,我联系方召,咱们一起去顶楼。"

五十楼,方召看着网上的动向,收到杜昂的通知时还有些惊讶,他也没想到这次竟然会炸出最大老板。

起身整理了一下有些皱的衣服,方召对其他人道:"你们先在这里休息,我上去开会。"

"去哪层开会?"祖文问。

"顶层会议室。"

"顶层?!"祖文惊得从座位上站起来,"兄弟,给你个建议,见到大老板,一定记住六个字,'别废话,说真话'。"

银翼如今的老大是段千吉,银翼的创办者、天王级明星段翼之的孙女,如今七十多岁。听说在段翼之还活着的时候,还年幼的段千吉就跟着段翼之活跃在屏幕上,后来段翼之离世,段千吉便接手了银翼。

方召回忆着查过的资料,网络上的信息毕竟有限,也有人工修饰的痕迹,真正的段千吉是个什么样,方召没见过,不清楚。他只能从祖文和杜昂他们的反应中猜到,这位老板的脾气不太好,也不是那种常常带着笑脸的人。

普通员工的电梯到不了顶楼,方召跟着杜昂他们上了另一部电梯。越往上,方召越能感觉到杜昂他们的紧张。一开始杜昂还能叮嘱方召几句,到后来就不吭声了,仿佛整个人都僵硬了一般,周围的气压都似乎低了不少。

电梯门打开,前方是一条五米宽的通道,周围的墙壁都泛着冷漠的金属光泽,窗外

第7章 第一乐章《天罚》

照进来的阳光也驱散不了这种无形的寒意。

验证身份之后,一个没什么表情的青年,往前抬手,示意他们可以过去了。方召察觉到那人打量的视线在他身上多停留了几秒。

进会议室时,里面低声议论的声音同时一静,二十多双眼睛都看过来。这里面坐着的,每一个级别都在经理之上,杜昂他们这种小主管,平日里是没资格上来开会的。

审视和打量的视线,仿佛一只无形的大手压过来。杜昂三人扯出僵硬的微笑,耳边都似乎能听到自己如鼓的心跳。接到自己直属上司的示意,杜昂走到最末的四个位置那里,他们的职位最低,只能坐在最末。

会议桌是个倒V形,最前方的一个位置就是大老板的,不过现在空着。除那之外,大老板旁边还有一个空位,不知道是留给谁的。

方召倒是没什么紧张感,他只是在打量这间会议室,以及猜测大老板会是个什么态度。如果大老板对他们不满意,他也不会委曲求全,大不了走人,顺便挖走整个项目组的人,相信现在很多公司都乐意接受他们。

坐下来没一分钟,还不等其他好奇的高管们发问,会议室的门再次打开,刚因方召四人的到来而有些吵闹的会议室,再次安静下来,静得呼吸都能听得清晰。这不是方召他们到来时好奇的停顿,而是一种严肃和重压之下的静止。

方召见到一个不苟言笑的女人大步走进来,大概因为新世纪人们的寿命延长,段千吉虽然已经七十多快八十岁了,但看着与末世前四十岁的人差不多,只眼角有些皱纹,人还挺精神,上位者的气势很强。

在段千吉身后,跟着四个人,两个秘书两个助理,脸上都没有太多的表情,但比段千吉要稍微柔和一点,没么严肃。同段千吉一起进来的,还有一个老头,在段千吉坐到首位之后,那老头便在另一个空位上坐下。

方召扫了一眼,老头胸口有一个长翅膀的马的标志。天马行空工作室的人。

"谁是方召?"没有任何无关的话,段千吉坐下就直接发问。

杜昂垂着头,桌下的手拍了方召一下,示意他站起来说话,另一只手不着痕迹地擦了擦额角的冷汗,心中长舒一口气,既然先问的是方召,那么,是不是对他们擅作主张的行为没有那么生气?

"我是。"方召站起身。

吱——一声,方召所在的位子脱离原本的V形桌,移到桌子中间的空区,往首位靠近。

在这个过程中,段千吉一直在观察方召的反应。如果是其他新人,第一次来顶楼开会,任何动静都可能引起更深的紧张感,但方召没有,不但没紧张,反而有些新奇地看了眼这种机械活动,周围的视线也没给他带来一点影响。

这不是一般的新人,淡定得都不像这个年纪的人。

"《天罚》是你创作的?"问的时候,段千吉审视的目光一直盯着方召。

"是。我自己的原创。"方召说道，并没有避开段千吉审视的目光。

没有察觉到说谎的痕迹，段千吉脸上的冷硬稍缓："你的计划中，《百年灭世》还有几个乐章？"

"还有三个。"

周围发出吸气声，他们都同杜昂刚听到时的反应一样，段千吉旁边那个天马行空工作室的老头想说什么，段千吉抬了抬手，他又止住了，只是眼中带着焦急。

"乐章制作出来了吗？"段千吉问。

"没。没经费了。"

周围又是一阵吸气声。杜昂三人头垂得更低了。直接当着大老板的面理直气壮地要钱，小子，你有胆！

段千吉沉默了两秒，眼中难得闪过一丝笑意。

"五千万，第二乐章及MV的制作，十一月之前我要看到成品。"

"可以。"

想到什么，段千吉又问："制作MV时，眼模是谁？"

"我。"

"顾问团？"

"我自己。"

周围的人像是看怪物一样看着方召，负责影视那边的经理眼珠子动了动，垂下眼皮，不知道在想什么。

这次段千吉沉默的时间稍微长了点："从现在起，你就是虚拟项目部部门经理，极光项目组制作人，人事调动你自己决定。关于极光项目组的奖励，会议后祝珍会与你联系。"

段千吉身后的一个助理上前一步，朝方召笑了笑。

"公司对人才都是有优待的。"像是在稳定方召的情绪，段千吉见方召似乎还在认真思考着什么，便问，"还有问题？"

"还有一个。"

"说。"

"上班能带狗吗？"

第8章 CHAPTER 8
上班能带狗吗？

"……"

杜昂头垂得更低了，周围的气氛突然像是被冻住一般凝固，安静的会议室内落针可闻，无形的压力再次让杜昂他们呼吸都小心翼翼。

上班能带狗吗？

这是他们第一次听到有人在顶楼办公室，当着最大老板的面问出这种问题。

小子，你这是要上天?!

还带狗？想要狗带吧你?!

有这种好机会不是应该多要些好处，多给自己争取些利益吗？脑子怎么想的?! 果然还是太年轻。或者，搞艺术的人脑子本就与常人不同？不愧是能创作出史诗的脑子。

会议室内长达半分钟的沉默之后，坐在首位的段千吉才缓缓地道："可以。我说了，公司对人才都是有优待的。"当然这种优待不是说你就能带着狗在公司横冲直撞，仅限五十楼范围内。整个虚拟项目部现在都是方召自己的地盘了，想怎么做方召自己决定，段千吉要的只有一个结果。只要能拿出足够令人满意的结果，别说带狗，方召想带个动物园上班她也不会说什么。

"虚拟项目部的事情就这么定下。十一月之前，我要看到第二乐章发布。行了，你们四个可以先离开。"段千吉说道。

杜昂抬头看了看自己老领导，接收到施经理的目光，杜昂才确定段千吉说的就是他们四个，意思是他们四个的酱油打完了，可以先撤了，剩下的事情不是他们四个能听的。

拉了拉座位已经回到原位的方召，杜昂四人先走出会议室。至于他们离开之后里面又是何种情形，就不关他们的事了。

一直到走进电梯，杜昂三人才长呼一口气，像是又重新活过来一般，亚尔林还拍着胸口："吓死了吓死了！哎，方召，你不怕？"

"为什么要怕？"方召还反问。

　　朱利安看了看与来时没什么两样的方召,想想方召在会议室的那个大胆的问题,再看看吓出的冷汗还没来得及擦的亚尔林,摇头。同样是搞艺术的,做人的差别怎么就这么大呢?

　　"不管怎么样,方召,恭喜升职。"朱利安笑道。以前他们还能凭职位高来摆摆架子,但从会议室离开的那一刻开始,方召的地位已经不低于他们了,光看职位的话,还高于他们三个,只是现在没多大实权而已。但若是方召第二乐章成功……

　　"方召!"杜昂伸手紧紧扣住方召的胳膊,眼中闪着奇异的光,完全没有之前进会议室时的忐忑不安,像是有些激动和难以相信,"方召!第二乐章一定要成功!"

　　杜昂并没有自己职位被抢的恼怒,他能从上司的眼神里得知,给他的补偿肯定也不会少。而虚拟项目部也不是他想待的,因此并没有什么不好的情绪,他现在脑子里想到了另一件事。

　　新世纪,商业娱乐从来都不满足于某一单项,不管是真人明星还是虚拟偶像,从来不会只局限于音乐界,音乐界只是娱乐圈的一角而已,从来都是泛娱乐战略布局!

　　就像霓光文化和橦山实华那边的两个虚拟偶像,在推出的歌曲有点成绩之后,便开始布局影视界。银翼的其他真人明星也都是类似的路子。

　　只是,银翼从建立到现在,还从来没有哪一个虚拟偶像,能够得到公司那般大力的支持。但今天在离开会议室时,杜昂却从中嗅到了一丝不平常。

　　段千吉为什么会给方召那么多优待?他相信,换作天马行空工作室的其他人,未必能有同样的待遇。后面肯定还有什么事情在等着,只是,在第二乐章出来之前,不会有大动作。

　　"现在只等你的第二乐章制作了。"只有第二乐章成功了,杜昂才能确定自己的猜测是否正确!

　　方召不知道顶楼的会议在他们离开之后又持续了多久,反正,在他回到五十楼之后没一个小时,银翼的首席新闻发言人在接受采访的时候提到了银翼的极光项目。依旧是维持着那一脸完美的笑,让人看不出他在想什么,透露的信息其实也不多,只说让大家等待第二乐章的出现,具体发布时间也没有公布,依旧保持着神秘的态度。但杜昂敢打赌,这次新闻发言人肯定装得更有底气了。

　　段千吉的助理祝珍已经将奖励清单给方召发过来了。项目组真正参与项目的曾晃、万悦、宋秒、庞普颂,每人十万奖金;核心技术员祖文三十万;制作人方召一百万。这只是奖金,歌曲的销售分成下个月再结算。

　　经费也已经到位,随时可以开工。

　　方召在询问曾晃、万悦和庞普颂之后,与三人重新签订了银翼正式员工合同。

　　成为正式员工,庞普颂感觉自己的腰杆都挺直不少,签约之后就立马给他妈报了个喜,说要给他妈买礼物；宋秒在计划着用这笔钱去买上次见到的裙子；曾晃和万悦则打算着是不是要将他们看中的房子给买了。

"祖文，你打算买什么？"曾晃见祖文一直坐在那里不吭声，便问道。

"我？我已经买了啊。"祖文将手环上的光屏打开，调出一个面板给众人看，得意洋洋地道，"装备升级！玩游戏，有钱不升级装备，要它何用？"

曾晃："……"你高兴就好。

"老大，你打算买什么？"祖文问方召，现在称呼都改了。

方召看着刚收到的信息，道："董事长助理祝珍说还有两辆飞车马上到，让我们检查下车库，别堆东西挡道。"

"还有飞车?!"祖文装备都不升级了，一溜小跑去车库。

二十楼以上，每层都是有车库的，五十楼当然也有。只是之前部门经过"血洗"，都洗空了，人都没几个，穷得叮当响，还是方召来了之后开始有点改变，但资金也紧张，租个设备都得按小时算，否则会超额。现在有钱啦！

"我检查了，车库没东西！"祖文将车库的门打开。

不一会儿，负责送车过来的人，便将两辆印着银色翅膀标志的飞车留下。

同样是公司的车，这两辆比起当时方召在黑街看到的方声乘坐的那辆，要好得多。倒不是说银翼的车一定比霓光文化那边的好，配哪个档次的车看的是身份和公司的态度，地位越高、公司越看重的人，配的车自然也会更好。

这两辆飞车属于部门财物，并不属于私人，就是为了方便部门的人有什么事救个急，省得去求别的部门帮忙。

祖文将两辆飞车从头摸到尾，连个车轮都没放过。

"我决定，今天不玩游戏了，开车出去兜风！老大你不是说要回去一趟吗？我送你过去！"祖文说道。

今天方召给他们放假休息，明天又要开始新一轮的加班，大概之后的很长一段时间都会在公司住着。

现在整层楼只有他们几个，每个人霸占一间办公室也依旧宽敞得很，休息室也有，他们没觉得受苦，住公司方便。食物等方面方召也没有委屈他们，在公司食堂点的套餐虽然不能算顶好，但绝对不差。

祖文载着方召到黑街的时候，天已经黑了。方召没让祖文将车开下去，黑街晚上来往的人比白天多，各种出行工具也多，横冲直撞的，祖文的车技也只是平常，开进黑街不安全。所以方召直接在一个公交站点下车，坐电梯到黑街底层，然后沿着街道往住的那边走。

黑街的晚上比较喧闹。路灯很多都已经坏了，并没有更换，仅靠两边店面的灯光提供光亮。方召沿着街道往前走,正想着制作第二乐章的事情,突然停住脚步。

这里是街道的拐角,两边也没有商店,路灯是坏的,比较暗,离这条街热闹的地方还有百来米。而让方召停住脚步的,是前方的四个人,其中一个人手中还拿着一把枪,枪口指着方召。四个人都戴着黑色的面罩,变过声。

"自觉点,转一千到这个账户上。"其中一个穿着机车服的年轻人拿着一张卡片,卡上用发着亮光的涂料写着个账户ID。一看就是惯犯,转黑账转得溜。

方召诧异之后便忍不住笑了。即使是白天在公司被升职,被授权调动其他部门的力量合力打造第二乐章的时候,被众人恭维的时候,他也没笑出声。

多久没被人这么用枪指着了?方召自己都记不清。

拿枪的那人不知道自己全身上下到底哪里是笑点,他还奇怪方召怎么是这种反应,正常人在这种时候不是该吓得发抖,两股颤动,然后乖乖转钱吗?

神经?疯子?四人再次打量方召。不管了,打劫才是要紧事。

"转钱,快点!"拿枪的人催促。

"枪今天刚拿到手的吧?"方召朝着拿枪的那人走过去。

"嗯?停下,再往前走我要开枪了!"

"第一次拿枪?"方召继续往前。

"关你啥事!停下,听到了吗?!"

"你手在抖。"

"我说了,你再往前走我要开枪了!"

"知道在我的时代,你们这种人叫什么吗?"

四人都看向方召,不明白这个与他们年纪相仿的家伙是什么意思。

方召对四人一笑:"叫小兔崽子。"

砰!黑暗的拐角处,枪声并不大,在夜晚喧闹的黑街上并没有引起什么注意,那些播放着震耳音乐的商店更是什么都不知晓。

正在柜台收钱的岳青却突然抬头看向枪声响起的方向。别人或许察觉不到,但他却能从众多杂声中分辨出来,虽然听得不太清楚,但仍然有种那就是枪声的直觉。

店内的人比较多,岳青没有出门,依旧坐在柜台那里,将店门口的监控器调整角度,看着监控画面。转角那边离这里还有点距离,店门口的监控器监视范围有限。

黑街上一些踩着滑板的中学生说笑着经过。不是他们。

几个醉汉勾肩搭背,嚷嚷着什么。也不是他们。

嗯?岳青看着监控画面上出现的一个人。方召?

方召手里还提着什么。岳青将画面放大了再看,发现只是不远处一个烧烤店的包装盒。没多大会儿,方召便出现在岳青的商店里。

"加班到现在?"岳青笑着问道,眼神中隐藏着一些打量。

第8章 上班能带狗吗？

"最近事多，以后还会更忙，明天开始可能会连续很多天都不回来，直接在公司加班了。"方召将盒子打开，将里面的烤肉拿出一块递给岳青，"吃点？"

"谢啦！他家的烤肉不错，肉都是从牧洲弄来的，不是合成肉。"有吃的，岳青顿时笑出了褶，还从货架上拿出一瓶酒给方召倒了一杯。

"得奖金了？"岳青问道。这些烤肉可不便宜，在黑街上一般吃的都是合成的压缩食物，天然烤肉那种东西在这里算是比较奢侈的了，巴掌大的一块肉，要两三百，岳青一个月都吃不了两次。

"是啊，所以奢侈一把。"方召又递过去一块。

"对了，你新发的那首歌，挺好听的，我都下载了。MV也不错，我给我老战友他们推荐，都挺喜欢的。今天看新闻，说你们第二首也要出来？"岳青问。

"所以以后要加班。"

"我看好你哦，我们都等着，哈哈！"

方召买了十块烤肉，他与岳青一人吃了三块，还留了三块给艾丸。艾丸现在正忙，说没时间过来，让方召给他留着，他闲下来之后就来岳青这里拿。

方召带着盒子里剩下的一块烤肉上楼。

店内，岳青一拍脑门，光顾着吃吃喝喝，他都忘了问方召有没有在转角那边看到什么异常。不过应该与方召那小子无关，那到底是谁呢？

岳青将监控调出来，看着里面经过监控范围的人。

今晚天刚黑那会儿，后面那条街出了点状况，仇杀事件，不过没出人命，岳青还打听到，那事件里有人丢了枪。但丢枪这种事情是不会拿到明面上说的，毕竟那些人不是合法持有，枪支都是从黑作坊里出来的，没注册过，丢了也不敢声张。

就是不知道那枪最后被谁捡了，之前转角那边的枪声应该与那把丢失的枪有关。

到底是谁呢？岳青看着监控画面，依旧找不到可疑人物，最后还是放弃了。管它呢，反正只要别惹到他这边就行。

已经上二楼的方召，开门之后就见那只卷毛狗使劲甩着尾巴凑过来，闻到烤肉味后更激动了，哼哼唧唧个不停。

方召看了屋内一眼，没见到有东西被破坏，摸了摸狗头："表现不错。"

将烤肉放到狗盘子里，关好门窗，窗帘都拉上。方召将外套脱了，掏出放在里面的一把手枪。

这把枪放在现在来说，应该算是比较老的枪型了，但相比起方召那个年代的，还是要先进不少，改动很大。方召又从另一个兜里掏出一个严重变形的小小的弹头。

于是，在岳青盯着监控寻找可疑人物，猜测到底是谁捡走了那把丢失的枪时，方召在楼上研究今天反劫来的枪。离他的时代太远了，现在的新型枪械他还不会用，得多研究研究。

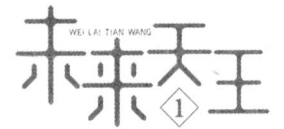

第二天,方召带着那只卷毛狗下楼,去岳青的店里。他接下来可能很长一段时间就睡公司,二楼的屋子得拜托岳青帮忙看看。

艾丸也在,正跟岳青说着昨晚到他药店里看病的四个年轻人的事情。

那四个小子上学的时候就总干些小偷小摸的事情,还学人家打劫,现在没上学了,还在继续这么干。因为之前他们打劫的都是外来人,劫的钱也不多,又没闹出过人命,黑街这片的人都睁一只眼闭一只眼。不过昨晚貌似是遇到硬茬了,四个人被打得连他们妈都不认识。

艾丸问他们到底怎么回事,一开始四个人什么都不说,最后被艾丸给诈得吐了几句。

"我猜那四个小子就是捡枪的人,但到底是谁将他们打成那样,却都闭口不言。那四个小子只是皮肉伤,看起来惨,短时间内会受罪,不过没大事,打他们的人意图只是教训而已。"

"昨天在转角开枪的就是那四个小子?"岳青问。

"哪儿呢,那四个小子以前都没摸过枪,拿着也没敢开。就算敢也没机会,还没看清就被人揍地上了,那一枪是打他们的人开的,大概也只是为了吓唬他们一下。其中一个还被吓尿了,去我店里的时候我都闻到了尿骚味。"艾丸摇头晃脑地评价。

见方召走过来,艾丸笑着打招呼:"昨天的烤肉很好吃。听说你接下来要加班不回来?放心,我和老岳都帮忙盯着呢,没人敢砸你窗户,你下次得了奖金再请咱们吃一顿烤肉。"

"行,没问题。"方召应下了,也没多说,他还得赶时间。

"走吧走吧,这边你放心。"岳青扔给方召一袋压缩饼干,"留着路上吃。"

"谢了!"方召将饼干放进兜里,带着卷毛狗匆匆离开。

看着方召走远,艾丸接着问岳青刚才说的事情:"你说,咱们这一带,有哪个外来户有那能力?"

"你觉得,那小子有没有可能?"岳青指了指方召离开的背影。

艾丸立马摇头:"他?一个文艺工作者,怎么可能?我听那四个小子的说法,打他们的人以前应该是摸过枪的。老岳,这条街好像就你一个退伍的吧?"

岳青也觉得不可能是方召:"我让人查查最近又有多少新租户。"

由于公共列车不准带宠物,离开黑街的方召便叫了出租车去办理宠物证明,名字就写的"卷毛"。

狗植入芯片之后才算是有主的宠物。皮下的芯片将是它的身份证明,不管去哪里,方召都能定位到,而一些能够扫描芯片的地方,同样能够获取宠物的身份信息以及归属情况。

宠物信息办理好之后,方召才带着狗来到公司。

见方召带狗上班,一楼的很多员工满脸诧异,他们发现方召竟然没有被拦下!保卫

第8章 上班能带狗吗？

人员都只是扫了一眼，便挪开视线了，根本没有去拦的意思。

"我没看错吧？刚过去的那人是方召？"

"对，他还带着一只狗！"

"现在的新人都这么厉害了？"

"呵，人家比你还年轻，都已经能创作出史诗了。"

"你们都落后了，根据我得到的新消息，方召已经升职。"

……

进电梯的方召没去在意其他人的议论，他正跟布莱联系。这具身体的体质还是太弱，得多训练。

"哟，方经理，恭喜升职啊！"布莱那张老脸笑得非常和蔼。

"谢谢。"

"怎么，需要设备？我可以跟设备科那边的人说，让他们帮你将东西留着别借出去。"

"不，我就是问问有没有健身设备之类的。"

"这个好像有，没有也可以去订。不过公司本就有运动健身的地方，你是想在你们那边再搞一个？"

"有这想法。"

"没问题，反正你们那层空地方多。还有什么需要？一起说了我去订。"

"游戏设备有吗？"

"……方经理，你是来上班的。"

"那种射击类的游戏设备，最好枪械模拟得像一点。"

"方召，你是来上班的。"

"游戏版本不要太老，越新越好。"

"方召，你是来上班的！！"

健身器材布莱就可以决定，但游戏设备这东西，布莱就不敢自作主张了。在他看来，方召还年轻，年轻人意志力不够坚定，要是方召沉迷游戏不干正事，导致任务完不成，或者质量降低，他就得背锅了。所以游戏设备的事情布莱还得问问上面的意思，他做不了主。

布莱安排的人效率很高，而且各种工具齐全。现成的地方、设备、工具、人都有，安装也快。当天下午，五十楼虚拟项目部就多了个面积一百多平方米的健身房。

"我们自己的健身房?!"

祖文特别兴奋，有时候他玩累了……不是，工作累了想动一动，也只能原地蹦两下，公司的公共健身房去的人太多，得预约排队。而他这个技术宅体质也比较弱，他父母经常叮嘱他多运动，别整天除了工作就是游戏，生命在于运动！

现在，他们部门有了属于自己的健身房，就不用去跟别人挤了。

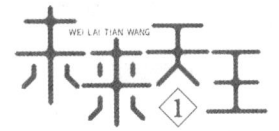

"其实我还申请了购买游戏设备。"方召说道。

祖文的耳朵噌地就竖了起来,期待地问:"然后?"

"被驳回了。"

祖文又蔫了下去。

"上头的意思是,如果咱们将第二乐章做成功,或许会同意。"方召继续道。

"那就干!"祖文用力挥动双拳,突然感觉人生又有了一个金光闪耀的目标,干劲十足!对他来说,游戏设备比奖金还吸引人。

极光项目的详细计划,各人的任务分配,方召早就已经传给大家了。他不限制大家的工作时间,自由安排,只要任务不出错,能依照计划好好完成,怎么分配时间都由各人自己决定。项目组每三天开一次会议,统计进展,解决遇到的问题。

这天早上,方召在跑步机上跑着,跑步机是感应的,加速还是减速以方召的跑速为准。那只卷毛狗就跟在方召脚边,方召跑快,它也跟着加速;方召跑慢,它也会随着慢下来,没有被跑步机甩出去。

方召一边跑步,一边看今天的业界新闻。

业内人气媒体之一《燎原火》这两天又盯上银翼的极光项目了,昨天就预告会请一位业内专业人士来点评极光项目。这次不是搞科研和研究历史的那些,是音乐界的一位大师。嗯,嘴巴没门喜欢放炮的一位大师帕特里,才华的确有,但话多也是真的。

专业的人自然是从专业的角度去分析,帕特里本身就是研究交响乐的,而方召的《天罚》就是交响乐架构,这也是为什么《燎原火》会请帕特里上节目。专业对口,还嘴贱,多好的炒话题人选!

帕特里并没有贬低《天罚》,相反,从头到尾他都在夸赞,每一段都拿出来分析,并给予了极高的评价。当然,夸赞的时候还不忘贬低一些同行。同以往一样,不拉仇恨就不舒服,喷几个人才会爽快。

这次节目也引发了许多讨论,而让许多人惊讶的是,霓光文化和橦山实华那边,在各自官方的直播节目上,同样夸赞了《天罚》这首"史诗"级歌曲,似乎丝毫没有因为自己公司的虚拟偶像被挤下榜单而愤怒,恨不得将《天罚》夸到天上去,并坦言同样期待极光的第二乐章,推测第二乐章或许也是史诗级,不会比第一乐章《天罚》差。

这样的报道不是小规模的,齐安市内,每天都能听到网上的议论,而且讨论的热度一下去,就会再次被炒起来,有一股力量在后面吹捧。

杜昂看到这些也觉得事情似乎不太好。应该是橦山实华和霓光那边联手吹起来的。

三大娱乐公司的三个工作室,一有空就研究另外两方,对手什么风格,惯用什么手法,都有了解。霓光的"金属狂潮"和橦山实华的"四次元"两大工作室,应该是看出《天罚》与天马行空工作室以往的曲风有差异,觉得《天罚》的创作者另有其人,才会用这种手段来试探,甚至可能都已经查到方召身上了。银翼并非铁板一块,想撬总能撬出一些消息。

捧得越高，摔得越疼。捧杀！以方召的年纪，看到这些报道，听到这么多专业大师的夸赞，要么会虚荣自负，要么为名声所累，不管哪一种都会导致第二乐章受到影响。做出史诗或垃圾，可能只在创作者的一念之差。

内部了解极光项目的人都知道，段千吉没有让天马行空工作室的人插手，意思就是，极光的所有乐章，若无意外，创作者只有方召一个，没有任何天马行空的人参与。是你的就是你的，没人能抢功劳。

虽然虚拟偶像项目一开始都不会让作曲者的名字出现，但之后会通过另外一些渠道去详细介绍，创作者的名字并不会隐没。

就像天马行空工作室制作的那些乐曲，或许里面有单独创作的情况，但在一开始都是以工作室的名义发表，强调的是"天马行空"这个整体，之后才会公布哪些乐曲是其中的哪个人或者哪几个人创作。只有将天马行空的整体价值提升，里面的成员身价才会跟着涨起来。

同样，现在方召要推的是极光这个虚拟偶像，目前的一切都以极光为主，等将极光真正推起来之后，才会公布创作人。如果极光在《天罚》推出时，创作者那里写的是方召的名字，那么，方召就分散了"极光"这个形象的热度和吸引力。

段千吉给了方召选择权，而方召选择自己单干，她同意，并且拦下了天马行空的人。

现在，不仅仅是外界，银翼内部段千吉等一众高层其实也都在关注，方召，是否能自己一个人挑起大梁，将史诗延续下去？

当然，若是方召自己觉得能力不足，需要额外支援，段千吉也会让天马行空的人支援。只是，到时候公布的创作者，就不再是方召自己了，而是天马行空工作室。

极光项目组内，其他人也都看到了这些新闻。

"要不再请个顾问过来？"曾晃问。他担心方召的压力太大，面对公司内从上到下给予的压力，还有外面每天都会出现的捧杀，意志不坚定的话恐怕会被逼疯。方召若是闭关创作，或许还能回避一些干扰，不过顾问就得另找了。

"是啊，老大，要不你就直接闭关专心创作就行了，顾问就再去请个人或者请个团队过来。"祖文也建议。

如果方召真是一个二十出头的小年轻，在外面大规模吹捧之下，肯定会受到影响，可能会变得自负，也可能会因为扛不住压力而崩溃。但方召不是！

上辈子一百多年不是白活的，九死一生的境况都不知道经历过多少，就这点压力还远远不足以让他动摇。

"没必要，我一个就够了。"创作和指导，方召自己一个人能搞定，但项目组的其他人却没有方召那样强大的心理抗压能力，还是受到里外压力的影响，就连祖文也会犯一些不必要的错误。

"人还是太少了。"三天一次的组会上，方召看了看大家的进展，说道。

"抱歉，最近注意力不那么集中。不过人确实太少，第二乐章的MV比第一乐章的要复杂，要想在保证质量的前提下一个月之内完成，难度还是比较大。"开始第二乐章的项目之后，祖文就发现第二乐章的制作难度要更大一些，而在对场面的控制上，他还是有些弱了，总会犯错，但交给其他部门的技术人员又不放心。

"是，最好能再多找几个雷哲空间技术员，擅长多角色、大场面控制的那种。"曾晃的意思跟祖文一样，虽然他们也借了几个其他部门的技术员过来，但毕竟不是自己部门的人，有时候也会遇到一些矛盾，他们又指使不动。

"再招几个吧。"宋秒提议。她以前也不是虚拟项目部这边的人，但在第一乐章发布之后，她就申请调到这边来了，正式成为极光项目组的成员。只有内部的人才会更尽心，全心全力地投注在这个项目里面。

"祖文，有没有推荐人选？"方召看向祖文。

"公司内的还是公司之外的？"祖文问。

"公司内。"如今极光项目已经吸引了多方注意，从外面吸人进来，不确定身份是否可靠，所以最好还是从公司内部调人。

"明白，我先问问。"祖文他们这些搞技术的人，都有自己的聊天群，里面有几个祖文相熟的，去年因为虚拟项目大投资，塞进来的人太多，他们被挤走了。现在部门重新开启，既然要招人，就再问问他们愿不愿意回来。

方召也在公司内部网络的论坛里面挂了个招募公告："五十楼虚拟项目部招雷哲空间技术员。"

公告发出去，并没有多少回应。看到公告的人是多，但大家都还在观望，最近外面的报道那么多，夸得太狠，要是第二乐章失败，之前夸得多狠，失败后就会被批得多惨。在形势还不明朗的时候，他们不敢轻易做决定。

"我能转行吗？"看到公告的贝致问自己经纪人。

经纪人想都没想就否决了："以你那智商，还是乖乖唱歌吧。"

"唱歌的也有很多高智商！"

"你觉得你是那种？"

"……"贝致沉默。

"别想太多，去将昨天拿到的新歌练练。你空闲的时候去五十楼帮忙我也不说什么，但别想着转行了，雷哲空间技术那东西太难。"贝致的经纪人回忆起自己青葱的少年时光，那时候他也想当一个雷哲空间技术员，可惜啊，没那天赋，看到那些代码就头疼。

纪泊伦倒是没有转行的想法，不过他已经将最近十天都空出来了，给经纪人留了个言，说要去五十楼虚拟项目部那边旁观学习。

这次他经纪人倒是没再有意见。一是"史诗"事件给纪泊伦带了些热度，另一个更重要的原因是，纪泊伦的演技稍微好了那么一点点。不知道是给他安排的课程的功劳，还是去五十楼旁观真学到了些技巧，反正纪泊伦说过去能学到不少东西，他的经纪人便同意了。

次日，祖文联系的人来了三个，两男一女，都是以前在虚拟项目部待过的，后来被人挤走，就一直没想要回来。之前极光项目大获成功，但他们不知道如今的新项目组氛围怎样，所以就算看到方召发的公告也没表示，直到祖文联系他们才过来。

除了他们三个，还有一个是因为方召的公告过来的。

"我叫罗德尼，延洲科技大学毕业，去年来的银翼。这是我的毕业证书，大学六年的成绩单，还有这些，是我的获奖证明。"罗德尼将自己的各种奖项证书摆放在方召面前。

他去年毕业之后，本想进银翼的虚拟项目部，可去年那时候虚拟项目部正逢大投资，竞争激烈，他一个刚毕业没背景的小新人也挤不过那些老前辈，所以退而求其次，去了影视那边打酱油。之前听说虚拟项目部这边缺人，就起了心思，但没见有招人公告，所以也没动作，昨天终于有了机会，便过来碰碰运气。

坦白讲，罗德尼的优势还是很大的，延洲科技大学也是延洲名校之一，雷哲空间技术专业在本洲的排名也还可以。罗德尼拿出的各种成绩单和获奖证明都非常耀眼，毫无疑问，这是一个优秀的毕业生，可能还是学霸那一类。

不过，像银翼这种公司里，学霸多的是，每个部门都有那么几个顶尖人才。就连一直不显眼的祖文，档案上也是一片辉煌，这也是去年虚拟项目得到公司大投资支持的时候，其他人被挤走，祖文却能安然留下的原因——技术过硬。

说起来，祖文也是延洲科技大学毕业的，只是高罗德尼几届。

方召给祖文发了个信息："知道罗德尼吗？"

正跟曾晃他们忙着的祖文收到消息，立马回了个："没听说过。"

方召没再问什么，而是看向罗德尼的毕业作品。他的毕业作品是一段自己制作的影像——灭世时期行军蚁的猎食片段。

灭世时期，行军蚁发生了一些变异，速度更快，个头也更大，数量多起来，杀伤力的确很恐怖。

罗德尼的这段影像应该是根据一些纪录片和电影里的描述制作出来的，细节上的错误不少，但整体上，那种群体无所畏惧的气势表现得非常流畅，不然也不可能被评为毕业生优秀作品。

方召一直没出声，罗德尼又没法从方召的脸上看出什么，放在膝盖上的手搓了搓。罗德尼也不知道为什么，虽然面前这个项目制作人比他还年轻，却让他有种在学校里面对老导师的感觉，大气不敢喘，紧张得手心都是汗。

"玩游戏吗？"方召问道。

"啊？"罗德尼被这个突然的问题难住了。搞雷哲空间技术的，有几个能拒绝得了游戏的诱惑？但是，在这种情况下，这问题却是不好回答的。说玩？被嫌弃不务正业了怎么办；说不玩？撒谎被看出来更不好。

罗德尼纠结了一会儿，才小声说道："玩。其实我玩得……"

"你被录用了。"

"其实我玩得还不错。"罗德尼将原本想说的"不多"两个字急刹车憋回肚子里，暗自庆幸自己有个灵活的大脑，还好反应快。

"上午十点之前将申请写好，我将你档案调过来。"

"是，我回去就立马写。"罗德尼心有余悸地回答。

"给你一天时间休息，明天过来。"

"好的，我回去就准备。"

"大声点！能住公司吗？"

"能！"

"收拾东西住办公室！"

"是！"

"做好加班的准备！"

"是！"

"还有问题吗？"

"没有！"

"解散！"

罗德尼转身走进电梯，擦了擦额头的汗，突然有点茫然。

好像有哪里不对。

第9章 CHAPTER 9
代言争夺

　　罗德尼第二天来到五十楼的时候心中还带着茫然，他不知道自己申请调过来的选择对不对。昨天来五十楼的时候本来准备了很多问题，只是不知道为什么，啥都没能问出口，就稀里糊涂地签了合同进了电梯。

　　在方召分给他的私人办公室里稍作整理之后，罗德尼进入祖文的工作室。

　　"前辈你好，我是新来的罗德尼……"罗德尼准备先来个自我介绍。

　　"少废话，赶紧过来帮忙！"祖文头都没抬，指了指边上的一个空位，上面已经摆放好了微计算机和其他设备。

　　工作室里，除了祖文和曾晃，还有昨天招进来的三个人，现在加上罗德尼，一共六人。之前从其他部门借过来的技术工已经还了回去，从现在开始，他们部门的任务就得自己内部完成。虽然人多了，但任务还是很重，今天计划好的还没完成，所以根本没有时间去做欢迎新人之类的事。

　　罗德尼也不废话，过去坐到自己的位子上，开了设备，看了看分配给他的任务，心中也很是诧异。难怪这边要招人，大场面涉及的东西太多，制作人要求也比较严，细节上都有要求，不能随意糊弄过去，得认真了。

　　方召带着庞普颂去录制第二曲了，连续两天的录制都不满意，所以今天还得继续。接近中午的时候，祖文工作室一上午的任务完成，罗德尼也没见到方召过来。

　　"终于赶在饭点完成了！"祖文搓了搓脸，活动一下眼睛。

　　"我去买饭。"曾晃说道。今天轮到他去买午餐，问了罗德尼是否有忌口之后，便离开去公司食堂了。

　　祖文这才有时间看向新来的罗德尼。

　　"新来的？听说你也是延洲科技大学毕业的？"祖文问。

　　"对，我还听过师兄你的事情，你的毕业作品现在还放在学校的优秀作品展览馆里面。"罗德尼答道。

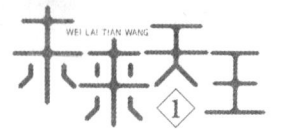

"好好干,咱们部门前途一片光明,跟着老大干准没错。"祖文开始提振士气。

"老大是指?"

"方召啊,他现在是咱们部门老大。"

"哦。"罗德尼点点头,想了想,又问,"师兄,你有没有觉得,方经理很像沈老头?"

罗德尼所说的"沈老头"是延洲科技大学的一位教雷哲空间技术的老导师,在圈内有比较高的声望,只是为人太过严肃,到哪儿都随身带着低气压似的。

每一届被那位沈导师教导的学生都有一个很深的印象,就是在这老头的课上从来不能干别的事情,就算听不下去,也要装作认真听讲,就是为了让这老头心情稍微好点。因为这老头心情不好的时候,挂科率可能会提高。

罗德尼上面一届的师兄师姐们就是因为惹怒了沈老头,期末考试挂科率高达百分之五十,直接挂掉一半。而沈老头拒绝提供补考,所以挂科的人,又同低一届的罗德尼他们一起上课,这次都学乖了,才勉强过线。

祖文毕业三年,对那位沈老头还有印象,但对罗德尼的话,他关注的重点完全不同。

"你居然敢说老大像老头?!"

"嘘嘘嘘——我只是说那气势像,不是说他人长得老!"罗德尼摆手摆得手腕都要甩掉。

"反正你说了,这黑料我得记下。"

"不是,我就是觉得方经理有点……与众不同?"罗德尼急忙解释,他就是觉得方召明明比他们年纪还小,却让他有一种面对老导师的紧张感。

祖文倒是不在意:"搞艺术的嘛,与咱们搞技术的不同,总有些异于常人的地方。只要他能让咱们过得好,能让咱们工作时间玩游戏,他就算是个怪物我也无所谓。"

"也是。"罗德尼将昨天心中的那点怪异感抛之脑后。祖文说得对,只要待遇好,工作时间能玩游戏,其他的事情又何必去管?做好自己手头的事情即可,反正有什么事上头还有制作人顶着。

"对了,师兄,洗手间为什么还有个矮小的便池?咱们部门有人带小孩吗?"罗德尼问。

祖文用看蠢货的眼神看着罗德尼:"那不是给你的,也不是给小孩的,那是给狗的。"

"……哦。"

在方召调整庞普颂的唱腔发音,祖文带着工作室的人赶工的时候,第二乐章的样曲已经送到段千吉手中。这是段千吉早就跟方召说过的,一旦样曲出来,先送一份到她那里,她要检查质量。而这一听,就是半天。

仅仅是一段制作粗糙的不完整的样曲,却让段千吉循环了一个下午。

长长叹了一口气,手指在桌面上一下一下地敲动,段千吉吩咐助理:"让贺昊和维恩上来。下一步可以提早准备了。"

祝珍眼中闪过诧异,应声道:"是。"

第9章 代言争夺

"也该让世界知道,咱们银翼,还是能推起来一个虚拟偶像的!一个真正的偶像!!"段千吉看着远处的夕阳,说道。

"老板,葛列菲兹大师那边,似乎也在打探极光项目的事情。"祝珍将今天收到的消息汇报给段千吉。

葛列菲兹,前银翼虚拟项目部部门经理,项目制作人。去年银翼花重金请过来的这位虚拟偶像制作大师,年轻时候也制作过几个小有名气的虚拟偶像,后来不再亲自担任制作人,而是以大师身份在一些高等教育学校担任客座教授,时不时上个课,收个徒,参与一些投资。

去年银翼的大手笔让这位已经很久不亲自操刀制作的大师心动了,在项目开始之前曾信誓旦旦说过,他将扶起银翼一直弱势的虚拟项目。可现实却是一记响亮的耳光。

自去年项目失败之后,葛列菲兹就病倒了,对外宣称一直在医院休养,一年多了还没出院。去年段千吉将整个虚拟项目的参与人员"血洗",葛列菲兹自然是有怨气的,当时的项目组里面还有好几个葛列菲兹强烈推荐的学生,都被段千吉强势地清走了。

听到助理提起葛列菲兹,段千吉嘲讽地笑了笑:"那个老东西,他是着急了!"

葛列菲兹当然急啊,自己没能扶起来的银翼虚拟项目,今年竟然隐隐有崛起的势头!而且一出道就引发了业内的热议,这对银翼是好事,但对葛列菲兹却并不是什么好消息。倘若极光项目真的成功,那葛列菲兹这么多年积累的名声也要砸了。

"不用管他,让他继续在医院装病。"说到这里,段千吉都忍不住笑了,"不知道他这次会不会又'病情加重'。"

延洲临海的景港市,拥有数个大型疗养院。景港市风景秀美,阳光明媚,冬季也比较温暖,很多人喜欢在景港市休养。

而此时,景港市的一座疗养院内,著名音乐人、虚拟偶像制作人葛列菲兹大师,正坐在房间的大落地窗旁边。平时这个时间都是他一天中心情最好的时候,他能平静地享受景港市的阳光;但今天,葛列菲兹却没有一点心情去享受让许多人羡慕的温暖日光浴。

看着一个助手给他发过来的消息,葛列菲兹眉头皱出深深的褶痕。

在葛列菲兹旁边站着的,是一个他以前收的学生,去年项目失败的时候被段千吉强势扫地出门的人之一。

"老师,银翼还没有动作?"旁边的年轻人问。

"嗯。"葛列菲兹闭上眼睛,他要好好想想银翼究竟想干什么。

葛列菲兹去年主持过项目,对银翼内部的态度说不上完全了解,但也能猜到一半以上。银翼以前就不重视虚拟偶像项目,这是在银翼建立之初就形成的态度,以至于到现在银翼也没有一个能真正拿得出手的虚拟偶像。就算现在因为利益想着手虚拟偶像了,也不是一时半会儿能扶起来的,至少葛列菲兹是这么想的。

葛列菲兹认为，项目失败是银翼自己内部的问题，而非他的原因。可业界和不明真相的围观群众却被媒体带动，觉得银翼去年虚拟项目的失败都是他的原因。简直荒谬！

葛列菲兹坚决不认为是自己的原因，他还在熟悉的圈子里说过，银翼的虚拟项目谁都救不了。而这话说出来没两天，也不知道是谁将这话传进段千吉的耳朵，整个虚拟项目部的人员遭到"血洗"。难得安插进去的几个学生都被赶出门了，令葛列菲兹颜面大损，不知道被多少同行看笑话。

只是鉴于以前银翼的虚拟项目一直没什么存在感，很多媒体也不敢将话说死，到底是葛列菲兹的原因，还是银翼自己内部的腐朽造成的，并没有定论。直到今年年尾极光的出世，令很多人想起了去年银翼虚拟项目失败之后与葛列菲兹撕破脸皮的事情。

有些人想采访葛列菲兹，却发现这位大师跑得太远，也不接受网络访谈，一时间找不到正主，只能在每天的报道里面瞎猜。

景港市离延洲的政治金融中心齐安市较远，市民也不太关注娱乐圈的事情，所以齐安市的热议影响不到这里，这也是葛列菲兹将疗养地选在景港市的原因。

其实葛列菲兹去年因为项目失败，确实受到了打击，但他不认为是自己的错。

病情的确是假的，其实他早就没事了。为什么一直没出院？

一是为了表示他在去年那个虚拟项目中尽心尽力、呕心沥血，累病了，病得还挺严重，给人一个勤恳敬业的印象。适当示弱会让舆论更偏向他这一方。

第二是他不好意思露面。去年推出的虚拟项目的失败，的确是他声名上的污点，所以他在等，等今年银翼的虚拟项目出来。若是虚拟项目依旧是半死不活的样子，别人肯定会觉得银翼的虚拟项目的确是谁都救不了。那样一来，责怪他的人也会少很多，大家会认为，是银翼连累他名声受损，还连累他气病住院。

葛列菲兹从年初就开始等，一直没有听到银翼那边的动静，直到他的人打听到银翼将虚拟项目塞给了一个新人，当时心里才松了一口气。连银翼自己都放弃，不再大投资虚拟项目这方面，所以，没有谁，也不会有谁愿意去搅动那一潭死水。这不是制作人的问题，是银翼本身的原因！但现在，图穷匕见！

大半年，三个季度的时间，银翼肯定还有后手！所以葛列菲兹一直让人在查，他不相信银翼真将虚拟项目全权塞给一个新人！

"哼，银翼骗得了别人，骗不了我！段千吉一定早有准备！"

叮！葛列菲兹收到了一条信息。看到信息的内容，葛列菲兹眼神闪动，若有所思。

"老师，有消息了吗？"旁边的年轻人问。

"第二乐章会在十一月之前出来。"看看日期，今天已经十月二十五日，应该就是这两天了。葛列菲兹设置了几个重点关注，一旦有第二乐章的消息，他将第一时间得知。

第一乐章只是一个引子，第二乐章才能看出银翼的目的！

是史诗的延续，还是炒作的噱头？

第9章 代言争夺

葛列菲兹知道，自己能不能翻身，就看这第二乐章了。

齐安市银翼总部，方召拿着已经制作完成的MV，朝工作室那边喊道："祖文，跟我上去一趟。"

"上去哪里？"祖文打着哈欠，他现在急需玩一场游戏来拯救疲劳的神经。

"顶楼。"方召道。

祖文一听到"顶楼"两个字就腿软："顶楼？！"

"快点，准备一下，五分钟之后上去，段董还等着。"方召看了看时间。

银翼虽然放权让方召自己掌控，但做出来之后还是要先将成品拿给高层们看的。银翼已经开始重视了，而且，第二乐章的成功与否，关乎银翼下一步的选择，这是段千吉在下拨经费时就提醒过的。

方召还需要带一个技术员，祖文是工作室的头号技术员，方召要带自然是带他，若是需要调试设备、修改参数之类，还得祖文亲自上阵。

一听大老板已经在上面等着，祖文更觉得腿软得厉害，但也不敢耽误时间，洗脸的时候手都在颤抖。他印象中只有去年项目失败之后的总结会上，段千吉等众高层带着寒意的脸色，一个个项目组成员被骂成狗都不敢回半个字，都恨不得将自己缩成个球蜷起来。

稍作整理，祖文跟着方召走进另一处电梯。

"老大，我紧张。"深呼吸也缓解不了紧张感，祖文感觉电梯里温度都在下降。

"你可以想一想，第二乐章之后咱们就能买游戏设备了。"

"不行，想了更紧张，要是失败了咋办？"

祖文觉得紧张得牙齿都咯咯咯地在打颤，扭头见方召与平常没什么两样的态度，突然觉得不解。方召的镇定不是装的，他是真不紧张。

"老大，我有个问题不知当讲不当讲。"祖文道。

"你都不知道讲不讲的问题就不要问我了。"

"但我憋不住。"祖文看向方召，"你为什么不紧张？如果第二乐章失败——当然，我不是怀疑它的质量，我其实也很喜欢的，只是，其他人会喜欢吗？延洲音乐协会的人会给出高评价吗？极光项目真的会成功吗？每次一想到这些我就会忐忑、失眠、焦躁不安，你就没什么感觉？"

方召抬手指了指自己的头："因为每当脑子里响起BGM的时候，我就会觉得自己无所畏惧。"在战场时是，现在也是。

"……"祖文看着方召，确定方召不是在开玩笑，"难以理解，你脑子里到底装着什么？"

"大概装着一个交响乐团。"

祖文觉得方召这种人好像天生就不懂什么叫紧张，什么叫忐忑，至少祖文没见过方召紧张慌乱的样子。

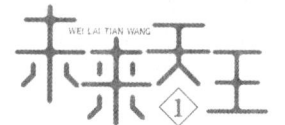

其实,如果方召只是一个寻常人,或者只是末世之前的他,也会同祖文反应一样。但经历过末世的人,肯定会变。方召也会紧张,也会害怕,可在末世的时候,人总得找点支撑才能继续坚持下去,否则就会崩溃。有些人是为了所爱的人,有些人是因为心中的信仰,没信仰也会找点替代物。

末世初期,方召还有些亲人;但到了中期,只剩下身边的战友。有些人会找伴儿,但很多时候,前一刻甜甜蜜蜜,下一刻天人永隔。末世里最不缺的就是歇斯底里的哭声,看多了悲欢离合,人也变得患得患失。再之后方召带着队伍四处战斗,也没了其他心思。

也是末世那种环境,使得方召拥有了一种能力,他的大脑就像是被分隔成两半一样,一半用于思考,用于对身体的控制,而另一半……就像方召对祖文说的,他的另一半脑子里,大概装着一个乐团。从起初的小乐团,时不时响起一些零零碎碎的小调,到后来扩大成一个大型乐团,有时会激昂,有时会沉重。

渐渐地,做什么事情脑子里都会响起一些乐声,就像是一种催眠,让他忘掉其他的情绪,忘掉紧张,忘掉胆怯,每一次都做好了丧生的准备。久而久之,也就习惯了、麻木了。比起末世中所经历的,现在这些又算得了什么?方召不紧张,相反,他还有些期待。

走出电梯,还是那条通往会议室的宽敞却带着凉意的走道。祖文落后一步跟在方召身后,双眼不敢乱瞟,控制住发软的双腿,让自己别在这里就趴下。

同上一次相比,这次守在办公室前的多了一人。虽然只是简单地核对身份,话都没有多说一个字,但方召还是从他们身上看到了一些熟悉的东西。这两人是军队出来的。

其实方召来银翼的时候就发现了,银翼的保卫很多应该都是退伍兵。曾有传言说段千吉的丈夫是延洲军区的人,具体职位和军衔却没人知道。总之,因为延洲军区的背景,银翼这边的保卫基本都是退伍兵。

走进会议室,这次里面的人没有上次多,算上方召和祖文,正好十个人。

在方召和祖文进去之后,会议室的门关闭,隔绝里面的声音,除了会议室里面的十个人,没人知道里面究竟谈了些什么。似乎没有惊起一点水花。

直到下午,负责宣传的部门接到了一个个突然的命令。原本定好的宣传计划全部更改,按照新的宣传策划方案来。一些令很多人眼热的宣传渠道,分配顺序也出现了变化——有人插队了。

一般若非紧要的事情,不会随意更改早就安排好的宣传顺序,毕竟这里面牵扯太多。如果发生排序临时更改的事情,肯定是有特殊情况,比如,有谁享受了"特权"待遇!

从以往的情况来看,能够享受到这种特权待遇的,都是签约等级A级及以上的明星。然而,今年宣传部门的人拿到新的宣传计划时,都愣在那里。

"这……"

"不是A级明星?竟然是那个虚拟偶像!"

"真要这么排?现在就将宣传铺开?"

第9章 代言争夺

"可这力度也太大了,公司就不怕去年的情况重演?"

不管底下的人怎么想的,他们还是得按照上面的安排来。换宣传位、更改广告播放排序等,全都开始行动。

次日,延洲的公交站、广场、建筑楼等地方,都出现了一个有些另类的广告。没办法,实在是太惹眼了,在一众或靓丽或俊秀或可爱的面孔中,突然出现了一个画风格外与众不同的,当然会引起更多的注意。

《天罚》那段激昂的乐声中,一幅静态的宣传画出现。画面以雷电隔断,雷电的一边是树人大军,另一边是成群的病变生物。下方则是一排显眼的大字:《百年灭世》第二乐章,十一月一日发布。

一直在等待银翼后续行动的媒体顿时像打了鸡血。他们料到了银翼这次肯定会提前宣传,却没想过,银翼竟然会采用如此大范围大力度的宣传。这力度,都赶上A级明星了吧?B级及以下的肯定享受不到这种待遇。不仅仅是现实场景中的那些人流量大的地方,网络上也投放了不少广告。这是动真格了?

没有谁能想到,银翼竟然有一天会在一个虚拟偶像身上下如此大的功夫!就算是去年银翼大投资的虚拟偶像项目也没有这样力度的宣传。去年银翼在推出虚拟偶像的时候虽然也宣传了,却给人一种缺乏自信的感觉;而今年的银翼,像是突然挺直了腰板。

公共列车上,几个学生看着窗外高楼大厦墙壁上浮起的巨大光幕。

"那是即将上映的影片?"一个学生问。他们离得有些远,看不清屏幕上的字。

"不是,那是银翼推出的一个虚拟偶像,只是这偶像有些特别,《天罚》听过吗?"

"听过,前阵子学校天天有人放,不过我对那个乐风不感兴趣,也没看MV。"

"我还挺喜欢的,第二首要出来了?"另一个学生在网上搜索了一下,"十一月一日?哈哈!快了快了!希望第二首也是史诗。我跟你说,听这种史诗你得用音质好的耳机或者音响设备,否则听不出那个味儿……"

网络上,除了本就喜欢听这类风格音乐的人,最活跃的就是抱着捡金砖心态的人了。

"第二首也是史诗吧?是吧?"

"希望是。你们不知道,我每次听《天罚》的时候,都觉得在听金砖碰撞的声音!"

"到时候看音乐协会的评价,如果是,就再下!"

"第二首是不是也只开放延洲区域的下载?如果是的话我要笑醒了。现在除了咱们延洲,其他几大洲,这种都作为版权音乐,不开放下载,很多大片的配乐在网上都找不到整首的。"

这次银翼第二乐章的宣传没有任何遮掩,提前公布了发布日期。这不仅仅是银翼对那个虚拟偶像的推广,也是向另外两大公司下的战帖——十一月一日,我等在这里了,不服来战!

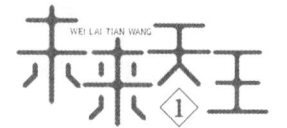

橦山实华的大老板宋实华，坐在办公室内，沉默地思考着银翼走这一步的真正目的。他不相信段千吉用史诗砸，仅仅是为了证明银翼能够扶起一个虚拟偶像。

他是个商人，段千吉也是商人。从商人的角度来讲，宋实华坚信，银翼如此大的投资，所图也不会小！到底是为了什么？

突然，宋实华敲动的手指一顿，双眼瞳孔猛缩，两颊的肌肉抽动，有些怀疑，又有些不敢相信，每一个音都像是从牙缝里挤出来一般。

"难道是为了明年的《世纪之战》?!"除此之外，他想不出别的原因了。

《世纪之战》是全球最受期待的游戏，没有之一！是全球游戏爱好者期待了近十年的游戏！且游戏背景正是持续百年的灭世时期！

而《世纪之战》的制作公司早就说过，《世纪之战》在每个洲只找一个明星代言，并且，只要虚拟偶像！代言费是其次，重要的是代言所能带来的影响力！那是全球性的！

银翼想要用那棵树加入《世纪之战》的代言争夺？笑话！就凭那棵树？！

不得不说，宋实华还真猜到了段千吉的打算。为什么去年银翼要投资大量的人力财力在虚拟项目上？扶持一个虚拟偶像证明自己是一方面，另一方面，也是从商人的角度来讲，银翼更重视的就是《世纪之战》的代言了。

《世纪之战》的制作公司火烈鸟每十年制作一款游戏，每款游戏的持续时间是十年。非常任性，同时也非常有实力的一家公司。

"火烈鸟"成立于百年前，建立者据说曾经是制作飞行器的，第一款游戏就与太空飞船相关，当年风靡全球，十年里从没有掉出过游戏界每年评选的最受喜爱游戏前三。十年之后，火烈鸟再次推出第二款游戏，其火热程度几乎再现了前一款游戏的辉煌。

其他的段千吉不清楚，她不玩游戏，但她知道，九年前火烈鸟出的那款游戏《神话》，纯利润累计逾千亿！具体多少没人能从火烈鸟那里了解到，但绝对不会少于一千亿，这还只是游戏本身的收入，没有计算其衍生品市场，这自然会让很多人眼红了。这块大饼不少人都想要咬一口，而细数这百年来与火烈鸟搭上线的那些代言明星，每一个都大火，是全球范围地出名。

延洲三大娱乐公司，为什么大家都觉得霓光和橦山实华比银翼要强？虚拟偶像绝对是主要原因。比真人明星，银翼不会输；但虚拟偶像上，银翼的确是不争气。在此之前霓光和橦山实华都曾有虚拟偶像争取到火烈鸟的游戏代言，也正因为此，论全球范围内的影响力，霓光和橦山实华要稍强于银翼。

虚拟偶像是一股不可小视的力量，所以段千吉一直想要改变现状，银翼必须推出一个足够有知名度的虚拟偶像来解决这样的窘境。

只是段千吉并没有将这个打算告诉葛列菲兹，也没有跟其他人说过。或许公司有人猜到了段千吉的打算，但都没有说出来，因为没有底气，他们银翼还拿不出一个真正有实力去争夺代言的虚拟偶像。

第9章 代言争夺

正好，火烈鸟的十年之期快到了，去年他们就公布了新游戏的名字和背景：《世纪之战》，灭世时期背景。除此之外，段千吉还通过自己的手段了解到，火烈鸟这次在《世纪之战》上的投入比《神话》还要大。从一个商人的角度看，投资越大，预期的收入也越大。

橦山实华那边显然打算将米虞这个很受年轻人追捧的虚拟偶像用于代言竞争。去年葛列菲兹带着银翼的虚拟项目部制作的虚拟偶像，也是同米虞一样的女性虚拟偶像，样貌完美，身材丰满。可惜，市场不接受。这背后自然有橦山实华那边的搅局，但项目失败并不仅仅是竞争对手干扰的原因，项目本身存在的问题才是关键。

米虞已经大火，而且热度暂时也没有消退的趋势，市场不需要第二个相似的虚拟偶像。这也是为什么霓光推出的新的虚拟偶像，是个与米虞不同的俏皮活泼可爱的形象。

去年大投资的项目失败，也算是断了段千吉想要争一争的心思，她对虚拟项目部当然没有什么好脸色。为什么祖文那么怕段千吉？因为去年段千吉发火的时候太吓人，在场的人，没有哪个会忘掉当时的情形。

而现在，本打算放弃制作虚拟偶像和代言争夺的段千吉，却碰到了方召推出的极光，这让段千吉又燃起了去争一把的心思，甚至不顾天马行空工作室的强烈抗议，由着方召去用史诗砸！

只要能将极光扶起来，钱，她给！除了拨下去的五千万，她还让其他部门配合。

特权，她也给！不就是在办公室养狗吗？不就是建一个健身房吗？行！

游戏设备？只要第二乐章能成功，立马给你将游戏室整出来！

方召出现的时机，实在是太巧，也太好！

现在，既然有机会去争一争，她也只能期待方召的表现了。

银翼五十楼。

虽然第二乐章已经制作完毕，但为了保密以及其他各种原因，大家都没怎么出去，就在五十楼休息。反正这里什么都不缺，能健身，能上网玩游戏，也不会觉得无聊。等到了十一月一日，第二乐章正式发布之后，他们就能撒蹄子出去狂欢了。当然，前提是第二乐章成功，否则，别说狂欢，工作可能都没了。

"《天罚》的下载量终于突破一千万！第二乐章应该也不会差！"祖文没心思玩游戏，每天就盯着《天罚》的下载量看，在心里给自己打气。他们肯定能成功的，奖金、游戏装备，他最看重的两样东西，都寄托在第二乐章上了。

第一乐章《天罚》的下载量已经破了一千万大关，这里面未必每个人都喜欢听史诗类音乐，有的人是跟风下载，有的是抱着占便宜的心理。但不管怎么说，很久很久没有一个新偶像的出道歌曲下载量破一千万了。

外面，业内的各个媒体都在报道这事，不过在业内的创作圈子里，很多人都认为这还是不划算。选择了面对大众开放，就没法再以版权音乐的身份去争影视游戏市场。而

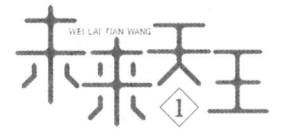

且,放在大众平台总感觉掉身份。不过,他们也不得不承认,看到《天罚》的下载量过一千万,的确很惊讶。

以前也有人将史诗类音乐放到大众平台,但下载量也只勉强过了一百万。毕竟在浮躁的、节奏飞快的现代社会,不会有那么多人静下心来去体会音乐里面的深层内涵。

但这类音乐找到了更好的归宿。一些游戏和场面宏大的电影、广告等,音乐是它们灵魂的重要组成部分。寻常音乐难以支撑起场面,于是,史诗音乐或者类史诗音乐便被注意到。通过版权音乐的路子,音乐制作人们能够赢得数百万甚至上千万的利润。久而久之,这类音乐便维持着高冷的格调。

史诗类音乐从没有与单个的虚拟偶像联系在一起过,即便是曾经虚拟偶像最辉煌的雷哲时代,也没出现过这种事情。极光的出道方式的确引起了不少话题和关注。

天时、地利、人和,方召三样都占了,缺哪一个都无法达到这样的成绩!

不管大家怎么想,对银翼的做法是褒是贬,现在所有人都盯着日期,就等着十一月一日的到来。

十月三十一日。

看到公司十一月的宣传安排,刚挤到榜单第四的楚光一脸蒙,又来?!对了,方召的那个好像是一个系列?楚光有种要跌出前五的预感。

十一月一日。

这是延洲音乐界很多人都会关注的日子,也是娱乐圈一部分人在意的时间。

银翼能否继续保持第一乐章时的质量?

樟山实华的大boss宋实华,一早就坐在安装了全套顶级音响影像设备的办公室里等着了。只要看了第二乐章,就能确定他心中的猜测是否属实。

银翼,是否花了更大的投资在这第二乐章?如果是,那么显而易见,银翼就是要用史诗将极光这个虚拟偶像推起来,去争夺游戏的代言!

八点。

这是很多公司上班的时间,也是很多学校早课前的早餐时间。

新世纪分初、中、高三个教育阶段,每个阶段六年时间。初等教育相当于末世前的小学;中等教育相当于末世前初中与高中的集合体;而高等教育,则是高中之后的教育,类似于大学,但教学会涉及更深的内容。

此时,齐安市很多中等教育学校的学生正骑车或者乘坐公共列车来到学校,直奔学校食堂。新世纪学校的福利还是不错的,伙食好,还便宜。早上奔到学校吃早餐,然后冲去教室,这是很多不住校的学生们每天的惯例。

这个时间点,不管是住校的还是不住校的学生,都陆陆续续往食堂跑。

齐安市第一中学,北角食堂内。

第9章 代言争夺

墙壁上的光幕每天这个时候都会放一些节奏快而有力的歌曲，给学生们提提神。中学食堂这种地方本就吵闹，节奏舒缓的歌曲根本听不出什么东西来，可能早就被杂声淹没得只剩下几个不清楚的音调。

十一月，是延洲大多数中等教育学校期中考试的时间，学校里对这种阶段性的大型考试还是很看重的。

三三两两坐在食堂吃早餐的学生，相互抱怨着学业、生活、情感萌芽等。有人一边喝汤，一边应和同学的话，视线时不时瞟一眼食堂墙壁上的光幕，看看有没有他们喜欢的影像。

"每天都是那些，闭着眼睛都知道下一个会放什么。"

高科技网络通信时代的人，尚在年幼的时候就已经了解了太多的东西，越成长，让他们有新鲜感的事物越少。光幕上的那些影像和歌曲，或许一开始听的时候有那么点感觉，但厌倦到来得很快，如今才多久，他们已经不耐烦了。

本打算不再去看光幕的人，突然听到身边的同学一声惊呼。

"看，极光！"

"哪儿呢?!"有人左右张望。

"光幕！"

"对了，差点忘记，今天是十一月一日，极光的第二首要出来了！"

曾有媒体做过调查，对《天罚》接受度最高的学生群体，竟然不是高等教育学校学生，而是中学的学生。

处于中等教育时期的学生，虽是躁动的年纪，却没有高校学生触及社会边缘带来的浮躁，还处于一个心理比较敏感的时期，或许也正因为如此，他们才更容易被调动情绪。

十一月一日，早上八点，《百年灭世》第二乐章于网络平台发布。

第10章 CHAPTER 10
第二乐章《破茧》

　　一开始影像的整体色调就是偏灰暗的，但画面却很清晰。食堂的这面光幕够大，放映设备等硬件设施是每个学校的招生广告，质量自然不会差。

　　与画面同时出现的，是情绪基调紧张、惶恐不安的乐声。一段持续的低音和重复的节奏，搭配着电子音乐不那么和谐悦耳的音色，渐强的压迫感袭来。

　　以传统的音乐审美来看，电子乐声减弱了歌曲的音乐性，令音乐与音响的界限变得模糊，但却增强了音乐的感官刺激，让听众感到好奇又有些忐忑的感觉。仿佛人的灵魂都在音乐中与末世的大地进行交流。

　　百年灭世，影像中那段源于现实却又非现实的时空。

　　第二乐章，方召使用了更多的电子元素。如果说，第一乐章是电子乐配合管弦乐打造而成的，那么，第二乐章中，电子乐声已经完全融入乐曲中。

　　人类社会发展到如今的信息时代，生活水平与精神状态相比起末世前，都发生了巨大的变化。信息时代，科技高度发展，自动化机械和人工智能已经是生活中的常见物，而伴随着这些的，则是各种属于机械电子的声音，新世纪的生活充斥着这种声音，人们对之早已习惯。而新世纪音乐，则对此加以利用，将之纳为音乐的素材。

　　人的审美在变化，喜好的风格在变化，所谓的流行也在变化。电子音乐产生了更多的音色、音响，相比起传统乐器，电子元素更能反映这个时代，也更容易被人们接受。

　　所以，新世纪的乐曲创作者们，要么全部使用电子素材，要么用传统乐器配合电子乐。入乡随俗，方召吸纳了这些新的东西放进自己的作品中，将带着金属感和电子感的音响声融入音乐。毕竟，年代相隔太久的乐风，未必能被大众接受。

　　第一乐章《天罚》在很多人听来，就带着一种另类的古典乐风，恰如其分的新颖会吸引人，但若是太过了，就会被排斥。

　　齐安市第一中学北角食堂内，原本喧闹的声音稍小了一些，更多的人注意到光幕上的影像。因为食堂总是喧闹的，所以音响设备播放的声音也更大，喧闹声一小，乐曲的声音就更明显了。

影像中阴沉的天空有雨水滴落，遍地疮痍的影像画面背后，低音提琴的旋律带着一点抒情的性质；奏响的号音显得哀婉、悠长，透着深深的无奈感，似乎又夹杂着悲壮与苍凉的感觉。

选择离开故土，寻找新的生存地的树人们，期待一次次地被现实击碎。世界到处都是危机，不知道到底哪里才安全，也不知道世间是否还有一片宁和之地供他们生存。

一起离开故地的同伴，或病亡，或被那些病变的猛兽撕咬致死。树群伤痕累累，里外都弥漫着失望、厌倦与颓废。对他们来说，生命已经处于低谷，原本寻找新生地的信念在残酷的现实之下被放弃，长期的恐惧感和无奈感已经快要将他们的意识吞噬。

麻木的乐调，古典风格的失落感，传递着绝望与恐怖的情绪。低沉的和声在有些阴暗的管弦乐衬托下，步步紧逼。似乎有一个声音在耳边轻语："看到了吗？"

和声低低地吟唱，带着危机暗涌的张力，讲述末世的冰冷无情与众生的无力哀号。

树群最前方的那个身影，身上也有很多伤痕，枝条上都带着明显的抓痕和断口，树枝上卷起的绿叶也变得稀疏，非常狼狈。

前方，是一个山坡，山坡上活动着一些充满了血腥邪恶的狂兽的身影；后方，是已经被残酷现实重创的族群。颜色浓重的影像背后，是低音弦乐低回婉转的叹息，似乎一切都将在这声音中结束一样。

你看，世界都这样了，没救了，放弃吧，别再往前走了，找个地方躲起来，祈祷自己的运气能够支撑足够长的时间，活一天，是一天。

超现实风格的画面，配合着管弦乐和电子乐糅合在一起，造成一种宏大的荒诞感。树群带着反复挣扎的无力，似乎站在深渊底下朝上仰望，仰望上苍这场冷漠而残酷的安排。

只是坚强，已经不足以支撑他们继续反抗这样的命运。这个时代没有中立！

大量电子音带来的诡异音效，节奏多变的打击乐不断奏响，颤动的琴音闪现。

在独唱的男低音苍凉、浑厚的音色中，树群最前面的那个身影，朝前走去。两步之后，他转身看向族群，并没有谁跟上；看向前方，一个张牙舞爪的身影朝他奔过来。

齐安市第一中学北角食堂内，几乎没有说话的声音。已经将汤勺送到嘴边的人，甚至忘了去喝，双眼紧盯着光幕里的画面。食堂打菜的师傅都放轻了动作。

整个食堂的气氛都紧张了起来，似乎脑子里也有一根弦在来回拉动。

影像中，往山坡走过去的那个孤独的身影，两侧本就已经聚拢的树枝，再次紧缩扭合，组成结实的臂膀，树根也同样扭合成更坚韧有力的双腿。

弦音来回拉动的音调，仿佛内心抗拒、逃避的情绪，如四周的空气，无法觉察，却始终笼罩在周围。

乐声中的两个音部，似乎有不同的力量与情绪在追逐缠绕。仿佛有一个沉重的茧束缚着那个身影，每一步都如此艰难。

第10章 第二乐章《破茧》

一切已经消沉

光明又在何处

顺从命运？

命运又是什么？

昔人何在，悲凉故土

末世里的生命，会悲伤，会惆怅；但也会挣扎，会反抗！

天空沉沉的阴云中，有电光闪动，风渐渐大了，雨势渐强。

管乐吹奏如逐渐强烈的疯狂的呼啸声，加重的鼓点如同雷声的轰隆，预示着一场更强烈的暴风雨。鼓点、管乐、低音提琴，以及一些电子元素，奏出极有层次感的旋律；多变的男声哼唱，带着沉雄悲壮的意蕴，似乎有一种更深的力量将要爆发出来。

独自前行的身影，棕色的瞳孔收缩，看着逼近的如同干涸的血迹般的红褐色狂兽，俯身从地上捡起一块石头握在手中。

弦音如一根根枝条绷紧的声响。

一个大踏步，身体随着前倾，树枝扭合而成的手臂高举，握着石头的手在空中划出一条令人窒息的弧线，仿佛猛力抡动的铁锤，砸向扑来的身影！

砰！一声重重的鼓点炸响，像是砸倒了那个张牙舞爪的身影，又像是砸裂了一些看不见的东西。影像中的身影，喘息着，面临着被砸倒的威胁。

一下一下重复敲击的琴键音，似乎思维在确认什么，背后高昂起来的旋律让气氛不再那么沉重。他终于发现，很多事情在自己勇敢面对了之后，并没有想象中那么可怕，这个世界亦不会被惊动。

不过……如此！太阳今天落下去，明天照样升起来，虽然天空有厚厚的烟尘遮挡，但他知道，太阳还在的！

抬起脚，重重踩在那个倒地的狂兽身上，彻底断送它再次张开利齿的机会，将那些曾经令他们恐惧的尖爪獠牙，全都踩在脚下！回头看了一眼族群，他再次往前，扔掉手里的石头，捡起一根更大的石棒，朝着第二个狂兽过去。从大步地走，变为跑，笨拙的身躯也显得灵活起来，就好像摆脱了一直笼罩着全身的沉重的茧。

风暴中的世界

还有你呢

低沉的男声随着交战的节奏变得豪迈，在磅礴恢宏的管弦乐中，这种最自然、最原始且最直接的音乐表达手段，直指人心！

战！别无选择！这个时代，总有人要站出来。不苟且，不畏缩，同这场荒诞又残酷的命运，抗争到底！末世里的生命，站在深渊，顺着黑暗，追逐着光明，向上攀爬。

信念这东西，似静水流深，也惊心动魄。它异常美艳，却又鲜血淋漓。

史诗式的管弦编排与电子音的融合，剑拔弩张的紧迫感和排山倒海的气势之外，还

有一股突然升起的桀骜的戾气!

音与影,不管在哪个时代,都是人们无法拒绝的诱惑。

电子音乐元素完美地融进宏大的管弦乐体系之中,影像结合这些声音,让每一个看到的、听到的人,都像是被人突然从后颈放进一块冰,刺激得一个哆嗦,内心却像是被放在火上灼烧一般地炙热,心像是被打烂了又重新缝合起来。

影像中的那个与人相仿的身影,树枝聚拢扭合而成的躯体,仿佛布满了一块块充满爆发力的肌肉。每一步的跨越,都伴随着加重的鼓点,如同一次次大力擂响的战鼓声。

摆脱沉重束缚的身影如一只矫健迅猛的豹子,一步有力的蹬踏,从地面一掠而过,身体腾空,对着迎面扑来的身影,挥臂一记横抽,其力度比刚才还要猛烈几分!

时间的流速似乎变缓,从石棒上碎裂飞出的石屑带着血迹,在雨中穿梭,飞溅的泥水朝周围炸开,淹没掉那颗断裂的利齿。

乐声似从寒光中爆发般激烈,不再有煽情的旋律,电子音乐与金属管乐的交融使用,带着扣人心弦的力量,像是一把出鞘的刀,冷厉,厚重。那是温和一片片剥离后的冷酷。

看似不和谐的和声追随着高昂的男音,似呐喊,似咆哮,非常规的音乐组合却带来了更强烈的感官刺激和听觉震撼。更多的乐器丰富其中,通过叠加使音乐达到高潮,每一个音符都涌动着不屈的生命激情。

上拉的琴音,如一阵疾风,螺旋上升之后,呼啸着直冲云霄,令人身体不由得战栗,似乎有一道冰冷的电流顺着尾椎往上蹿动,全身的毛孔都要参开。

握着石棒的身影,这次没有再回望,因为已经不需要了,他已经听到了跟上来的脚步声。踏着地上狂兽的身体,继续往前走。

在他之后,第二双脚,第三双脚,接连踩着那两只狂兽走过。

……

末世,百年灭世,那是一个盛产英雄的时代。

很多人都以为方召只是选择了一个灭世时期出现的物种,用取巧的方式配合史诗音乐来打造一个虚拟偶像。但方召选择的龙象天罗树人极光,其实象征的就是他们那些生于和平年代,却将大部分生命都放在末世拼杀生存的一代人。

末世之于人类,其残酷不仅在于对生命的屠戮,还有对人精神的践踏和摧残。这是对肉体与精神的双重撕裂,对生命的轻薄与嘲弄!

灭世时期的那些被新世纪人们广为称颂甚至神化的英雄,褪去英雄的色彩和豪情,其实曾经也只是有着合理生存诉求的普通人。为了名誉和荣耀?笑话!那个时候,他们只是在对抗死亡而已。是严酷的生存战斗生活将他们变成了铁血的英雄。

根生于土而有籁。这就是方召选择极光的原因。

影像上,画面逐渐往上拉。急坠的雨水不断砸落,在最前面的那个身影后面,停驻的树群中,逐渐走出一些身影,树枝扭合成适合战斗的结实形态,踏着泥泞,踩着地上

第10章 第二乐章《破茧》

狂兽的尸骸,跟上去。

管乐带着紧张的节奏,琴弦在同一个音调上不断快速拉动,气势随着影像上更加开阔的视野而更加高涨。雷电暴雨之下,隐藏着即将喷发的令人惊骇的气息!

影与乐骤然而止,屏幕上出现了收尾字幕——

MV主角:极光

种属:龙象天罗

歌曲名:《百年灭世》第二乐章——《破茧》

制作人:方召

制作团队:极光项目组,成员方召、祖文、宋秒、庞普颂、曾晃、万悦、罗德尼、付应天、斯特拉、章禹等

出品公司:银翼传媒

一直到食堂光幕开始放其他歌曲,安静的食堂才再次喧闹起来。

"我觉得我现在就能把食堂炸了。"

"不知道为什么,突然产生了一种莫名其妙的使命感。"

"师傅!再给我来两盆饭!吃饱了我要上战场!"今儿还有三门考试呢。

"来了!"食堂负责打饭的师傅大力挥动着饭勺,总感觉抢勺抢得特别有力。食堂外,一些陆续到来的学生,看着从食堂冲出来的那些人。

"他们怎么回事?"刚到达食堂的人问身边同行的伙伴。有种杀气腾腾的感觉……

"刚刚期中誓师了?"

"在食堂誓师?"

"都是中二年级的吧。别管他们,总这样,神经质。"

"不对啊,我刚刚还看到中五年级的人了。"

不同寻常的气氛让后来的一些学生满头问号,他们来之前,食堂到底发生了什么?

第二乐章《破茧》发布之后,一分钟不到的时间,就有近十万下载量,这些都是业内或者相关行业的一些人,早就等候在那里下载的,尤其是网络媒体,都等着听完看完之后写报道,生怕慢一步被人抢先。但是,当他们听完第二乐章之后,竟然有瞬间的茫然,感觉心里有数不清的话想说,却又不知道从何处说起。

楚光等人同样早就守在放映室内,一到八点就赶忙下载,打开放映设备。

几乎是同上次一样的情况,中途没有任何人出声,就连放映完之后,也许久没有人说话。坐在椅子上的楚光深吸一口气,闭上眼。他知道,他的第四名保不住了。有些遗憾和挫败,但很快,想到霓光文化和橦山实华的那两个虚拟偶像,挫败之余,楚光又有点暗爽的感觉。那两个虚拟偶像,第二、第三名同样保不住!

知道他们都不会好,楚光觉得心中的郁气散了不少。技不如人,他认了,但看到对

手公司的那两个一直压在他们头上的虚拟偶像团队吃瘪，还是很高兴的。

事实正如楚光所想，旬怀和菲丽丝的团队现在正发愁以后怎么办，之前制订的发展计划要改吗？

橦山实华的大老板宋实华则直接在办公室摔了杯子："银翼果然打的是那个主意！"虽说以橦山实华在虚拟项目上的实力，本不应该怕银翼抢代言，但宋实华心中却开始担忧了。

依现在已出的两个乐章来看，《百年灭世》的确不容小觑，不管其中哪首拿出来都足以撑起一部大制作的电影。更巧的是，它是灭世主题！明年即将上市的游戏《世纪之战》，同样是灭世主题！火烈鸟是会选择人气更高的虚拟偶像，还是会选择更符合主题的歌曲？这个宋实华还真不敢断言，也猜不到。

"想争代言？就看你们有没有那个本事！"宋实华召集虚拟项目部的高管，在办公室开了个紧急会议，一开就是半天。

不过，外界的人可不会管宋实华到底什么打算，现在都盯着延洲音乐协会的反应。没有他们拍板，业内的其他人可不敢乱下结论，即便都觉得这第二乐章并不输给第一乐章。

上次对第一乐章给出"史诗"评价的人，就是延洲音乐协会的副会长明苍，同时，明苍也是齐安音乐学院的前任校长。齐安音乐学院那边现在还没有动静，就是等着看明苍的评价，要是他们被媒体撺掇得一评价，最后与明苍评价的不一样，那就尴尬了。

银翼的人同样也都盯着《延洲之声》，因为他们是整个延洲音乐界的权威，这也是上一乐章没人质疑"史诗"的原因。延洲音乐协会，可能里面有许多不尽如人意的东西，但只要是官网公开发出来的，不会含有水分，那代表着整个延洲音乐协会的脸面，没谁敢因为私人恩怨而在官网挤对。想挤对也会选择其他地方，比如接受一些媒体的采访。

银翼五十楼，除了方召，极光项目组的其他人都盯着《延洲之声》。

"怎么还没出来？"

"都快九点了，上一次也是这个点出来的，按理说，这次不至于更慢。"

"我紧张。"祖文紧盯着光屏，拢起的双手，两个大拇指相互绕着圈。

网络平台上的下载量他已经不关心了，他在意的是音乐协会最终的评价。如果下载量上去了评价却不高的话，他们也不算是完全成功。看了看旁边淡定上网的方召，祖文想问什么，嘴巴却张了张又闭上。算了，鬼知道方召现在脑子在响着什么BGM。

九点过后，在众人的期待中，明苍的评价没等到，却等到了音乐协会的另一位副会长戴纳。"明副会长现在情绪有些激动，我就先一步出来了。"戴纳笑眯眯的老脸出现在《延洲之声》官网。

戴纳的话令很多人疑惑，明苍为什么情绪激动？听一首歌而已，至于吗？不过，戴纳的级别并不低于明苍，论资排辈的话，戴纳还是明苍的前辈，属于更老一辈的音乐艺术家。有这位的评价更好！

第10章 第二乐章《破茧》

戴纳一般不会对新出道偶像的作品进行评价，能够让这位老资历前辈评价的，只有一些大牌明星的作品和传唱度更广的歌曲。不过，极光的事情比较特殊，毕竟第一乐章出来的时候，明苍就给了个"史诗"的评价，让戴纳也来了好奇心，今天的第二乐章他也等着听了，愿意出来给个评价。

各大业内媒体提起精神，竖起耳朵，生怕漏过这位年过百岁的前辈的评价。

"很多人问我，《百年灭世》的第二乐章《破茧》能不能被评为'史诗'，对于这个问题……"一众人耳朵竖得更长了，"这个问题暂时放下，咱们先说一说'史诗'。"戴纳用不紧不慢的语调说道。

正准备随时截取关键信息发稿的众媒体："……"了解戴纳的人现在就想翻白眼了。这老头还是老样子，说话说到一半就拐弯，也不知道什么时候能拐回来，简直就是遛人玩。

戴纳可不管其他人怎么想，他依旧按照自己的节奏来，脸上的笑容微敛，开始比较严肃地讲解："'史诗'得追溯到灭世时期以前更早的年代。不管是早期的诵唱艺术，还是那些传唱于宫廷、军营和民众聚会的世代相传的歌谣，都是史诗的一种形式；灭世之后，新世纪初期，也出现了许多歌颂那场百年战争的史诗，但是后来，人类离那场战争越来越远，生活平稳，也就没有谁再去听那些了。在当代，只要是宏大的能够激起人们情绪的，都容易被称为史诗，但人们却忘记了，史诗，最早的时候，本来只是歌颂英雄的……"接着，这位业内老前辈从各种专业的角度，讲述了史诗的源起、发展以及现代风格的转变。

众媒体人那脸色就像便秘一样，不住在心里催促：您老能不能痛快点儿？下个结论再去解释，我们好发稿啊！不过，专业对口的人倒是听得很认真，这有助于他们了解这两个乐章的创作思路和乐器编排。

"……人生本身就是一次又一次摔倒又爬起的过程。第二乐章同样先抑后扬，它的目的是借助音符的流动，使人们在沉重中看到希望……另外值得一提的是，不到四分钟的第二乐章，有数百轨的虚拟乐器音效，音轨的编排以及对于人声的运用都非常强。由此可见，第二乐章的背后，有非常厉害的交响乐混音师和电子乐编曲师。只是，我没有从中听出我所熟悉的同行的手笔，对此我也非常好奇。"

专业对口的人都知道，混音和编曲上任何细小的疏忽都可能造成感官的不适，比如旋律转调过多，和声不协和程度过大等，都会放大成为整体观感上的"不合群"。这么一看，这背后的混音师和编曲师相当牛啊！就是不知道是哪两位前辈。

于是，众媒体在左等右等，终于等到戴纳说了一句"的确称得上'史诗'"的话之后，就争相去发稿了。

而创作圈子的人，包括戴纳自己却在好奇，这两首歌的背后，作曲人到底是谁？真的是那个传说中的新人方召？还有，交响乐混音师和电子乐编曲师又是哪些人？

一些并不关注新人的资深老前辈，还看了MV最后的创作团体名单，仍旧没个头绪，因为极光项目组的那些名字，他们一个都没听过！

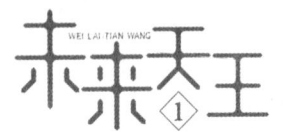

针对乐章内容的研究只是专业对口的人重视的,更多的人只需要"史诗"这个答案就够了。第二首史诗!

这让业界相当惊讶,并不仅仅因为这首歌,更多的是因为他们发现,银翼真的下定决心用史诗来助推虚拟偶像了。划算吗?这是很多人心中的疑问,也是在延洲音乐协会副会长戴纳评定"史诗"之后,很多媒体提出的问题。

作为银翼首席新闻发言人的林盾,针对采访媒体提出的这个问题,说了八个字:"铭记历史,缅怀先烈。"

宋实华:"……呵呵。"骗鬼去吧!说得这么冠冕堂皇,目的不还是加入代言争夺?!

别说宋实华这类本就猜到内情的,其他就算不了解代言这事的人也持怀疑态度。就为这八个字,不惜砸下重金,以及两首史诗,甚至可能后续还会砸下更多的史诗在这个项目上面?不管其他人信不信,反正林盾给出的就是这么个解释。

银翼五十楼,在得到戴纳的评价之后,祖文和项目组的其他人都已经快乐疯了。第二乐章成功,意味着他们有更多的奖金,更远大的"钱途",以及……

"老大,是不是可以向上面申请游戏设备了?"祖文扯着嗓门问道。这时候悬在心里的石头已经落下,整个人都轻飘飘的,恨不得出去疯一圈,但也记得最重要的事情。

"我已经申请了。"方召一边翻看着网上的评论,一边说道。

"顶楼怎么说?"项目组的其他人都望过来。

"批了,明天会派人来安装。"

"啊哈哈哈哈!"祖文一阵高声怪笑,没什么比上班时间光明正大玩游戏更爽的了。

"什么类型的游戏?"罗德尼问。

"射击类。"方召道。

射击类并不是罗德尼最喜欢的,不过,他和祖文的想法一样,有得玩,不用遮遮掩掩地玩,这已经足够了。跳槽的决定果然是正确的!

被祖文拉进项目组的付应天、章禹和斯特拉三人,现在也在跟亲朋好友们分享这个喜讯。奖金肯定是有的,银翼在奖励上一直比较大方,他们不担心,现在就想跟人分享一下心情。

之前他们调离原岗位也顶了很大的压力,连带家人也跟着担忧,再加上第二乐章制作期间因为保密条例,他们又不能说太多,每个人心中都是紧绷的、压抑的,现在总算是熬过来了!

这就是个金坑啊!照这势头下去,第三乐章成功的可能性也相当大,毕竟有公司在背后支持,有方召这个怪物一般的老大在,他们不担心经费问题,不担心其他部门甩脸色,痛快!不都觉得虚拟项目是个坑吗?不都犹犹豫豫还说酸话吗?现在后悔了吧?晚了!

看着祖文他们分享喜讯,在各自的朋友圈子里面嘚瑟,一些同行业的人看着也眼热。

第10章 第二乐章《破茧》

早知道这样他们也申请调进虚拟项目部，可惜，现在虚拟项目部暂时不收人，就算是想进也难了。

银翼的官方直播频道上也大力报道了戴纳对于第二乐章的评价，主播还笑意盈盈地感谢霓光文化和橦山实华之前对第一乐章的夸赞给他们提升了不少人气，否则第二乐章未必能有现在的关注度。

不过，也有一些媒体唱衰。《百年灭世》第一乐章之所以有那么多下载量，一个原因是极光的出道方式以前从未有过，新奇感太强，大家都去听去下载，图个新鲜。但当第二首出来，新奇感就没那么强了。

史诗就算格调再高，那也只能算是音乐界比较小众的乐风，并不符合大众偏好的口味，当代社会听得懂的人应该不多，顶多看个大制作的电影时听一听。

还有人分析：第一首公众平台上的史诗，会有许多人抱着捡便宜的态度去下载；但第二首出来，就会有人觉得贬值，这一次未必会有那么多人再买。这样认为的并不止一家，物以稀为贵，多了就不值钱了。

一些制作版权音乐的私人工作室大呼"请银翼适可而止"，言下之意就是：别到时候下载量难看，丢了整个版权音乐圈子的脸面，还连累史诗贬值。

然而，在这些人唱衰的时候，有一群人渐渐引起人们的注意。

关注中学教育的人发现，最近不少校园里突然起了一股妖风。不少人都在听《破茧》，有些是《天罚》与《破茧》一起听；早上起床之后听，吃完早餐听，做题之前听，休息时也会听，最近的情绪格外激昂。

一开始觉得都是中二年级的那些情绪敏感又跳脱的学生，但后来发现，这种现象并不仅仅存在于中二年级，其他年级也有不少，尤其是临近期中考试的时候，这股妖风刮得格外猛烈。不少学校的老师感到疑惑，中学生的心思，他们果然不懂。

中学里的这个现象，一些媒体还报道过，银翼也在背后助推炒热度。但很快，霓光和橦山实华那边就开始反击了。

"米虞与安迪·里奥联袂参演《绝地重生》。"

"忧郁王子安迪·里奥化身硬汉，为正义而战！"

"据传，米虞在该片中会破相……"

一连串的新闻突袭，刚被银翼带起来的话题，很快就被延洲两大虚拟偶像给挤了下去。

在新世纪，虚拟偶像与真人明星一样，都能参演电影，区别只在于一个是通过计算机手段合成，一个是真人明星亲自演绎。

"什么？米虞会破相？！"

"我美貌无敌的米虞怎么会破相？！项目组你出来解释！"

"求安迪·里奥的硬汉照！"

俊男美女的联合总是让人期待的。但段千吉也没想到，霓光和橦山实华竟然会合作！

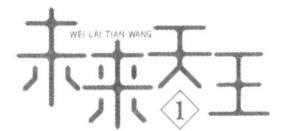

米虞和安迪·里奥，分别是橦山实华和霓光文化两家公司如今正当红的虚拟偶像。论虚拟偶像实力，米虞和安迪·里奥的粉丝基数是银翼没法比的，这个谁都得承认。

不过，段千吉并不着急，也没有让人继续扩大宣传去反击。她在等。

看到网络上讨论极光和《破茧》的话题少了，宋实华很高兴，端着一杯酒坐在办公室慢慢品着。虽然他们橦山实华和霓光也是竞争关系，但虚拟偶像的代言本应该是只属于他们两家公司的竞争，银翼想插一脚？那得看他们准不准！瞧，只要他们将当红的虚拟偶像一炒起来，什么极光，什么《破茧》，什么史诗，不都得靠边站？

他就要让银翼的人看看，什么叫作真正的当红虚拟偶像！什么叫作实力差距！

《绝地重生》这部影片，是他早就计划好的，专门为米虞打造的一部灭世题材的片子，目的很明确，就是吸引火烈鸟的注意力。前两天霓光的人找过来商谈合作，宋实华思量之下便答应了。

不管如何，先将银翼挤出去再说。他有预感，极光若是真起来了，他们会受到前所未有的威胁。想来霓光那边也看出来了，所以才会商议合作，将极光的崛起势头，摁下去！

正思量着后面的计划，宋实华的通信器急促地响了起来。扫了眼，是一条带有"紧急"标示的信息。发信息的人是公司一位副总，平日里还算稳重的人，此时心情似乎也很着急。

出事了？宋实华迅速将消息打开。"老宋，快看《延洲之声》！明苍发话了！"

延洲音乐协会副会长明苍，第一个评价《天罚》为史诗的人，在第二乐章《破茧》上传五天之后，终于发出了迟来的评价。虽然已经有戴纳这位辈分更高的业内前辈在前面点评，但很多人还是很期待明苍的评价。

史诗也是有高低之分的，在明苍眼中，第一乐章与第二乐章是否也有差距？除此之外，戴纳那天点评的时候，曾说过明苍情绪太激动，不方便评价。到底是什么原因令那位协会副会长激动至此？

所以，虽然过了五天都没有见到明苍的评价，很多人还是会盯着由延洲音乐协会创办的《延洲之声》，明苍一出现，大家都注意到了。影像上明苍看上去精神很不错，眼中也带着掩饰不住的喜色和尚未褪尽的激动，这也印证了戴纳五天前的话。

"抱歉，这五天，大概是我六十多年来，最兴奋的五天！"说到后面，明苍的声音也带着些许颤抖。旁边伸过来一只端着茶杯的手。虽然只是露出了一只手，但熟悉明苍家里情况的人都知道，那是明苍的妻子。明苍刚才那话，有些人本想调侃一下，"最兴奋的五天"难道不是他结婚的那几天？但见到影像中的情形，就知道明苍的妻子是同意明苍这话的。究竟是什么事情，竟然令这夫妻俩激动成这样？

嗅觉敏锐的《燎原火》主编立马给手下的人发了消息，调查明苍最近的动向！

第11章 CHAPTER 11
赫尔病毒

《延洲之声》直播间，明苍接过茶，平复了一下情绪，语气稳定了些，继续说道："很多人都知道，我人生的前五十年一直在忙音乐，忙事业。五十一岁那年，我与当时齐安音乐学院编曲系的苏佟教授结婚，五十二岁那年，我们有了自己的孩子。不过，老天跟我们开了个玩笑，他和别的小朋友有点不一样。"

说到这里，很多人记起来了。明苍当年真算是年轻有为，四十九岁当上齐安音乐学院校长，在新世纪寿命翻倍的大环境下，这个年纪当真算得上年轻了，明苍本就是从小被称为天才的那类人。而明苍的妻子苏佟，在当时也是名人，出身音乐世家，才华横溢，在齐安音乐学院很有名。

但，两人的儿子在出生之后没多久，就被诊断为赫尔病毒感染者。

新世纪到现在，科技高速发展，医疗条件也得到了极大的改善。灭世时期的疾病已经消灭了95%，但仍有近5%尚未解决，就算有治疗方案，也只能起到有限的缓解作用。

赫尔病毒就是那5%，且基本上没有治疗缓解的手段。它产生于灭世时期，感染者就像是失去了所有的情绪，像没有感觉的石头一般麻木。明明身体没有其他缺陷，但吃喝拉撒都靠外力帮助，也不会发出语声，眨动的眼睛并没有神采，像是被抽了灵魂的空壳，整个大脑像是装备齐全却拒绝工作的机器。

末世时一位名为赫尔的医生不幸感染，他将潜伏期的近半年时间全部放在研究这种病毒上，并选择在自己离世之后，将遗体捐赠给实验室用于这种病毒的研究。后来人们便将这种病毒称为"赫尔病毒"。

或许在很多人看来，用谁的名字命名一种极具威胁的病毒是一种诅咒，但对于当时研究病毒的一些人而言，却是一种荣誉，比如赫尔这位后人眼中的疯子。

赫尔病毒能通过空气传播。虽然它在空气中存活的时间不长，但因为载体繁多，能潜伏于植物、动物甚至许多微生物中，令人防不胜防。一开始很多人还会用复杂的过滤措施来防备，但后来调查发现，赫尔病毒的感染率不到千万分之一。渐渐地，人们就产

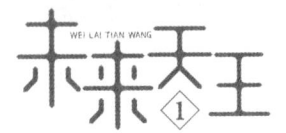

生了一种心理：不到千万分之一的概率，肯定不是我。再后来，也就没有谁再去用那般严密又复杂的过滤措施。

然而，这不到千万分之一的概率，被这夫妻俩碰到了。如果有可能，他们宁愿这种事情发生在自己身上，而不是在自己刚出生的儿子身上！

得知这个消息的时候，两个人几乎崩溃。明苍提前辞去了好不容易赢来的校长之位，苏佟也辞职，夫妻俩带着儿子满世界求医，但一次次得到相同的回答：无法解决！无法医治！无能为力！

与明苍夫妇相熟的亲友们都记得那个时候，两人像稍稍用力碰一下就能崩碎一般。按照新世纪人平均预期寿命来算，当时尚且年轻、前途无限的两人，头上都多出了许多银丝。

两位天才一般的人物，竟然会遇到那样的事情。很多人唏嘘不已，如果没有遇到这种事情，明苍现在或许依旧是齐安音乐学院的校长，风光无限。齐安音乐学院校长五年一届，连任两届、三届甚至更多届的情况也不罕见，明苍有那个实力。也有人暗嘲，一定是这两个人前五十年将所有的好运都用完了，所以才会遇到这样的事情。不到千万分之一的概率，竟然让这俩人给碰上了。

那是明苍夫妇心里一道没人敢碰的伤口，因为稍稍一碰就会流血不止。但现在，明苍竟然会在公开的直播中提起这事！

观看直播的宋实华心中升起一股不好的预感。

直播频道里，回想着当年的事情，明苍自己也感慨万千，眼圈发红："从一开始绝望崩溃，到后来慢慢接受。十二年了，没什么不能平复的，孩子在长大，作为父母的我们也在长大。本以为，余下的生命也会继续这样度过。"说到这的时候，明苍的语气再次激动起来，"直到一个月前，我听了一首歌，确切地说，应该是听了一个乐章。"

看着直播的宋实华握杯子的手指收紧，像是要将杯子捏碎一样。

观看直播的许多人这时候也竖起了耳朵，眼睛一眨不眨地盯着屏幕。来了！

"熟悉我的朋友都知道，我每次听歌的时候都会同我儿子明叶分享。"即便赫尔病患者给不了任何回应，但明苍还是会与明叶分享自己听的音乐，说一些见解，就好像明叶与其他正常的孩子没什么区别。十二年，一直这样。

"我很少听新锋榜单，但偶然之下，我看到银翼推荐的那首《天罚》，首先看到的是一棵树的形象。当时我有些惊讶，这是我第一次见到有人将虚拟偶像设计成树人的形象，所以看了那支MV。单看《天罚》的质量，毫无疑问，的确是很好的。我虽然并不擅长交响构架的乐曲分析，但也能听出里面有很多值得研究的地方。同以往一样，我在听过之后，打算先跟儿子分享自己的见解，然后再写歌曲评价。但……当我扭头对上儿子的双眼时，却发现了一点波动！"

就像一直蒙着厚厚灰尘的窗户上，被人用手指抹出一个小点。

第11章 赫尔病毒

当时明苍感觉大脑还没来得及给出反应，眼泪就毫无预兆地流下来了。他害怕自己看到的只是错觉，毕竟儿子眼中流露出来的情绪太少，要不是他们夫妇两个每天跟孩子一起，太过熟悉，未必能发现这细微的情绪波动。

所以，明苍又重放了一遍。然后，下载下来，一遍又一遍地放。

确定之后，明苍非常激动，立马将齐安市一位专门研究灭世时期病毒的教授请了过来。

这也是明苍当时那么快就给出了《天罚》"史诗"的评价，却只给出了简短的一句话，没进行详细分析的原因。他在忙着请人给儿子诊断病情。

明叶的大脑确实给出了一点点反应，但是太不明显，不好下结论。明苍又换了其他歌曲，但并没有引起明叶大脑的任何反应。这下子，那位教授也提起了兴趣。

"若是能有第二首乐曲引发同样的反应，或许能找到更多的着手点。"那位老教授说道。

看到一丝希望的明苍，联系到了段千吉，他想知道那首《天罚》的创作人到底是谁，可不可以安排见一面？段千吉拒绝了，但也告诉明苍，第二乐章正在制作中，十月内能完成，十一月应该就能发布了。

等了十二年，再等一个月也等得起！

明苍也能理解段千吉的想法，从商人的角度看，这种时候将虚拟偶像背后的创作人暴露出来，有损利益，会打乱原本的计划；而从他一个创作人的角度看，这种时候那位乐曲创作者可能正在创作，在累积灵感中，明苍也不敢打扰。他太清楚创作中途被打断的苦恼，可能被不经意地打断一次，就再也找不到原有的感觉了。若是因为急切而将这难得盼到的一丝希望给弄丢，那真是哭都没地方了。

在煎熬中等了一个月，终于等到第二乐章的发布。那天早上八点，明苍家里不少人严阵以待，他们夫妇俩，还有两位专门研究赫尔病毒的教授及他们的课题小组。

第二乐章显然是第一乐章的情绪爆发的进一步提升。在等待的一个月里，明苍也研究了不少交响乐构架的歌曲，但没有哪一首能让明叶表现出丁点儿的情绪波动。而第二乐章《破茧》播放的时候，明叶眼中却流露出了更明显的情绪波动。

如果说第一乐章只是蒙尘窗户上抹出的一个小点，那么，第二乐章就是被擦出了一个大大的清晰的手印！这种程度的情绪波动，放在其他人身上只是眼神快速地闪动了一下，但放在明叶身上，却如巨石坠地一般令人心惊！

六十多岁的明苍仿佛终于卸下重压的远途旅行者，脱力般直接跪在地上，捂着嘴，生怕激动之下发出呐喊声惊走了明叶眼中的那抹情绪。而明苍的妻子苏佟，则在旁边隔音室哭得歇斯底里，像是要将这些年压抑的情绪全部发泄出来。

当时明苍额头抵在地板上，脸上的表情像是在傻笑，却哭得满脸是泪。十二年了！外界舆论的压力，自己心里的压力，夫妻两个好几次差点被压垮。找了十二年，盼了十二年，原本做好了等待一生、寻找一生的准备，但没想到，现在，竟被他们等到了！

"对不起，我又激动了。"直播中的明苍停止回忆，用颤抖的手擦了擦脸上的泪，深

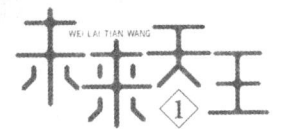

呼吸平定情绪,然后直视屏幕,说道,"我知道,很多人想从我这里听到对第二乐章的评价,但很抱歉,我没法客观地评价它,因为对我来说,它就是神!"

齐安音乐学院大一年级,在五天前戴纳给出对第二乐章《破茧》的评价之后,作曲系、编曲系以及混音系的老师就给大一的学生们布置了一道题,让他们从各自专业的角度写一篇论文,分析极光第二乐章《破茧》,以此作为他们的期中考核,十天之后上交。

今早一听说前校长明苍要发表评论了,学生们赶紧上线观看,想多收集分析材料。可现在,听完他们就蒙了。啥?!我想听您说音乐,您竟然跟我聊疾病?

经过商讨之后,作曲系、编曲系以及混音系三系大一学生联名上书,请老师们更换期中考核论文题目,理由是:该题已超纲,申请重新选题。

谁都没想到,只是一起虚拟偶像出道的事件,事态却渐渐脱离控制。

齐安音乐学院大一三个系临时改换论文题目,整个齐安音乐学院也没有任何一个老师敢随意评价《破茧》。论资历、论业内地位,他们都没法超过戴纳和明苍,就算写评论,也只是在戴纳与明苍的评价上稍稍加点自己的感想而已。开玩笑,这种时候出去唱反调就是等着挨各方的巴掌,他们才不干。

你可以不喜欢这种风格,可以不听这两个乐章,但不能否认它们的确引发了一些惊人的、惊喜的效应。它的影响力已经超出音乐界,现在医学圈子恐怕也已经炸了。

明苍在《延洲之声》的直播频道说了那些话之后,末尾还放上了一张静态的照片,是他拍下的儿子明叶在听《破茧》时一瞬间露出的表情。相比起其他正常人来说,那并不算非常明显,就像是一个正常的淡漠的人眼神闪动了一下。但明叶是个患病十二年的赫尔病患者,那就显得不可思议了。

一些原本还以为明苍夸张的人也改变了想法,明苍夫妇再加上那两个老教授,有这四个人在,这张照片作不了假!竟然是真的!

明苍在下线之前看着那张照片笑得很开心:"加油我的小树苗,一定要继续坚强下去。"将自己儿子形容成小树苗,没什么不可以的。

就如明苍自己所说的那样,因为儿子的原因,他已经没法客观地去看待那个刚出道的虚拟偶像以及它背后的人了,所以他不会再在《延洲之声》上发表相关评价,《延洲之声》上的评论不能带有浓重的私人情感,下一个乐章出来时,他会以自己的名义从自己的角度去分析。或许,那时候还会有更多的惊喜。

"感谢极光,感谢极光项目组,感谢极光背后的那位创作人,虽然不知道你是谁,但我希望在这系列的乐章完成之后,能当面向你致谢。"这点明苍觉得很遗憾,段千吉依旧拒绝透露创作人的信息,但也告诉他,后面还有两个乐章,等那两个乐章全部完成,银翼自然会公开相关信息。

还有两个乐章,这是明苍听到的两个好消息。他已经迫不及待了,也向段千吉表示,

第11章 赫尔病毒

在那两个乐章出来之前，他不会去追问创作者的消息；但同时也暗示段千吉，不要让其他人顶替，创作圈子这种事很多，明苍不希望有人冒名顶替自己的恩人。

明苍与段千吉私里里的话其他人不知道，但明苍在直播中最后的那句话，却让不少人又开始思量了。"那位创作人"指的是谁？《天罚》和《破茧》这两个乐章的创作者只有一个人？不是一个团队？

这让之前猜测是银翼天马工作室插手的人诧异了。如果创作者是一个人的话，到底是谁？如此强的功底，不该默默无闻，究竟是银翼天马的哪位高手？

然而，了解银翼天马的业内人士，也有另外的猜测。从这两个乐章里面隐含的一些风格来看，似乎并非天马行空的人所作，反正不会是他们熟悉的那几个。到底是谁？

当然，这是音乐行业的注意重点，而音乐界之外，医学圈子里关注的重点则是那两个乐章到底如何引发明叶的大脑反应？据说延洲已经发出邀请函，即将成立研究小组，研究赫尔病的治疗方法。

当天下午，娱乐界人气媒体《燎原火》就在直播节目中邀请了一位专家来解密。

《燎原火》的主编的确嗅觉敏锐，在明苍才说两句话的时候就已经察觉到了机会，先一步让人去调查，然后重金从延洲科学院邀请了一位专家过来，为观众分析这其中的原理。很多对此感兴趣的人，以及对此依旧持怀疑态度的人，都等在屏幕前。

"很多人都知道，声波对于动物有刺激作用。但其实，声波对于一些植物也是刺激作用的，有些能促进植物生长，有些则抑制其生长甚至致死，而能不能对那些植物产生刺激，就看能不能触动它们的音乐敏感区了。

"音乐是一种有节奏的弹性机械波，它在介质中传播时，还会产生一些化学效应和热效应，当音乐对植物细胞产生刺激后，细胞内的各种生化代谢反应也会被影响……"那位科学院的教授还将音乐与动植物体本身对应上，"换一种说法，乐曲中的每一个音符，或者某一段，都可能对应植物体内的某一种氨基酸分子，而蛋白质是由氨基酸组成的。所以，用我们业内的眼光看，一首曲子就像氨基酸有序排列成的一个完整的蛋白质。这样，植物一遇到这种蛋白质，不是，一遇到某一乐曲时，体内的某个特殊酶素就会更加活跃，从而刺激体内的生化作用。"

那位教授讲了很多，有的人听懂了，有的只懂了一半，但并不妨碍他们猜出大概。

也就是说，这事情不是炒作？还真能啊！植物和一些低等动物都能被刺激，那放在人身上自然就更容易了。

赫尔病毒产生于灭世时期，而《天罚》和《破茧》这两个乐章同属于《百年灭世》，正好就对上了？也没见以前那些涉及灭世时期的歌曲引发相似的反应。这么说来，还是那两个乐章的原因。

其实以前也曾有人试过用乐曲声波去刺激赫尔病毒感染者的大脑，看看这个"罢工"的机器能不能给点反应，但收效甚微。现在，他们知道了，不是没有效果，而是没选对乐曲。

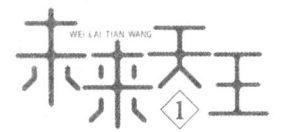

就像酶对应底物一样，选对了，才能开始作用。

"我很想看看，这位抢我们饭碗的音乐人到底是谁。"节目上，那位科学院的教授虽然是一副讨债的语气，但脸上却带着欣喜且期待的笑。

音乐与医学是两个领域，各自忙自己的东西。但，既然这位音乐创作者已经替他们敲开了这扇门，指了明确的方向，那么，后面该怎么去做，就该他们接手了。这件事就意味着，一个对人类极具威胁的病毒找到了攻克的方向，虽然不知道到底什么时候才能真正攻克，但找到突破方向就是好事。第一步都迈出去了，得出成果应该也只是时间问题。

大新闻！这是各界媒体都会关注的，不管是否与娱乐圈和医学相关，这件事涉及的是人类尚未攻克的一种疾病，引发的轰动自然是相当大的。

媒体忙起来了。

"那米虞和安迪·里奥的报道……"拿着两位当红虚拟偶像背后团队采访稿的小记者有些犯难。

"哎呀，现在哪还去关注那些，先延后。快快快，多搜集一些那两个乐章和赫尔病毒的消息，关注明苍的动向，先整理一篇新闻稿发出去！"

于是，好不容易炒起来的两位虚拟偶像的新闻，还没热乎几天，又被"极光""天罚""破茧""赫尔病毒"等关键词盖了下去。

橦山实华董事长办公室内，宋实华又摔了他新换的茶杯。宋实华后悔了，他就该在第一乐章出来的时候就将它摁死。现在，晚了！

他们可以在延洲娱乐圈内动用手段，但，现在事态发展已经远远超出了他所能控制的范围。极光崛起的势头，已经挡不了了。

能怎么办？难道去挖墙脚？咦？似乎……似乎，是个不错的主意。

宋实华最想挖的就是这两个乐章背后的真正创作人。一开始他也曾怀疑过是不是银翼放在明面上的那个新人，但确定银翼的目标之后，他就否定了原来的猜想，在他看来，银翼不可能将这么重要的项目交给新人。

宋实华在MV收尾的字幕上扫了一遍又一遍，让手下人将这上面列出的每个人都调查过，最后下了个结论：项目组的名单肯定不完整！银翼隐藏了最重要的部分！

与宋实华有一样想法的人不在少数。

依照行规，虚拟偶像刚推出的时候，只会清楚标出虚拟项目的制作人是谁，虚拟项目的制作人就相当于影视里面的导演。至于谁作曲，谁作词，谁编曲，谁混音，谁演唱的，那些都不会标明。任何可能分散虚拟偶像热度的字眼，都会被限制，只有在真正将这个虚拟偶像推到高处，时机成熟的时候，公司才会公开这背后的详细分工。

所以，现在就算各方都想知道这两个乐章的创作人，以及混音师、编曲人分别是谁，但从MV里给出的名单是没法判断的，大部分人都认为公布出来的只是技术员工，创作者、编曲、混音等都被银翼藏好了，目的就是防止被人挖墙脚吧？

第11章 赫尔病毒

延洲临海的景港市，一座疗养院内。著名音乐人、虚拟偶像制作人葛列菲兹大师如往常一样，坐在房间的窗户旁边。他已经很多天都没心情去享受美好的日光浴了，一直盯着手上的联络器，眉头的褶痕更深了，面色憔悴。

这次不是装病，他是真病了，那天第二乐章《破茧》发布的时候，葛列菲兹就差点进重症监护室。

原本的那点翻身的期待，随着第二乐章的发布而碎裂，之后明苍的话更是令他处境艰难。银翼推出的虚拟偶像极光受到的关注越多，他的处境就越难，翻身的希望越渺茫。现在已经有不少同行在嘲笑他去年的失败，说他还不如一个新人！

"还没查出来？"葛列菲兹问身旁站着的三个人，这三个都是他收的徒弟，其中两个去年被银翼清洗出虚拟项目部。

葛列菲兹的声音有些嘶哑和压抑，却又带着些许尖锐，每个字都说得很慢，给人一种极阴森的感觉，像是被卡住的生锈的齿轮硬生生转了一圈。三个徒弟听得胳膊上都冒出了几粒鸡皮疙瘩。

"还没。"一个徒弟垂着头答道。另外两个缩着脖子，很想当自己不存在。

葛列菲兹让他们查一查那两个乐章背后的真正创作者。可以说，极光成功的最关键因素，就是背后的这位创作者。但三人通过自己的手段，还借用了一些葛列菲兹的人脉，仍旧没查到真正创作者到底是谁。其实不只是他们，银翼内部大部分人只知道接项目的是方召，但创作者是谁却是不知晓的。

"没有？"葛列菲兹像是在回应他们的话，又像是在自言自语，眼中神色莫名。

犹豫半晌，葛列菲兹挥手，示意三人先出去。三个徒弟如释重负，不敢多问，快步离开房间。安静的房间里只有葛列菲兹一人。下午的阳光不错，将房间里照得亮堂，花瓶里的花仍旧带着娇艳的色泽，给屋子增添几分活气。但现在，安静得能听到呼吸声的房间里却透着一股冷意。

葛列菲兹在通信器加密模式下输入了一个通信号，约摸十五秒后，对方接通。

"什么事？"那边的人似乎很小心，压低声音，不等葛列菲兹开口就赶紧加了句，"如果是问关于极光项目的事情，我没法告诉你，现在段千吉盯得紧，我现在还不想被踢出去。"那边是银翼的一位高管，私下里与葛列菲兹有些交情，以前曾在葛列菲兹的帮助下捞了不少好处。

"不，其他的我知道你为难，不能多说，我就想知道，极光项目，那两个乐章的创作者到底是谁？"

"……"那边沉默了几秒，有些为难，"这个段千吉特意吩咐过，不能说出去。"

"我只是想知道，不会多说。"知道对方也在顾忌，葛列菲兹道，"我发誓，不会泄露出去。"

这次那边沉默的时间更长了，像是在犹豫。葛列菲兹也不催，就安静地等待。

一分钟的静默之后,那边才再次压低声音道:"是方召。"

"……谁?!"葛列菲兹惊得站起来,差点站不稳摔倒,好不容易维持住身体平衡之后,又问了一次。

"就你知道的那个,新人。"

"不可能!"

"信不信随你。"

"为什么……不应该啊……银翼这么大的投资,竟然会交给一个新人?!一个新人,怎么可能创作出……"葛列菲兹不愿相信。

"我警告你,你自己知道就行了,别说出去,否则咱俩都玩完。你知道段千吉的手段。"那边说完就断开通信。

温暖敞亮的房间里,葛列菲兹跌坐在躺椅上,任由通信器从手中滑落。他只保持着刚才跌坐的样子,愣愣地坐在那里,仿佛等待风化的石头。

突然葛列菲兹身体哆嗦了一下,他感觉浑身发冷。

方召?就是他查过的那个今年才进银翼的新人?他记得那个人,刚结束高等教育毕业,二十出头,年纪还不到他的三分之一。就这么一个小鬼,竟然将他逼到这般境地!

如果方召知道葛列菲兹此时的想法,一定会告诉他:我才是你大爷!

不管其他人怎么想,也不管业内的一些媒体如何叫嚣着要寻找背后的真正创作人,方召都没心情去应付媒体,他配合银翼的应对措施,没事就不出公司,他要玩游戏。

跟段千吉申请的游戏设备今天终于能装好了!

十几种枪械游戏道具,外形与真实枪械几乎一般无二。这种是很难弄到的,因为与真实枪械太像,比影视部门的拍戏道具管得还要严。不过段千吉她丈夫就是军队的,段千吉自己也有渠道,真要去弄的话,别说是游戏道具,就算是真枪都能弄到。

公司的部分保卫人员,就是合法持有枪械的人。

段千吉给了虚拟项目部二十天的假期,这段时间方召的注意力都会放到游戏上。

正看着那些安装人员在准备好的房间里安装设备,方召的通信器响了。是一个陌生的通信号。走到办公室,方召选择了语音接通。

"喂,方召吗?"那边传来一个陌生的男声。

"我就是。"方召走到落地窗边,看着五十楼下方的那些来来往往的飞车。

"我是霓光文化的B级经纪人毕沃斯,你有没有兴趣来我们霓光文化发展?不用担心银翼的违约金,我们可以帮你解决。只要你愿意过来,我们会立刻安排签约,待遇等同于我们公司的B级合同明星,一年内创作的作品享有宣传优先权,创作中还会有大师指导。当然,如果你还有其他想法,咱们都可以聊聊。"

毕沃斯很有信心,他开出的这个条件,是很多新人难以享受到的。在他看来,方召在银翼的虚拟项目部也就挂个虚职，还不如跳槽到他们公司，享受更实在的待遇。其实还有一些条件可以开，但他想先看看方召是个什么反应，若是有意向的话，他再顺着往下说。

霓光的人？方召原以为橦山实华那边会出手快点，没想到先出手的竟然是霓光。

方召也知道霓光的这一手为的是什么。既然不能知道两个乐章的真正创作者是谁，那就先将已知的项目组成员挖几个，而身为制作人的方召，自然是第一个被挖的对象。

宋实华还在犹豫要不要下手的时候，霓光文化的人已经先一步找过来了。

"霓光文化的毕沃斯？你从哪弄到我的通信号？"方召问。他现在用的是身体原主离开学校搬去黑街的时候弄的新号，与学校档案上的通信号不同，知道的人不多。

"说起来也是有缘，我们公司的新人部那边有你老乡，你应该认识的。"

"方声？"

"对对，就是他，是不是觉得很有缘？哈哈！"

毕沃斯也是在查方召的信息时发现，他与公司的新人作曲者方声的老家在同一个地方，读的同一所小学同一所中学，问了才知道，原来这两人还真认识。

不过在问方声要方召的通信号时，方声极差的脸色他也没在意，只当是方声心里不平衡了，并未往其他方面想。

"确实有缘。"方召低声笑了笑，盯着窗外的视线像是刀锋上晃过的冷光，"不如你先去问一问方声，他那三首歌的真正创作者，到底是谁。"说完也不等对方反应，断开了通信连接。

毕沃斯虽然恼怒方召竟然直接挂断通话，但此时更疑惑的，是方召断开通信前的那句话，"那三首歌的真正创作者，到底是谁"？

三首歌是哪三首？真正创作者？难道方声不是原创？

毕沃斯不是带新人的，他并不了解新人部那边的情况，今年公司的新人他也只是随意扫了眼，要不是现在公司上面的人想要挖银翼墙脚，他也不会花时间去调查。

但他就算不了解新人部那边的情况，也能根据方召后面那句话推测出一些事情。

毕沃斯阴沉着脸坐在办公室里思索了会儿，与新人部那边联系后，将方声的所有档案资料全部调出来，仔细看了看。越看脸越黑。如果说刚才对方召的话有七分怀疑，现在看过这些资料之后，他对方召的话又信了几分。

方召毕业于齐安音乐学院，可以说是现在延洲最好的音乐学院；而方声只是毕业于齐安市一所不算好也不算太差的学校。这倒是其次，其实公司在选人的时候，并不一定要求新人毕业于多好的学校，就算只是个吊车尾的学校，甚至门门挂科，只要在音乐艺术方面有才华，有闪光点，公司就会考虑。

也就是说，抛开背景人脉之类的外因，最关键的是——要有真才实学！

方声一开始能被新人部那边注意到并签下，自然是因为他投的那三首歌。

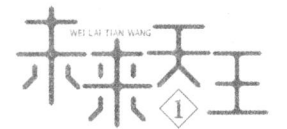

虽然方声的档案资料上并没有什么出彩的地方，成绩也不算优秀，更没有获奖记录，但那三首歌还是让新人部开了门，签下了方声。那三首歌可能不算是顶好，但比新人平均水平要稍微高出一些，三首中的一首在新秀赛的成绩也不错。原本公司是想助推一把的，可是方声到现在都没有再拿出作品。

将方声和方声的经纪人都叫过来，毕沃斯阴鸷的目光从两人身上扫过。平日里毕沃斯脸上时常带着笑，可一旦板起脸来，就显得很可怕了。

方声的经纪人被毕沃斯不客气地叫上来，心中还有些怨气和不满。他虽然现在是带新人的，但以前也曾带过B级合同的明星，在公司待的时间比毕沃斯还长，毕沃斯叫他上来的语气一点都不好，没有半点尊重前辈的态度。可现在一看毕沃斯的样子，也知道似乎有什么不对劲了。

"有事？"方声的经纪人问。他知道毕沃斯查过方声的资料，但不知道毕沃斯叫他们上来究竟是为了什么。

毕沃斯没理会那个经纪人，阴沉沉的目光像刀子一般在方声身上扫来扫去："我就是想知道，你进公司时提交的三首歌，原创者是谁？"

原本就有些紧张的方声听到这话，心中猛地一跳，刹那间背后都出了一层冷汗，嘴边的肌肉抽动着，却因为不知道该说什么，没发出一点声音。他两只手不安地攥紧，察觉到身边的经纪人也投过来怀疑的眼神，知道没法躲，竭力掩饰面部的心虚表情，扯出一个笑："您是不是听谁说过什么？别信他，那三首歌，的确是我创作的！"

"哦？"毕沃斯没有再说什么，而是看向方声的经纪人，眼神似乎在说：你签的人你自己看着办吧。

那位经纪人针一般的目光盯上方声。他带的人没一百也有几十了，论个人能力，或许他真比不上毕沃斯，但眼力还是有的，方声在一瞬间的眼神变化瞒不过他。那是心慌！心虚！胆怯！底气不足！！

一旦起疑，以前的一些事情也就想清楚了。那三首歌的编曲人也曾私下里跟经纪人说过，方声对那三首歌的理解有些问题，有些模糊，不够透彻。原本，他以为是新人，总有些不足的地方，多培训指导一下或许就好了，可新秀赛的三首歌之后，方声再也没能拿出新的作品。一开始他还以为方声因为那三首歌灵感枯竭，但现在，过去这么久，还拿不出任何作品出来，这就很有问题了。很可能真是偷了歌！

他不想相信，自己竟然签了个这样的人！他也曾听说过一些类似的偷窃或者剽窃事件，当事人有的被公开，有的被雪藏，什么结果就看个人的能力和公司的决策。当然，对公司来说，最保险的就是避开这类人，越大的公司，越在乎名声，想要洗刷污点所花费的人力物力越多。可他万万没想到，这样的事情竟发生在自己手上！

既然签下了，即便是错误，也不会公开，公开就是打自己的脸。在这个紧要关头，

第11章 赫尔病毒

或许还会给公司带来一些不必要的麻烦。必须尽快将方声赶出去！做好预案，以后就算方声偷歌的事情被其他人揭发，他们也能提前处理好一切，沉着应对。

依照合同，方声签了三年，这三年里若是公司无故辞退，会赔偿方声所赚收益的三倍金额。现在并不是无故辞退，但原因却不能对外照实公开，他们没有证据证明方声真偷了别人的歌，方声也不会承认。

依照那三首歌到现在为止的下载总量算，三倍金额已经超过一千万了，这些钱他们是不愿意付的，就算霓光不把这点钱放在眼里，也不愿意浪费在这种地方。所以，经过威逼利诱式"友好协商"后，霓光补偿方声一百五十万，方声即刻离开霓光文化。"协商"的事情由方声的经纪人出面，毕沃斯没出声，也就是赞同这做法。

方声偷了别人的歌，最有可能就是偷的方召的歌。其实，就算他们能确定方声偷了方召的歌，但只要方召这人没什么存在感，方声又有发展潜力的话，他们也不会直接辞退方声，甚至还会帮着遮掩一二，商人嘛，利益为重。但是现在，方召那边明显有恃无恐，而方声也的的确确没有让他们袒护的资本。辞退是肯定的，而且得尽快！趁黑锅没砸下来之前，他们得赶紧甩掉！外面问起来，他们对外也只会说方声这人，人品不行。

"人品不行"这四个字在行业内就很有深意了，可以是性格问题，比如与同事合不来，脾气过于暴躁影响周围人员等；也可以是作风问题，比如偷窃、剽窃等。前一种还好，只要有能力，性格不是问题，而后一种，问题就大了。

行业内没有绝对的秘密，无论方声怎么遮掩，霓光文化在他档案上留下的"人品不行"四字评语，也足够让他被行内大半公司拒绝。

半小时之后，方声被赶出了霓光文化总部。

周围投过来的各种各样的视线，让方声脸色变换数次，也不多留，快速离开。

跑到无人注意的角落，方声低骂一句，赤红的眼睛里布满血丝，也不知道多久没休息好了，面色比连续玩两个通宵游戏的祖文还要差得多。

一百五十万补偿金，若是放在以前，方声可能做梦都会笑醒。但享受过那种万众瞩目的闪耀，享受过三首歌曲来钱的轻易，一百五十万，他还真看不上！但也不敢跟霓光硬碰。

若是留在霓光，他可以得到更多。他本应该得到更多……狠狠呼吸几次，方声看了眼手环，找出了方召的通信号。

其实只要再等一段时间，他就能从一个尚未毕业又急需钱财的音乐学校学生那里买到一首歌了，偏偏这时候毕沃斯发飙，断了他所有的计划！

毕沃斯为什么会知道他偷歌的事情？方召！

在那边接通的第一时间，怨毒的恨意就像是突然放出的洪水，充满了方声的脑子："方召！你够狠！说什么堪比亲兄弟，你还不是在背后防我?！除了那三首之外，你还藏了不

少吧？呵呵……够狠，做得够绝！"吼得太用力，方声脖子上的青筋都一直在跳。

巴拉巴拉一连吼了将近三分钟时间，嗓子都哑了，方声却没有听到那边一点动静。

"哑巴了?!"又是一阵声嘶力竭的怒吼。

两秒后，"汪汪汪汪汪汪汪！"回应方声的是一连串狗叫。是真的狗叫声，不是人装出来的，叫完之后还有清晰的"哈哈哈"的狗的呼气声。

方声："……"敢情他吼了三分钟是吼给狗听了！方声气得整个人都在抖，胸中血气上涌，差点要喷出来。欺人……欺人太甚！竟然用一只狗来应付他！

方声气得想将手里的手环摔掉，但及时止住了。他现在已经被赶出公司，恐怕很长一段时间都没有其他收入，补偿金也还在走流程，没转到他账上。新秀赛时期歌曲下载收入的分成所得，在买房之后也没剩多少，这手环他花了好几万买的，可不敢随意砸了。

方声丢了工作想要发泄心中的怒气，霓光的人他不敢吼，现在也就只能拿方召这个"害"他落到这般境地的人撒气。只是没想到，方召压根就不接话，用了只狗来应付他。这是在嘲讽？

知道自己再吼下去，也只能换回几声狗叫，方声深呼吸几次，断开通话。憋着一肚子气，本想离开，但走了两步之后，方声突然停下脚步，看了看手环。

他刚才是怒极了有些疏忽，回想了一遍刚才的话，他似乎也没有直白地说出偷窃歌曲的事情，就算方召录下来，应该也不能算是有效的证据，法律是没法判定他偷窃的。还好收话早，要是被那几句狗叫声激得失去理智，一不小心将偷窃歌曲的事情说了，那就真完了。

原来方召打的是这个主意！"想坑我?!"方声看着道路尽头，眼神闪烁。

其实方声想多了，方召知道他不会这么容易就将偷窃歌曲的事情说出来。以方声的性子，能在原主毫无察觉之下偷三首歌还不留一点证据，也不可能这么轻易就被激出所有的话。

总有些人，觉得你对他好是应该的，一旦哪天翻脸，天错地错反正他觉得他没错，甚至可能表现得比受害者还委屈。

"利欲熏人心。"这种事方召在末世的时候遇到过太多，也听到过太多。方声如今看事情都是从"利"字出发，如果在末世，方召就直接送他一颗子弹。但在新世纪，有法律管着，方召还不想现在就因为方声而挑战新世纪的法律，浪费好不容易得来的重生机会。

"干得好。"方召捡起手环，摸了摸卷毛狗的头，抓了把狗粮放到它的狗盘里。

第12章 CHAPTER 12
方声解约

看着安装设备的人将游戏室内的各种设备装好，方召才从游戏室里出来。

因为是休假期间，大厅里没有见到其他人。曾晃和万悦过二人世界去了，休假期间不会来公司，庞普颂陪他家人去度假了，宋秒也不在公司；只有祖文几个人留在工作室里，每天聚众玩游戏。反正除了玩游戏就没其他事儿，那还不如待在公司，水电费又不用自己付，公司食堂饭菜也不是那么难吃，还便宜。

方召过去时，几人刚结束游戏在讨论着什么。

其实也有霓光的人联系过祖文他们几个，不过来联系的不是经纪人，而是霓光的几个技术人员，与祖文他们认识，言语间试探着表露了想要挖人的意思，不过祖文几个都拒绝了。

理由？先不说极光项目现在强悍的发展潜力，好不容易有个沉迷游戏的老大，换个地方那多不划算？对于他们这些人来说，只要不是特别急着用钱的时候，奖金其实是其次，最重要的是能不能在上班时间有点喜欢的娱乐活动。

为什么去年整个虚拟项目部被"血洗"的时候祖文没有溜走？并不是他想偷懒，而是他觉得以后虚拟项目部没任务了，整天都可以自由自在地玩游戏。

方召进来的时候，他们就停下了讨论。

"我打算回去一趟，你们还继续留在公司？"方召问。

"留啊，不过今天我们也要出去一趟，参加一场展览。老大你要用飞车？"祖文问。

项目组两辆飞车，曾晃和万悦借走一辆，还剩一辆。

见祖文几个眼巴巴盯着，方召也觉得好笑："不用，我坐公交，车留着你们自己玩吧。"

"谢谢老大！"祖文一声欢呼，他们晚上要去看一个游戏展会。

"我们去了给你带模型啊！"其他人也道。

让祖文几个离开前记得将五十楼的大门上锁后，方召离开公司，没有带卷毛狗，回黑街一趟只是拿些东西，明早就回公司。

他的收入已经足以在齐安市中心地带买房，只要不是太奢侈、面积太大的房，全款无压力。

不过，现在齐安市好的房源很难找了，有些人就算手里捏着房产也不会放出去。

方召没有在网上找房，因为段千吉答应给他介绍一处房子，是一位老作曲家的，他现在一年到头很少在这边住，又不想将房子卖给不靠谱的人。段千吉知道方召在找房，便跟对方谈好，只是他现在并不在延洲，过几天才能回来办理过户手续，顺便跟方召见一面。就几天时间而已，方召愿意等。

黑街的晚上还是那样，有些地方放着劲爆的舞曲，有些地方放着舒缓的小调，有些地方醉汉们聚在一起胡侃，有些地方新上任的小混混们做着他们另类的谋生行当。

方召去买了两盒烤肉，给药店的艾丸和楼下商店的岳青。

"谢了，最近没啥事，前两天有个醉酒的想要拿酒瓶砸你窗户被我赶走了。"岳青接过烤肉盒子，咬了一口，一边嚼一边问方召，"要走了？"

岳青不懂娱乐圈的那些事，但他看过两个乐章的MV，也从不少新闻里知道这两个乐章火了。不管方召是不是那两个乐章的创作者，仅看后面的署名，就知道方召得到的好处肯定不会少，也该离开这里了。

"快了，不过近期还不会退房。"方召道。

"你不住了千万提前跟我说，我好将上面的买下。"岳青赶紧道。他打算将楼上的屋子买下来，但这边的房子都是有系统记录的，如果方召先将房退了，又有人先一步将屋子租下的话，岳青也没法买。

"准备扩大店面？"方召笑着问。

"也该扩大了，楼上还有两家我也提前说过了，明年应该都能拿下。准备好久了，哈哈。"钱已经存够了，岳青店面的扩张计划也能继续进行，心情自然不错。他们是比不上方召这种一首歌赚百来万的人，但他们小市民有小市民的生活，岳青对自己现在的生活挺满意。

"行，知道了，退房之前肯定会先通知你一声。"

来店里买东西的人太多，方召也不再打扰岳青，离开了商店，从楼道口上楼。一上去，方召就察觉到不对了。

抬头，屋门口站着个人，后面也有人踩着台阶靠近。一前一后，这是有备而来，也是老手。

楼道的灯光有些昏暗。为了省电，这种公共区域的灯要么是坏的，要么就很昏暗。没有回头去看身后接近的人，方召继续往前走，一直走到离门口那人只有两步远的地方。

那是一个看起来比方召大不了几岁的人，头上大部分头发剃成毛寸，只留中间的一条，像公鸡头上立起的鸡冠，一半染成红色，一半染成蓝色；右侧脸上有个狰狞的兽脸文身。

方召记得岳青说过，在黑街，这种右侧脸上有兽脸文身的，一般都是接单干活的，

第12章 方声解约

而不像那些新入行的混混在外到处偷骗打劫。也就是说，有人付钱找了他们过来。

对方的视线往方召手上的手环上扫过的时候，方召就大致猜到了找他们的人是谁。

"方召？"站在门前的那人验货一般的目光在方召身上扫过，咧着一口染成荧光绿的牙，脸上的兽纹越发狰狞了。

楼上原本有人要下楼，发现这里的情况之后就赶紧转身撤了，连个屁都不敢放。

吱——站门口的那人手中电击棒上闪动的电流发出的声音，在楼道里非常清晰。他抬脚往方召这边逼近一步："别怕，将手环拿出来，我们也好快点离开，堵在这里多不好……"话还没说完，就见方召如变魔术一般手中多了一把枪，枪口正对着他。

听到背后靠近的脚步声停住，方召露出看起来十分亲切的笑容，对面前的人道："别怕，难得你们来一趟，咱们先进屋说话，堵这里多不好。"

方召的行为让两人都是一呆，这完全不在他们计划之内。堵门口的那人在心中问候雇主祖宗。不是说这小子只是个文艺工作者吗？！说面前这人是个杀手，他信；说是个作曲的，呵呵，打死他都不信！

脑门对着枪口，让他原本打算说出口的话都吞回肚子里去了，准备抬起的电击棒又放了下来。他们在黑街混的时间久了，业务也接了不少。到底是什么样的人，是不是装腔作势，是不是色厉内荏，他们都能从目标人物的一举一动甚至一个眼神看出来。

方召拿枪的动作和看他的眼神，让他后颈都冒出一层冷汗。他当然能看出来，方召的镇定和随意不是装的，也能确信，只要他们稍有动作，这枪就真开了。所以，后面逼近的那人及时止住脚，也不敢在没摸清情况的时候贸然动手，否则他恐怕要给自己队友收尸。

像他们这种经常接业务的，有一个优点——能屈能伸。

"大哥，误会，这是个误会！别激动，千万别激动！"堵门口的那人脸上挤出个笑，手中的电击棒也关了，电流的声音消失，两只手高高举起。叫一个比自己年纪还要小的人"哥"，他没有任何压力。

"我没激动。进屋，咱们好好聊聊。"方召道。

"不不不，还是不打扰了，我们这就走，这就走。"堵门口那人刚一抬脚，紧盯着枪的眼睛就发现方召的手指要扣动扳机的样子，又将脚缩了回来，脸上一副比哭还难看的笑，狰狞的兽纹都显得滑稽。

"没关系，进去，我就问你们几个问题。开门。"随着方召话音落下，门自动打开了。

方召将门锁设置为双重身份验证，五米之内感应到手环，并检测到方召自己的语音指令，门就会自动开启。

在枪口的威胁之下，那人几乎是哭丧着脸进去的。

另一个人是个两米多的大块头，大冷天的光着满是文身的膀子，身上肌肉虬结，非常壮实。而从之前他逼近方召后的脚步也能看出，这人并非看上去的那么憨笨。

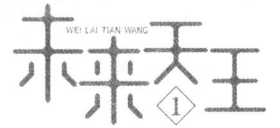

"站过去。"方召朝那大块头示意。

"自己找地方坐,别客气,我就问你们几句话,问完就放你们离开。"方召将不大的屋子里唯一一张还完好的椅子拖过来自己坐下。

那两人往周围看了看,一眼就能看到屋子内各个角落的全貌,没地方能用来坐的,只有两个矮凳。虽然凳子矮了点,但总比坐在地上好。

那俩矮凳以前是用来垫脚的,好拿放在上方柜子里的东西,后来卷毛狗也曾蹲在矮凳上晒太阳。现在,两个成年男人,其中一个还是个大块头,坐在这两个巴掌大的二十厘米高的矮凳上,乍看就像是缩成一团。

"屁股后面的刀就别碰了。"方召说道。

脑门一撮红毛的那人,在将矮凳拖过来坐下的时候,手已经摸到腰后的刀了,方召这句话惊得他差点蹦起来。得,碰上个老手。红毛低头无声骂了句,老老实实将手收回来。

"有什么问题问吧,落到你手里也怪我们大意,没弄清楚底细就接了活。"红毛主动道,"不过别问我们谁付的钱,我们也不清楚。"

"不清楚但是你们也有猜测。"方召可不愿意听他们打马虎眼,"说吧,方声让你们做了多少事。"

红毛在方召说出方声的名字时抬了抬眼皮,既然话已经说开了,他也不再绕弯子:"你应该知道,我们这种人只接单,也就是拿钱干活。有人给了我们三万,要你手里的手环。对方只是留下文字信息,通信号也是个黑号,不过我能猜到是谁,应该就是你口中的那个'方声'。他以前找过我的一个朋友,监视你。"说着红毛看向方召,想看看他的反应,可惜,什么都没看出。

红毛说出了他知道的所有方声做过的事情,不过他们不知道方声偷了方召的歌曲。在这件事上,方声很谨慎,没有让其他人知道。

"除了要手环,还有没有其他要求?"方召问。

红毛本来想说没有,但瞟了眼方召,还是选择实话实说:"他说如果我们教训你一顿的话,他会额外支付一万。"

"没让你们要我的命?"

"不不不,我们不接人命的。"红毛赶紧辩解,还微微抬了抬手中已经关闭的电击棒,这东西的管制比较严,但在黑街比枪容易弄到,"这些只是吓唬人的,真的,我们接单从来不接人命!黑街这里敢接人命的半只手都数得过来,而且接单很挑剔,一般人也联系不到他们,接单的价钱更是高得离谱,一单能抵上我们两个辛苦几十年。"

坐在旁边的大块头也使劲点头,他们真不接人命任务,他们也怕死啊,只是混口饭吃而已,干啥要去拼命?只要不过界,没谁会浪费时间管他们,而惹上人命就不同了,那可不能轻易就躲过去。

方召看着两人在那里一个劲地辩解,将所有的错都推到方声身上。别看他们现在蔫

第12章 方声解约

头蔫脑像是坏货一样,但只要稍一不注意,或者底气弱一点,就会被他们钻空子翻身。这两人,不是那些刚入行的小混混,他们经验太丰富,单纯地打不足以让他们忌惮,所以方召刚才直接掏枪。先震住,再说话,这样来得简单,也会让这两人有更多顾忌。

"其实我们平时只是帮人讨债,没干什么伤天害理的事情啊!"红毛在那儿哭嚎。

"那怎么又找到这里来?"方召道。

见方召盯着他,红毛嚎到一半又噎住,搓手:"这不是……这不是快过年了吗?想多捞点好处。"三万在黑街的确是个不错的价钱,令他们心动。况且之前方声也有找过人监视方召,他们以为没啥难度,接到有人传递的消息说见到方召回来,他们就赶紧上门堵人。没想到,反倒栽在这里。

正说着,门铃响了。是岳青。

岳青听到有顾客说看到一个脸上有兽纹的人去了二楼,就赶紧上楼看看。亲眼看了才能确定方召有没有事。

"我听人说有个脸上带兽纹的来……"岳青话才刚起个头,就看到了里面正蹲着……不,应该是坐着的两个人。嗯,两个脸上有兽纹的人。

"他们是?"岳青诧异地指着屋里那两人。

"过来串门喝茶的。"方召道。

坐在矮凳上的两人配合地端起面前似乎没一点温度的,装在廉价一次性杯子里面的……自来水。

作为生长在黑街的人,他们当然知道岳青,所以才避开了岳青的商店,绕道进来的。谁想,又碰上了。

方召和岳青有这么熟吗?红毛垂下的眼皮挡住眼中的阴霾。一个方召已经够他们伤脑筋的了,就算真将方召手里的手环抢到,岳青会不会帮方召报复他们?

目标信息收集不足,早知道这样他们就不会接下这任务了。方声竟然坑他们!

不过再抬起头时,红毛已经露出一个自认为很老实的笑,还有那一口染成荧光绿的牙。

岳青仔细打量了两人,只见那两个脸上有兽纹的家伙正坐在两张矮凳上,像两个正在听训的小学生。如果不是这两人的外形和脸上的兽纹,换成其他人这样的话,岳青肯定会以为他们真受了什么委屈。

这就让岳青有点摸不着头脑了。难道方召真认识他们?这两人也是黑街的熟面孔了,不是他们这栋楼的,隔着两条街,以前到岳青店里买过东西,岳青记得。再看看方召,真不像是受到威胁的样子。

一楼店里得有人看着,他老婆还没下班,他也不好离开店面太久,时间超过五分钟,店里的人就会不老实了。"那……你有什么事情就大声叫我,我在楼下听得见。"岳青说道。

"好,谢谢。"

"行,那你们……继续喝茶。"岳青下楼的时候还觉得有些荒谬,摇摇头,现在的年轻人,

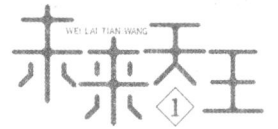

越来越看不懂了。

岳青离开之后，红毛继续在那里自我辩解，恨不得叫方召一声爷爷，只要方召能放过他们。

方召沉默地听他们说完，道："我记得，黑街有句流传很广的话：没有隔夜的仇。"

这话在黑街，可不是说隔夜之后就不记仇了，而是在说，今天的仇今天就报。

红毛机灵地反应过来，接下话："我们很想找方声聊一聊，但……但是我们没他地址。"

"我有啊。"方召道。方召拿到第一笔钱之后，就找人盯着方声，知道方声有钱后就不住在公司宿舍，晚上还经常出去逍遥。

跟两人说了个地址，方召放他们离开。相信今晚方声那边会非常热闹。

待那两人离开之后，方召依旧坐在那张椅子上，并未起身，静静坐了会儿，手指在枪上摩挲着，深深呼吸，将心中涌起的戾气压下去。

他刚才真的差点开枪。他知道对方身上没有杀气，只有波动的恶意，但他却有一种要开枪的冲动。

方召上辈子大部分时间都是在末世中度过的，如今重生在新世纪，短时间内没法完全调整过来。虽然方召表面上看着已经与其他人没什么不同，在新世纪融入得很好，但方召自己知道，他只是压制着心中的戾气，那种形成于末世，积累了近百年的凶煞之气。

刚才那两人大概是有所察觉，所以才那么"乖"。

方召不知道心中的那股凶煞之气还能压制多久，是会随着时间的过去而慢慢消散，还是会如末世时那般继续积累。他只能继续压制，并且尽量不动手。上一次他在街角那里被打劫的时候，抢了对方的枪之后还差点控制不住将对方射杀。岳青听到的那声枪响，是他开的，子弹就打在那个小混混脑袋旁边的地面。

而自那之后，方召就察觉到了心中的那股凶煞之气，随他一起来了。

新世纪是一个受法律约束的世界，即便是在黑街，也不能太过。方召也不想破坏规则，只能等着机会将煞气慢慢释放出来。为什么那么期待在办公楼安装游戏设备？因为游戏是能与思维、感觉相连的，如果在现实社会中没法发泄心中的凶煞之气，方召会在游戏中尝试一番。

在方召想着什么时候才能玩游戏发泄一把时，在家里等消息的方声被人堵上门一顿爆揍，还被逼着转了五十万作为压惊费。

霓光那边转过来的一百五十万违约金才刚到手，就被劫走了五十万。方声庆幸自己谨慎，在拿到违约金之后分三个账户存，要不是这样，可能一百五十万一分都没法留下。

方声被打、被劫，也不敢声张，往深了调查，对他并没有什么好处。但方声不明白，那两人怎么会知道他的地址？不是去找方召要手环吗，怎么又跑来打他？对方还龇着一口荧光绿的牙说他坑他们，他哪儿坑了？

方声在医院住了五天，这还是在新世纪医疗技术远高于末世前的情况下，若是以末

第12章 方声解约

世前的医疗技术，至少得住一个月。

的确，那两人下手比较重。在方召面前他们是怂，那是因为他们在丰富经历中锻炼出来的直觉让他们知道，方召并不是个好下手的目标，真要硬对上，那得拿出拼命的觉悟。他们只是接任务赚生活费，没打算拼命，所以选择怂。但对上方声，他们就恢复本性了，他们要让方声知道什么叫"混黑街的"。

方召看着收到的消息，方声出院之后就换地方住了，大概是知道原来的地方已经不安全，也防着那两个专业讨债人再上门打劫。

给雇用的几人留了消息，方召前往齐安市三环附近的一处居民楼。黑街那边属于齐安市六环以外，三环这里，还算是比较靠近市中心的，不过这边的商业楼不多，大多是居民楼。

方召接到段千吉的消息，那位老作曲家回来了，想见一见方召，顺便谈谈房屋出售的事情。

依着地址找到目的地，这楼一共一百二十层，高六百多米。建筑整体从下往上由宽变窄，底层占地面积数千平方米，到顶层，室内就只有两百多平方米了。

而方召拿到的地址，就是顶楼。

顶楼住房的主人是一位年纪已过一百六十岁的老人，比方召上辈子年纪还大，是一位作曲家。很多音乐相关的高等教育教材，尤其是创作方面的书，都有这位参与编写，方召从记忆中就能找到好几本。

薛景，这是一个业内很多人都听过的名字。

方召过去的时候，薛景的助理已经等着了。

"请进，薛老师就在里面。"那位助理只是将方召带到一个房间的门口，并没有再走进去。没有得到薛景的同意，他们都不能进这个房间。

方召走进屋时，薛景正坐在一张木质沙发上。这年代已经很少有人用天然木头做沙发了，但这个房间里的书柜、桌子等，都是木质，整个房间都带着一股古色古香的韵味。沙发和椅子上都有一层木纹软垫，室内的温度也维持在一个温和的区间。

"薛老师好。"年纪大，教龄长，方召叫他一声"老师"也是应该的。

薛景放下手中的曲谱，抬手指了指对面的单人木沙发："坐。"虽然年纪已过一百六十岁，但在新世纪，这个年纪也就相当于末世前的六七十岁。薛景头上已经有不少白发，但身上有股精神气。"对我这屋子的布置，有什么感想？"薛景审视的目光从方召身上扫过，然后对上方召的眼睛，问道。

"您肯定不养宠物。"方召道。

刚得到薛景允许进来送茶的助理，听到这话，抬眼瞟了下方召。以前学音乐的年轻人来这里，谁不是进屋先将里面的陈设夸一遍，再将墙壁上挂着的用音符画成的薛景自

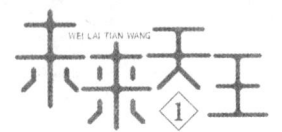

己都看不懂的画夸一遍，然后拍薛景马屁。而方召的脑回路似乎与其他人不同。

宠物？助理回想了一下自己上任以来的经历，薛景还真没养过宠物，养那玩意儿屋子里的书柜沙发还能看？

听到这话的薛景也愣了愣，随即笑道："的确。你养了？"

"养了一只狗，在黑街捡的。"方召道。

很多人会避免提及"黑街"相关的字眼，总觉得会拉低自己的格调。但方召并不觉得有什么，他住在黑街是事实，没必要骗人，也骗不过，想必薛景已经从段千吉那里了解到了一切。

"那就可惜了，本打算将这些都留给你的。"薛景叹息道。这些家具可不是机械自动化打造的，而是他当年请一位巧匠亲手制作的。

"同一段曲谱，不同的人混音，会得到不同的风格，没什么可惜的。"方召道。

"的确。"薛景低笑，脸上露出几道深深的褶皱，感慨道，"现在很少有年轻人能沉下心来去创作了。如果不是千吉跟我保证你就是那两个乐章的唯一作者，只看那两个乐章，很难想到，创作者竟然如此年轻。但在见到你的时候，我突然就不怀疑了。"薛景也说不出为什么，只是在看到方召的时候，就觉得，这人的确能创作出那两个乐章。

"年纪并不是音乐好坏的决定性因素。"方召道。

"是啊！"薛景看向窗外，身周透着一股岁月沉淀下来的平和。从这里，能看到远处不少更高的楼，曾经窗外还有一栋百年以上的老楼，但前不久已经被拆了，现在那里正在建造新楼，会比以前的更高、更漂亮，吸引更多的人。

薛景卖房只看眼缘，眼缘这东西很缥缈，说不清楚到底是什么。不过薛景觉得，将房子卖给方召，就算以后方召将这里完全改变，他也不会生气。就如方召说的那样，不同的人改编同一首曲子，会有不同的风格，没什么不好。买房的人不是帮忙照看房子的管家。

齐安市的房价偏高，尤其是这一带，一百层以上的楼层，大多数都是十万一平方米。顶楼只有薛景这一户，总面积两百多平方米，但薛景只住一半，另一半修建了花园，旁边有块空地用来停车。

薛景卖给方召的价格是一千万，比起这一带的其他住房来说算是便宜了，若真按照市价来算，不会少于两千万。

这一带住房偏贵，最重要的一个原因就是这里的守卫和巡逻让人安心，可以躲避媒体的骚扰，所以不少延洲的名人都在这一带有住所。而薛景当年在这里买房，图的也是清净。虽然他不是明星，但因为在业界的影响力很高，很多人都想从薛景这里走通走通，希望薛景能给推荐一条"捷径"，烦扰之下，薛景就搬到这边来了。

"其实我想亲自找你谈，除了为房子的事情之外，还有件事。当然，是否同意由你自己决定，不用有压力。"薛景道。

第12章 方声解约

方召在薛景报出这个价钱的时候就想到薛景可能有其他的事情。既然薛景已经在房子的事情上有所照顾，只要不是太为难的事情，方召都会同意。

"您请说。"方召道。

"你知道，我这些年已经不再执教了，而是一直在编写教科书。"薛景看向方召，"我现在写的一本书，就是关于交响构架音乐的，我想用你的乐章做例子。"

薛景现在正着手编写的一本教材，就是关于交响构架的乐曲分析和创作指导。其实这个类型一直很冷门，虽然在音乐界中它的格调比较高，但并不怎么受欢迎，很多音乐院校的学生并不喜欢选择交响乐这类风格的专业。不过薛景也不是奔着商业利益去的，业界的那些老人都不爱涉足这类音乐风格，可这个类型总得有人传承。

方召的出现，让薛景看到了希望。《百年灭世》这个系列可能是近百年来最令人印象深刻的交响构架音乐了，更重要的是，这个系列并不是站在高处以孤傲的方式呈现，而是通过更大众的途径呈现，结果它也受到了大众的关注。

薛景不想同以前那些编写教材的人一样东拼西凑、删删改改，薛景想要结合当代的实例去分析。在这个过程中，自然需要方召谈一谈创作理念和灵感来源，以及创作过程中的一些令人印象深刻的闪光点。直白点说，就是希望方召能传授一点经验，让更多的人有兴趣去接触这类音乐风格，这是一种公开的书面的传授经验的方式。当然，传授多少，就由方召决定了。

"你应该知道，这不同于版权音乐的销售，拿不到多少钱。"薛景将这些都坦白地说出来。

很多年轻人并不喜欢与其他人分享自己的经验，薛景以为方召会选择考虑之后再给答复，没想到在听完薛景的话之后，方召很快就答应了。

"可以。"方召并不是真正的年轻人，他愿意与更多的人分享自己的经验，将这些他在末世中悟到的、总结出来的经验，教给更多的人。人的寿命是有限的，但经验和知识却是无限的。

薛景很高兴："好！好！我会在编写的教材上将你的名字写上去，作为参编的一员！"新世纪不管是纸质教材，还是电子教材，都会注明编写者。而依照高等院校教材的规定，上面会注明主编、副主编，以及其他重要的参编人员。

其实，如果相关内容的篇幅不多、不重要的话，部分参编人员是没资格在教材上署名的。依照薛景的想法，方召谈到的创作经验肯定没有多少，但他愿意谈、愿意分享，这种精神值得提倡，薛景愿意将方召的名字写上去。

"编写中需要你参与的地方，我会让我的助理跟你详细说明，不过在那之前，你可以先整理想要说的东西。至于房子，我会尽快让人过来收拾，三天之内，这套房子的所有手续会办理完，将屋子给你空出来。钱不急，一次付不清分几年也可以，不用着急。"

"不用，我现在就可以转全款。"方召道。

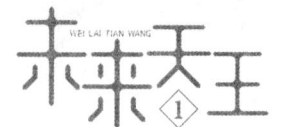

谈完所有的事情之后，方召从楼里出来，薛景派了车送方召去公司。途中方召接到段千吉的助理祝珍的来电。

"方召，雷洲那边有人想预订第三乐章作为电影配乐，不是买断，只是用作配乐，期限三十天。"也就是说，在电影上映的三十天内，第三乐章不会以其他方式在雷洲出现。这种跨洲的订单比较少见，也是机会。

"价钱还没有谈，段董的意思是，要先得到你的同意。"祝珍道。

"电影配乐？雷洲那边的公司？"

"是，如果同意授权的话，会对乐章的宣传有益。但那家公司制作的片子……口碑都不太好。"

每个洲对自己本土的音乐、影视等都会有保护手段，最典型的例子就是《破茧》被证实对赫尔病毒感染者有帮助之后，外洲大多只是用含糊的说法代替乐章名，或者只是简单提及乐曲名称，将重点放到"音乐对治疗赫尔病有帮助"的话题上，更多提及的是医学方面的东西，而略过了极光这个虚拟偶像和第一、第二乐章的详细信息。

如果那两个乐章仅仅只是歌曲，也就算了，可这两个乐章是与虚拟偶像捆绑在一起的，在雷洲那边受到的限制也会更大。雷洲那边，媒体在报道新闻的时候不仅省略了歌曲名和创作者、出品公司等所有信息，极光的名字也没有提到过，在媒体引导之下，通过网络去搜索乐章的人少之又少。而且，第一乐章和第二乐章，在延洲之外的地方，暂时是不能下载的。

所以，段千吉的意思是，虽然对方的电影可能是部烂片，但可以借此作为一个另类的宣传渠道。既然在延洲之外的洲难以走通公众平台下载的路子，那不如就选择版权音乐的方式，在期限之内，卖版权给对方的电影作配乐，这样也不会影响到延洲这边原本的计划。

而现在，段千吉就是担心，方召在知道这些之后，觉得卖给那种一看制作者和参演者就知道是烂片的电影，会降低乐曲的格调，会丢份，会反感，所以才让祝珍先问一问方召的意思，方召同意了再去跟那边商谈价钱。

方召听完之后思考了两秒，问："我想先看一看那部电影的剧情以及配乐使用的位置。"

"这个我也不清楚，先问了再给你答复。"

半小时后，祝珍传给方召一份加密的文档，里面说了电影的大致剧情，以及第三乐章可能会使用的位置。文档里面也列出了那部电影的制作公司和投资人，以及参演的几位重要演员。

延洲这边，不是娱乐圈的人肯定不了解，但雷洲的人，只要看到制作公司和投资人，就知道这肯定是为了捧哪个人，用钱砸出来的烂片。很有意思的是，明明剧情老套，演员演技狗屎一样，但这家公司每一部电影的票房都不低。网友都是一边看，一边吐槽，明知道部部是毒，却偏偏要去试一试。或许，他们早就将这当成了一个发泄的方式。

第12章 方声解约

方召花了一个下午去看与那家制作公司和投资人相关的电影，傍晚时候给了答复："这单我同意了。唯一的要求就是，第三乐章，必须用在片中的那个位置作为配乐，不能改动，只能用在那个位置！"

雷纳洲，简称雷洲，以灭世时期的英雄哈文·雷纳大将的姓氏命名。在雷洲，雷纳这个姓氏就是身份的证明。

在雷洲，人们经常会在军事、政治、财经等方面的新闻上看到雷纳家族的人，但公众最感兴趣的却并非这些在军、政、商界呼风唤雨的高位者，而是总在娱乐圈弄出不少话题的雷纳家的那位大少爷——萨罗·雷纳。

萨罗·雷纳是雷洲现任洲长最小的孙子，虽然雷洲洲长重孙都有了，但最喜欢的仍旧是这个最小的孙子，对他比较纵容。

萨罗·雷纳在人们眼中就是个任性的纨绔，出身高，有钱，正经事不干，成天泡妞到处玩，毕业之后开了一家影视公司——无线电影视传媒。不过，就算是平时不关注娱乐圈的人都知道，这家公司，完全是这位大少爷开来玩的，投资拍摄制作电影，都是为了捧女友。到现在，无线电公司已经出了七部电影，这位大少，这两年间也换了七位女友。

人们戏称萨罗为"大少"，不是因为他在雷纳家这一辈的排序，真排也是最小的。所谓的"大少"，是人们讽刺他的奢侈挥霍和不着调的行事风格。

雷洲的人也都知道，只要是无线电这家公司拍的电影，从剧情上讲，都是烂片，每一部的剧情都相当简单，简单到看了片头的大致背景介绍，就能猜到结尾。毫无新意！甚至毫无逻辑！

在网络如此发达的新世纪，影视的制作已经简单很多，影视作品数量呈爆发式增长，不过网络上的一些比较大型的平台，还是有讲究有限制的。当然，这种限制，在权、财面前，也会淡化。比如萨罗大少的无线电公司拍的电影，明明部部都被评为烂片，可部部都占据极好的宣传渠道，看的人也多，每一部的票房都不差。虽然比起其他热销的影片来说不算很好，但回本是可以的。

不过，网友们之所以乐于吐槽，还是因为这位大少他并不在意网络上别人对他的评价。渐渐的，网友们的胆子就大了。每次无线电的电影一上映，他们就会去看，然后大发感慨，内容当然是吐槽、批判的居多。

可就算被批得跟屎一样，看的人却从来不会少，仍旧是出一部，看一部，骂一部。之所以存在这种现象，一个原因是这位大少的名气带动，网友们想看看这位雷洲知名纨绔又拍了部什么烂片，他们能借此娱乐娱乐。

还有一点，也是很多人选择看他们公司影片的重要原因——投资大、场景真实！

雷纳家有钱，萨罗大少对影片别的要求不高，唯独对场景和视觉效果要求很高。他喜欢看气势恢宏的大场景电影，所以他投资的影片全都是气势恢宏的大场面。

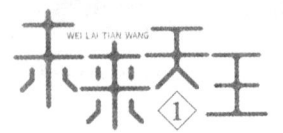

新世纪,科技发展太快,即便在一个小房间里,也能拍出太空背景的逼真的大场面。全数字特效,乍一看去,简直跟真的一样。不过经验丰富的网友们总能从那些看似逼真的场景中找到违和的地方。这种全电脑特效的影片太多太多,于是有些人就形成了一种心理,专找那种大制作,有大量实拍的电影看。

而那些人选择无线电公司的一个原因,就是他们拍摄的时候,很多道具都是真的,包括枪炮还有飞车飞船。比如上一部电影,萨罗大少还从军队租了一艘飞船和十辆战机,有好几个场景还是在太空拍摄完成的。

其实萨罗他本人并不是真对这个有讲究,而是觉得,他们雷纳家的人,就得有与众不同的地方。大家都用电脑特效,他就去弄真枪实弹,总觉得不搞点大投资、大动静,就配不上"雷纳"这个姓氏。

如今,这位雷纳家的少爷交到第八位女友,而无线电也开始投资制作他们的第八部电影。还是一部老套的英雄救美的电影。

以往这位大少会请知名演员去给女友捧场,兴致起来的时候自己还会去客串一下。不过这次,这位大少不想再客串了,而是打算自己来演一次主角过过瘾。所以,无线电的这第八部电影,投资更大,为此这位大少还让人去租了三艘战舰和近五十架战机。当然,战舰和战机的驾驶者都是军队的人。就算萨罗任性,也不会傻到让非专业人士去碰军队里面的战舰和战机,否则弄坏了他回去会被他老爹抽掉一层皮。

至于这次拍电影,萨罗找他爹要资源的时候,就找好了理由——帮助宣传军队,吸引更多的年轻人主动参军,减少逃避兵役现象。

第13章 CHAPTER 13
自古烂片出神曲

　　新世纪初期，有一条硬性规定：所有人，无论男女，成年之后必须服兵役，最少两年。不过这条规定在执行两百年后，最低服役时长减少为一年；再到现在，很多人都会通过各种手段钻空子逃避兵役。前些日子雷洲就爆出不少逃避兵役事件，其中涉及好几个比较有名的偶像明星，引发社会热议。

　　萨罗给出的"帮助宣传军队"的理由，他爹是一百个不信，无奈萨罗已经说服他爷爷——洲长大人，他爹就算是再不愿意，也只能苦着脸帮忙安排。因为这个，他还被军队里其他人挤对，白眼都收了一地，背后说的话更难听。曾有人笑言，萨罗这人就是用来坑爹的。

　　这次因为投资更大，租用的战机更多，在雷洲娱乐圈引起的话题也不少，自然也让许多人看到了这里面的机会。别管片子有多烂，看的人肯定不会少，至少比前七次都要多。能进去参演肯定是个露脸的好机会，多少娱乐公司想往里面送人。

　　除了演员，音乐制作人也瞅准了机会，纷纷献上自己的得意作品，很多还自降身价，上门自荐。

　　其实那些萨罗都看不上，不过，总得有个配得上他出场的有气势的音乐，挑来挑去，还是打算挑个最大牌的音乐制作人。然而就在这个时候，引发医学界轰动的音乐治疗赫尔病事件，让萨罗提起了兴趣，他让人去将《天罚》和《破茧》搜了出来。雷洲这边不能下载，但萨罗总有其他办法下载。

　　听完之后他就让人联系延洲的银翼了。他很喜欢这两个乐章的风格，若是继续下去，第三乐章应该会更符合他的喜好。已经发布的乐章他是不会用的，毕竟太多人听过，提升不了格调。这第八部电影里面，他可是要出场的，他的威风出场，必须得伴随着一首别人从未听过的、极有气势的乐曲，这种BGM才符合他的身份！

　　一般大制作的电影，都会请专业人士，根据影片中的剧情、场景，制作专门的配乐，也就是所谓的定制特权。所以萨罗想让人跟银翼接触，请那两个乐章的创作者为他们制

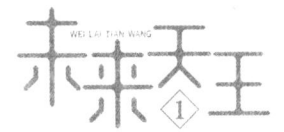

作一首配乐。可惜，银翼没犹豫就回绝了，理由是对方正在创作第三乐章，没时间。

这下子萨罗不爽了，但银翼那边拒绝得干脆，他们也没办法。萨罗可以仗着家庭背景在雷洲呼风唤雨，但延洲那边，可不会这么轻易就卖他面子。犹豫来犹豫去，萨罗问了银翼那边第三乐章发布的大致时间，初步估计是明年一月，正好那个时候他们的第八部电影也能出来了。这么一想，萨罗就决定直接预订第三乐章。

萨罗的本意是直接买下整个第三乐章，到时候第三乐章就不在延洲网络上发布了，为此他们可以加钱。然而，银翼又干脆地拒绝了："不卖！"

萨罗气得在公司骂了一整天。

加钱都买不到那边的第三乐章，几个助理和经纪人都劝他放弃："咱们雷洲也有不少创作这种类型乐曲的，一个看不中，多听一些总能挑出个满意的了。"经纪人苦口婆心。这部电影的投入已经超出预算很多了，不过是个配乐，雷洲那么多定制配乐的工作室，随便找个有名气的就可以了。反正是部烂片，萨罗自己演电影玩得尽兴就行了，还讲究那么多干什么？

这位经纪人心中也苦闷，本来萨罗投资拍这么多毫无营养、毫无内涵、口碑极差的电影，就很受雷纳家其他人的反对。他已经被好几个雷纳家的人召过去谈话，让他劝说萨罗收敛一点，别再拖家族后腿。但无奈，他人微言轻，萨罗大少压根不听他的话。

配乐的事情，在萨罗的坚持之下，无线电公司的人与银翼多次交涉，最后达成一致意见：配乐可以使用，但只卖一个月独家使用权，这一个月之内，第三乐章在延洲依旧按照原计划发布，而雷洲这边，网络上会延迟一个月，直到无线电公司的这第八部电影下映。对此，银翼报价一千万。

萨罗同意了。

萨罗的经纪人想抱着桌脚哭。

就算是在他们雷洲，上半年他们制作的一部投资巨大的空战影片，找知名工作室给电影定制的配乐，也不过三百来万而已，还是买断的版权，他们拥有那首配乐的全部使用权，也就是说，他们在那部电影中用了这首配乐，以后再出其他电影，同样可以继续使用而不用再额外支付版权费用。

可现在，不过是找延洲的银翼预订一个乐章，还只是短短一个月的独家使用权，竟然就得到一千万的报价！

银翼哪来的底气报出这个价？！偏偏萨罗还同意了，脑子怎么想的？钱是自己飞来的吗？！真是不管账不知财务之紧啊！

"大少，咱们要不要再考虑考虑？"经纪人继续劝说。

"不用考虑了，就这样办。加紧拍摄，延洲那边第三乐章发布的那天，就是咱们电影上映的时间！"他可不想自己出场的BGM被别人在其他平台优先听到。

"可是，这个价钱和条件……"经纪人竭力想让萨罗改主意。

第13章 自古烂片出神曲

"同意。"萨罗已经被这事弄得心烦了，他还想早点开车去片场探班，问问他什么时候出场。这之前的都是他的替身在拍摄。

看着萨罗满脸的不耐烦，经纪人使劲抹了把脸。愁啊！拿这么多预算买一个带期限的音乐，真是脑子进屎了，业内其他人知道会笑掉大牙的。别的方面已经不能再减，他也知道这位大少对于制作的高要求。现在，音乐方面不仅不能削减，而且还得再增加预算，还真是任性。

"对了，那边还提了什么要求？"萨罗问。

"银翼那边说，第三乐章的创作者要求，若是想把第三乐章用作配乐，必须用在电影中的那个场景，不能用在其他地方。"旁边的助理提醒道。

萨罗看着助理整理的场景，顿时乐了："这不就是咱们一开始就计划的那里吗？就是本少威风出场的地方！"

"是是，所以银翼那边才会同意。"助理小心应道。

只是一个场景，还不是使用的完曲，银翼竟然报价一千万，全球大概也就萨罗这种散财傻子才会同意了，经纪人心中想，一千万哪！真以为买金砖呢？

见经纪人一脸的纠结，萨罗嗤笑一声："瞧你那小气样。"

"不是我小气，大少，一千万哪，这要是配乐不符合大少你的出场氛围……"

"那就再换一首，就之前你们挑的那个，当作备用留着。"

那就再换一首？说得简单，一千万喂狗了？！

"那不就是赔了吗？"经纪人很不情愿。

"赔就赔了，我还赔得起。"萨罗不在意地道。

经纪人在心中暗骂：是，你是雷纳家的人，一千万就跟一千块一样，咱们这些人听着可是心都在抖。不过算一算前七部电影累计的利润……就算这一千万全赔进去，也还是没亏。

这也是萨罗能一直任性到现在的原因。都回本了，刨去各种费用，到手的利润也不算少了，他还能继续在娱乐圈鬼混。

"值得吗？"经纪人还是心疼。

"你想说烂片不值得花这么多钱买音乐？"萨罗斜着眼看过去。

经纪人尴尬地笑笑，心中暗道：敢情你自己也知道肯定是烂片啊？

"听过一句话吗？"萨罗问。

"什么？"经纪人和助理洗耳恭听。

"自古烂片出神曲。"

其实萨罗对于网友说他投资的所有片子都是"烂片"的评价，并没有太大感觉。他也知道自己投资的那些电影没有人们所说的"营养"，没有内涵，但他就喜欢这类片子，

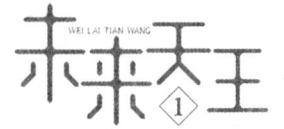

简单、直白、场面大,看着爽。重要的是,能哄女友开心,他自己也舒畅。

刚毕业的时候,萨罗打算投资开公司拍电影,原本只是打算玩玩情调,至于其他的,他没多想,也做好了赔本的准备。谁料,竟然回本了!

于是,接下来萨罗玩上瘾了,不管外面的媒体以及公众怎么批他,他依旧按照自己的性子来。至于别人的评论,管他呢,用他舅舅的话来说,这点脸皮都没有怎么出来混?

现在,他不想再旁观了,打算亲自上阵,在电影中,谈一场奢侈的大片级的恋爱,当一个无所不能的拯救世界的英雄。

每个人心中都有一个英雄梦,萨罗其实也很羡慕同辈中进部队的兄姐们。但没办法,他吃不了苦啊,不想进去受罪。于是,只能用电影来实现梦想,这样更简单。

为此,都准备斥巨资砸了,一千万为自己买的配乐,就算打水漂,他也乐意。反正都是用钱砸出来的电影,不满意,浪费也就浪费了。

其实他也想将银翼的那个创作《天罚》和《破茧》的人挖过来,为他量身定制一首背景音乐,但银翼将创作者藏得太好,他只能先等着。若是对方交出的音乐能令他满意,他再砸钱去挖人;若是不满意,那就让公司将银翼和那个创作者都拉入黑名单,以后都不会跟他们合作。

萨罗是大手大脚,但不是真傻,换不来满意的回报,他一分都不会再给。

至于影片情节?他不看重。电影嘛,看得爽快就够了,套路无所谓。同样是打怪兽拯救世界,今年普通人打怪兽,明年变异人打怪兽,后年超人打怪兽,大后年怪兽打怪兽,不都是一个套路?

这第八部电影,萨罗就打算穿机械铠甲打怪兽,多威风!反正让替身穿着铠甲打完,他露个脸耍个帅就行了,轻松得很。

萨罗还亲自给新电影取了个相当威风的名字——《战神》。曾有人在听到这个片名之后嘲讽:呵,脸真大,还战神,他曾祖父知道吗?

萨罗的曾祖父,也就是现任雷洲洲长的亲生父亲,年轻时所属就是雷洲有名的代号"战神"的部队,军功赫赫,曾任雷洲军区副司令。如今老爷子年事已高,一百九十多岁了,儿子成为雷洲洲长之后,老爷子就彻底不管事了。不过影响力在那里,每年都有一些老部下去看望老爷子。

每次萨罗拍电影时调用军方的装备,萨罗他爹都会被人挤对,但位子仍旧稳稳的,并不全是因为洲长,而是军队里的人看老爷子的脸面。只要萨罗不太过分,肯掏钱,他们就选择睁一只眼闭一只眼了。

不过萨罗一点都不觉得自己取"战神"这个名字有什么不妥,他都亲自上阵演主角了,不给自己安排个英雄的形象,对得起自己辛苦这一趟吗?

正想着,经纪人离开接了个电话后,急匆匆地又找过来了:"大少,出事了。"经纪人一脸气闷。

第13章 自古烂片出神曲

"又怎么了?"萨罗问。

"《狙击之王》提前上映,定档一月一日!"

不怪萨罗的经纪人如此着急气闷,之前他们敢在一月上映,就是因为一月没有其他有力的竞争者,都是一些小成本的影片。凭萨罗在娱乐圈制造话题的能力,他们不担心票房,反正他们目标也不高,回本就行。

萨罗本身就是个行走的广告牌,太多人盯着他,甚至在其他几个洲都有关于他的话题。"雷洲大少新女友曝光""扒一扒全球各洲最不能惹的公子哥儿""本届全球十二洲明星先生出炉,萨罗大少当选雷洲明星先生"……这类的新闻太多。虽然萨罗以前不唱歌,也不演戏,也没其他什么过人的才华,但话题不断让他成为一颗雷洲极具存在感的明星。

这次萨罗要亲自主演的消息就在娱乐圈连续刷了好几天的新闻,关注度很高,所以经纪人并不担心没人买账。这可是这位大少首次以主角身份参演电影!好奇的人肯定不在少数,不期望能票房大爆,只要能回本就行。

但现在,一部原本预计二月份上映的真正的大制作电影《狙击之王》,竟然提前一个月上映!总感觉,这就是为了对付萨罗的。

《狙击之王》由雷洲两家大公司联合出品,数位知名影星参演,传言奔着各种奖项而去,期待值一直很高。那种兼顾票房和奖项的电影,内容上也会多一些深意,更有内涵,更有深度。

有内容,有实力演员,有大投资,就算是个外行也知道这肯定能吸金,口碑肯定也不差。所以,之前有消息称《狙击之王》二月上映时,他们还在庆幸,不用跟这头大怪兽对上,真是太好了;可现在,《狙击之王》竟然提前上映,这让他们怎么办?

好在他们的电影也没真正定下档期,之前有对外透露一月上映,但现在临时改到二月,也是可以的,编几个理由应付外界就行了。

萨罗也接到了家里人的电话。

"喂,舅舅,什么事?"

"萨罗,听说《狙击之王》提前上映的事情了吗?你延后一个月吧……"

那边还没说完,萨罗就断了通话,坐在椅子上沉默不语。

没一分钟,又有来电。看了看上面的显示,萨罗接通。

"喂,姑,什么事急着找我?如果是关于电影的事情,就别说了。"

"……萨罗,别任性。"

萨罗直接断开通信,"啪"地摔了通信器。

小助理在后面大气不敢出,轻轻挪动脚,过去将地上的通信器捡起来,以备待会儿这位大少要继续使用。

萨罗现在一肚子火。一个两个都劝他退一步,喊,当他真傻呢?没雷纳家的其他人默许,《狙击之王》背后的人敢明晃晃地提前档期?

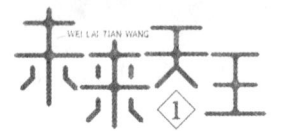

萨罗猜得没错,这的确是雷纳家的其他人默许的,就是为了让萨罗看清现实,他的侥幸成功,其实是别人让出来的。现在就是要将他膨胀的内心给戳个孔,让他受点打击,磨一磨他的性子。

萨罗这人拉仇恨太多,公开骂过好几家娱乐公司的明星,现在,那几家公司联合起来疏通了雷纳家其他人的关系,得到允许,才将电影档期提前。

雷纳家,包括萨罗他爹都私下与这些人说过,在一定范围内,给萨罗一个小教训,正当竞争即可,别太过,要是太过了伤到雷纳家的面子,雷纳家其他人也不会坐视不理。

雷洲虽不是雷纳家的一言堂,但雷纳家是雷洲最有势力的家族,这话没人反对。新世纪五百年了还如此繁盛,可见雷纳家内部在大事上有多团结。混商界、娱乐圈的都是老狐狸,该做到什么程度,他们拿捏得非常精准。

雷洲洲府,一栋建筑的办公室内,《狙击之王》的几位投资方正在笑谈中。

"也是该让萨罗知道知道,以前他那么顺利捞到票房,能回本,是咱们看在'雷纳'这个姓氏的份上让着他!"

"咱们也不说风凉话,还帮他按下那些说风凉话的人,他也该懂事一点,别什么都在外说,不顾大家的颜面。"

"让他知道知道,真正的竞争之下,什么叫没有对比就没有伤害!"

萨罗投资的那种烂片,除了卖话题,用雷纳家的关系调用战机装备之外,还剩什么?屎一样的东西!狙的就是你!!

"影片的质量只有对比了,才知道差距在哪里。萨罗那种人,太碍眼,搅得圈子里乌烟瘴气,咱们这些娱乐圈的前辈,也该站出来维护了。"

《狙击之王》档期提前的消息,在雷洲娱乐圈掀起了大浪。《战神》之前透露的也是一月上映,这么说,两大话题片对上了?

只不过前者是有质量保证的,只看导演、编剧、演员和出品公司那些就能知道,而后者……算了,不提也罢,大家心知肚明。

在《狙击之王》公布档期之后,无线电公司一直没有放出《战神》的上映时间,不少人猜测是不是萨罗知道自己比不过,想着挪后档期?

"看来《战神》一月是上映不了了。"一家媒体的编辑私下里说道。

"退一步是对的,就算他是雷纳家的人,这种时候也不能硬撑。大概雷纳家的其他人也早就看不惯这位大少了吧?"

"唉,人要懂得让步,太尖锐、太任性了不好。二十多岁的人了,该懂事了。萨罗这位大少也是,坑爹事做得太多,连雷纳家的其他人都看不过去了。"

"还真是场有力的狙击,萨罗这次被打痛了吧?"

"希望这位大少能吸取这次的教训。"

第13章 自古烂片出神曲

"只是,以那位大少的性子,可能退吗?"有人怀疑。

萨罗平日里就是一副"老子天下第一"的样子,嚣张惯了,现在一下子遇阻,肯退?

无线电公司本部。

"大少,咱们要不要找人改一下剧本?"经纪人在旁边劝。

"不改!拍都快拍完了,还改什么改?!"萨罗冷笑一声,"打压我?老子偏不退!问问银翼那边,第三乐章什么时候能制作完成!"

见萨罗这么坚持,经纪人也不敢再说什么,联系了段千吉的一位助理。

段千吉在从助理那里了解情况之后,问方召:"一月份前确定能制作完成?"

"能。"

"那就好。"

断开与方召的通信,段千吉吩咐下去:"按照原计划,第三乐章一月一日发布。告诉雷洲那边,十二月底,第三乐章成品会发给他们。"

得到回复的萨罗的经纪人一脸菜色,心中盼着银翼无法在一月前制作完成的希望彻底破灭,但又不敢说谎,将段千吉的原话转告萨罗。

"那正好,定档一月一日!一步都不退!"萨罗跷着腿,用力晃着脚,"让制作团队加紧赶工,十二月底必须给我全部完成!现在就发公告,《战神》定档一月一日!我就跟他们杠上了!"

输赢无所谓,票房他不在乎,他只是坚持自己的态度!

爷!就!是!不!退!

萨罗投资参演的电影在紧张地制作中,相比起电影本身带动的话题,配乐就不值一提了。除了音乐圈子里的小部分人还在关注,没人会注意这部电影的配乐是谁创作。只有极少量的音乐相关的媒体在讨论某些相关话题的时候,会提到《战神》的主题配乐似乎不是由雷洲人创作,猜测会是哪个洲的大师。再多的就没人提了,无线电只说他们已经谈好了配乐合作伙伴,并没指明到底是谁。

在整个雷洲娱乐圈都等着看好戏的时候,延洲娱乐圈媒体也在等。

银翼已经发出公告,《百年灭世》第三乐章,将在一月一日早上八点正式发布。

《百年灭世》在新世纪五三一年十月一日发布第一乐章《天罚》之后,同年十一月一日发布第二乐章《破茧》,中间只隔了一个月的时间。而第三乐章,却是在两个月之后才发布,制作期这么长,银翼应当是准备充足的,并且野心很大。

如果说,第二乐章显露了银翼的野心,那么,第三乐章就是看爆发力如何了。

这一场虚拟偶像结合史诗音乐的推动,究竟有多大的爆发力,延洲娱乐圈的人都在期待。

很多人在银翼官网的留言板区域留言,有的本就是史诗类音乐爱好者,有的是八卦

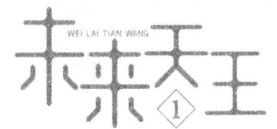

爱好者，还有的则是虚拟偶像极光的粉丝。最后这类人，相比起音乐，他们更喜欢MV，关心的是，是否有极光参演的影视作品，还有是否会推出极光的周边。

银翼有专门负责留言版块的人，而且特意加了两人负责极光这块。他们每天的任务就是管理留言板区域，挑一些比较有代表性的问题回复。最近，银翼管理极光留言板的人发现，留言板区域多了一些另类的声音。

"什么时候出来啊，都快考试了！"

"快点出！快点快点！"

"还要等到一月一日？这么晚？"

"还好，赶得上，那时候还没考试。"

"希望第三乐章更燃更爆！那样才有动力！"

……

只看文字就能看出这些应该都是学生；若是再听一听音频留言，会发现这里面很多人的声音都很年轻，有的明显带着稚嫩感，有的处在变声期。

中学生？怎么都是中学生？！

"你们请水军了？"负责极光留言版块的人问宣传部和公关部那边。

"没啊，请水军也不会请这么多中学生过来。"那边也纳闷。

"说到中学生……一月份他们应该期末考试。"另一个负责留言版块的人说道。

提起考试，他们就想起在今年十一月的时候，就有相关报道提起过，第二乐章在中学生中似乎很火。

第二乐章《破茧》发布的时候，正逢延洲大多数中学期中考试。人总得给自己找点兴奋剂才能有动力，所以这帮中学生选择听一些节奏感强的或者力度强的有提神作用的音乐，而《破茧》则是他们最优先选择的乐曲。

第二乐章《破茧》里面那种挣扎的情感变化，因为他们年纪尚轻，也没有太强的专业鉴赏能力，所以并不能感受多少，但这并不妨碍他们在听到爆发的音律时情绪高昂。听的时候，音乐刺激下的大脑神经元异常活跃，会忘记散漫和疲惫，精神振奋。

期中考试时，他们就是用第二乐章来给自己醒脑的，但考完之后便没再关注了，能吸引他们注意力的东西太多，除了音乐，他们还有游戏，还有其他娱乐活动。

如今，临近学期末尾，再一看学期安排，期末考试要到了，这比期中考试还要重要，考不好，挨批不说，整个寒假过新年都不会愉快，没红包，没奖励，还得被逼着做题，限制上网，谁愿意啊？

咬牙拼几天抱佛脚？没动力坚持啊！

考试时间越来越近，有些人就想着再挑一些歌曲来提神，看看有没有《破茧》这种的，但遗憾的是，挑来挑去，对胃口的太少；再一搜新闻，发现《百年灭世》还有后续乐章，结果左等右等，没等来。

第13章 自古烂片出神曲

于是，他们直接组队跑来银翼官网催了。

他们也可以将第二乐章再拿出来听，但一首曲子每天听，听久了，还是会疲劳的，醒脑的效果也会弱很多，这样一来，就无法达到他们听着曲子提劲的目的。所以现在，他们就期望银翼快点将第三乐章放出来，那样他们就有应对期末考试的乐曲了。

这帮中学生将目光放到第三乐章上，最近没事就跑过来刷屏催歌，在银翼公布具体发布日期之后，他们就天天跑来留言板刷倒计时。所以，负责留言版块的人，一看到留言区域那一溜的倒计时，就知道那帮中学生又来了。

两位管理员是这么想的：中学生嘛，是有那么点逗，加上临近期末考，压力大，找个乐子发泄发泄也情有可原。作为过来人，他们能理解，就由着他们吧。

但随着日子一天天过去，两位管理员就发现他们太天真了。这帮中学生越来越多，而且还都像是约好了一样，天天过来刷。敢情他们将每天过来刷倒计时当作日常任务了。

一开始只是少部分人，到后来更多的人加入，这就很让人烦恼了。他们作为留言版块的管理员，总要从留言中看到听众们的反应，回答一些比较重要的问题；但现在，那些提问的都被这帮刷倒计时的给淹没了，还得他们过滤筛选才行，太麻烦。

两位管理员一合计，禁止这股作乱的妖风！

于是，第二天跑来刷倒计时的人，就发现版块区域多了一个公告：为了版块整洁，每天会限制倒计时评论的数量。这样一来，就算很多人跑来刷倒计时留言，也不会出现在留言板上。

两位管理员看着干净很多的留言版块，舒服了不少，这应该能方便他们查看其他听众的问题了。

但没两天，两位管理员就发现，这帮中学生确实不再一个个刷倒计时了，他们以团体名义刷！

"齐安一中二年七班报到！距离第三乐章发布，还有九天。"

"齐安十二中三年一班报到！"

"延西五中二年四班报到！"

"弓旭三中四年二班报到！"

"等等，我也是延西市的，延西五中的各位，有没有见到六中的人？"

"延西六中二年八班报到！"

"有延西六中三年二班的人吗？请组织带上我！"

"齐安一中二年七班的各位，我们是八班的！"

……

有些年长些的听众看着也乐呵，逗小孩似的问他们："你们天天这样刷倒计时，不怕再被管理员禁？"

众学生一想，也对啊，整个延洲那么多中学，每个学校六个年级，每个年级十来个班，

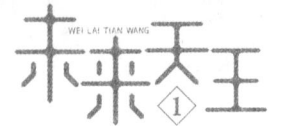

有些地区班级更多,这么一算下来,数量也多了。而留言版块的管理员也没说数量的上限是多少,这样刷下去,还真有可能被禁。

于是,又过了两天之后,留言版块的留言又变了。

"延西六中二年级报到,距离第三乐章发布,还有七天。"

"齐安十二中三年级报到!"

"齐安一中二年级报到!"

"且慢,上面齐安一中的,二年级什么时候由你们代表了?你几班的?!"

"二年一班的,怎么,不服?"

"老子八班的!不服!"

"放学别走!体育馆见!"

"等着!别尿!"

……

两位管理员看着留言板上一溜的团体刷,从一开始的诧异,到后来的表情木然。

这帮中学生有病啊?!每天很闲吗?!屁大点年纪,还"老子"。老师布置的作业做完了吗?书背完了吗?试题做了吗?人生目标定了吗?!

苦恼的两位管理员,每天看着留言版块那一溜团体名义的署名,他们也不好就禁哪一条。禁这个不禁那个,这边的有气;禁那个不禁这个,那边也有气。这帮中学生脾气也不好,一个不小心就会发动更激烈的骂战,要是被投诉不公平对待,管理员有可能被扣工资的。

可一些看热闹的听众,倒是将这些中学生的留言当每天的笑话看。有位年过一百岁的史诗音乐爱好者还留言感慨:"年轻真好!"

留言板上,一开始只有齐安市、延西市、弓旭市等五六个大中型市区的中学身影,但很快,这股妖风就壮大起来了。延东、延南、延北市、景港市,甚至连偏远的麻谷市的中学生的身影都出现了。

有些学生是凑热闹,出于从众心理,同校的人见到其他年级都有组团,他们也跟着来。同市的人看到别的学校都出现了,自己学校也不能被无视,赶紧也刷一把。其他市学校的学生见状,也不甘落后,纷纷跟着刷一把存在感,证明他们市也是有中学生的。

倒计时六天。

五天。

四天。

三天。

……

两位管理员每天看着留言板上那些每个字都是戏的中学生,心中只希望时间过得快点,待第三乐章发布之后,这股妖风也就消停了。

第13章 自古烂片出神曲

终于看到倒计时一天的时候,两位管理员只长舒一口气,相视一笑。

"终于到时间了。"

新世纪五三二年一月一日。新的一年,第一天。

银翼总部大楼,五十楼。

庞普颂有些紧张,他其实也不知道自己到底唱得怎么样,因为第三乐章录音的时候,方召的要求比前一次还要严,过去的这一个多月,他每天都在练习,有时候可能要用一两周的时间来唱好一句。录制的最终成品他没有听过,只能等着MV正式发布。

不仅是庞普颂,整个极光项目组都很紧张。在十一月第二乐章发布之后,奖励的假期休完,他们又连续加班了一个多月。

第二乐章决定他们能否成功,而第三乐章则是决定他们能走多远。

尝到了甜头,不用方召多说,他们就会自己给自己施压。累了就去游戏室放松一下,然后睡个小觉,醒了接着赶工。

银翼专门组建了一支备用的技术团队,就是在他们做不来的时候帮一把。所以,他们不担心经费,不担心人手,不担心待遇,只需要把方召布置的任务认真完成。而最后的成品会如何,他们也不知道,唯一能做的,就是相信方召这个项目的头儿。

"大召呢?"曾晃被闹钟闹醒之后,出来没见到方召的人,便问祖文。

"在办公室。"祖文道。

"昨天大家都没回去睡?"曾晃看了眼工作室内,见大家都在,问道。

"没呢,哪睡得着啊。"祖文打着哈欠,去洗了把脸之后,又回到工作室坐下,同工作室其他人一起,等着八点的到来。

他们没有去打扰方召,他们能明显感受到,方召在第三乐章的制作中,情绪并不是很好。

就像演员沉浸在戏中一样,需要一个出戏的过程,一个情感已经沉浸在乐曲中的创作者,大概也需要时间去抽离深陷其中的情绪。所以,曾晃和祖文他们能做的就是将自己手头的事情做好,别让方召再烦心。

新人部那边,楚光在看到这个月的宣传安排表的时候,对极光排在第一顺位的事情,已经相当淡定。去年最后一个季度的榜单,他已经被挤到新锋榜第五的位置,这还是多亏了第三乐章没有在十二月就发布,否则,他第五的位置也保不住。

现在,《天罚》和《破茧》之后,第三乐章《使命》也即将发布于公众平台,相信质量也不会差。不过让楚光疑惑的是,霓光文化和橦山实华那边,好像没有要继续与极光争夺的意思,只是在一个劲儿地推他们公司的两大虚拟偶像——米虞和安迪·里奥。

这是放弃新人这边的争夺了?

不管如何,对于楚光来说,少了两个虚拟偶像竞争对手,是好事。

　　银翼顶楼，段千吉同其他几位高管一起，用会议室的影像音响设备观看刚刚正式上传的第三乐章MV。这些人中，只有段千吉听过第三乐章的乐曲，看过制作完成的MV，其他人还是第一次看到。

　　整个银翼的人，不管是歌手还是演员，其他技术部门或者后勤部门的人，已经到公司的，或者还在上班途中的，都在关注早上八点的动态。

　　方召自己一个人在办公室里，拉上窗帘，遮挡住外面的阳光，打开影像音响设备，在八点平台更新的时候，播放第三乐章的MV。

第14章 CHAPTER 14
第三乐章《使命》

　　第三乐章不同于前两个乐章先抑后扬的乐风，从一开始，就用扩编的管弦配合，释放出带有明显史诗风格的波澜壮阔的气势。

　　MV中，这是真正的冲突时期。画面延续了第二乐章时期的昏暗，开篇整体为具有凄凉感的蓝色，天空布满了阴霾，厚重的云层之中，有闪电划过。

　　地面上有许多身影在跑动，急促的鼓点完美地体现了此时的紧张节奏。节奏急促的鼓点之中，以那个熟悉的男声为主的合唱，将交响乐与歌剧的手法糅合起来，其中又结合一些新世纪人们更容易接受的风格，表现出了一种原始的野性与攻击性。随着画面的推进，双方对战的气势，在更加辽阔的视野之下展开。

　　处处满布的骇然危机之下，高涨的气势直冲而来。

　　一道身影高高跃起，有如穿入云端的鹰，一根根树枝虬结成线条分明的肌肉形状，仅仅只是一眼，便能感受到其中蕴藏着的可怕爆发力。下坠的身体，一脚踹在前方狂兽的侧腰，拳头仿佛打磨过的磐石紧逼砸下，凶暴地砸在那只狂兽的咽喉处。

　　炸响的鼓点与诡异的电音之下，仿佛听到了清脆的骨骼断裂声。那不是乐器发出的声音，而是影像与音律的"暗示"之下，人心里听到的声音。

　　影像中，飞溅的泥星带着血与水射向四周，溅在那个树人脸上、眼周，这让看着影像的人，注意到了他的眼睛。那是一双满是杀气的眼睛，仿佛从沉睡中惊醒的暴怒的凶猛野兽。

　　看到这一幕的人，仿佛被一双手拨动了一下脑中的神经，骨头都颤了颤。他们甚至会怀疑，发狂的是那些凶残的狂兽，还是这些曾经与世平和的虫鸟不伤的树人？

　　这样的变化，并不仅仅是发生在最前方的那个身影身上。在他身边、身后，还有很多很多同样带着杀气的身影。

　　扩编的铜管吹出的变奏，令弦琴拉出的旋律更加雄壮有力；狂暴激烈的定音鼓，代表着不屈的抗争。

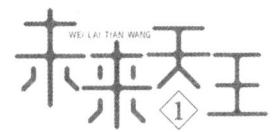

对比第一乐章时这些树人的样子,就能发现他们身上的不同。从外形到气势,都发生了巨大的变化。这才是真正的适应战场、适应这个时期的状态。他们选择变成曾经自己最不愿意成为的样子,来反抗这残酷荒诞的命运。

就如延洲关注《百年灭世》系列的人们所料的一样,第三乐章,主题是斗争性质的。

带着进行曲性质的铜管、木管的变奏,狂暴的节奏交替,如双方的对峙与厮杀,紧张而激烈,毫不弱于前两个乐章的气势。恢宏的影像带来的巨大视觉震撼,与乐声完美地结合在一起,这是直达心灵的冲击。

在这种偏蓝的暗沉的背景色之中,是蜕变之后的树群与残暴狂兽的激烈碰撞。

虽然只是虚拟的影像,却让人感受到了一种真实的、立体的感觉,体会到了一种穿越时间的沧桑感。蜕变之后的树人们,一开始的怯懦早已经在一次次的生死厮杀中磨掉。为了寻找一片安宁之地,他们愿意放手一搏!

从高山到草原,到盆地,到丘陵。然而,没有哪个地方是乐土,四处都是危机。

只是,在第三乐章里,已经没有了第二乐章的妥协与认命般的消沉。

从胆怯,到抗争,到对战争与死亡的习惯和麻木。这个过程中有人离去,也有新的伙伴加入。直至,他们终于找到了一个相对安宁的地方——极地。

极地寒冷,白雪覆盖,很多病毒和病变生物并不能适应这里的气候条件。所以,相对而言,这里算是这个生病的世界里,最后的净土。在这里,天空没有厚厚的红褐色烟尘;在这里,能看到白日的阳光,和夜间许久不见的星辰,以及如梦似幻的绚丽多彩的极光。

如喧嚣之后得到的暂时平静,乐声变得平和了一些,略显轻柔的竖笛与琴音的交织,令听者们紧绷的精神也随之放松下来,这是一段对平和生活的描述。

在极地,树人群体得到了歇息的机会,不用担心随时会蹦出来的那些长着獠牙的狂兽,一些小树人也露出了轻松的笑。这里虽然冷,但是更安全,不是吗?

奔跑的小树人在满是白雪的地面上,有些僵硬地边笑边跑,快要滑倒时,被一只树枝虬结而成的有力臂膀捞起,放到高高的宽大的肩膀上。

画面和音律,温暖而令人陶醉,这样的背景之下,似乎就要展开一幅稳定安宁的景象。

不过,看着影像的人明白,极地这里,对应的应该是真实历史上灭世时期中的一段。在灭世时期中后段,有一次极地首脑会议,那时候全球还没有分为十二洲,只有各个战区,近百名来自各个战区的首脑和重要领导人汇聚极地,商讨全面战争。

这段暂时的平和不是结束,而是最后爆发的预示!

提琴拉奏变换,如狂风暴雨后幸存者们的沉思。这个地方,虽不是绝对安全,但相比起他们经过的地带,的确算得上安宁。可是,这个地方同样不适合他们生存。

最重要的是,他们已经不再满足于蜗居一处了!

那次极地首脑会议的几句话,在新世纪很多关于灭世时期历史的书里都有记载,没人知道分别是谁说的,但却被传了下来。

第14章 第三乐章《使命》

"我们这一代就能结束的事情,何必要留给下一代?既然已经走到这里,再拼一把又何妨?"

"我们这一代,都成了斗争的参与者、殉难者,但至少我们还经历过短暂的和平年代,而那些出生在末世的人,却从未见过平静的世界。他们在血与火中诞生,但他们不应只属于战争!"

历史书中对灭世时期的记载会有润色,但也不是胡乱瞎编。方召记得,确实有人说过类似的话,他自己可能也说过。凭什么,再不能生活在曾经留恋的故土?凭什么,要将世界让出去?我们已经很强了,不是吗?

影像中,一群树人站在冰雪覆盖的地面上,仰望天空。群星点缀之下变换的极地之光,仿佛一股燃烧的流动的火。打击乐层层递增的力度,似乎在强调某种坚定信念。

站在树群前方的那个身影,双眼中没有与狂兽厮杀时的戾气与疯狂,平静中带着些许留恋和怀恋,似乎在向一张老照片告别。空中的极光渐渐消失,天空开始亮了起来。

前方的身影不再留恋,转身离开,背后支撑着整个身体的那条脊椎处,已有许多龟裂痕迹,可能下一刻他就会因重伤而倒下。大概除了他自己,没人知道他承受的重量。

队伍中,很多树人也是相同的情况。但,只要不是伤重到无法行走奔跑,都加入了离开的队伍。树群中间,一些正在陪小树人玩的身影看到离开的队伍,将小树人从身上提下,小心放在地上,然后转身离开。

一个树人用手指轻轻抵住小树人的额头,阻止对方想要继续跟上的行为,随后起身离开,与同样往外走的另一个树人用力对了对拳,无言一笑。不再回头,因为回头可能就没勇气离开了。

留在原地的小树人疑惑地看着离开的那些身影,似乎不明白。他们不是已经安全了吗?只要在这里,不出去就行了,外面那么危险,为什么大家还是要往外走?

往外走的身影越来越多,纷纷加入离开的队伍,只留那些无法战斗的老弱树人在寒冷的极地之中。极地虽然冷,却是这个时候,最安全的地方。

带着战斗预示的管弦组合,搭配着特定的电子乐器,再次营造出了一种紧张的氛围,用来契合那种混乱而非理性的命运。在那个谁也不希望经历的年代,必须做出残酷的抉择。

从高空往下看,密密麻麻的身影组成一片不见尽头的蠕动的棕灰,在白色雪地背景下,往与极地相反的方向推进。

激越的号声响起,随着定音鼓的强悍加入,乐曲的音响强度也在快速增长。在低音提琴和管乐器低沉而有力的推动下,在紧凑的向上四度的号角声中,合唱伴着乐声层层推进,如影像中朝极地之外行走的队伍。大量扩编后的铜管组,表现出这支队伍内敛的疯狂与决绝的气势!

这支队伍,蕴藏着无限的力量与希望,仿佛要开凿出一条更高更远的轨道。

合唱声渐渐加强,画面快速越过极地,越过高山丘陵。

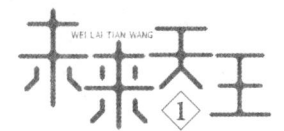

耳边仿佛有一阵呼啦啦的如冬日凛冽的寒风吹过的声音，影像中一个棕灰的身影用力踏地，一蹿一冲，如闪电般来到一只狂兽面前。树枝虬结而成的强壮手臂，仿佛一把磨得锋利的大斧，带着豁出去的肆无忌惮的凶暴之气，对着狂兽的胸骨、喉骨击去。

耳边具有倾向性的三连音，猛烈如这爆发力极强的一击，相继向耳膜袭来。

没有了顾忌之后，那些棕灰的身影动起手来也越发肆无忌惮和疯狂，断裂的树枝，四散的木屑，与狂兽飙飞的血液混合在一起。

阵阵猛烈的风，从那些拼杀在一起的棕灰与红褐的身影之中吹过，带起地面无数掺杂着木屑、毛发与血迹的碎泥，令人隔着影像都似乎能闻到空气中那新鲜而又浓郁的血腥味和木屑味。

持续的定音鼓的咆哮、狂暴的不协和音响、不规则重音的运用、繁复的音乐配器，融合了古典交响乐、新世纪音乐、圣乐唱诗、挽歌、军乐进行曲、电子乐等多种风格，气势如沉眠亿万年的火山骤然喷发，声波似乎要高高掀起一场能淹没世界的海浪！

影像中画面的主题颜色，已经渐渐从压抑的蓝，转为明耀的黄，像是太阳穿透云层的颜色，更像是燃烧的火焰的颜色，整体画面的亮度，比乐章开始前要强两倍！而且亮度还在继续增加！

树什么时候能发出明亮的光？

燃烧的时候。

影像就在这场荡气回肠的交响声中落幕。

MV主角：极光

种属：龙象天罗

歌曲名：《百年灭世》第三乐章——《使命》

制作人：方召

制作团队：极光项目组，成员方召、祖文、宋秒、庞普颂、曾晁、万悦、罗德尼、付应天、斯特拉、章禹等

出品公司：银翼传媒

……

方召关掉所有的影像音响设备，拉开窗帘。没有去看网上的评价，没有去关注下载量，而是起身站在五十楼的大落地窗前，看着窗外。

他想起了曾经几位老朋友的对话。

"什么是使命？"

"鬼知道呢，只是战着战着，突然就觉得，应该这么做罢了。"

没有经历过，没谁知道自己会变成什么样。可能会变成自己厌恶的样子，也可能会变成自己崇拜的样子。

在那个持续百年的与天地、与命运抗争的时期里，一开始是为了活命，但到了后来，

- 164 -

第14章 第三乐章《使命》

因为各种各样的原因，明知道自己可能看不到那个期待中的盛世，很多人还是会自愿参与那场用生命燃烧的战争。人，才是那个黑暗时期，真正的奇迹！

方召自己，参与过极地首脑会议，但最终死于全面战争后期的一场战役中，死于第三乐章末尾描述的时期，死于灭世纪的齐安战区，即新世纪十二大洲之一延洲的中心，齐安市。

"再见，老朋友们。"

与此同时，与延洲有三个小时时差的雷洲。

延洲的早上八点，相当于雷洲的中午十一点。

今天是新一年的第一天，也是雷洲娱乐圈万众期待的双话题影片之战开战日。

无线电公司说了，他们的影片《战神》会在一月一日的十一点整上映。这让很多人感到好奇，他们很少见到这种在中午上映的情况，还有人猜测，这是不是一种变相的退让？不过，《狙击之王》为了配合，也将时间推后，放到中午十一点整上映。

萨罗的经纪人这几天一直忙着炒话题。他不看好《战神》，但为了回本，一直在同团队一起炒话题。将话题炒热了，看的人才多；看的人多了，他们才能回本。

眼看着时间到了十一点，他能做的也都做完了，能不能回本，只能听天由命。

第三乐章制作完成之后，银翼发给萨罗试听。

萨罗本人对乐曲非常满意，也对自己的英明决策非常得意。但毕竟是要作为《战神》这部电影某段情节的配乐，电影剧情与MV是不同的，需要考虑的因素很多。如果要求不高，也可以直接用，但这次萨罗自己也感受到了压力，所以他认真了不少，与银翼商谈，再支付一笔费用，请银翼那边的创作者对乐曲稍作改编，让它更好地融入电影当中。

无线电公司不是请不到好的编曲者，但萨罗觉得，乐曲的原创团队应该能改编得更好。银翼那边，改编当然是由方召亲自完成的，在看了段千吉给的一段《战神》的片段之后，对乐章进行了重新编曲。

在电影的宏大场面中，声音元素众多，不仅仅有乐曲的声音，还有电影本身的音效。若是乐曲与音效安排不当，就容易相互影响甚至掩盖，主次不分，影响观看效果。所以，方召在对第三乐章进行重新编曲的时候，将电影片段中的音效融入音乐，对乐曲的音色、音调、节奏等都做了调整，将音响音乐化、音乐音响化——这是用作配乐时最常用的处理方式，而加入的电子音乐也可以使电影中的音乐与音响声更自然地结合。

不过，相比起电影本身，用作配乐的这段乐曲，并没有引起无线电公司的多少注意。萨罗只是觉得这段乐曲很适合自己拉风的出场方式；而萨罗的经纪人更不会在意配乐，在他看来，这只是一段配乐而已，听着是不错，但不足以影响大局。

在接近十一点的时候，无线电公司的人就都盯着数据，看看到首映时到底有多少人购票。如今因为科技发展，影像设备改进，实体影院数量也大幅缩减，每个城市虽然都

有标志性的那几个用作商业活动的影院,但大部分人看电影都是直接在网络平台观看。实体影院,已经逐渐被网络观影平台取代。

雷洲各市,很多人都已经准备好观影设备等待着。当然,他们大多都只是奔着萨罗这位雷纳家有名的纨绔大少响亮的名头来的,有些则纯粹只是为了观看后写评价,作为"试毒"先锋。

萨罗自己就是在家观看的,还特意约了几个相熟的狐朋狗友,在配置豪华的观影室观看首映。"开始了开始了!哈哈,让你们看看爷是怎么拯救世界的!"

萨罗没有去看网络上的销售量,他虽然纨绔,但不蠢,也知道自己公司制作的这部影片论质量绝对比不上《狙击之王》,不过,他已经"抗争"过了,没有退让,目的已经达到。至于《战神》的评价和最终票房能否回本,都被看作次要的事情。

为什么都不看好《战神》?因为,只看预告片、宣传片,就能猜到剧情。反正说来说去总是英雄救美顺带拯救世界的那个老套路,充分延续了萨罗投资的前七部电影的风格。正如网上的人评价的那样,萨罗投资的这几部电影,看一部就行了,其他几部都是换汤不换药,新瓶装旧酒。

《战神》的剧情很简单,男主角是军队的优秀战士,女主角是记者;在某大城市遭遇怪兽袭击时,女主角前往灾区进行报道,危机时刻,男主角带队拯救,最后打败怪兽抱得美人归,欢喜大结局。

看片不能太认真,一认真就会发现很多逻辑上的不通。不过,比起前七部电影,萨罗投资的这第八部,或许是因为他自己也参演,里面的各个演员,包括每一个群演,都演得很认真,尤其是萨罗要捧的那位演女主角的女演员,都挑不出大错。就连萨罗自己,不说演得绝对好,至少不是前七部客串时辣眼睛的浮夸演技。在这方面,的确是一大进步。

不过,有些眼光毒辣的观众,一眼就能从看似相同的身影中分辨出萨罗和替身来。这里用替身了,这里也用了,这里也是……哦,好像除了露脸的部分,其他地方,包括很多时候的侧影、背影,都是替身加后期处理完成的。差评!不敬业!又是一大批判点!

剧情过半,片中被怪兽攻击的灾区,翻滚的硝烟如黑云压境,聚拢的人群在此之下都显得极为渺小;炸裂的火光溅在身上,仿佛要烙入骨髓;四散的烟尘带着火星,似乎一呼吸就会将其吸入肺里,五脏六腑都会被烫熟一般。全息之下一切都如此真实!

此时,看到这一幕的观影群众,心中蹦出两个字——烂片!

强大的特效配上俗套的剧情,老套商业片的标配,只要窥到一角,就知道片子如何了。而在影视泛滥的新世纪,这样毫无新意、逻辑不通的老套商业片也被公众归入"烂片"之列。

不少人看到这一幕时,心中了然。果然不出他们所料,每一段剧情,都与他们预料的差不多。很好,接下来,应该是萨罗大少演的男主角带队前来救美顺带拯救世界了,这是全片的高潮部分,也是很多人忍着困意一直等着的。他们完全将这部影片当笑话看,

第14章 第三乐章《使命》

现在，终于要看到笑点了。

萨罗投资的影片，狗血，毫无逻辑，但至少场面足够大气震撼，因为有这点就还是能勉强忍受的。

"快了快了！待会儿让你们看看本少是怎么拉风出场的！"萨罗躺在沙发上，兴奋地晃动着脚丫，提醒其他几人注意看接下来的剧情。

与此同时，萨罗住的屋子外，一艘飞行器缓缓降落。这一带都是独栋住宅，带大花园和有供飞车、飞行器等降落的降落点。

萨罗的管家看到降落的飞行器时，手中本准备端去观影室的食物和酒都顾不上了，就近搁在桌子上，然后叫上屋子内的其他佣人，快步出门迎接，也没有凑拢过去，只是恭敬地等在一旁迎接，发型被吹乱也没抬手拨一下，仿佛机器人一般站在那里等待。

当气流平息，舱门打开，管家和一众佣人腰弯得更低了，垂着头不敢抬眼看，余光只能看到几名警卫队员的靴子。

一个满头白发的老者，从飞行器里面走出。旁边的随行保健医生想要搀扶，被抬手阻止。老者看着面前的屋子，脸上带着淡淡的看似平易近人的笑意，感慨道："好像有十年没来过了。"说完扭头问恭敬地等在一旁的管家，"萨罗小家伙在家吗？"

"小少爷在家，此时正同他的七位朋友在观影室看电影。"管家恭敬回答道，音量恰到好处，不会显得吵闹、刺耳，也不会小到听不清。只是声音中带着些许颤抖，因为紧张。

"在就好。"老者抬脚往前走。

管家大步过去，将门打开，待老者进屋之后，才稍稍抬起头，有些担忧的眼神看向屋内。他不是担心萨罗被骂，而是担心萨罗将这位老者气着。这位可是如今雷纳家地位最高的人，如今的雷洲洲长在他面前，也得恭恭敬敬挨训，谁让这位是洲长他亲爹呢？

按辈分，萨罗得叫这人一声太爷爷。

作为如今整个雷纳家辈分最高的人，老爷子虽然已经退位了，但只是不再担任任何职务，将官的荣誉称号和待遇还是保留的，人们见到他还是会带着敬意地称一声"雷纳老将军"。

人老了，身体行动能力大大降低，最近雷纳老将军每天闲下来之后就容易多想，想儿女子孙，想已故的老伴儿，想曾经的那些老战友。

这并不是个好现象，这个年纪想多了未必是好事。一直待在屋子里容易想更多，所以保健医生建议他老人家出去走走，散散心。至于去哪里，雷纳老将军将家里人想了一圈，决定来看看这位给家里惹了不少麻烦的重孙。

雷纳家其他人在他面前提起萨罗的时候，都只说这个小家伙"很活泼"。这话委婉了，真实是什么样，他也有过了解。不过，让他还算满意的是，那个小重孙，虽然纨绔了点，爱惹事了点，但好在没干过什么伤天害理的事情，他也就睁一只眼闭一只眼，当作自己

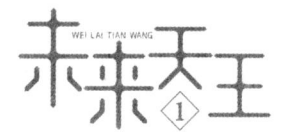

什么都不知道。前阵子一时兴起上了会儿网，雷纳老将军就发现有不少新闻提到萨罗，正好今天决定出去走动走动，就过来萨罗这边。

随行保健医生有些担忧，只希望萨罗别将老爷子气到才好。原本他只打算从专属医护团队中挑五人带上，想了想，又多挑了两人，这样保险一点。老爷子也真是，看谁不好，跑这儿来看这个恨不得每天都搞点大新闻的萨罗。

管家指了地方之后，老爷子拒绝了他将萨罗叫出来迎接，而是自己走过去看看，他这位最爱惹事的小重孙，平日里到底在干些什么？他想知道这些小辈真实的一面。

观影室没有锁门，大概是谁刚才去了一趟洗手间，后门也没有完全关拢，观影室里面男男女女起哄的声音和影片的音效音响声混成一片，从门缝那里传出来。

跟在后面的管家一直垂着头，交握在身前的双手攥紧，额角大滴大滴的汗滑落。心中不停祈祷：小少爷，千万千万管住嘴，别说些什么大逆不道的话，就算只是吹牛，也要有度，最好不要现在吹啊！

老爷子并没有走进去，而是就站在门外，一手握着手杖，另一只手叠放在上面，即便身形因为年纪而略显佝偻，但站在那里给人的感觉，就像一块稳稳地生在地上的巨石，风吹不倒。随行保健医生一直注意着老爷子的表情，这帮纨绔平日里什么模样他清楚得很，所以现在才担心会将老爷子气出个好歹来。

十几号人站在观影室外，没发出一点声音，整栋屋子都处于一种紧绷状态，负责清扫的佣人们战战兢兢，每个动作都小心翼翼。因此，观影室里的动静，外面听得非常清楚。

里面，半点不知道的萨罗正在跟人吹自己演戏时的感受。

"不是我吹，我当时演的时候就觉得颇有我太爷爷当年的风范！怎么样？是不是很像？就那气势，一般人就演不了！"萨罗还在里面吹，其他几人也跟着应和，不过心中却在想，刚才纵身跃上飞行器的那一幕，一看就是替身啊！

电影中，大批军队前往灾区。萨罗投资的这些电影，别的可能没有逻辑可言，但在军火装备上面却是不愿马虎的，很多还都是用的真货。当然，真货只占一小部分，其他的都是电脑特效制作完成。若是真在电影中用那么多真货，就属于大规模军事行动了，而不是拍戏。

影片中，随着各种飞行器、战机、陆空军队的派出，宏大的场面下，定音鼓渐强，如沉闷的汽笛般仿佛要震动大地的号音骤然响起，让众多心不在焉的在线观看影片的人一震，慵懒的神经像是突然遭受了电击一般兴奋起来。

众多飞行器制造的各种杂音中，管弦乐制造出磅礴恢宏的氛围，进行曲性质的铜管、木管的变奏狂暴交替，正如影片中正邪双方的激烈厮杀。真实感极强的影像带来的视觉震撼效果，与乐声完美地结合在一起，这是直达心灵的冲击。"哈哈！怎么样，这支队伍是不是很有'战神'的气势？对，看，就这儿！我要出舱门了！"

观影室内的其他人立马坐直，认真看着影像上的画面。只见飞行器的舱门打开，舱

第14章 第三乐章《使命》

内装载的全副武装的士兵顺着绳索降落地面,这其中就有萨罗饰演的主角。从舱门口跳下之前给了个特写,告诉观众这人是主角,是萨罗演的,然后头盔上的护目镜就挡住了脸。

再然后?就没有然后了。萨罗大少就在出飞行器前露了个四十五度的侧脸,后面那些酷炫的从飞行器上顺着绳索滑下的动作,都是替身完成的。不过,观影室内其他人不管心里怎么吐槽,嘴上还是使劲地夸,恨不得将萨罗夸上天。

门外,随行的保健医生听到里面的吹捧脸皮直抽,不用看他能猜到是怎么回事。哦,对了,这小少爷演的那电影叫《战神》?再听听这话,啧,多大的脸,还战神?就电影里那种队伍能跟真正的"战神"部队相比?真"战神"在旁边呢。

跟在后面的管家头压得更低了,像是在研究地上是否有条能够让人钻进去避灾的缝。随行保健医生快速看了眼老爷子脸上的表情,笑是一点不剩了,但没看出生气的意思,倒像是想起了什么,注意力并不在里面那些小少爷身上。

老爷子的注意力的确不在萨罗他们身上,而是在传来的那些声音中。

他虽然老了,但不聋,不用看影像画面,仅凭声音,他也能从那众多的声音中,分辨出是何种型号的运输机、战机、轰炸机,搭载的是哪个型号的枪炮,发出声响的是哪种战车的装甲外壳,刚才爆炸的又是哪种榴弹。

虽然离开战场这么多年,但他一直关注着军队的事情,一直以为会忘记、会模糊的东西,在回忆起来的时候,竟然还如此清晰。

老爷子旁边,随行保健医生的那根天线开始发出强烈的警报。"将军?"保健医生发现老爷子不对劲了。握着手杖的手背上都泛出了青筋,苍老的脸微微颤抖着,仿佛在忍受什么巨大的痛苦。

"将军?您怎么了?"保健医生心中更焦急了。这把年纪了,最近精神状态又不好,这样的变化会引发怎么样的变故,他自己都不知道,也不敢想。

站在那里的雷纳老将军,没有出声,仿佛没听到保健医生的话般,依旧目无焦距地盯着空中某处,像是在认真听着什么,又像是在回想什么。眼眶发红湿润,在电影背景音高昂的和声响起的那一刻,他闭上了眼睛,泪珠竟然就这么从眼眶里滚了下来,而且还没有停下的意思,仿佛不受控制一般,整个身体都开始颤抖。

保健医生蒙了,自他从自己老爹手上接过这个职位,就没见老爷子情绪这么激烈过。

出大事了!"医护队!立刻过来!"跟过来的只有他这随行保健医生一人,专属医护队的其他人都留在飞行器里随时候命。医护队的人一接到命令,就立马冲进屋子里。

外面的动静太大,门又没完全关拢,观影室里的人不可能毫无察觉。萨罗心中有种不太好的预感,走过去将没合拢的门拉开,看到门前的一幕时,仿佛被一桶冒着寒气的冰水迎头浇下,双腿一软,就这么在观影室门口跪了下来。

萨罗脑子里只回响着一句话:完了,他把如今雷纳家辈分最高、最不能惹的一个人,气哭了。

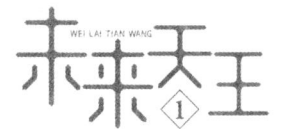

无线电公司总部,《战神》首映完毕,萨罗的经纪人和几位高管去看权威影视评分网站上的评分。

"五……五分?!"看到这个评价,几人同时深吸一口气,生怕自己看错了。看点评人数,已经有三百多人给出了评价;再看看那些评分人的ID,没错,其中有几个就是向来刚正不阿的专门点评电影的名家。

再看综合评分那里五颗明晃晃的星,挨个数一数,没错!五颗!整整五颗!简直不可思议,那种狗屎般的剧情竟然会得到这么高的分?!

5分,并非满分,满分是10分,5分只是一半分数。但点评给几颗星,是好是坏,那都是看片子的。比如《战神》这种在上映之前就被公众普遍认定为烂片的作品,它的理论分值应该在三颗星左右,这也是萨罗投资的前七部影片的平均分。5分虽远远比不上《狙击之王》此时的8.6分,但比起无线电出品的前七部来说,简直是不可思议的高分!

是的,在萨罗这边的团队看来,五颗星的确是高了。这是萨罗投资拍电影以来,得到的最高的专业人士评分!截图,拍照!这都是证据!萨罗经纪人生怕是系统出毛病而给高了分。不是他不信任点评系统,而是这个分数对他们来说,真的出乎意料的高!

不只是萨罗经纪人和无线电团队,网上没看首映的人,看到这个评价也觉得万分诧异。注册账号都是实名制,绑定个人终端,大规模水军不太可能,真要是水得太明显,是能申请核查的。所以,这么高的分到底怎么回事?

"我看错了?《战神》现在的总评分竟然有5分!这里面一定有什么见不得人的交易!"

"已经5.1分了,还在涨!"

"首映'试毒'的人,你们感觉如何?谁出来说句实话!"

"我是刚看完首映的,感想怎么说呢,爽雷爽雷的。剧情狗血雷人,但很爽,尤其是后面开战的时候,那场面,很震撼人,我给了五星半。"

"其实萨罗大少每部片子的场面都足够,不过这次格外令人印象深刻,我觉得,应该是配乐的关系吧,我给了五星。本来只打算给三星的,不过想到那段配乐,又加了两星。"

出来发声的人当中,也有专业点评人士,还是雷洲比较有名的。

"我给五星半。剧情一颗星,这个不用我多说,看过的大家都懂。制作两星半,比起前七部确实有进步,尤其是演员的演技方面,不算很好,但还算认真,前七部我都只给了两星,这次,看在它有进步的份上,我愿意多给半星。如果是按照以前的评分标准,我可能就只给三星半了,同萨罗的前几部相近;让我额外追加两星的,是里面的一段配乐。相信各位同行多给两星,也是这个原因。"

另一位专业点评人也出来发声:"的确。电影配乐是一部电影的灵魂不可缺少的组成部分,没有音乐的电影就像一个只剩空壳的躯体。音乐具有推动叙事、渲染情感以及增强形式感等功能,好的配乐能够给影片起到增色的作用,这点大家可以看看以前那些经典的获奖影片,其中不少人物、剧情,可能大家都已印象模糊,但里面的音乐却还记得,

第14章 第三乐章《使命》

甚至有部分成为经久流传的绝唱。而《战神》三分之二处掀起高潮的那段配乐，的确惊艳。我在大学时辅修的是影视配乐，从专业的角度看，我找不到什么瑕疵。那段配乐将战争之下的喜与悲、血腥与荣誉、恢宏与杀戮都表现了出来。只是，不知道那段配乐是哪位大师所作，知道内情的同行可以私下里透露点儿，在线等。"

因为区域屏障，以及雷洲娱乐圈对外来音乐的限制，雷洲大多数人对《百年灭世》系列并不了解。就算第二乐章发布时闹出过大动静，但新闻都被修饰过了，所以有些人甚至都没听说过极光这个虚拟偶像。

而《战神》首映的时间，也是延洲那边第三乐章发布的时间，虽然有少数人关注延洲那边极光第三乐章的发布，但听歌的人没去看电影，看电影的人也没能去听歌。所以，一时间，还真没人将这段配乐的出处和创作者说出来。

不过，也有人觉得，这种应该也是专为影视创作的版权音乐，不可能出现在其他地方，要听就只能去看《战神》的电影了。还真有一些对配乐感兴趣的人去二刷《战神》，也有不少原本没有兴趣的人在看到网上的评价之后，选择去观看《战神》。

于是，在第二轮播放的时候，萨罗的经纪人和团队就发现，这第二轮的观看人数，竟然比首映时的人数还要多！这是前七部没有过的事情！喜事！大喜事啊！

萨罗的经纪人想跟萨罗说一说这个喜讯，谁知，怎么都联系不上萨罗。联系不上萨罗，那就联系跟萨罗混一起的那些人，结果一个都联系不上。莫非，出了什么意外？

萨罗经纪人一瞬间脑补了绑架、勒索、撕票等各种情况，差点要报警，没想到是雷纳家的人。他联系了萨罗的一位叔叔后被告知，萨罗和其他几人都在家，让他不用担心，再多的就不愿说了。

萨罗经纪人却从中嗅出了一些不寻常的味道。莫非，真出事了？

与此同时，萨罗的住处。与萨罗交好的几个年轻人都安静地待在观影室，他们被搜走手上所有的通信设备，也不能离开这个观影室，上个厕所都有人跟着。他们不敢硬闯，别说拦住他们的是堂堂雷纳家的人，只看看守在门口的那两个拿枪的警卫，他们就不敢吱声，那可是真枪实弹。这些警卫也不会因为他们是谁谁家的孩子就给予优待，投来的只有冰冷的目光，让他们恐惧得想哭，却又不敢发出声音。

他们不知道发生了什么，当时也没人敢出去，只是见到萨罗开门之后就跪在门口，没一点平时张狂的样子。他们想要往外看时，立刻就被警卫用枪口顶回来了。心思灵活一点的人，心中已经有了猜想。

能随身带着这种警卫队的人，雷纳家确实有好几个；但能将萨罗吓成那样，让整栋屋子的人神经都紧绷起来的，最有可能的就是雷纳家那位已经不怎么出现在人前的雷纳老将军。

那位老将军怎么会过来这边？看萨罗？但依如今的形势，再看看拿枪守在门口的警

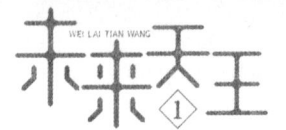

卫，他想到了一个可能——雷纳老将军的身体突然出问题了！

这个级别的人物，身体的状况关乎局势，雷纳家的人在做好准备之前，不会让消息透露出去，所以才会没收他们的通信设备，不管他们有没有看到什么，都先将他们限制在这里。

只是，雷纳老将军身体怎么会突然出问题？看萨罗刚才跪在那里的样子，莫非，萨罗将老将军气病了？想到这个可能，那人身体一个哆嗦，只能为萨罗点一根蜡烛。如果萨罗将那位老将军气出个好歹，就算是一直宠爱小孙子的洲长，也不会放过萨罗。

此时的萨罗的确不太好，他依旧跪着，不过是跪在另一间房的门口。他不知道里面究竟怎样了，但想到太爷爷刚才的情况，可能……不妙。

已经有五位雷纳家的人进入屋内，都是萨罗的叔叔、伯伯、姑姑们，爷爷奶奶辈的人身居要职，没法立刻扔下手里的事情赶过来。

萨罗他爹也赶过来了，在确定老爷子无生命危险之后，就将萨罗狠揍了一顿。

放在往日，萨罗他爹要是这么揍他，其他人怎么也会劝一劝，不过这次没人出声，萨罗他妈只是坐在一旁干着急，张嘴好几次都被阻止了。他们不知道这次事情的缘由，但联系萨罗往日做的那些事，便有猜想了，老爷子情绪激动肯定就是因为萨罗，肯定是萨罗的错！

萨罗顶着一张青肿的脸，跪在地上一抽一抽地哭，却不敢发出声音，平日里的嚣张模样早已一点不剩。他是纨绔，但他不是没良心，他也不愿意见到这样的情形。他甚至不知道为什么太爷爷会气成这样，难道是因为自己在观影室说的那些话？他要是知道外面站着老爷子，打死他都不敢啊！

正哭着，房门开了，萨罗他爹寒着一张脸："老爷子有话问你。"

萨罗吸了吸鼻子，扶着门框打算起身，想了想，又跪了回去，跪着一点点挪进屋。

老爷子背对着门，所以萨罗也看不到老爷子现在的神情，只是在几位长辈极具威压的目光下，心肝一阵发颤。

"太，太爷爷……"萨罗小声道。本已经做好挨训的准备，萨罗突然听到一句问话。

"那首乐曲，叫什么？"老爷子问。

"啊？"萨罗一脸迷糊。屋内其他几人也惊疑地看过来。

"啊什么啊！赶紧说！"萨罗他爹看到自己蠢儿子这副模样就来气，拳头捏得咯咯响，恨不得立马揍下来。

"哦！"萨罗缩了缩脖子，赶紧回想。那个时候，应该是正放着他演的那段，配乐叫什么来着，叫……

"使，使命。那段配乐，叫《使命》。"萨罗道。

"使命。"老爷子念着这两个字，像是轻叹，双眼看着空中某处，没有焦点。

第15章 CHAPTER 15
兵役名额

很多人在听到第三乐章的时候，觉得这个乐章很酷，听起来很爽，就如萨罗第一次听到的时候那样，觉得够大气，足以撑起场面，符合他的身份；但在雷纳老将军听来，激昂之下，是悲壮。曾有人说过：音乐只是提供氛围，每一个听者，听的其实都是自己的故事。这话放在雷纳老将军身上正合适。不管这个乐章的创作者在创作它时想的是什么，雷纳老将军听到的时候，想到了自己曾经的经历。

曾经，雷纳老将军还年轻的时候，也参加了不少战役，不过那些战役并不为人所知，因为战场在异星。百年灭世已经让这个星球上的资源耗费了不少，新世纪的发展需要大量资源和能源，若是再从这颗星球上掏，这颗星球只能走向枯竭，甚至迎来真正的灭世。因为人类世界的发展速度远远快过星球的"自愈"速度，所以，他们需要往外探索，寻找更多的资源和能源。

没有正邪，只有立场。有些事，总得有人去做。新世纪发展成如今的辉煌模样，背后的代价也是惨重的，只是很少有人知道而已。多少人丧命于无限太空，丧命于异星战场，尸骨无存。

他最近总会回想起曾经一同远赴异星的战友们，他们如果没死，活到今天，地位也不会比他低。在听到影片中的那些熟悉的枪炮声响，那些熟悉的机械声音时，大脑就已经不由自主地开始回忆起那些片段。而乐曲，则引导他的思维，寻找到某一个他一直不愿回想起来的惨烈场景。

人们总爱歌颂英雄，影视中也不缺那些闪耀的仿佛超人一般的英雄。但是，他很少去看那些，因为他知道，不管屏幕上那些被赋予神力、英勇善战的英雄如何表现，现实中的那些英雄还是会伤、会死。

他看过太多的关于英雄的书籍、影视作品，听过太多歌颂英雄的乐曲，但这些作品大部分都存在问题：讲战争却不敢正视战争的残酷与非理性状态，不去探究战争内涵；讲人却不对人的命运、灵魂和价值进行哲学思考。不去讲述战争中生命力的高扬、辉煌

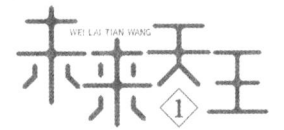

与毁灭的壮丽过程，将英雄过于夸大，与凡人割离开来。

不管是现实中的军人，还是影视作品里的那些英雄，都是整个人类的一部分。否定、排斥光芒背后的另一面，忽略每一次胜利后那些失去亲人的悲伤面孔，在他老人家看来，这些作品都称不上真正的艺术。当然，也或许是他人老了，跟不上时代的欣赏取向，年轻人们，或许更喜欢那种无忧无虑的美好。

大概只有上过战场的人才会知道，那种激昂的旋律之下，燃烧掉的生命有多伟大。

深呼吸，再次长叹一声，老爷子道："这段乐曲，你找得很好。"

跪在地上的萨罗使劲睁着肿起的眼睛，差点要怀疑自己的听觉。老爷子这是在夸他？！萨罗诧异于老爷子竟然对一首配乐感兴趣。他这时候也反应过来，老爷子之所以情绪这么激动，可能是因为听到了那段配乐。这么说来……不是他将老爷子气哭的，而是老爷子自己听歌听哭的？他白挨揍了？！跪在地上的萨罗看向他爹。

"咳。"对上萨罗那张被揍得已经看不出原本样貌的脸，萨罗他爹轻咳一声，扭头看房间墙壁。房间里其他几位长辈也有种尴尬的感觉，他们哪会想到老爷子听一首歌能听成这样？他们之前也差点动手揍萨罗，还好听到老爷子无性命之忧时控制住了，要不然真揍了，现在更尴尬。

"《使命》的创作者，是谁？"老爷子问道。

"我不知道啊。"萨罗感受到在他回答之后，周围几位长辈的视线快将他戳出几个大洞，只能硬着头皮接着道，"真，真不知道……创作者是延洲那边的人，延洲银翼传媒公司的，他们没告诉我创作者。不过，那位创作者在《使命》之前还有两个乐章，太爷爷我给你找来听……嘶——"说到后面，萨罗使劲"嘶"了一声。

萨罗他爹动了动手指，这小子尾巴一翘他就知道要拉什么屎！

果然，在听到萨罗"嘶"了一声后，老爷子转过椅子，看到被揍得鼻青脸肿的萨罗，诧异地问："你这是怎么了？快起来，跪地上干什么。"他之前太沉浸于回忆无法自拔，没注意周围的动静，现在才回过神来。萨罗踉跄地起身，揉着膝盖："我爹打的，可疼了。"

雷纳老将军到这把年纪，又有什么猜不到的，只是笑了笑："该打！你不是还说你有战神之风吗？差得远了！"他老人家什么眼力，当然能看出来，萨罗被打得也只是看起来惨一点，没伤到骨头和内里，都是皮外伤。教训一下也好，省得这皮小子总在外惹事。

萨罗讨好地笑了笑，这种带着些撒娇和讨好意味的行为，最讨老一辈人喜欢，当初堂堂雷洲洲长就是这么被拉得偏心的。萨罗他爹看得想翻白眼，臭小子不学些好的，就学这些歪门邪道！不过萨罗讨好老一辈人，也是很有分寸的，不能显得过于谄媚，太过了容易引人厌恶。所以他很快就收敛了："太爷爷，您要听吗？我去将另外两首和《使命》的完整版拿过来。"说着萨罗看向老爷子旁边的随行保健医生。他可不想老爷子又听得失态，真出了事，后悔都来不及。

"无碍。"保健医生笑着道。人嘛，憋久了大哭一场也好，将心中那些徘徊不去的抑

第15章 兵役名额

郁都发泄掉，是好事。老爷子平日里总爱硬撑着，不好的事情都憋心里，这么多年下来，心理上承受的压力不小，哭一下也算是一种精神上的放松。不过这次他还真吓出一身冷汗，任谁看到之前老爷子哭成那样都没法冷静。

得到允许的萨罗顶着一张被揍成猪头的脸，撒着欢跑出去。萨罗他妈看了还以为这孩子被揍得精神失常了。"活泼点也好。"老爷子在萨罗出去之后，笑着道。这话是说给房间内的几人听的，也是说给萨罗他爹听的。萨罗他爹能说啥？只能扯出个笑应声呗。那小子已经被养成这样了，还能指望他改多少？只要不做伤天害理的事，他们也就不严管了。

很快，萨罗将完整的《天罚》《破茧》和银翼传给他的原版《使命》都拿到了老爷子面前。

"配合MV看更好，我给您调设备。"萨罗说是自己调，其实是指挥警卫员和佣人们去干。

三个乐章的MV放完，老爷子虽然看着没之前那么激动，但眼眶又红了："很优秀的艺术作品！"屋内几人对老爷子给出如此高的评价有些惊讶，萨罗他爹憋出一句："怎么就不是我们雷洲的呢？"

"不管是哪一洲的人，能创作出这种音乐，都值得敬佩。"老爷子道。正因为音乐承载、升华了感情内涵，使得它能超越政治，甚至超越时代。

歌也听完了MV也看完了，萨罗被他爹赶出来，然后房门一关，里面的人商谈要事去了。

萨罗出来之后，都没顾得上去看看他那几位在警卫员的冷眼下瑟瑟发抖的小伙伴，而是立刻联系他的经纪人。

接到萨罗的电话，经纪人说了《战神》评价"高分"的喜讯，还没开口询问发生了什么事情，为何之前联系不到人，就听萨罗急促道："我现在不想知道那些！联系银翼，不管花多少钱，给我将《使命》那个乐章的版权买下来！记住，我要全部版权！"

萨罗的经纪人被这话惊得一愣。虽然那个配乐确实不错，也能给影片加分，但不至于再花大价钱买吧？他想问问雷纳家到底发生什么事了，但萨罗已经切断通话，只能放弃。

而就在萨罗的经纪人跟银翼商量购买版权事宜的时候，银翼总部，段千吉也接到了一个电话。"老婆！"通信器里传来一个粗犷的声音。段千吉一听就想切断通话。因为她家这位每次用这种语气叫她，一定是有什么让她为难的请求。

"你们公司新出的《使命》那个乐章，千万给我留着！别卖出去了！"

"怎么，你不是对音乐没兴趣的吗？"段千吉问。

"哎呀，那是其他的，这个系列我挺喜欢的，尤其是这第三乐章，一定给我留着。我们延洲军区正打算扩招，还拍了个宣传片，我要用它当宣传片的主题曲！"

用作招兵宣传的主题曲，要有气势，不能矫情，还得有内涵。当然，段千吉的丈夫洪镂少将是个音乐白痴，他是听不出内涵的，但军区有人听得出来啊，他们看上了，一看是银翼出品的，就找洪镂讨要。好东西当然得给自己人留着，虽然得损失不少商业上的利益，但既然洪镂都特意过来讨要，段千吉还是选择将第三乐章留在本洲。

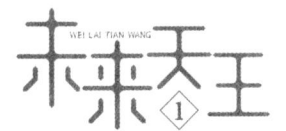

能让洲军区那边的人注意到，还用作宣传片的主题曲，可见这个系列的接受程度还是很高的。或许寻常民众并没有多么喜欢，但军队那边喜欢，也是一件好事。银翼这边每年拍戏都得向军队借一部分装备和场地，这次难得军队那边的人向她要东西，当个人情也不错，这样下次他们再向军队借东西也不会被说闲话。

断开通话，段千吉问助理："火烈鸟那边有什么动静？"

"皇洲那边已经开始网络投票了，延洲这边可能会等纪念日后再开始。"火烈鸟游戏代言人的网络投票，是皇洲的一家全球知名游戏媒体"升龙"发起的，与火烈鸟公司无关，但全球关注度很高。火烈鸟选择代言人，会以升龙的网络投票结果为参考，从票数高的人选中选出满意的作为游戏在该洲的代言人。大多数时候，选择的都是得票数最高的偶像。

既然是皇洲媒体发起的投票，自然是皇洲最先开始，其他各洲根据计算机的随机排序，依次开展。依照以往的规矩，升龙那边会在三个月之内将十二个洲的投票活动办完，火烈鸟则会在五月之前敲定所有洲的虚拟偶像代言人。

按照安排，一个月要完成四个洲的投票，而延洲这次排序第六，得排到二月中上旬。"通知方召，尽量在创世纪纪念日之前，将最后一个乐章完成，二月八日上传。"段千吉吩咐道。

每年的一月二十八日，被称为创世纪纪念日。五百多年前的那天，灭世时期正式结束，新世纪开启，后来每年的这一天就成了全球欢庆的日子，也是全球十二洲每年最重要的节日。依照全球惯例，会有七天以上的假期，具体多少，就得看各洲各家公司自己的规定了。银翼规定的是七天假期。不过，混娱乐圈的人，假期也未必真能逍遥，可能会奔赴各市参加各种庆典活动，毕竟最忙的时候也是最捞钱的时候，要他们休息也不会愿意。而在这个节日能得到休息的明星，要么是身体原因不便出行，要么就是已经过气，没人请。

段千吉原本打算让方召带着极光团队参加一些活动积累人气，但考虑到第四乐章的制作，还是放弃了。现在最重要的，就是集中精力将第四乐章完美地完成。庆典都是次要的，在创世纪纪念日之后，还有更重要的代言要去争夺，那才是整个银翼重视的。

延洲音乐协会的明苍副会长那边，段千吉也已经同他说过了。

在第三乐章发布之后，明苍就在延洲最大的社交平台上表达了自己的激动心情。因为他儿子明叶的原因，他不可能不掺杂一点私人情感，所以不会在延洲音乐协会的官网发表对这个乐章的看法，而是以个人名义单独评价。

明苍依旧很激动，不过比起评价第二乐章时，看上去精神好了很多，面色红润不少，一直因为儿子病情而略带颓丧的表情也不见了，笑得很开心。

"明叶的病情已经开始好转，医疗团队会继续跟进。主治医生说，这个系列的乐曲的确对赫尔病毒的治疗有效，不过，一整个系列，四个乐章，才是一个完整的疗程，大概只有等这个疗程真正结束之后，治疗才会有突破性的进展。我会等待第四乐章的出现，感谢极光，感谢极光背后的团队……"

那天看过明苍在网络上发表的评价，段千吉的担忧也没了。延洲一些医院已经将《百

第15章 兵役名额

年灭世》这个系列的乐章，称为"赫尔病治疗曲"，从商业价值上看，如果研究的最终结果表明乐曲对治疗真的有效，这个系列的乐章的确前途无量。

"跟方召说，最重要的是保证质量，三个乐章都已经完成，第四乐章会轻松不少。只要质量在那里，一切都好办。他只要专心将这个系列的乐章完成，其他宣传运营方面的事情，不用他担心。"段千吉吩咐助理。

"那……雷洲那边的怎么回复？"助理问。

"告诉他们，第三乐章在平台之外的版权，已经有人定了。"

雷洲那边，接到银翼回复的经纪人将这个消息告诉萨罗。

"啥？！已经有人定了？加钱也不卖？"萨罗很生气。

经纪人使劲点头。一千万买配乐，他可以看作是这位大少任性，玩一把而已；但要再加钱，他不会加太多。萨罗之前说的是"不管用多少钱"都要买下乐曲的全部版权，但他身为帮大少管账的人，绝对不会用超过五千万的价钱去买一个乐章！在他看来，这是绝对不划算以及不理智的行为。所以，在得到银翼那边的回复时，他就放心了。

"银翼那边真不卖。"经纪人强调。

"那就将创作者挖过来！"

"挖不了，银翼瞒得太好，延洲那边的人都不知道真正的创作者是谁。"经纪人感到为难。挖人比买歌难度更大，银翼的人又不傻，看他们现在将原创者护得这么严实就知道态度了。商人逐利，凡事都是为了更大的利益，银翼那边肯定会有其他打算。不过那是音乐界的事情，他们拍电影属于玩票性质，更何况又不在同一个洲，也不会受到多少影响，最多下次拍电影还会再找银翼的人买音乐。

"那就等他暴露的时候再挖！不是说总共就四个乐章吗？已经出三个了，第四个也不远了。"想到什么，萨罗突然笑了，"肯定不会远了，银翼可是要让极光去争夺代言的！"

皇洲那边几位知名虚拟偶像的网络投票已经开始，而萨罗凭借雷纳家嫡系子孙、雷洲洲长最疼爱的孙子的身份，从升龙的人那里挖到了消息：延洲参与竞争的虚拟偶像中，银翼推出来的就是极光！

"再等等也无所谓。"萨罗躺在椅子上跷着腿，"《战神》评分多少了？"

"五点三分了。"

"《狙击之王》呢？"

"八点二分。"

"哈哈哈哈！"萨罗毫无顾忌地大笑起来。经纪人脸上也露出幸灾乐祸的笑。

为什么这么高兴？因为，《战神》的评分在升高，而《狙击之王》的评分却在降低，三天时间降了0.4分，对于这部口碑影片而言，这是很让人惊讶的降速。

网上有人评价说："不知道为什么，看《狙击之王》的时候，脑子里竟然想着《战神》里面决战的那段配乐。"

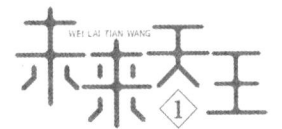

"其实《狙击之王》里面的配乐也不算差,但在看过《战神》之后,总觉得,就是欠缺了那么点儿。"就像刚吃了一道味道比较重的刺激味蕾的菜,再去吃一道精心烹制,但味道淡些的菜,总觉得有点变味。

很多人在网络上搜索《战神》配乐的信息,还让无线电将那首配乐出个单曲,但一直没等来无线电的回应。直到有人爆出,《战神》里面让人印象最深刻的那段配乐,其实是延洲那边一个虚拟偶像推出的系列乐曲中的一个乐章。

"竟然找的延洲的人?!"

"那虚拟偶像叫什么?配乐名字叫什么?我搜搜。"

"极光,延洲的极光,配乐出自《百年灭世》第三乐章《使命》。哦,对了,在延洲,《百年灭世》的三个乐章都是公开下载的,而且只要一块钱。"

"这种版权音乐延洲那边竟然能开放下载?!咱们雷洲这边是别想了。"

网络上羡慕延洲的人很多,这种版权音乐,一般都是专门订制,除了在广告、影视等上面见到,公众平台是找不到的,想听就得去看广告,看原视频,除非出品公司另出单曲发布。这时候有人想起了萨罗这位"人傻钱多"的大少:"让萨罗大少去买啊!配乐版权都买了,其他版权也一并买了吧,这样大家都能听了。"

萨罗看着那些评论心想:我也想买来着,可惜人家银翼那边不卖。

虽然有不少人对那段配乐感兴趣,但也不是谁都愿意为了这段配乐再去看《战神》。雷洲也一直没有《使命》的试听渠道,就算他们能够进入延洲那边的音乐平台,也只能试听前两个乐章,第三乐章是没法试听的。银翼设了限制,延洲之外的区域都无法试听。

就在雷洲的人以为不会再在电影之外听到《使命》的时候,一段视频在网络上传开,视频的名字叫"使命的召唤——震撼全球的延洲军队"。延洲军区选取了此前很少公开的三军训练和作战的画面,拍摄手法犀利,极具视觉冲击力,尤其是空军的部分,华丽且霸气,而配乐更如神来之笔,让人看完之后热血沸腾,恨不得立马上战场。

网络上的这段视频引发了热议,很多人将自己洲的军区宣传片拿出来对比,却发现,单看也还好,但与延洲那边的一比,总觉得弱了那么点儿。戎洲的网友更是惊得瓜子都掉了:"震撼全球?问过我们戎洲了吗?!"

全球十二洲分八大洲和特四洲,延洲属于八大洲之一,是普通居民较多的洲;而戎洲则是特四洲之一,拥有全球最大的军事训练基地,是联盟军方总部所在地。整个戎洲都进行军事化管理,生活在那里的多是军人的后代,而那里的学校,从小学到大学都是军校性质。所以戎洲是公认的军事力量最强洲。

也难怪延洲军方宣传片在网上疯传之后,戎洲的人不服。

"还使命的召唤?这就是个征兵宣传片!"

"直接点,打广告的方式直接点。"

"就延洲军区那小破烂地方,也敢称震撼全球?"

第15章 兵役名额

戎洲和延洲的网友吵起来了，其他洲的人在旁边看热闹。不过，各洲的人都知道，在网络上吵什么用都没有，你还能随意飞过去打一架？既然不能，那就换种方式约战。

"十月，世纪之战见！"

十月，全球著名游戏公司火烈鸟，会正式推出他们的新游戏《世纪之战》。

延洲军区对于网上的质疑和争论之声置若罔闻，网上娃娃们的小吵小闹他们没看在眼里，他们的目的就是要将自己军区的威武雄姿宣扬出去，然后让本洲更多的人参军，自觉服兵役，不要想方设法编造各种理由钻法律的空子逃避兵役。

不得不说，这一次延洲军区确实靠宣传片在网络上火了，狠狠刷了一把存在感，段千吉的丈夫洪镂在开会的时候还获得了表彰。配乐的功劳毋庸置疑，人靠衣装，视频也需要声音装饰。同样是宣传片，延洲军区的宣传片，论装备，论规模，都没法与戎洲相比；但其他洲的宣传片没火起来，而延洲的大火，就是因为配乐不同，人的观感也不同。

为什么那么多大制作的电影、游戏、广告愿意花大价钱去定制一首音乐？别以为他们吃亏，他们得到的回报比人们所想的要多得多。

延洲军区出了一把风头，而银翼也没有利益损失。延洲之外的其他洲，会有区域屏蔽，对商业型的音乐、影视等，都会进行严格的过滤筛选，甚至阻拦在洲外，不让它们对自己洲的娱乐圈造成威胁，影响到本洲的利益。但那仅仅是针对商业性的东西，洲军区宣传片这种非营利性质的视频，是没法阻拦也没谁敢阻拦的。

银翼也趁此机会进行全球宣传，带了一波节奏，否则其他洲的人哪会这么快就知道那部仅仅只有四分钟的宣传片的配乐，出自极光这个虚拟偶像的出道系列乐章？配乐将极光在本洲的人气推得更高，也让延洲之外更多的人搜索到极光和《百年灭世》系列的消息。宣传自己的同时，也帮媳妇儿打广告了，洪镂少将很高兴，这是一个双赢的局面。

就连雷洲那边上映的电影《战神》都获得了更多的话题和关注，作为一个合格的炒作团队，以萨罗的经纪人为首的无线电公司宣传团队抓住这个机会，再次为自己的电影造势。然后，他们将《狙击之王》的"最佳电影配乐"奖项给扯了，甚至让《狙击之王》的评分差点跌破8分。

在上映之前就有不少人说过，《狙击之王》是奔着好几个奖项去的，这一届雷洲最大的电影节上，《狙击之王》恐怕会斩获好几个大奖。然而，当《战神》和《狙击之王》同时上映之后，很多人就知道，恐怕《狙击之王》会丢掉"最佳电影配乐"这个奖项。

《战神》这部人们口中的"烂片"是没法获奖的，洲影视协会不会将奖项颁给他们，协会的人认为这太丢份；但若是将配乐奖颁给《狙击之王》，又会引发极大争议。所以，很多人心里清楚，恐怕洲影视协会的人，会将配乐奖颁给其他影片，完美避开这两部正处在风口浪尖的影片。《狙击之王》背后的几大投资商气得吐血。配乐上他们也是花了心思的，斥巨资请了一个著名的版权音乐团队，在他们的预期里，配乐奖也是目标之一，

可惜，栽在了萨罗这坨狗屎身上。

几位投资商雇了不少专业人士批评萨罗团队炒作、故意抹黑等卑劣行径，而萨罗则在采访中公开回应。是啊，我们就是臭狗屎，但就算是一坨狗屎，那也是有优点的，不要全盘否定，与其花那么多功夫批判无线电公司的"卑劣行径"，不如多想想自己到底哪里失误了。承认失败很难吗？平日里自大惯了，真以为自己天下第一了？还有那些将《战神》批得一无是处，说看《战神》的网友都是智障的人，萨罗也照骂不误：瞧你们能耐的，看个片还看出优越感来了？真那么能耐，怎么不参军去外星开发资源？

萨罗不怕被那些人批，因为那些人批判得再狠，也无法否认，他自己演的这部烂片，用了一曲足以扯掉《狙击之王》一个奖项的配乐。虽然票房、评分、获奖上面没法跟对方比，但用配乐扯掉对方一个奖项，咱很满足，很高兴，庆功！加薪！

萨罗的经纪人同样很激动，倒不仅仅是因为扯掉对方一个奖项而兴奋，还因为他们这部影片不仅回本了，还盈利六千多万！而且是纯利润！这些收入在其他电影同行看来不值得大惊小怪，但萨罗经纪人激动啊，以萨罗那种没事就爱用钱砸烂片捧人的性子，别说盈利多少，回本就是他们每次的目标。而这次不仅回本，扣除所有费用，包括炒作运营等所耗费的，还赚了六千多万！真的是个巨大的进步。有时候萨罗的经纪人还会想，是不是将那首《使命》拿下来更好，但也只是一瞬间的想法，很快便抛之脑后了。

延洲那边，方召并没有关注全球娱乐圈的动向，他正带着团队赶工。就算段千吉不说，他也打算让项目组在纪念日之前将第四乐章制作出来，这样他们还能有个轻松的纪念日长假。

既然第三乐章给了延洲军区做宣传片主题曲，那么，除了网络上大众平台的下载试听，其他地方就不可能再授权了。任何地方电视台、视频工作室、广告公司等，都不得再使用第三乐章，使用就是侵权，那就法庭上见。

但是，第三乐章给军方做宣传片主题曲，银翼并没有收取一毛钱的费用，因为段千吉知道，延洲军方就算给钱，也不会如萨罗那边的大手笔，她情愿用这个乐章换取其他方面的便利，有些是给整个银翼的好处，有些，则是给方召个人的。

方召在指导庞普颂发声练习的时候，被段千吉叫到顶楼办公室。

"两件事跟你说一下。"段千吉没有让助理去通知，而是选择亲自跟方召谈，也是为了表示重视，"第一件事，延洲军方宣传片在全球的传播，带动了第三乐章的关注度。"说着段千吉打开光屏给方召看她保存的评论截图。正因为知名度高了，越来越多的人发现，这个第三乐章里面合唱部分的歌词，他们听不懂！

"这到底是哪种语言？有人知道吗？"

"初步判断应该是某种古老语言，或许还是灭世时期的，这得请专人解答。"

"有研究语言学的人在线吗？求解答！"

第15章 兵役名额

……

段千吉给方召看的,就是网络上各洲的人对歌词的评论,以及媒体的报道。

学音乐的很多人都知道,有些人擅长兼用几种全球流行的语种来表达歌曲多变的世界观。但语种的杂糅稍不注意,就容易让歌曲的表达更加难以理解,所以,没有足够的掌控力,创作者很少会去尝试多语种表达。

而在多语种表达之外,还有一种完全超越了语言控制的音乐存在——用一门未知的语言去表达,直白点说,就是自创一种音乐语言。这样的语言本身也许是毫无意义的,只是为了配合曲调,又或者是来源于某种古老的失传很久的语种。无论是哪种情况,它或许不能太清晰地去表达什么,但同样可以表现某种感情以及意境。

不过,到底是哪种情况,在找不到明确答案的时候,就只能询问创作者本人了。这就是网络上各洲的人议论的问题。

之前段千吉没注意到这点,因为她觉得在方召创作的这几个乐章里面,歌词都是次要的,曲调更吸引人。所以,第三乐章完成后她只是听了曲子,而没有见到提交的歌词,也没在意,直到现在网络上更多的人提起这个话题,她才注意到。

"现在公司正在通过一些手段带动话题热度,需要先保持神秘。所以,第三乐章里面的歌词到底是什么意思,你暂时不要对外说,暂时不要在网上发表任何对第三乐章里面歌词意思的解释。"段千吉认真强调道。

"这个你放心。"方召笑着道,"因为我也不知道它什么意思。"

段千吉:"……"你在逗我?!

"只是曾经听过,觉得用在这里很好,就用了,至于什么意思,我也不知道。"方召说道。

灭世之后,大量小语种和地方方言都已经消失,但方召在创作的时候,却想起了曾经在全面战争时听过的那些话,有些是战士们在同亲友告别时说的,有些是在战场上吼出来的。说话的那些人都已经不在了,方召也不知道那些是什么意思。但在创作的时候,脑子里随着乐曲最先想起的话,他便用在乐章里面,然后在录制的时候指导庞普颂唱出来。

段千吉看着方召,有些一言难尽。神奇的艺术家的脑子。她真的没法理解。不过,或许就是这样的人,才能创作出令人惊讶的乐章来。"咳,那这个就先不说了,再说第二件事。"段千吉观察着方召脸上的表情,说道,"第三乐章《使命》相当于是咱们以银翼的名义,送给延洲军方宣传部的,没有收他们一分钱。"

虽然第三乐章送给军方的事情,之前已经跟方召说过,也得到了方召的同意,但段千吉还是觉得有必要跟方召解释清楚这里面的利害关系。在她看来,方召还很年轻,或许有些事情想不通也憋着,段千吉不希望这样一个有潜力的人对公司心怀怨恨。

"这送也不是白送,我们也得到了许多便利,有些是用钱无法衡量的。"段千吉边说,边观察方召的表情变化,却发现方召自始至终都很淡定,就好像只是在闲聊一般。

其实段千吉多虑了,方召对于这件事情并没有什么看法,他自己也是愿意的,他创

作这几个乐章,最看重的是让它们重见天日,利益也看,但没前者重要。而方召也相信,作为商人,段千吉懂得怎么将利益最大化,所以方召不担心他会吃亏。金钱方面,段千吉肯定不会亏待他;而有些特权,如段千吉所说,是出钱都难以买到的。

"有些事情不便与你多说,不过,有件事能告诉你。"段千吉笑道,"除了一些便利,我还借这次机会给你争取到十个名额,服兵役的名额。"

作为新世纪人,不可避免地需要履行某些义务,服兵役就是一个没法绕过的台阶。不同兵种,不同地点,服役类型也有不同。有的人会被分配到军中某些队伍里,前往遥远星球挖矿,而有的人则只需要在一些市区做简单的基层服务工作,不需要进入军中服役。

段千吉见方召对此感兴趣,接着道:"我查过,极光项目组,其他人都已经在大学期间服过兵役,只有你,方召,你的档案里面,并没有服兵役的记录。所以,将来你什么时候决定要服兵役,可以用他们给的名额,安排到更轻松的岗位,甚至不需要出齐安市。一年的服役期内,你还可以继续创作,不会受到影响。这样的名额,我给你争取了十个!"

这是给方召的优待,以及一个送人情的机会。

服兵役的方式很多,明面上,对于服兵役的人会依据其身体状况,做大概的划分,体质弱的人会分到稍微轻松点的地方,不用出星球,就如段千吉所说,健康状况太差的人,可能只会被分配到一些市区基层去,做一些相对轻松的义务工作。这样的岗位名额也是有限的,大多数人都是被随机分配到各个地方,七成以上需要出星球服兵役。

每年大批服兵役的人会被送往外星,那不是旅行,除了必要的训练,还需要做苦力。所以,大部分人不会愿意被分去那种地方,而有条件的家庭,会通过一些手段去争取轻松的岗位。这样就造成每年有许多见不得光的交易在暗地里发生,尤其是偏远地区,小地方更黑暗,可操作性太强,甚至会成为一些人实施打击报复的手段。

新世纪建立已经五百多年了,很多规则都已经失去了最初制定时的意义,延洲军区内部的人,有时候也就睁一只眼闭一只眼。毕竟已经不是灭世时期了,生活还是得圆滑才能继续愉快下去,不是吗?这种现象并不只存在于延洲,这是全球各洲都存在的。

方召还没有服兵役,而拥有了这些名额,他就不需要担心被分配到艰苦的外星去。段千吉当然也希望方召能留在齐安市,那样对银翼也有益,极光团队的核心,还是方召。

方召从顶楼回到五十楼,趁中午空闲休息时间将团队的人叫过来。

"项目会议不是明天才开吗?"祖文打着哈欠,他刚准备午休。

"不是项目会议,我得到了几个兵役的名额。"方召说道。

祖文迷蒙的睡意顿时没了,精神一振:"不会是我想的那个吧?"

"就是那种……能得到优待的?"罗德尼搓着手,双眼放光。

其他人也看向方召,等着方召的回答。方召点头:"没错。"

"啊哈——"祖文一声怪叫,"我怎么就提前服役了呢?!要不然现在还能享受到特殊待遇!哪用得着去外星挖矿!"

第15章 兵役名额

"祖文你也被分去挖矿?"曾晃问。

"是啊,不然呢?"祖文想起服役的事情就感觉一阵皮紧,"不过当时我家里人运作了一下,花了一百万,让负责分配的人把我分到近一点的拥有成熟基地的星球。"

"那你还好,我被分到的星球,基地条件不太好,天气也不好,一年下四次雪,每次下一个季度。"曾晃谈起当年的兵役就一阵哆嗦。

"我和曾晃是大三去服的兵役,我们在大一、大二就将大三的课程修完,回来之后直接进入大四的学习,并没有耽误正常毕业。"万悦说道,"不过,大召你好像还没服役?"

一般学生们都在大学时同相熟的同学或者兄弟,一起休学一年去服兵役,因为毕业之后再去服兵役就耽误工作了。身体原主在大学时忙着创作,拼成绩,拼奖项,还忙着谈恋爱,所以并没有服兵役。

"我也已经服役了,不过,老大……"付应天顿了顿,组织一下语言,他当初是由祖文介绍进来的,所以他也跟着祖文一起喊方召老大,但不如祖文在方召面前说话那么随意。

见方召看过来,付应天有些紧张:"我有个弟弟,今年大三了,平日里只顾着写代码,严重缺乏运动,比较瘦。今年他的同学都打算休学一年服役,他也准备申请休学……他,他在雷哲空间技术这块很有天赋的,就是,就是忙起来之后就忘了时间,经常熬夜,所以,身体素质不太好,去年还生了一场病……老大你手上有名额,我想,能不能……能不能买一个?"

方召听着付应天的话,点点头。见方召同意,付应天心中一松,他进极光项目组之后攒到不少钱,能用那些钱买到一个可靠的名额,也是划算的。黑市他问过,没路子拿钱也买不到,还可能被骗。就自己弟弟那副鬼样子,要是被分到曾晃说的那种地处偏远且条件极差的星球挖矿,说不定服役中途就因为病重给送回来了。服兵役不至于真置人于死地,但他经历过,知道那种苦。

如果是绝对的公平分配,那他也不说什么了,按规矩办事,服从安排,但既然大家都在耍手段走路子,他又何必再清高?以前没去做,那是因为没条件,可现在他有条件了,可以让在意的人少受点苦。努力奋斗,不就是为了给自己,给家人,创造更好的生活?

"多少……"付应天本打算问一个名额多少钱,却听方召道:"嗯,那送你一个。还有谁?"

付应天傻了,周围祖文几人都像是雕塑一般,看着方召一动不动。

数秒后,祖文使劲深吸一口气:"你的意思是,给我们?!"说完难以置信般又问了一遍,"真给我们,白给的给?"

方召点头。

"等等,老大,你知道黑市上明码标价多少吗?"祖文揉了揉带着两个大黑眼圈的眼睛,按捺下激动的心情,"一千万!"不等方召回答,祖文就出声了,"黑市明码标价一千万!最低的时候也没有低于五百万!就是你说的这种能自己选择的名额,我当年服役时想弄却没钱!"祖文激动地巴拉巴拉说了一通,方召只回了三个字:"知道了。"

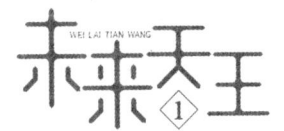

"知道了……这就没了?!"祖文瞪眼。

方召看着几人,说道:"这样,祖文、宋秒、庞普颂、曾晃、万悦、罗德尼、付应天、斯特拉、章禹,九个人,我给你们每人留一个,想给谁你们自己决定,决定好了告诉我。"

"哈——"祖文一声大笑,"老大我爱你!"祖文喊着就要去拥抱方召,被方召提着扔到工作室里面去了:"福利给你们了,工作给我好好完成。"

"是!保证完美地完成任务!"祖文午觉都不睡了,他现在非常兴奋,要不是因为这事不宜宣扬,他肯定会在朋友群里面欢呼一番。别的部门是发红包,他们部门是发名额啊!价值千万的兵役名额啊!不过,这种名额,如果自家急用的话,也不会卖给别人。方召给的这个名额,就算现在用不着,总有值得用的时候。

庞普颂则迫不及待地和他妈通话:"喂,妈妈,我弄到名额了,让舅舅和表妹别着急!"庞普颂说的表妹,是他舅舅的女儿,也到服兵役的年纪了,只是身体不太好,经常生病。他舅舅最近愁着到处借钱走关系,就为了能将女儿弄到轻松点的地方去。女孩不比男孩,要是倒霉被分到差点的地方,受的苦更多。

庞普颂当初到处跑龙套时,他舅舅帮了不少忙,那时候能在银翼练歌,也是他舅舅给弄到的通行卡,正是因为这样才能遇到方召。所以,庞普颂愿意将名额送给表妹。

两天后,方召收到庞普颂和付应天的请求,将他们的决定告诉段千吉。对于方召将名额送给手下人的决定,段千吉有些诧异,不过方召的决定她不干涉。

"这些我会让人帮你办好。那么,方召,你自己的选择呢?什么时候服役?想在哪里服役?"其他人段千吉不在意,她在意的是方召的决定。

"我先将极光这个项目完成。"方召道。

"也是。如果极光赢得了代言,你还得更忙,今年应该是没法服役的。不过你年纪还小,过几年再服役也可以,只要名额在,期限内,什么时候去服役都可以。"

段千吉想的是到时候将方召分到齐安市哪个地方,最好能离公司近点。她绝对想不到,方召这两天一直在查矿星的信息,而且还特别关注了最远的那几颗矿星,段千吉要是知道的话,一定会收回名额。

回到部门,通知庞普颂和付应天之后,方召给卷毛的自动喂食机里面添满狗粮,正打算去办公室休息一会儿,就接到了一个来电。

"大召,怎么了?"从洗手间出来的曾晃,见方召站在办公室门口,表情有些奇怪,问道。

"我下午去一趟齐安市警察局。"

"出什么事了?"曾晃紧张起来,没事谁会去警察局?

"放心,不是什么大事,我去去就回来。"

听方召这么说,曾晃放心不少:"没出事就好。"

"方声入狱了而已。"方召道。

第16章 CHAPTER 16
烈士陵园

方声被抓了,原因是他偷歌,还涉嫌故意伤害。

自从被赶出霓光之后,方声就过得不太好。他没什么创作才华,就将主意打到音乐院校的学生身上。

齐安市有最好的音乐学校,除了齐安音乐学院,还有两所不错的音乐院校。而这些学校里面,有不少学音乐创作的学生生活条件并不太好,有些会去兼职,但与音乐相关的兼职同样竞争激烈,所以有人会选择其他赚学费、生活费的方式——不注册版权,而是将自己创作的乐曲节选一段挂在某些平台上,吸引买家之后,再将完整乐曲卖给他们。有些小明星的"原创"就是这么来的,这是圈子里公开的秘密。

方声就打算从一些生活窘迫却又有些才能的学生那里,买些不错的作品。齐安市他已经没法出头,那他就去离齐安市远一些的地方,用买到的作品去为自己创造收益。他专挑那种看起来只埋头创作,却不懂得如何经营的学生,用极低的价钱骗取对方的创作成果,多收一些之后,就带着这些成果远走他市。

他寻找的下手目标,性格都与方召这具身体的原主比较像。

还真是"抢劫"抢上瘾了。

其实是因为这条捷径来钱太快了,就像之前他偷原主的三首曲子,一转身就能有房有车。一夜暴富的感觉太具诱惑力,若是没有方召横插一脚,方声现在过得肯定不会差。

可惜,方声这次的计划并没有成功,偷窃别人的歌曲被原创者发现,抢夺别人的作品被当场抓住,原告还申请了使用测谎仪。在测谎仪和审讯的轮番紧逼之下,方声没能扛住压力,交代了偷方召三首歌的事情。

方召到警局,在核实身份信息之后,便被带到一处问讯室,这里不是审讯犯罪嫌疑人的地方,所以没那么压抑。四周墙壁透明,能看到外面来来往往走动的人,室内还有一些让人放松压力的零食和茶水。

"方召?"坐在那里的一个约莫四十岁,长着国字脸的人抬头问道。

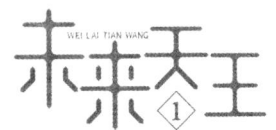

"我是。"方召在桌边坐下,与那人相对。

"之前通知你带的材料,带了吗?"那人问。

"带了。"方召将袋子里的笔记本拿出,递过去。

这个笔记本是这具身体的原主创作乐曲时使用的,曲谱原稿都在上面。方召之前在公司接到的电话,就是让他将能证明自己是那三首乐曲创作者的材料拿过来。

负责核查取证的人将那个笔记本拿去鉴定了,现有科技能够鉴定大致书写日期,确定是不是那个时候创作的。虽然方声已经承认偷了方召三首歌,但依照规定,还是得有证据进一步证明,有实物当然更好。

问讯室内负责做记录的那人见方召看着外面,扭头望过去,笑道:"你知道那边那个穿蓝格子衣服的男生还有他旁边的两个人是谁吗?"

"谁?"方召看向桌子对面,问道。

"正哭着的那个女孩叫尉迁,本市一所音乐院校的学生,差点被方声偷歌,要不是她在曲谱草稿上用了一些暗码证明自己原创者的身份,可能歌就真被偷了抢注版权。

"站中间的那个蓝格子衣服的,是她哥,叫尉迟,齐安科技大学的,得知自己妹妹被人偷歌,就到处打听方声的下落,得到消息之后就去找方声,正好碰到方声偷拍另一个人的完整曲谱稿,当时就将方声踹那儿报了警。这次还借钱找了个厉害的律师,多次盗窃、故意伤害罪等,我估计方声这次没个十年出不来……你得感谢他们,要不是他们申请使用测谎仪,未必能牵出你的事情。"

上一次请人抢方召的手环没能成功,自己还损失惨重,所以方声这次偷歌都不敢再去请人了,而是自己上,可惜偷曲谱时被抓了个正着。

"哎,你之前曲谱被偷怎么不告他?"那人问方召。

"没有证据,告不了。"方召道。

"也是,那小子太狡猾,都没留下明显的证据,在判定有罪之前也不能用测谎仪。"那人有些怜悯地看着方召,明知道自己东西被偷却没法揭发,只能看着对方用自己的劳动成果捞钱,那感觉绝对不好受。

作为一种辅助仪器,一般情况下,警局使用测谎仪进行审问是有限制的,只能问与案情相关的问题,审歌曲版权就只问歌曲版权相关的东西,审盗窃就问盗窃相关的事情,别的不能多问,这是摆在明面上的规矩。而在方召之前,方声并没有偷过别人的曲谱。

取证的人很快回来了,归还了那个笔记本。笔记本被判定为有效证据。

填表、签字等一系列程序都依照指示做完之后,那三首歌的作者不再是方声,而是方召。霓光那边早已经在接到警方消息的时候,就将方声偷的那三首歌下架,并归还版权。

"我能去看看方声吗?"方召问。

"可以。"

方召被带到一个临时关押所,方声就被关在这里。

第16章 烈士陵园

"旁边有耳麦。"带方召过来的那个人将耳麦指给方召看过之后,便离开了,他们还是很尊重公民隐私的。

方声很憔悴,很颓丧,他不知道到底哪里出了问题,想不明白,难道就是因为自己运气太差?明明按照自己的计划,一切都应该很顺利才对,为什么每次到关键时刻就会出意外?

方声最开始想要用五万块将尉迟的那首歌买下来。五万块钱,对于尉迟这种并不懂行情也没有手段的人而言,很有诱惑力,这些钱足够她支付六年的学费,还能生活得很好。只是,就在尉迟打算签合同的时候,她哥一个电话让她犹豫了。

可方声不愿意等,于是,他偷了尉迟的曲谱草稿。可他哪知道尉迟的曲谱里有暗码!

更糟心的是,他偷了尉迟的曲谱之后又去另一所学校,灌醉那个学生之后,偷对方的曲谱稿。他本想再用低价将对方的曲谱忽悠到手里,可这人比尉迟了解行情,没个十五万不卖,但方声现在哪愿意多出钱?于是就打算再偷,还计划着偷到之后连夜离开齐安市,可偏偏,偷歌的时候被尉迟抓了个正着。

若是有选择,方声也不愿意将偷方召歌曲的事情说出来,但他知道自己避不过测谎仪,如果死撑着不交代,可能会被判得更重。权衡利弊之后,他选择坦白。

既然已经躲不过,大不了被关十年,十年间他表现得好一点说不定能减刑,最后可能关个六七年就出去了。到时候他才三十岁,寿命还长,虽然手里的钱这次都赔出去了,但他还有卷土重来的机会。

方声思索着以后怎么应付,他现在脸还肿着,牙也被打掉了几颗,实在不怎么好受。正想着,就看到有人带着方召过来了。

"方召!大召!对不起,我不该偷你的歌,看在我们一起长大的份上,原谅我!"只要方召能原谅,帮他说几句好话,方声就能申请减刑,不能减几年,减几个月,减几周,那也是减刑。

方声大声喊了一分钟之后,意识到这道透明屏障的另一边是听不到他的声音的,赶紧拿起里面的耳麦,又指了指外面挂着的耳麦,示意方召将耳麦拿起来。他以为方召不会用。

但方召并没有动,只是依旧站在那里,冷冷地看着他,就像在看一个毫无交情的陌生人。这让方声突然又想起他被霓光签约之后,借了公司的车去黑街搬家时见到方召的情形,那时候方召也是这样的眼神。

仿佛一道惊雷划过漆黑的夜空,方声猛地抬起头,愕然盯着这道透明屏障另一边的方召。

"……是你?"

方声像是见了鬼一样的难以置信。

之前找人去抢方召的手环,反而被打劫,他还能说是岳青在帮方召,那些人不敢得

罪岳青，所以才来反劫他。可现在……

是方召！都是方召！让那两个黑街的人反过来打劫他，一次次在他快要成功的时候一刀阻断他的计划……

咬着牙，方声死死盯着屏障另一边的方召，从牙缝里挤出一句话："是你做的！"

他想明白了！之前他没想到，是因为他一直按照曾经的方召的性子考虑，但现在的方召，陌生得像是另一个人。

什么巧合，什么运气，都是屁！

方声面色惨白，双眼充满血丝，手指捏紧，像是要将手中的耳麦捏碎。但很快，他仇怨的眼神渐渐变为恐惧，因为他看到，方召对他笑了笑。

看似只是随意的一笑，却令方声如坠冰窟，全身的血液都像是被冷冻了。

如果这一切都是方召的安排，那么，监狱里会不会还有什么在等着他？方声越想越恐惧。

"放我出去！放我出去！！"方声惊恐地嘶吼着，但屏障另一边，方召却不再看他，而是转身离开。

从临时关押点出来，方召去拿了文件袋出警局，沿着街道走，拐了个弯，就遇到了等在那里的尉迟。

"尾款已经收到，律师费已付清。"尉迟说道。

方召一直让人盯着方声，在知道方声将尉迁列为目标之后，就让人去找了尉迟，然后达成合作协议。方召负责给钱，尉迟负责将方声坑进去。

"不告诉你妹妹？"方召问。尉迟的妹妹尉迁并不知道自己的曲谱草稿被偷，是尉迟故意给方声制造的机会，之后尉迟也瞅准时机，在方声偷另一个人的曲谱时，将他抓住。

"肯定会告诉她，不过不是现在。这次的事情就是为了让她长点心眼，有句古语，'害人之心不可有，防人之心不可无'。人家将饵一抛她就上钩，太好骗，他们那种人脑子里只想着创作，根本不知道怎么去防备人，以后出了学校要吃亏的。我不可能总护着她。对了，谢谢你帮忙，要不然我也不可能安然无恙。"方声随身带着刀，要不是方召找人暗中帮着，尉迟也不可能在最后抓人的时候毫发无伤。

尉迟看看时间："先走了，他们还等着我，下次再有这种坑人……这种伸张正义的事情，记得叫我啊。"

方召看着尉迟离开，然后继续往前走。对他而言，方声不过是个小插曲，他只是帮原主完成拿回歌曲版权的心愿而已。

嗖——一辆飞车停到前方路口，方召看了看车牌号，那就是他提前预约的出租车，便快步过去坐上车。

"去延洲烈士陵园？"司机问。

"嗯。"

第16章 烈士陵园

"纪念日快到了,烈士陵园那边人很多,我今天已经跑两趟了。"

"每年人都很多?"方召问。

"那当然,你没去过?位于齐安市郊区的延洲烈士陵园,是整个延洲最大的烈士陵园,也是全球十二大烈士陵园之一。听说灭世时期牺牲在齐安战区的人,都被埋在那里。"

延洲烈士陵园,主要祭奠的是灭世时期齐安战区的烈士,新世纪建立之后,又从延洲其他地方迁过来一批。根据官方数据,这里葬着上千万人,大多数尸骨经过焚化压缩,只占用很小的一片地方;还有些人根本就没能留下尸骨,只有生前的一些物品,或者只留下一段记载着名字的文字记录。

新世纪的人们有一个习惯,就是在每年的纪念日前后,到烈士陵园拜祭。有些人觉得拜祭之后,先烈们大概会保佑他们心想事成;而有些人,则纯粹只是依照习俗过来走一趟。

如出租车司机所说,因为临近纪念日,烈士陵园这边的人确实比较多,在司机的提示下,方召在路上就从网上取了号排队。烈士陵园有专设供拜祭用的地方,但场地有限,在每年纪念日前后的这几天都会爆满,所以得排号。

拜祭的人太多,方召拿到的号比较靠后,大概还得等两三个小时才能轮到他。在那之前,方召打算去烈士陵园里面的其他地方逛逛。

靠近陵园的时候,远远的,方召就看到那座高五十余米的巨大墓碑,这就是这一带的地标。

出租车司机只将方召送到临近陵园的地方,没有往里靠近,因为人太多,停车场全满,还有一些车辆在道路上排队。偶尔还能见到持枪的警察巡逻,每年这个时候,都会有大批警察调过来维持治安。

见状,方召果断下车,步行还能快点进去。

进园内不用收费,只需要核查身份,如果身份没什么问题,园内的人数也在限定范围内的话,就能直接进去了。

园外的道路很拥挤,但一进入园内,就感觉宽敞多了。这片陵园很大,分好几个区域:核心墓区、灭世纪念馆、广场、散葬墓区、公共拜祭区等。那座巨大的墓碑就位于核心墓区,不能随意过去。一般来这里的人,都是去公共拜祭区拜祭,然后去广场边上的茶厅小馆喝个茶、聊个天之类。烈士后代会去散葬墓区,或者核心墓区拜祭。

沿着宽敞的大道往前走,大道两边有人行道,两侧树木成荫,树的品种正是四季常青的龙象天罗,即便齐安市已经到了寒冷的冬季,仍旧保持着充满生命活力的青绿。大道前方,就是陵园的广场,能看到很多人拖家带口地在那里走动。广场边上的店,顾客来来往往,非常热闹。

除了在拜祭的那一刻严肃,其他时候,不管是在广场上行走跑动,还是在边上的茶

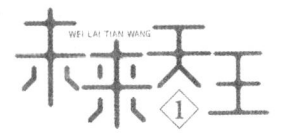

厅里休息，前来的人，都是笑着的时候居多。这并非对烈士的不尊敬。新世纪建立之初，也曾有过规定，在陵园必须肃穆，但后来改变了。一位生于灭世时期的将领在临终前说，让子孙们拜祭他的时候，多笑笑，他和战友们好不容易换来新世纪，不是为了看他们哭丧着脸的。

所以渐渐地，人们也不再刻意严肃着脸去拜祭。纪念日，是一个喜庆的日子，即便来这里拜祭，也是带着喜庆之意的，感谢灭世时期的英烈带给他们一个和平的新世纪。

经历过末世之后，新世纪的人们，将这片土地下躺着的人当作信仰，这些才是他们的救世主。老人会在拜祭的时候，为小辈祈福；小辈们希望自己的小心愿能达成，求平安、求姻缘、求财运等等。

公共拜祭区那边排队还早着，方召没过去那边，而是穿过广场，朝着那座高大墓碑所在的核心区过去。

"是烈士后人吗？请出示证明。"核心区的接待员问方召。

"不是。"

"抱歉，先生，你并不是该园区内所葬烈士的后人，如果想进入核心区，需要审核身份信息，并支付一千元的保证金。请问是否进入？"服务台的人问。

保证金是不会归还的，这也阻挡住了大部分人。陵园的核心区比较重要，并不适合让所有人都进入，所以颁布这项规定，也是园区慎重考虑后决定的。而非园区烈士后人进入核心区所缴纳的这笔钱，都会用作园区的维护，不会被纳入私人腰包。

"是。"方召提交了身份信息，审核通过之后，缴纳了一千元保证金。服务台的人给方召套上了一个蓝色手环，用于监控方召的实时位置，确保他不会跑到不该去的地方。

进入核心墓区的人都会被套上手环，不同颜色有不同的意义，蓝色表示普通拜祭者，红色表示园区烈士后人，白色表示公务人员，黑色表示身份特殊的人。

虽然需要额外缴纳一笔费用，但方召进去之后，还是发现有不少同他一样戴着蓝色手环的人在里面走动。不过，周围有监控器和警察在盯着，那些人就算想干什么也得多考虑考虑。

核心区最明显的就是那座高大的墓碑，人在它旁边显得极为渺小。灰白色的巨大墓碑像是这片大地上的支柱，沉默却又坚定地站在那里，风雨五百年过去，悲壮又自豪。

方召站在墓碑前仰头看了半响，才收回视线，绕过墓碑，走向它的后方。

这座巨大墓碑的背后，是一座座排列着的小墓碑，以大墓碑为顶点，呈扇形排列，往后延伸。每座小墓碑，都代表着一个故去的人。

第一排，也是最靠近大墓碑的一排，有十座墓碑，比后面那些墓碑要大些。越靠前的墓碑越大，因为越大的墓碑上刻的字越多，代表这个人的地位也更高。

从左边起，第一个墓碑就是家喻户晓的创世纪大将乌延，延洲的"延"字就取自他的名字。

第16章 烈士陵园

创世纪十一位大将，除联盟总部所在的皇洲，另外十一个洲，就是以他们的姓或名命名的，比如雷纳洲是以创世纪大将哈文·雷纳的"雷纳"命名。而自他们之后，联盟不再设立"大将"军衔。

"乌延（灭世17年—新世纪56年），创世纪大将，第五军团第二任军团长，收复延洲……"乌延的墓碑上简要写了他的生平事迹，充分体现了一位结束灾难，开创新世纪的将领的威风与霸气。

方召看着那些官方化的字句，露出淡淡的笑意。大概没人知道乌延这小子其实怕狗，只是平日里隐藏得很好罢了。

继续往前走，方召脸上的笑意消失。

第二个墓碑上写着："方召（？—灭世99年），第五军团第一任军团长……"第五军团就是延洲军区的前身，灭世后期成立的第五军团，在创世纪之后，成为新世纪的延洲军区。

新世纪，人们使用新的纪年体系，灭世时期从灾难降临的那年开始，到创世纪的那年，一共持续102年。

灭世99年……

新世纪的历史书中记载，其实过了最艰难的灭世99年，灭世100年的时候威胁已经被清理得差不多了，接下来的两年都是清理残余的同时重建家园。

真就只差一步。

方召的视线从墓碑往下挪。这么看来，自己就被埋在这墓碑下面？

方召心情很复杂，脑子里都不知道该响什么BGM了。自己在自己的墓前拜祭，这种心情太复杂，有些悲哀，也有些庆幸。

他是没能看到创世纪的那一天，也没能成为十一位传奇大将之一，但是，他又重新活过来了！没能见到创世纪的那天，但他见到了五百多年之后的，已经成熟的繁荣的新世纪！

同末世时相比，这简直就像是在另一个世界。如果不是继承了身体原主大脑的记忆，看到那些历史记载和陵园的墓碑，方召甚至会怀疑自己是否还在原本的星球上。

简直是翻天覆地的变化！

至于墓碑上写的他上辈子的功勋和赞美词，方召只是大略扫了一眼就没再看了。他敢肯定，写这些的肯定不是熟悉他的人，因为上面竟然没有写上"作曲家"三个字，那才是他的本职工作，与他相熟的人不会忘记这个。

方召在自己的墓碑前想了很多，想末世时的事情，想从历史书上看到的记载，想如今的新世纪。若是有可能，方召甚至还想将墓挖开看看自己的陪葬品都有些什么。

而正当方召垂头盯着这块墓地思考的时候，旁边走过来一个人："打扰一下，麻烦出示你的身份证明。"

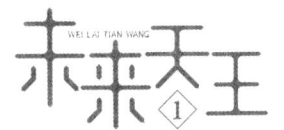

方召抬头看过去,过来的是一个青年警察,在他看过去的时候,出示了警察证,证明自己的警察身份,同时还出示一份陵园内的公务证明,并抬起戴着白色手环的手,向方召表明他公务人员的身份。

不远处有几个警察也望过来,那是被调过来的应急小分队。每年的这个时候都会有几支应急小队被调往陵园各处守着,遇到可疑人员就会上前询查,他们处置突发事件的经验丰富,对于抓捕潜藏在人群中的犯罪分子很有一套。

虽然在进入核心墓区之前就进行了身份核查,但若是在核心区内发现可疑人物,他们也有权对其进行二次核查。

周围有几名刚进入这片区域的拜祭者原本要朝这边走过来,见状立马转向,朝其他方向走去,远远绕开,走远之后还扭头往这边看,小声议论着什么。

方召抬了抬眉,自己这是站在墓前时间太长被怀疑了?

依照对方的要求,方召将手环上的身份信息调出来。那位警察看着光屏上的身份信息,又对比了一下长相,确定不是冒名的。

"方召?有点耳熟,好像这里也有个叫……"那警察转身就看到了墓碑上的名字,"……方召。"看看墓碑上的名字,又看看方召身份信息上显示的姓名,那警察有片刻的惊讶,不过很快就笑了,"名字不错。"

新世纪有百亿人口,名字与灭世时期烈士名字相同的人数不胜数,每年这个时候,就有很多人特意到陵园拜祭同名的烈士,这种情况并不罕见。

"谢谢配合,请继续。"查看方召的个人信息之后,那警察就往回走,在转过身时,他朝自己同伴那边打了个手势,表示没有问题。

方召在被再次检查身份信息之后,不再继续留在墓碑那里,而是去看看其他墓碑。一个个或熟悉或陌生的名字,勾起他不少回忆。

方召也能感觉到有人在盯着自己,是那几个警察,不过他不生气。每年纪念日有这些人守着陵园,陵园的安全也有保障,不至于发生什么恶性事件,也不用担心陵园的墓碑会被破坏。

五百多年来,墓碑和园地并没有多少损毁,除了平日里维护的工作人员,就是这些人在关键时候守着。

很厉害的后辈们。方召在心中赞叹。而那几个盯着方召的人并不知道方召对他们的看法。

"连楷,那人真没问题?"一名年轻警察问道。连楷,就是刚才过去核查方召身份的警察。

"没问题。"连楷看了眼在墓碑群之间走动的方召,说道。

"那你刚才怎么过去核查身份?"另一名警察问。

"不知道,就是觉得那人有些奇怪,给我的感觉,像是要将那块墓挖开一样。"连楷说道,"又是一个与烈士同名同姓的人。"

第16章 烈士陵园

听到这话，其他几人心中了然。

"那人什么身份？"一名警察问连楷。

"一个作曲家。"连楷说道，"令我难以理解的有三种人，一种是哲学家，一种是艺术家。哲学家的思想太高深，以我的智商没法弄明白；而艺术家，将疯狂与冷静融为一体，不像政治家那样接近尘世环境，而是在一个常人无法理解的世界里孤芳自赏。我同样没法弄明白他们脑子里到底在想什么。"

"那还有一种呢？"旁边的警察问连楷。

"还有一种是变态。"

"……那还要不要盯着那小子？"

"先盯着，虽然我觉得他现在不会做出什么危害治安的事情，但谁也不知道他下一刻会做出什么事情，盯着总好些。"连楷说道。

方召没有在意盯着他的那些目光，在挨个看完靠前面的一片墓碑之后，抬眼望去，并不平坦的大地上，密密麻麻地分布着墓碑，无法看到边际。

墓区太大，方召不可能在短时间内就走完这片墓区。公共拜祭区那边已经快轮到他了，所以，方召沿着墓区的一条小道一直往前走，走出核心区，抬头所见，依旧是一片无法望见边际的墓区。

核心区后面是散葬墓区，有些是在陵园建立之后迁移过来的，有些则是后来慢慢加入的，属于新世纪的烈士们。

这一片虽然被称为散葬墓区，但并不是凌乱的散。

散葬墓区的拜祭人员更多，管理不如核心区那么严，能看到一些家长带着小孩走到墓碑前，恭敬地行礼，放上一束花，然后絮絮叨叨地说着些什么。应该是烈士家属或者后人。

墓区这边很大，步行出去需要的时间会比较长，而墓区内又不允许随意跑动，赶时间就得乘坐墓区内专设的园内列车，车票也不贵，就一块钱。方召上车之后找了个靠窗的位置，车从散葬墓区驶出，从核心区旁边经过，这时，车内乘客的议论声突然大起来。

方召看到很多人朝核心区那边聚过去，但因为有人拦着，所以只能站在边上伸长脖子张望。

五辆黑色的车直接从空中降落到核心区附近，然后沿着道路，一直驶进核心区内。

陵园内大部分地方都是不允许开车的，空中更是管制严格。能在陵园内看到的都是特许的车，而能够直接从空中降落驶进核心区内的，更是特权中的特权。

"看车牌，是乌家的人。"前面座位上一个拿着望远镜的学生说道。

旁边几个年轻女孩闻言立马凑过来："有乌勺吗？！同学，借你望远镜用用。"

"别看了，车已经进去了，看不到的。"那男生说道。

乌匀，延洲著名影星，不属于延洲三大娱乐公司中的任何一家，他自己就有足够的财力聘请经纪团队，因为他是乌家人。

虽然延洲是以大将乌延的名字命名，但不同于雷洲雷纳家的是，乌家在乌延去世之后，经历过一场内战，导致整个乌家差点覆灭，这也是延洲历任洲长中少有乌姓的原因。不过，乌家虽然不像雷家那样成为洲内第一霸，但也不容小觑。尤其是近百年，乌家的生意发展得更好，不能当延洲第一，也是延洲大族之一。

乌家的小辈们？

方召看着核心区外面围着的人群，他当初刚重生时，在网络上看到关于乌家的记载，曾想过，若是乌延还活着，会不会将他那些掀起延洲内乱的不肖子孙毙了。

刚才那几个学生提到的乌匀在现在的乌家，只能算是小辈，那五辆车里，除了乌匀之外，应该还有乌家的其他人。方召觉得有些可惜，没能见到那些乌家的晚辈，不过，日子还长，总有碰面的时候。

列车已经离开了核心区，朝着公共拜祭区驶过去。与此同时，乌家的五辆加长的黑色飞车已经进入核心墓区，辈分最大的人走在前面，小辈们往后排。

乌家每年都会在纪念日之前先来一趟，单独拜祭，这是属于乌家自己的拜祭活动；然后再在纪念日的时候，同延洲洲长以及其他一些身份重要的人，一起进行拜祭活动。

小辈们不管心里在想什么，这种时候装也要装出与长辈们相似的表情来，看向墓碑的神情带着三分恭敬，七分严肃。其实时间相隔这么久了，要说感情，那是没多少的，毕竟已经是死去近五百年的人，但敬意倒是有些。没有乌延就没有如今的乌家。

依照乌家旧礼，在乌延墓碑前拜祭完毕之后，乌家长辈们又向旁边的墓碑拜了一拜，送上一束鲜花。每一代的乌家人见到这座排在乌延之后的墓碑时，都会无限感慨。如果不是这位先走一步，延洲就不叫延洲了。

不过，今天乌家的人中，有几个看到墓碑上的名字之后，表情疑惑。

方召？这名字好像还在哪里见过。

方召没能见到乌家的人，也没再返回核心墓区。公共拜祭区那边他预约的号要到了，错过这个排号，他今天就没法再排。拜祭才是重点。

比起核心墓区和散葬墓区，公共拜祭区这边要热闹许多。

拜祭区有几座宏大威严的殿堂，没有花哨的装饰，主体为灰白色，外墙上的浮雕再现着灭世时期的战况。主殿明显比偏殿要高出许多，殿门口还有两尊三十多米高的雕像。一座是延洲最有名的人物乌延，另一座……是方召。

雕像的底座上刻着的字，与墓碑上的一样。

虽然在网上查烈士陵园的时候，方召就知道自己成了拜祭区主殿的门神之一，但亲眼见到还是心情复杂。

雕像应该是以方召末世后期的样子为模板，只是在制作的时候美化了一下，面部棱

第16章 烈士陵园

角分明，肌肉质感明显，筋腱突起，眼皮没有下耷，两腮也没有下瘪，虽然脸上有皱纹，有伤疤，但看上去反倒更像是中年时期；他穿着作战服，威猛凛然，头微微昂起，似乎注视着远方的战场，又像是在视察这片天地。

乌延那座雕像面部柔和一些，与人们从流传下来的真实影像中看过的乌延很相似。那个时候正逢创世纪，乌延也是笑的时候居多，给人的感觉更加亲和，少了几分犀利，却也不失上位者的威严。这是带领延洲走向新世纪，重建家园的伟人。

两尊雕像沉默地看着殿前每天的人来人往。

齐安市有很多雕像，有的象征品位，有的只是趣味。而在这里，人们对于殿前的雕像都抱着一种敬意。

不同于音乐，雕像拥有一种静态的感染力与冲击力，透着一种不朽的感觉。

没有什么是真正不朽的，不朽只是相对存在。每个时代都会产生一些不朽的人物，发生一些值得纪念、值得长久缅怀的事情。

方召也从未想过，自己会成为这其中之一。

凝视着雕像站了会儿，方召走到边上的露天等候区等着。拜祭在主殿，偏殿是供人歇息的地方，如果人多，一些预约排队的人会在偏殿包一个房间边休息边等。

等候区内，方召旁边坐着一对中年夫妇，两人正商量着今年要用哪种方式拜祭。从他们的谈论中，方召知道两人主要是为自己的儿女祈祷，尤其是正在服兵役的大儿子。

"哎，他们现在是不是还在挖矿，纪念日也会放假吧？"女人在低声念叨，"好多天没收到消息，也不知道他身体怎样，有没有生病？纪念日放不放假？吃得好不好？"

男人拍了拍妻子的手，安慰道："离上次收到视频才过去五天，还有五天才能再收到视频消息。纪念日现在也放假，不过没这里的长，可能就只有纪念日当天休息……"

服役期间不能随时同家里联系，每十天才有一次给家里发视频消息的机会。就算是纪念日，就算有假期，也不能回来，只能等到服役期满。

方召一路过来也遇到不少为服兵役的家人祈福的拜祭者，每年这类人都有很多，因为每年都有不少服役的人。

斜后方有几个年轻学生，正聚在一起商量今年用什么姿势拜祭才能被保佑不挂科。

新世纪的人们拜祭也能整出无数花样来，甚至有的人觉得，去年拜祭时求的愿望没能实现，今年换个方式，换个姿势，换个物品、情景等再拜祭，可能会有用。

正看着周围，方召的个人终端提示轮到他了。

第17章 CHAPTER 17
"火烈鸟"邀约

依照提示，方召取了票，进入主殿内。

外面热闹的声音似乎一下子被屏蔽了，主殿内比较肃穆，周围有很多浮雕和投射的轮放影像，都是关于灭世时期的，有些是人的照片，有些是情景画面，关于烈士的影像上有他们的简介。

方召也看到自己的影像了，上面的照片是他在末世后期留下的，看上去比较苍老，脸上也有许多伤疤，乍一看有些吓人，这还是经过后期美化的结果。

其实就算是上辈子的方召本人站在这里，也未必能被认出来。他不同于创世纪之后的那些人，没有留下太多影像，就算有也不是精心摆拍的。末世还没结束，哪来的时间去专门挑衣服做整理，光线、服装、背景、表情等都是平时的样子，仿佛下一刻直接就要上战场的那种。

看了看手上的票，方召前往主殿A拜祭区。A区都是比较小的拜祭间，方召只有一个人，所以被分到了这里。

方召找到票上的号码对应的拜祭间，在门口的仪器上扫票进入。他还是第一次用新世纪人的方式来拜祭，这种体验有些新鲜。为了保护隐私，拜祭间里并没有监控，也没有其他人，进门旁边有一个光屏，前面有几种流行的拜祭方式和推荐套餐，还有拜祭指导。不过方召没看那些，略过之后，只选择了一个祭坛，一瓶500毫升的酒，一个复古的酒碗。

不同的人，不同的拜祭方式，不同的习俗，可以选择不同的物品，这相当于一个自助购物机器，这些物品都需要支付相应费用。出售拜祭物品和受捐赠所得，是陵园每年维护管理费用的主要来源。

跪拜的垫子也没要，方召一手提着酒一手拿着碗上前，拜祭间的模式他也没改，直接是默认模式，全息影像就是一个缩小的核心墓区，那座巨大的墓碑缩小之后只有两米来高，而巨大墓碑后，那些小的墓碑组成的墓碑群，发着光，如浩瀚星海。

站在墓碑影像前，方召知道，面对的这个方向，就是核心墓区那座巨大墓碑所在。

怔怔地站着看了两分钟缩小的墓区影像，又看了眼墓碑后面仿佛星光的墓碑群，方召倒上酒。

第一碗酒，方召直接倒在了祭坛里面。敬那个时代死去的所有人。

第二碗酒，方召自己喝了一半，剩下的一半倒进祭坛。敬那些无法再见面的老战友。

第三碗酒，方召一滴不剩全部喝下。敬自己！

三碗酒完毕，方召放下酒瓶和碗，看了一眼墓碑影像，转身离开。离开前，他捐了一百万，没有购买那些虚拟的祭拜物品，直接选择捐钱，简单直接。

除了拜祭间，方召没有再去看殿内的其他陈设，而是直接出了主殿，穿过广场。

广场上有许多走动的人，阳光下，有小孩在放声欢笑，奔跑着。在广场上也有一些划分好的临时商铺，一个挨一个的商铺连成线。来往的人在那些小商铺前驻足停留，购买一些纪念品。

"已经过去五百多年了！"方召再一次清晰地认识到这个事实。他现在已经不再是末世的方召，而是新世纪人，不该只执着于过去，难得来一趟，这种机会是别人想求都求不到的。他该向前看，好好看看这个新的繁荣的世界。

看着广场上的情形，方召也不禁露出一个微笑。他没见到创世纪的那天，却跨越五百多年的时间，生活在了繁荣的新世界。

"嘿，这位兄弟，来两张纪念画？"旁边商贩的叫声让方召回过神，朝旁边看过去。这个临时商铺上摆放了许多大大小小的画，是专门卖画的小摊。这些摆小摊的商贩都是陵园内平日里负责清扫维修之类的员工，每年这个时候，他们就会化身小商贩，在陵园的广场上划定的商铺区卖东西。

新世纪的人们，大多只有一个信仰，就是创造新世纪的英烈们。他们不信神，但也不知道是民间自发形成，还是商人看到其中的利益而驱使，民间形成了一种会在纪念日贴上两张门画的习惯，是缅怀，也是祈福。贴什么？当然是贴烈士陵园的那些英烈的画像！

见方召似乎对纪念画感兴趣，那小商贩笑得更殷切了："来，看看呗，今年出的新款，由著名设计师设计绘制，新型防水耐污防刮花材料。新款全世界现在也只有我们这里有，买回去贴公司、贴家里都可以，就算自己不用，也可以送给亲友嘛！"

小商贩巴拉巴拉推销自己的商品，方召有些愣神，指着小商贩手里的那两张画："这俩是谁？"

"没认出来？"小商贩还觉得方召眼力不行，夸张地张了张嘴，随即又挂上殷切的笑，指了指手中的那两张，又指指旁边放着的一堆，"主殿门前那两尊雕像，同款英雄，乌延大将和方召军团长！"

方召："……"他有种被汤圆噎住的感觉。

不同于大部分人，在陵园工作的员工，对园内葬着的烈士们的信息熟得很，闭着眼都能给你说出百八十人来，更别说是核心区的那些在历史上留下浓重色彩的人物。这可是他们园区每年考试的必考内容,连核心区的烈士们都不认识,还想在陵园内工作?

小商贩嘴皮子一掀就停不下来,不只介绍了"主殿同款英雄",还介绍了其他英雄,将那些人记载在历史书上的丰功伟绩文学化之后,讲得激情澎湃,铿锵有力,像是买一张画就请回去一个战神似的。

方召木着脸看了看小摊上的其他画。嗯,艺术化的纪念画,虽然有些夸张,但也将很多人的特征都表现出来了,比如某些人特征性的大胡子,某些人特征性的光头,某些人特征性的痣等。还是……能对上人的。如方召的那张画,脸上那几条疤都有,只是艺术化之后,少了几分凶悍,能将疤痕画得跟文身一样带着时尚感的画家,方召也是佩服之极。

只是……那件红披风是什么鬼?我什么时候穿过那个?!

见方召盯着其中一张画,小商贩道:"主殿同款英雄今年新出了好几个画风,很多人买的,就算自家不贴留着做纪念也好。哦,还有其他的,都是在咱们洲有名的英雄,灭世时期和新世纪的知名人物都有,也是今年出的新款纪念画。如果你家里有谁是烈士后人的话,可以选。"

方召抬手虚划,从摊头划到摊尾:"这些英雄纪念画,甭管哪个画风,一样给我来一份,方召那个……一样来十份。"

"好嘞!"小商贩咧着嘴,颠颠儿地收拾画去了。

方召带着一大摞纪念画离开烈士陵园,先回了趟他的新家——在齐安市从老艺术家薛景那里买到的顶楼房子。房子过户之后很快装修完毕,方召简单买了些家具换上,其他的就没怎么装饰了,因为他大部分时间都在公司。

回家将其他纪念画放下,只带了"烈士方召"的纪念画回公司,然后,给部门每人发了一套。六种画风,六张一套。

"头儿,这个是?"付应天看着手上的纪念画,有些发愣。他对纪念画没什么感觉,他爹妈倒是很喜欢,每年都会买一些灭世时期的烈士纪念画贴门上,有时候还将房间门也贴上,他也不知道是习俗使然,还是真相信会得到英烈们的庇佑。

"这个纪念画我认识!"万悦一看到纪念画上那个人物脸上的疤,就知道是哪位了。

"谁?"祖文他们看过来。

万悦看向方召:"大召这次怎么会买同名烈士的纪念画?"以前方召对纪念画可没兴趣。

"同名烈士?!"祖文几人惊道,"这难道就是历史书上说的那位?"他们知道灭世时期的那位大人物,也曾在上历史课的时候议论过,如果当年那位没那么早就离世,延洲就得换个名字。

不过,与烈士同名的人很多,从小学到大学毕业,再到工作,不知遇到过多少。一开始还会好奇、惊讶,现在听到都无动于衷了,就连当时知道虚拟项目被塞给一个叫方

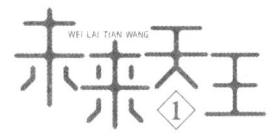

召的新人时,祖文听到名字也没觉得有多惊奇。

"原来是他啊。"祖文看着手上的纪念画,"当年中学的时候还考过关于他的试题呢。"

"对,我今年还看到有学生在网上抱怨,考试考的'延洲烈士陵园公共拜祭区主殿门前的两尊雕像是哪两位人物',听说大部分都没能答对,有些只蒙对了乌延,毕竟延洲嘛,乌延大将大家熟悉,至于另一个就蒙对得少了。"旁边的庞普颂研究着手上的纪念画,说道。

"我们当年考这种从未错过。"曾晃笑着看了看万悦,万悦也乐呵,这种题对他们而言就是送分题,因为他们在知道有位烈士也叫方召之后,就对这个印象很深。

其他几人都觉得自己部门的老大还真有意思,纪念日假期前发兵役名额,还发同名烈士纪念画。果然艺术家的脑子就是特别的吗?

想起什么,祖文道:"哎,老大,你说将来你要是红了,名气大了,会不会有人请你去演灭世时期的那位方召军团长?嘿嘿,你可以提前锻炼演技!"

方召没回答,只是给了祖文一个看傻子的眼神。祖文看到方召看过来的眼神,必觉得刚才的话说得荒谬,这种情况怎么可能发生?

其他人也觉得好笑,方召是个乐曲创作者,将来《百年灭世》原创者的身份公开,也能升级为作曲大家。他会在作曲圈出名,这个没人有疑问,前三个乐章就是最好的证明。但,方召不是演员。而且,涉及灭世时期真实历史人物的影片,都是要全球影视协会以及诸多烈士后代们拍板同意,才能拍摄的。

新世纪早期的娱乐圈,的确很乱,各种扭曲历史,不管是影视、音乐还是虚拟偶像,拿烈士开涮、吸引眼球的事情太多。后来在众多烈士后人的强烈反对下,全球联盟颁布禁令,控制这一乱象。想要拍摄涉及灭世时期真实人物的影片,必须经过重重审核,且必须征得所涉烈士后人的同意。

因为禁令限制太多,所以,各洲在拍摄涉及真实人物的影片时,也尽量只选择身份重要的,在灭世时期影响较深的一位或者几位人物,因为用太多了申请程序会很麻烦。所以,从全球影视协会下禁令到现在,还没有哪一部影片真正提到灭世时期的那位军团长方召。

然而,祖文他们不知道,方召刚才的眼神并不是觉得这种情况没可能发生,而是在想:我就是我,还要演?

"哎,不过说起来,早就听闻全球影视协会有意向启动一个涉及灭世时期多位重要人物的影片,怎么还没启动?"旁边的罗德尼想起大学时候看过的一篇报道。

"早就搁置了,据说已经搁置很多年,几次想要重新启动,都没成功,不知道是为什么。"宋秒平日里比较关注娱乐圈方面的消息,听罗德尼提起,便说道,"不过,近几年被提起得越发频繁,我估计这个项目可能真有希望重新启动。"

"真要启动,那就是轰动全球的顶级大片。"祖文说道。

其他人也赞同地点点头,真要是启动那个影视项目,投资商肯定是各洲的大族,比

第17章 "火烈鸟"邀约

如雷洲的雷纳家、延洲这边的乌家，等等。影片里有他们的祖辈，还都是创世纪的大人物，选角上肯定会要求非常严格。能出演重要角色的，肯定都是全球知名的实力巨星，恐怕银翼公司内的A级签约影星也只能去争个龙套角色，还是削尖脑袋往里挤的那种。那才是真正的大投资影视项目，他们这些小喽啰也只能在这里谈论，不可能真有能力参与其中。

"不过，再大的影视项目，也不可能没有配乐。"宋秒转向方召，"老大，努力一下，说不定到时候还能争个配乐资格。那种影视项目中的配乐不可能只有一种，也不可能只出自一家，在这个上面，咱们到时候还是能争一争的。"

说是这么说，但宋秒其实也不看好方召，因为以她了解到的信息，那种级别的影视项目，配乐都出自实力强劲的老牌工作室，或者配乐圈内的老资历大师。以方召的年纪和影响度，被选中的概率不大，若是再过个百八十年说不定还有可能，但到那时候，项目应该早就完成了吧。

见方召似乎在认真思索什么，宋秒和祖文他们相视一眼，以为方召真将她刚才的话当真了，轻咳一声，打算转移话题说点实际的振奋点的事情，就听到方召的手环响了。有人来电。

"段董？"方召接通。

"上来一趟。"段千吉道，又强调，"你一个人。"说完便断开通话。

"段董又要询问第四乐章进展了？"

"应该是吧，以段董对这个系列的重视程度，可能就是询问关于项目的事情。"

祖文几人议论。

不过，方召倒是感觉不一定是关于第四乐章的，昨天他才给段千吉发了第四乐章的进展报告，不至于今天又问。

"我先上去一趟。"

其他人回到自己的岗位继续赶工，方召则乘坐电梯到了顶楼段千吉的办公室。进去之后发现除了段千吉和那四位助理秘书，还有两个陌生人，在方召走进去时，两人都看了过来。与方召年纪相仿的一人眼中带着明显的质疑之色，不过那位年长些的倒只是露出了打量的目光，并不带任何轻视和质疑，只是单纯地打量。

两人的着装并不华丽，也没有奢侈闪耀的配饰，乍一看就像是人群中的大众技术员工。但在两人胸前，别着"S"形的火红色禽类图标徽章。单是这个不大的徽章，就能让许多人重视起来，这就是他们身份的最好证明！

火烈鸟的人。

火烈鸟，全球顶级游戏制作公司，它若是称第二，无人敢称第一。

"坐。"段千吉指了指旁边的座位，然后看向那两人，"这位就是《百年灭世》前三个乐章的原创者方召。"说着又看向方召，介绍两人身份，"这是火烈鸟公司音效组的游传组

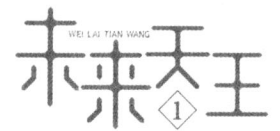

长和比弗先生。"

"副组长，副的。"游传摆摆手，并不觉得称呼上加个"副"字有什么尴尬。

说完游传又看向方召，带着恰到好处的笑："《百年灭世》已出的三个乐章，我们组的成员都非常喜欢，第四乐章也很期待。至于我们来的目的，与代言无关，我们只负责音效相关的部分。此次前来，是想向方先生发出邀请。"

"邀请？"方召问。

"是的。我们想请方先生创作一曲。"

"定制曲？"

"没错，《世纪之战》一段两分钟的开场动画背景音乐。实不相瞒，我们其实早准备了四首，打算从中选出一首使用，但是……"说到这里，游传再次打量方召，"我们音效组的组长在听过《百年灭世》的前三个乐章之后，对提前准备的四首并不满意。不是说不好，而是在与游戏本身的融合度上还差点儿。所以，我们已经向十二个洲的配乐大师和工作室，共十八个创作方发出定制邀请。方先生这里，是最后一站，也是我们音效组的组长亲自交代必须发出邀请的。"

"我是第十九个？"方召问。

"是。"

方召沉默。邀请了十九个配乐创作方，并且许诺会将十九个创作方的创作成果全都买下来，但最终，火烈鸟只会挑选其中最满意的一个在游戏里使用。

当真是……"壕"无人性。

"方先生是第十九位，也是最后一位受邀人。"游传说着笑了笑，看向方召，带着些许认真的语气，"但方先生若是有其他计划，或者觉得时间太紧的话，也可以拒绝。刚才忘了说，乐曲初稿必须在三月份之前完成。"

游传说话的时候也观察着方召的表情。方召进来的时候他就能感觉到，这个年轻人与他那些同龄人不同，不是装出来的沉稳，甚至看到他们胸口的火烈鸟标志时也只是稍稍露出点惊讶之色，没有故意掩饰，也没有故意压制激动的情绪。

而现在，得知能与其他各洲的知名大师一同被邀请，为鼎鼎大名的火烈鸟公司出品的游戏开场动画做配乐，他也没有多少激动的情绪，只是坐在那里认真地听，就像只是……在听一份汇报一样。

听汇报？游传被自己脑子里突然闪过的联想惊了一下，随即又觉得好笑，大概是最近行程太紧，忙着到各处发邀请，所以才会产生这种错觉。抛开脑子里的想法，游传再次看向方召，只见方召随意搁在腿上的手指敲打着，找不出规律，而方召本人……似乎在走神。

"咳！"旁边的段千吉都看不过去了，咳了声提醒方召。

方召敲动的手指一顿，扭头看向游传："我需要先看开场动画。"

第17章 "火烈鸟"邀约

游传心想：走神还能听到刚才说的话？

"可以。不过方先生需要先签一份保密协议。"游传道。方召的这个要求很合理，如果方召看都没看那个片段就急着答应下来，那才会让游传失望。

"这规矩我懂。"

保密协议签完之后，游传递给方召一个巴掌大的火烈鸟标志形状的微型投影仪。

影像被投射到空中，方召认真看着这段短短两分钟的开场动画。其实称"动画"只是业界传下来的习惯叫法而已，真正看到这段影像之后，方召就发现，真实度太高，就像是实景拍摄出来的一样，这画面并不比银翼每年投资的电影差。

在方召观看这两分钟的开场动画时，游传依旧观察着方召，心中评估这个人是否真的有能力创作出那样品质的乐章，以及是否有合作的可能。

方召看得很认真，同时手指也再次敲打起来，幅度不大，游传也看不出规律。

两分钟的影像片段结束，方召扭头对游传道："可以，一个月时间，足够了。"

屋内其他人都看向方召，段千吉刚才想截住方召的话都来不及。坐在游传旁边的另一位火烈鸟员工比弗更是瞪大眼睛，像是不敢相信方召竟然会如此自信。自信是好事，但过度自信就是蠢了。

比弗跟着游传去邀请过十八个创作方，而这十八个创作方，有的在听到"三月之前"这个期限的时候就觉得有些勉强了，而在看了那段开场动画之后，好几个都给出了"尽力"的说法，意思是他们只能尽力而为，不保证在今年三月之前能完成初稿。飞得越高越爱惜羽毛，他们那些人创作的作品，满意的才会拿出来，不满意，宁愿放弃一个大好的机会也不会让它损害自己名声。

然而，方召这个在十九个候选人中排位最末，地位也最末，根本就没名气的创作人，却在看了那段开场动画之后，竟然就这么自信地应下来了！

比弗忍不住想说什么，被游传一个眼神止住了，只能将快出口的话咽回去。

"那么，就恭候佳音了。"

游传没有在这里久留，告辞之后，带着比弗直接从顶楼的车库离开。游传两人开来的飞车并没有明显的火烈鸟标志，低调不起眼。他们不想让外界知道，已经临近游戏发行，开场动画的背景音乐却还没确定下来。

车内，比弗不解地问游传："为什么不多问问？试探一下方召是否真的是那三个乐章的创作者，以及，他是否真的有能力在一个月的时间内创作出质量过关的作品。"

现在已经一月底了，在三月之前完成，相当于基本上只有二月份这一个月的时间。一个月之内，想要作出一首足以匹配一个大型游戏项目的乐曲，其难度有多大，圈内人就算是新手，也该明白。

游传笑着摇了摇头："那些都没有意义，我们不了解方召，也不了解银翼，一切都是臆测。答案会在他将作品传过来的时候揭晓。"

而在游传两人离开之后，段千吉就不再顾忌了："方召，这事不能勉强，如果觉得没有把握，现在收回之前的话还来得及。"只要游传两人没出延洲，段千吉就能将人先拦下来。

"不勉强。我接受邀请，是因为我能保证在一个月之内，创作出我自己满意的作品，至于他们喜不喜欢……我就没法保证了。"

"除了《百年灭世》四乐章，你还有灵感创作出那样品质的乐曲？"段千吉觉得惊奇，她虽然不会作曲，但也知道，灵感这东西对创作有多重要。在这个时间点由副组长亲自奔赴各洲发出邀请，可见这个开场动画的配乐，难度不小。

"之前没有，现在有了。"

段千吉看着方召，沉默了两秒："行，我知道了。"

方召下楼继续去盯着第四乐章的制作。段千吉的办公室里，一位助理带着担忧和不解，问："段董，这样交给方召真没问题？"如果到时候方召拿出来的作品质量达不到火烈鸟的要求，火烈鸟会不会恨上他们公司？

"你觉得，在对音乐的理解和挑选眼光上，火烈鸟音效组的专项人员是否靠谱？"段千吉问。助理不吭声，因为这个问题实在是太简单了。不靠谱能在火烈鸟公司留到现在？之前游传还说过，邀请发到方召这里，是他们音效组组长的意思。能混到全球顶级游戏制作商火烈鸟公司音效组组长的人，能是个不靠谱的人？

段千吉不会真拿这个来考他们，只是借着这个话题告诉他们一件事："据我所知，游传他们这次紧急发出邀请的十九个制作方里，延洲只有一个。"

在延洲，银翼的"天马行空"，霓光的"金属狂潮"以及橦山实华的"四次元"，三家公司的王牌版权音乐工作室，都与火烈鸟合作过。银翼以前在虚拟偶像方面是不行，但就如游传所说，火烈鸟公司的各个部门分工不同，各司其职，不会互相干扰。虚拟偶像是虚拟偶像，音乐是音乐，游传他们那边只负责音乐。

另一边，方召回到部门之后，并没有提及任何关于火烈鸟邀请他的事情，其他人见方召不说，也不再追问。他们要求不高，多干活有钱拿就行。

方召坐在自己的办公室里，拿出一个笔记本，开始写曲谱，将刚才他在看那段两分钟的影像时脑子里出现的灵感写下来。

《百年灭世》的前三个乐章是方召上辈子就创作出来的，重生之后只是稍做修改并重新编曲而已；第四乐章则是他重生之后的灵感汇集。而现在，纸上的这些断断续续的字符，是他今天去过烈士陵园、看过游传给的那个开场动画之后的灵感集合。

初稿写完之后，方召继续回想今天的经历，尤其是烈士陵园和那段两分钟的开场动画。初稿还需要修改，所以方召在继续寻找能改动得使它更完美的地方。

这时，曾晃过来找他。

第17章 "火烈鸟"邀约

"大召,第四乐章的进展很顺利,可能在二十五日之前就能完成。你说过,第四乐章一完成,咱们部门就放假。我和万悦像往年一样,不会回去。"

曾晃说的"回去"指的是回他们的出生地——延北市。当年家里出事之后,政府给了不少赔偿金,几个亲戚贪他的赔偿金,可曾晃就是一直死死地将钱攥在手里;万悦那边情况相似,只是没曾晃那么严重。不过万悦也是不想回去的,大学之后他们两人就没回过延北市。

"纪念日你来和我们一起过吗?反正也只有我和万悦两人,多一个人多点热闹。今年换新房,地方更大,客房也早有准备。"曾晃道。

方声背叛了他们,现在不知道在哪个地方的监狱里。昔虹在与方召分手之后也没再出现,今年的纪念日,方召恐怕只有一个人过……不对,还有一只狗。

"我就不去你们那边了。"见曾晃还想说什么,方召先出声,"我今年回去。"

"回去?"曾晃显然没料到方召会是这个选择,因为他们几个在大学之后,就都没再回去过,刚上大学那会儿他还听方召说过再也不想回去,那个时候,方召好像在与他二叔闹矛盾。不了解方召家里的具体情况,曾晃听到的都是方召的抱怨,所以听到方召说要回去,曾晃第一反应就是诧异和怀疑。

方召没出声,只是将手环里的一份电子邮件调出来给曾晃看。

二叔:今年纪念日回来吗?(1月20日晚10:23)

方召:回。(1月21日早7:02)

二叔:出什么事了?!(1月21日早7:36)

二叔:你通信号换的什么?(1月21日早7:36)

二叔:我通信号******,给我回话!(1月21日早7:37)

曾晃看看满页的电子邮件信息,里面只有一条是方召的回复,其他全是方召二叔发的,大概他也被方召这个回复给惊到了。六年多没回去,每年询问都得到一个"不回"的答案,今年方召他二叔可能也做好了再次收到"不回"的准备,没想到,竟然少了个"不"字!

这这这……这肯定是出事了!这是方召二叔第一时间想到的,所以才急着询问。

"你还没给你二叔回话?"曾晃以为方召是故意不回。

然而,方召是真的忘了。他今天早上刚解决完庞普颂和付应天兵役名额的事情,就被段千吉叫到楼上去了,下来才刚看提示消息,就被告知了方声的事情。去完警局又去了烈士陵园,回来再次被叫上顶楼,与火烈鸟的人谈定制曲。现在曾晃提起,方召才记起来他收到不少消息,但是没回复。没办法,上辈子到末世后期的时候,方召压根没亲戚了,现在一下子也想不到那上面去。

"我忘了。"方召道。

曾晃满脸的不信,出办公室前还劝道:"你好好跟你二叔谈谈,我觉得他们对你应该是真心的。时间不早了,赶紧回个话过去,要是你二叔觉得你出事,报警寻人怎么办?"

方召扭头往窗外一看，时间的确不早，天已经黑了。

方召给那边回了个话，那位二叔虽然没有用语音联系，但是从传来的文字也能看出来，对方还是很高兴的，似乎有些激动，还发了一张照片过来。

方召能从原主的记忆中知道那位二叔家里有四个人，二叔二婶，以及两个堂弟。而这张照片里，还多了一个女孩。原主上大学那年，二婶生了个小妹妹，现在也六岁了。

接下来几天，整个部门都在赶工，终于在二十四日完成了第四乐章的制作，这意味着虚拟项目部的纪念日假期要开始了。二十五日方召带着他们出去吃了一顿大餐，然后各自离开。卷毛狗方召没有带着，而是让曾晃和万悦帮忙照看。

一月二十六日，方召坐公司一位与祖文相熟的技术人员的车，从齐安市到延北市。

那位技术人员也是延北市人，只是在齐安市工作而已，从祖文那里知道方召也要回延北，那人就主动提议捎带方召一程。不过，那位技术人员的最终目的地与方召并不在一处，一个在市区这头，一个在市区另一头。方召谢绝了对方直接送到家的好意，到延北市之后就直接叫了出租车。

"去棣棠街道？"

"对。"

"那边会有点堵，最近人多，所以开得会慢一点，费用比较高。"出租车司机说道。

"了解。"

方召看着窗外，街道旁人群缓行，路过人头攒动的广场，有那么一刹那，方召有种过了一辈子，又回到原点的感觉。如果没有末世，大型的节日时，世界好像也是这样的。拥挤而热闹，四处都充满了喜庆。

不过，那点感觉很快就消失了。持续百年的末世是真的，而新的时代早已降临。轨道上列车飞驰，空中的飞车来来去去。回不到原点了，因为，世界还是在进步的。

"棣棠街道到了！"外面，两边都是高楼，居民住房密集。好的是，左右两栋楼间相隔的距离比较大，底下的街道也不会出现大白天就昏暗的情况。

高近百层的居民楼上，每隔五层就会有一条往外扩展的楼道，能容得下两辆车通行，不过这种是不允许车辆在上面快速行驶的。楼道上隔一段就会有个更突出的半圆形平台，是停车带，上面写了数字，代表这是这层楼上的第几个停车带。

"二十五楼，下一个停车带停车。"方召说道。

大脑中关于那位二叔家地址的记忆早就模糊了，不过在前几天通话的时候，那位二叔似乎已经料到方召可能记不住地址，所以给他发了具体地址，方召只要依照上面的找就行。

下车付了钱，方召刚从停车带走出，就看到一群小孩呼啦啦跑过来，上面几楼跑得慢些的急得脸通红。没办法，电梯一趟送的人数有限，赶不上前一趟的就只能等电梯上

第17章 "火烈鸟"邀约

去再进。

扭头往身后一看,方召看到一辆花车在缓缓靠近,停在刚才出租车停留的地方。不管是齐安市还是延北市,经常能看到一些装饰可爱的花车在各处跑动。那些是卖糖的花车,小孩们很喜欢。花车打开的窗口摆满了各式各样的糖,斑斓夺目的色彩、香甜飘动的气味以及标志性的音乐,花车所到之处,总会有小孩聚集。

花车刚停下,跑在前面的孩子就冲过去,熟练地点了几种在购买力范围内又喜欢的糖,后面跑得慢些的小孩急得乱叫,他们担心看中的几种被挑完。

方召看着那些往花车挤的小孩,脸上露出笑意。他自己的记忆中,童年是什么样子,早就模糊了。不过,看到那些追逐奔跑的孩子,有些模糊的记忆却重新浮现,不清晰,却一直留着。

本打算抬脚离开,将这里留给这些眼中只剩下糖的小孩子,可刚抬起脚,方召就看到了孩子群中一张熟悉的脸。

六岁的小女孩灵活地绕过挡在她前面的两个"大块头",来到卖糖的窗口,踮起脚点了几种,穿着幼稚糖服的售货员,笑眯眯地从摆放在窗口的货架上取下几种糖递给那小女孩。接过糖的小女孩抬起戴着小熊手环的手,在窗口的支付区拍了拍,转身想离开,又留恋地抬头看了看窗口上方插着的一只小熊糖。

这一带的卖糖花车,都是依照这一带居民的消费水平来摆放糖果,比较贵的那类卖得少,所以摆放的位置也高。周围几个小孩也都眼馋地看着窗口上方的那些糖,不过他们也只是过过眼瘾,知道自己买不了,家里给的钱有限。

"那种糖给我一支。"正对着小顾客们微笑的售货员听到声音抬头一瞧,见是个年轻小伙子,愣了愣,随即又微笑着将对方所指的那支糖从货架上取下。

刚才买糖的小女孩也抬头看过去,随即惊道:"召哥?"

"方小铃铛?"方召低头问道。这小女孩就是那位二叔家六岁的女儿方玲,因为她出生的时候二叔二婶听到有人摇铃铛,便给方玲取了这名字,小名就叫小铃铛。

"我是!"方玲使劲点头。这几天她爹总将方召的照片拿出来给他们看,不过照片都是方召上大学之前的,六年过去,变化还是有的,但方玲还是一眼就对上号。也不知道是真认出来了,还是小孩潜意识里将买糖人往自己认识的人这边拉。

周围的小孩都羡慕地看了方玲一眼,原来是方玲的哥哥,方玲真幸福,有人给买糖。

"您好,你的糖。"售货员将解了封纸的糖递给方召。

方玲睁大眼睛,眼中闪动着晶亮的光,满是期待。然后,就看到她六年来第一次见面的堂哥,拿着那根她想了好久的糖,自己吃了。

看着已经被咬掉了熊头的小熊糖,再看看吃糖的方召,方小铃铛傻眼了。

花车售货员以及周围的其他小孩也都傻眼了。敢情这位买糖是自己吃的?!

在周围一圈人的注视下,方召淡定地将那支糖全部吃掉。

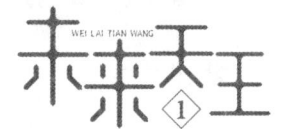

末世里他们也吃糖，不过那种糖完全是作为作战物资准备，味道不好，硬得能砸核桃。但只要能提供足够的能量，他们就喜欢，一切都以"补充足够能量"为目的，所以，也不会去在意味道和口感如何。像这种纯粹作为零食的色香味俱全的糖，方召已经很久没吃过了。

裹着糖粉的软糖在口中慢慢化开，缠绵的甜味带着温暖蔓延，似乎驱散了冬日的寒冷。

不过，方召也就只是尝个鲜，顺便逗逗小孩，对这些东西算不上多喜欢。瞟了眼傻掉的方小铃铛，方召扫了眼花车内，对售货员道："那个也卖吗？"售货员扭头看向方召所指的位置，那里是一个做成小熊样的透明盒子，里面装满了刚才那种糖。

"卖……卖。"

"那个我要了。"

"啊？哦，好的！"售货员将近半米高的盒子搬过来，"这里面有五十支'小白熊'，您可以数数。"她也没想到今天出来一趟，竟然能直接将这种平日里半天都难卖掉一支的糖，卖掉了一整盒！

方召将盒子打开，看着周围还没离开的小孩："如果你们能在十秒内，从矮到高排好队，我就给你们每人一支。"

在场的小屁孩们根本没有十秒的概念，但一听是"秒"级的计时，连忙呼啦啦地动起来。

"十，九，八……"原本身高相近，还因为前后问题想要争吵的孩子，听到方召的倒计时，也顾不上争了，赶紧站进队伍里。

方玲看了看队伍，又看看方召，撒丫子冲进队伍里，找准地方就排进去。

花车里的售货员张着嘴，看着那群刚才还挤在窗口前的孩子，在数个呼吸之内，就排成了一长条。队伍快要出停车带的时候又转了回来，最后呈"S"形排列。

二十五楼的空中楼道上有人经过，好奇地看着这边，楼里一些人也打开窗户往这边瞧。

"……三，二，一，时间到！我要检阅了。"

方召严肃着脸看着队伍，弄得队伍里的小孩都跟着紧张起来，生怕自己站错了地方没糖吃。

"还可以。好，现在从第一个开始，到我这里来拿糖。"给在场的三十二个小孩，每人分了一支之后，盒子里还剩下十八支，方召连盒子一起递给方玲。

"给……给我的？"方玲惊得差点将手里的糖掉地上，"真给我的？"

方召点头："你不要？"

"要！谢谢哥！"

紧紧抱住盒子的方玲从傻愣变成傻笑。

于是，当方家二婶打开门的时候，就见到一大一小，嘴边还粘着糖粉的两个人。

- 208 -

第18章 "天狼星"号

方召从记忆中知道，原主家里出事之后，只在二叔家住了很短的一段时间，之后一直都在学校住着。除此之外，政府也有给他们分配赔偿房，原主同曾晃他们几个从小一起长大，住同一栋楼。遭遇都差不多的几个人，在得到赔偿房之后也住在一起，再加上得到的赔偿款，并不需要亲戚的接济。

原主对家里其他亲戚一直都是疏远的态度，原因可能是见到曾晃和万悦家那些亲戚想方设法贪赔偿款，又或者是受方声的影响，很少与那些亲戚走动。但在上大学之前，作为监护人的那位二叔是真帮过不少忙的，只是沟通方式不是那么讨喜，以至于原主对那位二叔格外排斥。

原主在自杀之前也想起过二叔的话，很早的时候二叔就提醒过他防着点方声，为这事叔侄俩还吵过一架，以至于原主越发疏远二叔，与方声越发亲近。他换了通信号也没告诉二叔，二叔家的人也只能每年发点电子邮件，原主有时候会回复，有时候会无视。

人总会犯错，但有些错，却是致命的，后悔也挽救不了。

方二叔长着一张方方正正的国字脸，两条粗粗的眉毛带着些许上扬的角度挂在脸上，大概是刚喝过一点酒，面色发红。看向方召的眼神明明很激动，偏偏面上还要摆出一副长辈的严肃样，好几次张嘴想说什么，又像是害怕说错话，憋回去了。倒是方家二婶拉着方召问了不少，问这六年的经历，问现在的工作。

方召将大脑中留下的记忆挑拣着说了些。看着方家二婶热情的笑，心中感慨，如果这些人知道原来的那个方召早就自杀，不知道会怎么想。

"这么说，你现在已经签约银翼，为他们作曲？"方家二婶想到什么，叮嘱方召，"小召，别嫌二婶啰唆，你们作曲的，一定得将自己的作品保护好，别被人骗着贱卖了，防着点人。前些日子就听说过哪家大公司发生过偷曲子的事情。总之，创作出完整曲子之后千万得留个创作记录，别只记载在一张纸上，万一……我是说万一啊，要是被人偷了，至少打官司的时候能找到你最早的创作记录，如果只有一张纸，丢了就没法说了。"

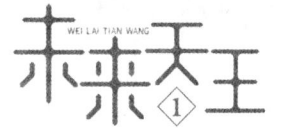

"我知道。"方召点头。

坐在旁边的方二叔实在憋不住，插了句嘴："尤其防着跟你们一起的那个方声！"说完方家夫妻两个都看向方召，想着方召会不会又因为这个跟他们吵起来。

"不需要了。"方召道。

"怎么不需要?！那小子一看就满肚子鬼主意……"

方二叔还想说什么就听方召继续道："方声已经在牢里了。"

方二叔没说完的话，硬生生止住。"牢里？"方家二婶诧异。

方召将方声偷歌的事情简单说了说，但并没有提他创作的那几个乐章的事情。那个现在还在保密期，他跟银翼签过保密协议的。

"原来前段时间听到的新闻，说的就是他啊。"方家二婶叹道。关于方声以非法手段盗取多人创作成果的事情，新闻报道上只有模糊的信息，并没有将全名公布出来，只将重点放在这件事情上，提醒其他创作者以此为鉴。

这里面也有霓光运作的成分，虽然方声只是个小角色，但报道太多会影响到他们公司的声誉。不关注创作圈的人，也只知道有这样的事情发生，至于具体是谁，来自哪里，就不知道了，也不会去在意。

"早跟你说过防着点那小子，那小子心术不正！"方二叔还是气，本就看着有些严厉的眉毛如刀般扬起，"要是早防着点方声，也不会有后面这些事情，可惜，当年你就是不听！"他心意是好的，只是不懂得怎么用年轻人喜欢的方式表达，说出口的话也像是在斥责一般。

察觉到自己语气又有些过了，方二叔生硬地转换话题，指着桌上放着的果汁："咳，那什么，喝果汁，昨天让人从牧洲带过来的，你们小孩子不都喜欢喝这种……"方二叔说着说着，突然记起方召已经大学毕业，都工作了，不再是他们记忆中的孩子。

"你别管他，他就这臭脾气。其实你二叔也是关心你，虽然你已经不再是学生，都开始工作了，但在我们眼里，你还是个孩子。"方家二婶笑着对方召道。不是看不起，只是那种身为长辈就忍不住关怀的心理。更何况，方召还是方二叔亲兄弟留下的独子。

方召听到这话，心中也道：在我心里，你们也只是孩子。四五十岁很老吗？哦，我一百多岁了。

与此同时，不知道方召在想什么的方家二婶暗自感慨，六年不见，方召的确成熟稳重多了。她刚才开门见到方召的时候还愣了愣，有些不敢认。

六年前的方召，像是给自己画了一个小圈子，似乎总是将自己与周围的人隔开，看人的眼神总带着防备和疏离。而现在的方召……说不出是什么感觉，反正不是六年前的样子，虽然也算不上多热情，但至少不是疏离的态度。

正说着，门开了，二叔家的长子方宇和次子方启提着不少东西进来。方宇今年二十岁，方启十二岁。看到坐在沙发上的方召，方宇进门时脸上的笑意也淡了不少。

"怎么现在才回来？又玩忘了?！"方二叔两根粗眉竖起，对两个儿子不守时的行为非常不满,他一大早就提醒过买完东西早点回来,结果这两人一直拖到现在。

十二岁的方启一见他爹又要发怒,缩了缩脖子。而旁边的方宇仍旧一副无所谓的样子,反正他已经习惯他爹这种脾气了。

大概是因为方召在这里,方二叔只说了句就没再继续了,瞪了眼两人:"过来,这是你们召哥。"

"召哥。"

"召哥。"相比起方启的那声,方宇喊的那声明显有些敷衍。方二叔眉毛又竖了起来,想说什么,被二婶拉住。

对于方宇的这种态度,方召没在意,从记忆中知道,这不是没原因的。

"对了,"方召从背包里掏出两个盒子递给两兄弟,"送你们的纪念日礼物。也不知道你们现在喜欢什么,问了部门的人,才选了这个,我试过同部门人用的这款,音质不错。"

看似简单的透明盒子里,装着两粒三分之一小拇指大小的东西,形状像是某种鸟的鸟嘴,一部分为红,一部分为黑。火红与炫黑这种强烈冲击视觉的搭配,无比吸引眼球;而这两种颜色搭配,让熟悉耳机的人立刻就想到某家公司。

方宇和方启两人的视线粘在耳机侧面黑色部分,上面有一个明显的火红色"S"形标志。

"火,火,火,火烈鸟耳机?!送,送,送给我们的?"年纪小的方启已经激动得结巴,如果身后有尾巴,大概已经开始欢快地摇了。方宇轻拍了下自己弟弟的头,心中很是鄙视弟弟这种立马就叛变的行为,但视线还是不自觉地看向耳机。

不管是音乐、影视还是游戏,都离不开耳机。新世纪不管是年轻人还是老人,都是从小就接触网络和电子产品,就算对各种耳机不算精通,基本的了解也是有的。

方二叔同样知道"火烈鸟"这个名字意味着什么,对方召道:"别乱花钱!"

方家二婶拍了拍二叔,给了个眼神:不会说话就闭嘴!

什么叫乱花钱?人家孩子也是出于好意,还是送给自家两个孩子的纪念日礼物,瞧瞧刚才这话这语气,像什么样!也难怪当年叔侄俩经常吵架。

"行了,一边玩去。方宇,将你房里收拾一下。"方二叔朝方宇和方启摆摆手。

"不用,我在延北买了房子。"方召说道。

"什么时候买的?你以后要回延北工作?"方二叔诧异地问。

"刚买,不回延北工作,就是在这边买了房。"

方召这么一说,方家二婶就明白了。方召在延北买房的目的,只是要偶尔回来时有个落脚的地方。

"那就留这边睡,六年不见了,我们见到你高兴。你二叔一大早就将菜买好了,准备做他的拿手好菜……"

"咳!"方二叔脸上更红了,打算换个话题,想着想着,方二叔收敛了些笑意,正色道,"小召,你服役了吗?"

　　如果方召去服役，肯定会有人联系方召的亲友，防止出现意外情况时联系不上家人。方召的档案上，方二叔是曾经的监护人，但他并没有收到过通知。他也曾想着方召是不是留了别人的联系方式，方召读大学时他还问过几次，都被方召无视了。这次见到方召，忍不住问了出来。提到这事，方家二婶也不再打趣。

　　"没有，不过今年是不会服役了，安排比较紧。"方召道。

　　"这样啊，也行，到时候需要帮忙的地方也跟二叔说一声。二叔有两个相熟的同学，现在在军队里面，每年也会带一带服役的人。小宇今年春季学期就打算服役了，他现在大三，正好过二十岁，我现在正联系人，想将他安排到那边去。"方二叔说着自己的打算。他想安排方宇去的并不是很安逸的地方，而是一颗正在开发的星球，矿藏采集并不是主要的，那边忙着建设，服役的人可能会去参与建设。

　　"服役就是为了让他去锻炼锻炼，苦点无所谓，就是担心其他的事情。"作为服过役的人，方二叔二婶都非常清楚这里面需要重视的事。有人帮衬的地方，苦点就苦点，当锻炼，磨磨性子，是好事，对以后也有一定积极作用；最怕就是同一期里面氛围不好，去的地方又没人罩着，容易被人欺负。方宇也不是多圆滑的人，真闹起矛盾，以这个年纪的年轻人冲动的性子，说不准会发生什么血腥事件。

　　方二叔虽然认识驻守队伍里的人，那边的老同学们也愿意帮忙，但怎么将人安排过去，这个那边就没法插手了。

　　每次谈及兵役，新世纪人们总是两个反应：找人，花钱。钱已经攒好，方二叔最近正忙着找人疏通，想帮方宇弄到老同学那边的兵役名额。方召心中也叹息。新世纪人们攒钱搞兵役名额，就跟末世前人们攒钱买房一样积极。有些家庭，可能从孩子还没出生，就开始有目的地攒钱了。

　　"想要去的地方决定好了？"方召问。

　　"对，就刚才跟你说的那个地方，能去那儿是最好的。"方二叔道。

　　"你先别忙着找人，我看看能不能将方宇这事给办了。"方召给段千吉发个短讯，因为不知道段千吉现在是否忙碌，所以只发文字信息。

　　"方宇学号多少？身份证号以及想安排的地方是哪里？你同学所在的驻守队伍是哪支？"方召问。

　　方二叔有些反应不过来，还是方家二婶反应快，一一回答。旁边本打算回自己房间收拾东西的方宇也止住步子，看向方召那边。他不明白方召这是在唬人呢，还是真有办法。但事关自己，方宇也多听听。

　　段千吉那边应该不忙，很快就给方召回了个信息。

　　"小召，二叔知道你想帮忙，但这里面很多事情，不是你们想的那么简单的……"方二叔话还没说完，就见方召给他们一串编号："这个编号就是方宇的兵役编号了，你们可以查查，看对不对得上。"

第18章 "天狼星"号

看着方召给的编号,方二叔一时间有些不知道该如何反应,方家二婶动手查了起来,他们也经历过兵役,所以知道该在哪里查询。找到官方查询平台之后,方家二婶挨个输入编号的数字和字母,输完之后又检查了三遍,才点的"搜索",然后就保持着瞪眼的姿势盯着查询结果。

方二叔看到那个结果之后,也觉得是不是自己眼花了,看看查询平台,是对的啊,当年他们服兵役时就是在这上面查询的。

"这个……这……"方二叔看看查询结果,又看看方召,半天憋不出句完整的话来。他感觉六年不见,方召的变化真的太大了,性格上的变化他能接受,这并不罕见,六年时间足够改变一个人的性子。但是,并不是谁都能两句话就拿到一个兵役名额。

方宇也早就凑过去看查询结果,从拉长的下巴就知道他现在心里有多震惊。

"公司给我的纪念日福利。"方召说道。

"你们公司发福利还发这个?"方宇第一次听到这种事,虽然因为以前的事情对方召的印象不好,但方召这也是在帮他,也不好再摆个敷衍的态度。他有些别扭,又好奇方召到底怎么弄到的这个名额,再说了,一般能弄到名额的都会给自己留着,哪会像方召这样轻易拿出来?

方二叔二婶也想到了。"小召,你不是还没服役?你怎么不给自己留着?"方二叔担忧地道,"你可能不知道名额的重要性,我跟你说……"

方召没多解释,只道:"我自己还有一个。"

方召的话成功让方二叔打住,顿了顿,方二叔才面色复杂地道:"那……那就好……"握杯子的手还有些抖,可见他心中并不像面上看起来那么平静。一个兵役名额已经够他们吃惊的了,竟然还有一个?!

"小召,这事二婶谢谢你!"方家二婶认真看着方召,"六年不见,你也有本事了,原本我和你二叔还担心你刚工作会遇到不少麻烦,现在看来,你比我们想的要能耐得多。但是,只要你有什么需要我们的地方,我跟你二叔一定会竭力帮你。"

"对对!小召,有什么需要帮忙的,别跟我们客气!"方二叔在旁边赶紧道。

方召送的这个大人情,让方二叔二婶有些慌。他们第一次清楚地认识到,现在的方召,已经不是他们记忆中的那个孩子了,是真正能主事的人。

"小召,让方宇带你去房间休息,没别的事情今天就在这里睡下。"方二叔也不是个能说会道的人,叮嘱两句之后,就同方家二婶一起到厨房烧菜去了。他们一年中大部分时候都是吃的外卖或者方便食物,新世纪这类食物多种多样,两口子忙起来就在公司吃工作餐或者点外卖、吃方便食物,孩子在学校吃。只有假期一家人聚在一起的时候,才会自己动手做饭。

方二叔心情很好,一方面是方宇兵役的事情解决了,另一方面就是方召现在有本事了,他高兴,怎么说也是自己侄子。至于方召到底怎么获得的这两个名额,方召不主动说,

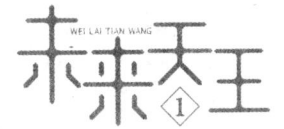

他们也不追根究底地问。

这边方二叔二婶在感慨方召这些年的变化,那边方宇带着方召去他房间,昨天他爹就让他将房间收拾出来给方召住,他则与弟弟方启一起睡。方宇上大学之后就很少住家里,也不想收拾房间,他昨天只是在他爹的威逼之下做了做样子,房间还是有些乱的。

"……那什么,我先收拾一下。"方宇现在感觉有些不好意思,方召刚才两条信息搞定他兵役名额的事情,让他感觉方召就像有光环加持一样。

方召过来这边只带了个不大的旅行包,除了给方家人买的礼物,就是两件换洗衣物。放下包,看了眼方宇的房间,二十来平方米的房间里堆了不少东西,唯一还算整齐的就是边上的书架。

"这些书我能看吗?"方召指了指书架,问。

"随便看,反正我没看过。"方宇说道。书架上基本都是他中学时候的教材。

中学的教材有两种,一种是电子版,一种是纸质版。不知道是不是因为末世中经历过通信设备受干扰、电子设施间歇性瘫痪的困境,新世纪即便电子科技发展迅速,纸质书却从未退出舞台。平日里学生们都是用的电子版本,方便。纸质版占用空间大,带着还麻烦,很多人直到毕业,纸质版教材还是新的。

方宇的中学教材也是一样,放在书柜最上方当装饰。方召抽出一本中学二年级的数学课本,一、二年级的这些课本还能看出以前翻动过,之后从中三到中六年级的纸质教材都像是全新的。课本一翻开,方召就看到那页写着大大的几个字:"方召是个大傻子!"

方召:"……"再往后翻,有文字,还有图画。对应记忆中的内容想一想,方宇读中二年级那会儿,原主中六毕业,而那时候,也是原主与方二叔闹得最僵的时候。

方宇那时候也被他爹管着,一说错话就被他爹关房间里看书。所以,他很多不敢说的话,就在课本里发泄了。

方宇收拾完东西,转头见方召拿着那本中二数学课本,瞥见上面的一幅带字草图,中二时期在课本上骂人的一幕幕瞬间涌现。他赶紧将课本抢过来塞抽屉里锁着:"咳,那什么,年少无知。"方宇尴尬得都想立马找个缝钻进去,半小时前方召给他搞定兵役名额,半小时后方召在他中二时期的数学课本上看到了骂人的话。

方召不至于因为这个生气,只是道:"画得不错。"其实站在方召的角度看身体原主和方家其他人的这些事情,他觉得方宇的态度也没错。不过,毕竟原主已经不在了,方召也不会因为以前的事情再说些什么。

不想再跟方召讨论当年的事情和自己的"劣行",方宇想了想,问:"对了,召哥,纪念日你去看太爷爷和太奶奶吗?"他记得,当年大伯和大伯母出事之后,一开始方召还会跟着他们家一起去太爷爷那里,后来和他爹吵了几次架,就没再同他们一起,纪念日也没去看过两位老人。

方召搜索了一下记忆,找到了一点对应的信息,不过并不多,甚至对方宇口中的"太爷爷""太奶奶"的印象都已经模糊，只记得那两人是方家现在辈分最高的两人，住在延北市干休所，应该一百五十多岁了，比方召上辈子的年纪还大。

"去。"方召道。

"每年我们去那边，太爷爷都会给红包，你大概有十年没去了吧？到时候表现好点，说不定太爷爷一高兴，将十年的红包都给你补了。"方家老太爷是带着军功退休的，虽然不再保留军衔，但待遇却不错，衣食住行都不用担心，每月还有数额不菲的退休金拿。

与此同时，延北市干休所。住在这里的老人都开始忙起来，生活杂事不需要他们自己动手，他们忙的是思索怎么给红包。

"老方！今年孙子辈的依旧不给吗？"隔壁有人开着窗户大声问。

陈设有些复古的屋子里，一位精神矍铄的老人坐在椅子上翻账单，同时大声回复："不给！都多大的人了，我就算给，他们也好意思收？！"

"那就只给重孙和玄孙辈了！"隔壁那声音说道。

"重孙我都不想给了，一帮小兔崽子，没个争气的！"方老太爷哼声道。

坐在旁边的老太太闻言笑了笑。

"笑什么？那帮小子本就是那样！"方老太爷嘀咕。

老太太不语，她见老头嘴里说着"没个争气的"，但算账的时候却将每个孙辈都算到了，包括……包括明明安然无恙却十年未曾来看过他们的重孙方召。

想到因意外早逝的孙子和孙媳，再想想十年没见过的重孙，老太太笑意稍淡。听说那重孙当年考了所不错的学校，去了齐安市，但他上大学前没来看过他们，更不会知道，曾经他们两个老人在背地里帮过多少忙，为他挡了多少事。

也罢，不来就不来吧。新世纪亲情本就易淡，若不是他们两个老家伙都拿着大额退休金，恐怕每年纪念日来看他们的儿孙也不会多。

方老太爷一边算账，一边嘴里也闲不住："方宇那小家伙，该服兵役了吧？"

老太太放下手中的书，摘下眼镜，缓缓道："前些日子听说老三家的二小子在跑动。"

"啧。"方老太爷只是摇了摇头，想说什么，话到嘴边又憋回去了，"没意思，算了，今年还是那样，看着顺眼的就多给点，不顺眼的就随意了。"

方召暂时在二叔这边住下，白天去了他在延北市买的房子，简单收拾了一下。这里只是一个落脚的地方，八十来平方米，一间卧室，一间工作室。收拾完之后，去陵园看了这具身体原主的父母。

在新世纪，普通民众的陵园不同于传统的陵园，而是一种公司形式。由于原主父母当时是因为意外爆炸身亡，整栋楼都炸得不剩多少，所以存放在陵园的不是骨灰，而是原主父母生前的一些物品。

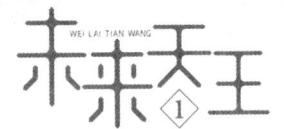

原主以前并不会回到延北市拜祭他父母，而是通过陵园所属公司的官方网站进行拜祭。到陵园拜祭同样需要预约排队，然后在一个划定的区域等候，将骨灰盒或者遗物存放盒从集中存放室移出来。比起烈士陵园，这种公司式集中存放骨灰和遗物的陵园，显得比较拥挤。方召去的时候，陵园的人告诉他已经欠费一年，补完欠费，方召还一次性支付了十年的存放费。

新世纪不允许随意下葬，骨灰或遗物都是集中在类似的陵园里，各人根据经济条件和喜好选择不同的陵园公司。这些陵园有些是政府出资办的，有些是私人所办。原主父母所在的这个就是政府出资，虽然看起来并不那么奢华，但也比较人性化，欠费一年了也没有将存放的遗物移出，除了发一条通知信息，并没有不断骚扰。

方二叔说纪念日那天要一起去干休所看望老太爷，到时候还会带着方召见一见其他长辈。因为方家人的挽留，方召买了延北市的房子之后也没在那边住过。

方宇的事情解决了，再加上方召回来，方二叔每天脸上的笑就没停过，这让考试差点不及格的方启松了一口气。不过唯一让方二叔一家人觉得别扭的是，他们在方召面前总是不自觉带着些小心。倒不是因为方召弄到兵役名额的事情，这虽然也是其中一个因素，但并不是全部原因。方二叔也说不清楚那种感觉，就是不自觉就那么做了。

有时候方宇也觉得，方召看他的眼神与住楼上的老大爷挺像，像是看小辈、看小孩的眼神，以至于他在面对方召的时候，总是觉得矮一截，说话都带着些小心。方宇分析了自己这种心态，可能就像他爹说的那样，有本事的人总会在无形之中让人生出些敬意来。

方召也察觉到了这一家子的态度，但他一时也改不了，他也不知道该怎么去装年轻人，或者说，不知道该怎么去装得像一个年轻人。他会过来延北市，只是想来这个新世纪的城市看一看。六年没回来过，就算性情大变，认识的人也不会说什么。

纪念日这天，方召跟着方二叔一家人乘坐公共列车前往延北市郊的一个干休所。

干休所今天格外热闹。医疗技术快速发展以及灭世时期之后人体素质普遍增强，平均寿命增加，现在很多行业的退休年龄都在一百五十岁左右，而到了这个年龄，后代五世同堂也是很常见的。这样一来，人数就多了，有些一家生六七个孩子的，算起来总数更多。

不过，在新世纪，一个家庭如何，并不看人数多少，还是看个人能力。更何况，新世纪生活节奏也快，感情易淡，就算是亲兄弟姐妹，也可能长着长着就疏远了。

来方家老太爷这边也都是各家自己的意愿，并非组团行为。一行人来到干休所之后，并没有去两位老人家住的地方，而是前往干休所的一片林子。

"每年的纪念日，都会有很多人来看两位老人家，儿孙多了，要是都赶到一起，去了也挤不下，所以干休所都会提前安排地方供老人家与儿孙们见面。"担心方召不记得这里的规矩，方二叔又给方召解释了一遍。

方召一行人到的时候，那一块已经有二十来个人了，都是一桌一桌地聚在一起，关系好的凑一起聊天，关系不好的一个眼神都懒得多给。

"两位老人也会跟小辈们聊一聊，每个人聊的时间长短不一样，越看重的人，聊的时间越久。去年他们跟一个堂姐聊得就挺多，前年跟一个表哥聊的时间久，不过我跟堂姐和表哥他们都不熟，没说过话。"方宇一边走，一边跟方召说一说每年纪念日过来这边的见闻。他们家一向都是打酱油的，不会突出，就是过来看望一下两位老人。

"今天还没见到爷爷，可能早来过，已经离开了。爷爷不太喜欢咱们家，每年都跟小叔和姑姑他们一起过来。"方宇继续小声说着。方二叔不只跟小辈难交流，跟他亲爹也说着说着就能吵起来，因为两人的脾气都差不多。

"哟，方朗，来了？"旁边树下的一桌有人看到过来的人，说道。方朗就是方二叔的名字，那人跟方二叔一辈，两人的爹是亲兄弟，不过关系也不算近，曾经因为一个项目合作过，熟悉了点。

"那边那个是谁？"那人注意到方召，问道。

"是方召，我已逝大哥的独子。"方二叔道。

那人还想了一会儿，才将方二叔的话对上号："哦，是他啊。"亲戚太多，记不住，不重要的那些他也不想记。比起方召，那人对方召提着的盒子更感兴趣。但这时那边已经轮到他们家了，要不然他还真会打探打探。

方召见到那家人进了前面不远处的一间屋子，这林子里的房屋建造得都比较复古，像是灭世前的那种瓦顶房。这附近只有那一间屋子，现在是冬季，虽然这两天出太阳，但温度还是比较低的，两位老人肯定在那里面。

"先坐会儿吧，他们那家刚进去，咱们排他们后面，大概还得等半小时。"方二叔说道。

方召过去正打算坐下等，就听前面屋子那边有人叫他的名字。

"方召！嘿，方召，对，叫你呢，快过来，你老太爷、老太太想见见你！"是刚才跟方二叔说话的那人，大概是在屋里的时候跟两位老人提起了方召，所以才先让方召过去。

"哎，方朗，没叫你，你们还得再等会儿。"那人示意方二叔别跟着，只让方召一个人过去。

"小召，你自己注意点。"方二叔替方召紧张，他每次去见两位老人家也会非常紧张，那种气场太有压迫力，他担心方召年纪太轻，承受不住那种气场而惶恐。

方召提起给两位老人准备的礼物，大步过去。

屋里很暖和，客厅坐着有十来个人，说话的声音很小，见方召进去的时候还互相嘀咕着什么，视线也在方召提着的盒子上扫了好几眼，像是在评估什么。

"里面呢。"刚才喊方召的人指了指里面的房间，对方召道，"我带你进去。"那人将方召带进房间之后，便转身离开，不过在离开房间时使了点小心机，没将房门拉拢，而是虚掩着，留了一点缝，坐在客厅就能听到里面的谈话声。

房间里。方召看到两个头发花白的老人坐在那里，老太太还好，脸上带着淡淡的笑意打量着方召，似乎在将现在的方召，与十年前的那个小身影对比；旁边那老头脸色就不那么好了，鹰一般的视线，再加上不怒自威的气势，若真是年轻不经事的小辈在这里，肯定会觉得紧张。

"您二位还是这么精神。"方召笑了笑，将手上的盒子放到一旁的桌子上，拆开盒子，将里面的东西拿出来。

方老太爷原还打算摆摆脸色，这小子十年没来，这次得好好说一说，可板起的脸在方召拿出盒子里面的东西时，绷不住了。

"'天狼星'号?!"方老太爷忍不住出声道。

方召拿出的是一个微航模，三十多厘米长，整体呈银灰色，上面印着一个标志和几个字。"天狼星"号，是新世纪人类探索太空之后，建造的一艘战舰，是探索先驱之一，现在已经退役。但就算退役，"天狼星"号依然深受模型商们喜爱，不仅因为它本身代表的意义，还在于它的经济价值。

而方召之所以选择这艘战舰，就是因为老太爷和老太太当年曾在"天狼星"号上服役。

方召将"天狼星"号战舰航模递过去的时候，方老太爷还摆架子没伸手，是旁边的老太太接过去的。老太太入手就一怔。

"这个触感……"再看看模型的几个细微的地方，老太太看向方召，叹道，"你有心了！"

"天狼星"号航模以前也有儿孙买过，不过都被老太爷给扔了。很多人以为他们二老并不喜欢航模，但实际上是因为那些航模不标准，有很多细微的地方错了，大概也只有对"天狼星"号带有较深感情的人才会注意到那些细节。

而方召拿出的这个，在那些细微的地方都没有任何错误，材料也与真正的"天狼星"号一模一样。能买到这样的航模，肯定花了不少钱。看到这个航模，老太爷面上好了点，至少在挑选礼物上面，方召的确是用了心的，他们也挺喜欢。

既然小辈主动示好，老太爷也不好再甩脸色："十年不见，看来你发展得不错。现在在哪儿工作？"

"一家娱乐公司。"方召在旁边一张椅子上坐下。

"哦，搞娱乐的。"老太爷兴致缺缺，想起什么，又问，"兵役在哪儿服的？"

"还没服役，没时间，今年也已经安排好了。"方召说道。

"哦？还没服役？"老太爷直了直腰，"工作这么忙？忙着干什么？"

"玩游戏。"

"……"老太爷伸出去打算给红包的手又收了回来。

坐在客厅里支着耳朵偷听的人，听到方召的回答之后差点忍不住笑出声。他们都知道，老太爷最不喜欢听到小辈说玩游戏，偶尔玩玩还行，但沉迷游戏，那简直就是浪费生命。

老太爷心中也郁闷，看在这小子终于来一次的份上，原本打算将十年的红包一起补了，但听到回答之后，瞬间没心情了。

眼见着老太爷那两条眉毛竖起，旁边坐着的老太太拍了他一下，又看向方召，她倒是没因为这个生气，反而和蔼地问道："你现在过得好我们就放心了，刚毕业工作肯定不会太顺利，有没有遇到什么困难？"

"有。"

"哦？"

"我对兵役不太了解，能说说您二位当年在'天狼星'号上服役的事情吗？"方召问。

老太太原本以为方召会趁这个机会向他们寻求些帮助，儿孙里面，不少人平时想不到他们，遇到解决不了的事情就跑来寻求支援，这种她看得太多了。所以，在方召说出那个"有"的时候，她心里是有点失望的，但方召接下来的话却让她很诧异。

"在'天狼星'号上服役的事情？"老太太的视线带着打量，似乎在猜测方召这话是真想知道他们二老当年服役的事情，还是借这个话题让他们帮忙解决兵役的事情？

"二叔说起兵役的时候，提过您二位服役就是在'天狼星'号上服的，所以才想问问。"方召直视老太太的眼睛，认真说道，"我查过，保密期已经过了。"

第19章 第四乐章《永恒》

老太太收回打量的视线,回想了一下当年的事情,虽然已经过去很久了,但她如今记起来却仍旧清晰,时常还会将那时候拍的视频和照片拿出来看。"天狼星"号退役以后,他们这些曾经在上面服役的人,也拿到了一些录像和照片。

他们退休后,没事就将以前的视频和照片拿出来看,所以,想忘也忘不了。视频和照片的存在,就是为了提醒人们他们曾经经历过什么。有些事情即便过去一百多年,但因为视频和照片的存在,因为一遍一遍地回想,记忆会更深。

"当年在'天狼星'号上服役的时候……"

"这事你得问我,我在'天狼星'号上服役的时间比她长。当年我在'天狼星'号上服役的时候,跟你现在差不多大,想当年……"老太太才起了个头,旁边的老太爷就坐不住了,赶紧截了话,巴拉巴拉地跟方召说起了他当年在"天狼星"号上服役时的经历。刚才还要因发怒而竖起的眉毛,又立刻飞扬起来。

在太空服役,和在陆地或海洋服役不同,它的不确定性更强,随时都可能遇到难以预料的危机,所以很多人想方设法地让自己或者自己的孩子,留在本星球服役。但方召不同。

他曾经的战场是陆地,从未经历过天空之行。

很多人在服役前都会从自己父母那里获得不少经验,网上能找到的资料有限,大多数都是官方放出来的,私人提供的很少。因为到太空服役的都签过保密协议,就算过了保密期,他们说的也是大家都知道的,只有面对自己的亲人或者信任的朋友时,才会说出自己真正的感想。

方召也只是从方二叔那里了解到一点,不过方二叔的服役经历比较平淡,而老太爷和老太太的经历更跌宕起伏。他们在服役期间立功,服役期满后被选中留队,老太爷混到团级之后就爬不上去了,那时候年纪也大了,于是带着遗憾转业,转到延北市政府办公室,一直工作到退休。

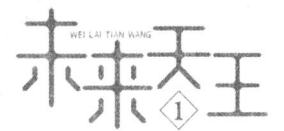

不过，对方老太爷来说，在延北市政府这边的生活就跟养老一样，没多少值得怀念的，退休之后他经常没事就将收藏起来的军功章拿出来跟老太太说"想当年"。方老太爷最喜欢的就是跟人说在军队时的"想当年"，可惜，儿孙们都不太喜欢听那些。有些小辈好奇心强，还能多听会儿，但听一听就开始走神，老太爷当然也就没心情继续说了。

老爷子说得唾沫横飞，一边坐着的老太太就拿着"天狼星"号的航模指给方召看，告诉他老太爷讲的事件发生在"天狼星"号上的哪个地方。老太太说的时候还观察着方召，她发现，方召并不是刻意挑起话题来吸引他们的注意力，而是真的在认真听！

老太太觉得这个重孙很奇怪，见到他们二老没觉得不自在，没半点紧张，听老爷子说起服役的事情时还会接两句话，每一句都正好切中重点，引得老爷子更兴奋，说得口都干了也不见停。有那么一刻，老太太感觉他们不是在对重孙说话，更像是跟一个与他们年纪差不多的老朋友坐在一起聊天。

方召拿起一旁的杯子接了点温水递给两位老人，老太爷接过杯子灌了一口，调出自己存放的照片："这些枪看过没？还有这个，当年在异星挖矿的时候，遇到异星生物袭击，吃了我们队两个人，最后被我用这把枪打死的。哦，还有这把……"一堆图片都是老太爷年轻时候拿枪的照片，有的是单人照，有的是合照，"不过这些枪里面，只有这把跟着我一起转业，然后退休。"

方召看过去，那是一把黑色的泛着冷光的手枪，不大，看起来有些低调。

看到方召盯着枪的眼神，方老太爷面露得意："羡慕吧？这枪，一般人没有。"说着一激动，老太爷道，"你要是在全延洲出名了，我就将这枪送你玩。"

旁边老太太听到这话一巴掌打在老太爷胳膊上："又乱说！"这种枪是能随意给人玩的吗？违反规定，枪会被收回的，而他们一把年纪还得背处分。

"我没乱说啊，真要是在全延洲出名，人身安全就得注意了，给他防身用怎么不行？咱们可以偷偷地给……"瞥见房门没关严实，老太爷清醒了，有些话是不能乱说的，就算心里这么想也不能说出来，"咳，我就一句玩笑话，逗逗小辈嘛，是吧小召？"老太爷看向方召。方召回了个笑，那笑让老太爷抖了抖，总感觉有什么不对劲。

"哎，算了，不说那些，咱们继续刚才说的。刚才说到哪儿了？"

房间里老太爷说得不想停，房间外，客厅里坐着的人脸色就不太好了。

"真没想到，方召那小子，几年不出现，一来就拍了个精准的马屁。"有人低声道。

"以前也没人能被老爷子、老太太拉着说这么久吧？照这势头，一时半会儿不可能停。"有人撇嘴。

屋外有人等得不耐烦了，过来打探情况，靠门坐着的那位对打探的人道："我还没进去说话呢，被那小子插队了，现在老爷子正讲得兴起，谁来也不见，先一边待着去吧。"

里面方老太爷一直说了一个小时，直到嗓子实在说不了了才停下，平日里都没这么多话，今天一下子说太多，难受。

第19章 第四乐章《永恒》

"那行，您二位先休息吧，我走了。今天就是跟二叔一家过来看看您二老。虽然你们没提过，但我知道，当年您二老出过不少力。"这些都是方召从记忆中推测出来的，如果没有这两位老人插手，当年原主父母遇到意外，整栋楼都爆炸的事情，单凭原主一个孩子，不可能拿到全额赔偿金和之后的赔偿房等，能轻松地拿到手，肯定是有人帮衬着。二叔一家没那样的能力，想来想去，也只有这两位老人了。

"你自己知道就好。别整天只顾着玩游戏，耽误正事！过来，个人终端号多少，红包给你。"方老太爷问。

方召报了之后，就见手环上有个收到礼物的提示，点开一看，是个红封，上面显示的金额让方召挑了挑眉。两万块。

根据方宇之前说的，小辈们每年收到的老太爷的红包，平均金额是一千块，有的人多有的人少，全凭老爷子心情。而依照平均金额，就算十年集一起，也是一万，现在老太爷却直接给了两万，这是心情不错，给得多？

"对了，兵役的事情，有想法吗？"老太爷问。

门外支着耳朵听的人都诧异了，以前他们中也有人因为自家孩子的事情在老太爷面前旁敲侧击过，但老爷子就一个态度：你们自己的事情自己办去，老子不管。但现在……您老这是要帮方召？说过的话是放屁吗？！

门内，方召听到老太爷这话，回道："想法有一点。"

"哦？说说。"老太爷打算听一听。

"还没想好，等我多想想再请您二位给参考。"

"嘿，你还跟我拿乔？"方老太爷想摆脸色，没成功，心情不错，"行吧，你想好了跟我说，我给你参考参考。"

方召起身走到门边，没直接出去，而是将门关严实，这样外面听不清他们的话。

"刚才你说的那句话，还算数吗？"方召问。

"哪句？"老太爷疑惑。

"等我在全延洲出名，你那把枪送我玩……送我防身。"

"算数。你先出名再说，别让我等太久，我一把年纪，等不了太长时间。"老太爷没当回事。

"你不老，才一百五十几岁。"方召笑道。

方召拉开门准备出去，又听老太爷道："等等，你别想不开犯罪啊！我说的出名可不是犯罪出名！"

"您想多了。再见，有空再回来看你们。"方召走出去，顺手带上门。

房间里，方老太爷想了想，对老太太道："我听那小子出去前问的那话，怎么总感觉那小子要搞事情啊？"

"你想多了……吧？"老太太看着桌子上放着的"天狼星"号微航模，有些出神。

方召出去的时候，周围一大圈人的目光都投向他，把他从头发丝到脚后跟都扫了一遍，他们想知道被老太爷和老太太拉着在里面说了一个多小时话的人，到底是何方神圣。

"也不怎么样嘛。"有人小声说道。

"没见过，以前也没听说过。"

"就这样的，到底有什么特别的地方，让二老拉着聊这么久？"

方二叔见方召出来，赶忙上前问道："怎么这么久？老太爷和老太太没生气吧？"二婶斜了他一眼，这话问的，好像方召过去就会惹二老发怒一样。

"二老心情怎么样？"二婶问。

"挺好，很精神。"方召回道。

"聊这么长时间，看来老爷子挺喜欢你的。"方宇说道。

方召笑笑，没说话。

察觉到周围打量的目光，方家二婶将方召拉到一边，压低声音问道："方召，老太爷给你红包了吗？"

"给了，十年的一起给的。"听到这话，二婶心里有数了，也不问具体多少钱，她只是想知道老太爷和老太太的态度而已。能记得方召，一下子将十年的红包都补了，还拉着聊这么久，看来老爷子心情是真的不错。

"二老刚才在里面说他们当年服役的事情呢，所以时间久了点。"方召道。说话的声音不大，但正好能让周围那些好奇的人听到。

一听说老太爷又讲了服役的事情，周围的人脸上露出了然之色。难怪说了这么久，原来是老太爷又在"想当年"。既然是这个原因，他们的好奇心也没了。

大概是跟方召说话说太多，之后的人进屋，老爷子就不怎么想说话了，都是老太太在说，不过说得也不多。看到那些说话磕磕巴巴、畏畏缩缩的小辈，方老太爷心情又不好了，但他一个长辈，又不好跟孩子发脾气，笑不出来，就只能绷着个脸，这让那些胆小的小辈对他更畏惧了。

方老爷子示意老太太少说点，赶紧给了红包让他们快点走，过来不就是为了红包吗？或者求他们二老帮点忙之类的，听着就烦。像那些平日里也来得勤的，老太爷和老太太明知道有所图，求到他们面前的时候也愿意帮一把；而这种一年到头不见人，见面就要红包或求帮助的，没甩你两巴掌就够好的了，还想求得更多？

面对这些人，方老太爷深深觉得，还不如拉着方召多说会儿话。

方二叔一家人过去的时候，老太爷多问了几句，问方宇兵役的事情，得知已经解决，还有些诧异。方召自己没有说，方二叔担心说多了给方召带去麻烦，所以他们并没有告诉别人，不过在老太爷面前，方二叔还是提了一句。

"方召解决的？他找谁解决的？"老太爷好奇了。

直到方二叔一家人都出去了，老太爷才问旁边的老太太："你说，方召那小子到底在

第19章 第四乐章《永恒》

想什么？明明有能力弄到兵役名额，怎么还跑咱们这里聊兵役的事情？是真想让咱们给参考参考？"

"我怎么知道？"老太太也诧异。她还真没想到方召年纪轻轻，竟有这般能耐。这么看，她之前都误会方召了。

"啧，我还是觉得那小子要搞事情。"方老爷子心思开始打转。

"真不放心的话，最近注意点新闻吧。"老太太说道。

已经出屋子的方二叔一家人，并不知道老太爷和老太太此时的想法，看过二老之后，就直接回去了。

路上，方召坐在列车里，看着经过的高楼外墙上，光幕放着《世纪之战》相关的新闻以及预告。

今年注定是游戏迷们狂欢的一年。这一年才刚开始，游戏《世纪之战》还没开放，燃起的火焰就开始烧了。游戏媒体升龙为选择各洲代言人举办的网络投票已经开始预热，最先从皇洲开始，然后是其他洲，再过段时间，就到延洲了。

方宇搜索着网上的新闻，看到不少媒体都在猜测今年火烈鸟会选谁作为游戏的代言人。是橦山实华的人气偶像米虞，还是霓光文化的热门候选安迪·里奥？又或者，是去年年底横空杀出的银翼的极光？

"召哥，你说，到底谁能争到代言？"方宇问。

"不知道，那是火烈鸟决定的事情。"方召道。

"说起银翼的极光，哎，召哥，这个是不是你？"方宇将一张截图递给方召看。

那是《百年灭世》已发布的三个乐章的MV片尾字幕截图拼图，标出了图上制作人处显示的名字。

方召看了眼，点头："是我。"

方宇深吸一口气："召哥！"

"什么？"

"召哥，能不能弄到玛琪雅朵的签名？"方宇凑过来问。这个玛琪雅朵方召知道，是银翼的一个当红新星，影视那边的，长得挺甜美，不过没合作过，方召对那边不了解。

"你想要？我回公司了问问，有就给你寄点儿过来。"方召说道。

"我也要！我也要！"旁边的方启也激动道，"召哥，召哥！我想要维姬的，你如果能弄到维姬的签名卡，一定帮我留着！"维姬也是银翼签约的影星，是公司A级签约的一线明星。不过，方召没想到方启这小屁孩也是维姬的粉丝。

"行，能弄到就帮你们留着。"方召笑着看向方玲，"小铃铛，你有没有喜欢的明星？如果也是银翼的，我帮你弄签名卡。"

方玲想了想，摇头，然后将干休所那里一个姐姐送给她的卡拿出来，这种卡放在读

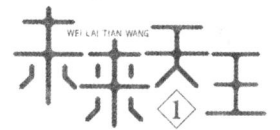

卡器上，会显示一个唱歌、读诗的卡通影像，属于幼儿教育一类的卡。

方玲将那张卡片拿出来，递给方召。

方召有些疑惑："给我？"

方玲眨了眨大眼睛："召哥，签名！"

方召愣了愣，随即笑着道："没笔，回去给你签。"

到家后，方小铃铛就将自己存着的二十张各种幼儿教育的卡全部拿出来，给方召签名。她年纪还小，没有追星，不过她听别人说过，遇到偶像得要签名，而在方小铃铛眼里，给她买了许多糖的方召就是她的偶像。

方宇和方启也凑热闹，拿出几张卡给方召一起签了。

"召哥，《百年灭世》那几个乐章的创作者也是你吗？"方宇问。

"你说呢？"方召道。

"嘿嘿，我也不知道。不过召哥你不用解释我也了解，虚拟偶像发展有保密期，网上都说了。"方宇觉得，事实应该就跟各大媒体猜测的那样，银翼明面上放出来的制作人和团队，都只是打掩护，真正的创作者还在幕后藏着。

到底是谁呢？当初明苍已经透露了，就只有一个人，而不是一个团队。答案只有等第四乐章出来之后才能揭晓了。但就算如此，挡箭牌也不是谁都能当的。反正在方宇他们看来，能署名制作人，能被当作挡箭牌的方召已经很牛了。

纪念日之后，方召在延北市又待了三天，便回到齐安市。

随着《世纪之战》游戏代言人投票的日期临近，延洲三大娱乐公司之间的竞争也越发激烈。网络宣传攻势开始，娱乐媒体每天兴奋得像是打了两大罐鸡血一样。

皇洲。游戏媒体升龙总部。

"第五个洲的投票已经开始，下一个就是延洲。延洲今年有三个候选？"

"往年延洲都只有两方竞争，因为延洲三大娱乐公司之一的银翼没有虚拟偶像，不过去年他们推出一个，我觉得，应该是专为《世纪之战》的代言推出来的。"

"不管银翼到底什么目的，在投票方面，多一个竞争者就多一些话题，对咱们是好事。"

升龙负责这一块的主编联系延洲分部："做好准备，二月八日，延洲网络投票开始。"

二月八日，是升龙在延洲开放投票的日子；同时，也是《百年灭世》最后一个乐章发布的时间。

二月八日，从凌晨开始，网络上就在躁动。

延洲三大娱乐公司早就发动自家大大小小的明星帮忙拉票，而极光，作为银翼如今唯一一个成功的虚拟偶像，更是受到整个银翼的推动。不管是刚签约的新人，还是已经混到一线的A级签约明星，都开始帮忙拉票。这是这么多年来，延洲三大娱乐公司第一次

第19章 第四乐章《永恒》

在虚拟偶像上公开竞争。

不过，还有一些人，则更关注早上八点的新曲发布。

年纪已过一百六十岁的薛景，早上起来之后，并没有如往常一样在楼下的公园走动，而是坐在自己的书房，打开音响影像设备，等着八点的到来。桌面上放着一个纸质的笔记本、一支笔，这是他打算待会儿在听完第四乐章之后记录感想和分析的纸笔。相比起电子记录方式，薛景更偏向于手写记录，更有感觉。桌子边放着一摞书，有些是薛景编写的教材，有些是作为参考的其他人编写的书籍。

很多同行觉得薛景接下交响构架乐曲分析和创作指导的教材编写任务，是个不明智的决定。这个类型因太过孤高而没有人气，有才的人都藏着掖着，公开发出来的也没什么干货，都是一些似是而非的废话，读者翻阅之后往往会给差评。看看以前那些教材就知道了，谁编写谁挨骂，吃力不讨好。不过薛景每次听到这种话也只是笑笑，有人问他参编的人都有谁，薛景也笑而不答。

薛景一直在分析《百年灭世》已发布的三个乐章，越往深处解析越心惊，惊叹于方召的驾驭能力，诧异于方召的大胆与进步。在这三个乐章里面，采用了很多时下并不流行的甚至是被忽视的手法，却正因如此，乐章要表达的意境才得以完美地诠释出来。

"还剩一个。"薛景低声道。其实在听完前两个乐章之后，就能明白创作者的目的和打算，第三乐章是战争的主题，那第四乐章，应该就是结束了。

八点一到，薛景就打开了视听平台。高配音影设备，将MV清楚地呈现在面前。

影像中是黎明时分的肃杀画面，与第三乐章的末尾相接。全面的战斗在继续，但画面并不显得阴沉暗淡，曲调也不那么紧迫和压抑。

两种相差半音的一暗一明的音调，在第四乐章的开头交替出现，小提琴与低音提琴构造着天与地的广袤空间，使音乐的画面感非常鲜明。短小带重音的十六分音符，如这个黎明猛烈吹刮的寒风，全身每一根汗毛仿佛都能感觉到空气的流动。大提琴加重音的震奏，仿佛天地都因为这场生存激战所散发的杀气而瑟瑟发抖。

全面反击的树群，身上到处都是飞溅的泥水，每一根树枝都似乎渗着浓稠的血腥与杀气，带着不顾一切的悍勇，将目光所见的一切掠夺他们生存空间的狂兽，击杀！

长号与木管的复合音色之中，加了弱音器的号声，本身刚硬的音响带上些沙哑与黯淡，如同影像上那些在树群反击之下，已经开始胆怯、退缩的狂兽。曾经的凶暴和不可一世的杀戮之身，变得脆弱、疲惫不堪，在这个寒风呼啸的黎明，瑟缩着。

不同的是，木管音的力度在一点一点积攒。

影像上，悍勇的树群将那些面目狰狞的狂兽逼得步步后退。略带沙哑的金属号声中，阴森狠戾的狂兽，做着最后的挣扎，色厉内荏地张着血盆大口咆哮着。

一个带着凛冽杀气的拳头，死死锁定前方狂兽心脏的位置，如打磨得尖锐的长枪，带着毫不犹豫的冷厉冲击。

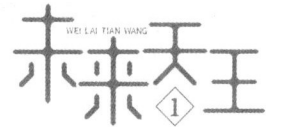

被击中的狂兽在空中划出一道弧线,坠入不远处的湖中。湖面破开,掉落进去的狂兽挣扎了两下便下沉。湖面也有一些断裂的树枝,散乱漂浮在上面。

那个身影看了一眼湖面。

弦乐强力的演奏中,带着没有呼出的悲痛,但同时,弦乐组绵延不断的演奏,又带着顽强与不屈。与管乐和打击乐相比,弦乐带着一种柔和,却并非一味地柔和,而是柔中带刚;悲痛不再是软弱的悲情,而是一种刚强的气势和爆发力。

画面中的身影转过身,朝着前方的山顶跑去,地面上稀疏的几根不知名的野草,在这身影跑动带起的气浪吹袭之下摇晃。一只只狂兽被打倒,被踩在脚下。

树人相互之间配合得天衣无缝,这是无数次死战磨合出来的默契。

一步一步向前,一步一步攀高。当画面中的身影,最终站在山顶的时候,长号与木管的复合音色之中,木管一点点积蓄的力量,终于爆发。

管乐组相隔三个八度同音奏出,空旷的音色组合之下,是画面中从山顶俯视的宽广视野。山下的战地尸横遍野,有狂兽的,也有树群的。但是,相比起一开始,地面上活动着的身影,占主体的,不再是那些肆虐的狂兽,而是树群的同伴们。

目光所及,四面八方,随处可见的是同伴战斗的骁勇身影。

号声与和声的展开,高亢的声音象征着这场战争终于接近尾声;鼓点不再那么急促,却更加振奋,打击乐以新世纪人们熟悉的定音鼓为基础,与更为原始的鼓音复合,这是一个不同时空声音的完美而神奇的融合。

仿佛度过了一个漫长的没有日照的寒冬,当那个站在山顶的身影抬起头,看到天空中厚厚的云层慢慢散开,看到天空中投下的那一抹金色的阳光时,那刚刚击杀了不知多少狂兽的沾满血腥的双拳,却轻微颤着,抖个不停。眼中带着隐忍的激动情绪,似乎下一刻就会热泪盈眶。

阳光似乎带上了灼热的温度,将他们因为这场战事而用尖锐棱角武装起来的内心融化,触及心底最柔软的地方。这样的阳光,他们在很久很久以前看过。那代表着温暖和希望。

他们,也曾是一群饱受痛苦的地上的普通生灵,经历过难以想象的绝望和消沉;他们,在冰冷的绝境中抗争、战斗,要赢得的不只是自由和新生,他们要赢得的,是一个世界!

汹涌的情绪喷发,来自山顶的呐喊与磅礴乐声中高亢的男声交合在一起,仿佛带着不可估量的力道,要将整个世界都举起一般。

管弦合奏的宽阔乐声中,激昂的和声如所有重见阳光的生灵的狂欢,庆祝着这场来之不易的胜利。提琴的演奏,如时间一般梳理着这个重获新生的世界。

天空中自由的云在湖面上方徘徊,在战争中被搅得浑浊的湖水变得澄清,漂浮在湖面的断枝残骸,沉入湖底。湖边原本荒芜的地面,已经布满旺盛的草丛。

节奏更为畅快有力的复合鼓声中,大的小的树枝虬结而成的脚掌,踩在茂盛的草地上,跑动着,不再急促与紧张,而是带着喜极而泣的兴奋。

第19章 第四乐章《永恒》

从今天起，不会再看到那些凶残如血的身影；从今天起，他们无须颠沛流离，四处逃生；从今天起，世界，将是一个新的世界！

所以，可以休息了吗？

可以吧。

雄浑的和声之中，扩编管乐声势浩荡的吹奏，不断上扬的弦音，鼓点一次次有力地确认，预示着一幅即将展开的开阔画卷。

树群最前方的身影，站在高坡上，看着分布在四处的闲散的同伴们自由的身影，踩了踩脚下松软的泥土，露出一个明朗释然的微笑。

温暖的阳光下，他放松地张开双臂，虬结的树枝终于散开，结实的臂膀变成向四面伸展的枝条，双腿再次变成根须，深入土地中，扎根。恍若新生。

四处走动的树群，也在找到满意的地方之后，展开虬结的枝条，扎根于土地之中。光秃秃的枝条，在阳光的照耀下，冒出嫩绿的叶芽，叶芽展开，带着生命的色彩。

有些奇异的人声在耳边哼唱，带着电子音色的合奏，营造出一个全新的波澜壮阔的缤纷世界。

弦乐组不同的声部，扮演着不同的角色。好像是战争中牺牲的亡灵俯瞰着这个新生的世界，又好像是一些新的、从未有过的生命在低语，还像是重新扎根于新土地的树人们内心雀跃而复杂的声音。

战争中的尸骸被灰尘和新生的草木遮盖，那场灾难性的战争，毁灭了一批生命，同时也培养起来了一批觉醒的生命。

充满生机的大地上，有新鲜，也有腐朽，但至少，一切都是朝着好的方向发展。

从高空俯瞰，无边的大地上，整个世界再次变得宁静、祥和，仿佛那一场毁天灭地的劫难从未发生过。

但世界安宁悠远的表面下，是历经劫难之后的那些坚韧而壮阔的灵魂。

什么是永恒？永恒是多久？不知道。

如果，哪一天，再来一场劫难，他们将重新站起。生命不息，战斗不止。

影像中，画面飞快越过地面已经形成森林的树丛。在更远的阳光照耀不到的地方，没有灰霾和阴森，而是璀璨神秘的星空。

乐调逐渐平静下来，优美中带着些许忧伤和感慨的弦音，力度渐渐变轻，低沉的男声在弦乐声中渐渐远去。字幕渐起——

MV主角：极光

种属：龙象天罗

歌曲名：《百年灭世》第四章——《永恒》

制作人：方召

制作团队：极光项目组，成员方召、祖文、宋秒、庞普颂、曾晃、万悦、罗德尼、付应天、

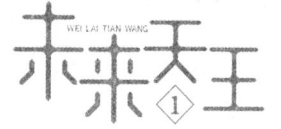

斯特拉、章禹等

出品公司：银翼传媒

薛景盯着字幕上制作人那一栏的名字，叹息着摇了摇头，有些难以置信，又有些捡到宝的欣喜。

"方召那小子啊！"摇晃着脑袋，薛景拿起笔在笔记本上写下一句话："极光，从平凡众生中的一员，到带着一个群体反击的领导者，一段史诗般的旅程，乐章的每一个曲调都带着一种强烈的真实感和震撼力，就好像，创作者真正经历过一样。"

《百年灭世》一整个系列，四个乐章全部发布之后，音乐相关专业的人已经开始有针对性地分析。

延洲公认的业内最权威媒体，延洲音乐协会创办的《延洲之声》首页，就有一篇协会副会长戴纳撰写的评价："是对生命的追问，还是对灵魂的思索？《百年灭世》，四首史诗乐章，其中技法引发新一轮探讨……"

随后其他专业人士也跟着发布他们的分析。

"详解《百年灭世》四个乐章中的黄金分割点……"

"音乐商业化的现在，交响构架的音乐，即将迎来又一个高峰……"

除了音乐相关专业人士，还有一批人也在盯着第四乐章。针对明叶的病情成立的治疗团队，早就等着了。四个乐章才是一个整体，从他们研究的角度看，就是一个完整的疗程。第四乐章发布之后，他们也进入忙碌阶段。赫尔病毒的研究一直都是一个全球面对的难题，就像一扇门挡在那里，半步不得进，但现在，他们手上已经握着一把完整的钥匙，打开门之后能走多远，就只能看他们自己了。

不过盯着看这些新闻的人都是音乐专业和医学界的，其他人不会盯着看这些新闻，群众关注的是网上热炒的投票竞争和其他具有娱乐性的话题。

升龙在延洲分部创建投票平台。银翼的极光、橦山实华的米虞、霓光的安迪·里奥，三位热门人选。

"谁将赢得《世纪之战》的代言？"

之前曾有人说过，虽然这一次银翼推出了一个虚拟偶像，但这场竞争仍旧是老牌虚拟偶像强者霓光和橦山实华的双强之争；但看着投票平台上的数据，才发现三者之间的差距并不那么大。

"现在还看不出差距，瞧着吧，再过两天差距就明显了，现在是三大公司都发动自己的人在拉票，等过两天，这阵热度下去，就只能看各自影响力了。极光虽然凭借四个乐章火起来了，但论影响力，绝对没有另两者强。"一个娱乐媒体的评论人分析道。

不管是米虞还是安迪·里奥，都已经发展两年，经过两年的积累，现在正当红。而极光不管是形象还是出道方式，都只能算是新奇而已，并不符合主流的审美。

第19章 第四乐章《永恒》

"极光的粉丝群体主要是年纪较大的人，或者一些有丰富兵役经验的人，这些人才会喜欢那样的音乐，年纪小的不会喜欢。"

但这种言论下一刻就被打脸了。

在投票平台上，三个候选者都有一个留言专区。银翼的运营团队一脸迷糊地看着投票平台上"极光"那一栏不断刷新的留言。

"你找水军了？"一名负责运营的员工问另一人。

"没啊，不是说先看情况再做打算？"

坐在他们前面的一个员工转头对他们道："那个，中学生的纪念日假期长，还在放假，闲着呢。"

此时，关注着代言投票的人，都发现，银翼的极光那一栏，出现了一片画风格外不同的留言。

"为了新世界！"

"为了树人的荣耀！"

"树人无所畏惧！"

"敌方太狡诈，竟然又拉过来一批！"

"挺住兄弟！齐安一中二年级带队支援！"

"齐安十二中带团报到！"

"延西六中带团报到！"

"咦，遇见校友。"

"后面的，延东延南延北的兄弟们，赶紧跟上！"

"呃！我中招了，我的幻枝掉了！"

"捡到了！战友，接住你的幻枝！"

……

看着不断滚动的留言的围观群众："……"

"每个字都是戏啊。"有人感叹。

"入戏太深。还真以为自己是树人，浑身树枝了？他们怎么不说头上还开花？"

然而，这种奇异画风的留言还在继续。

"麻谷市的跟着我！"

"景港的队伍在哪里？！"

"坚持住，弓旭市支援队随后就到！"

"雷洲支援队报到！"

"……"

突然蹦出的这条留言，不仅让玩得兴起的人停住，也让各围观群众和各家公司注意到。

"雷洲？雷纳洲的？"

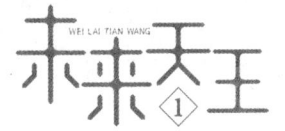

"雷洲的人怎么来了?!"

原本以为只是少数人从雷洲过来凑凑热闹,但紧接着,越来越多的雷洲人出现在评论里。"银翼哪位天王级明星出手了?"有人猜测。但很快,这种想法就被否定了。

跨洲发展的天王级明星,是不会轻易掺和这类事件的,一旦参与就会产生更大的影响,甚至可能脱离官方掌控。好不容易捧出的世界级明星,任何公司都不会轻易打出这张牌。再说了,事实上,公司对于那个级别的明星,掌控力已经不强,与其说是雇佣关系,不如说是合作关系,公司没法强制要求。

所以,一般这类投票,都只限制在本洲范围内,参与拉票的都是公司A级及A级以下的签约明星,论影响力,还是有局限性,再加上各洲的排外制度,一般都不会有外洲的人参与进来。但现在是怎么回事?

"雷洲的人怎么来了?"霓光的人就此事询问升龙延洲分部,这种跨洲大量拉票的行为,有没有违反规则?

升龙延洲分部的人表示,规则不限制区域,延洲的这个投票平台也没有对外设限,其他洲的人都可以登入,不限人数。你有能力在世界范围内拉票,升龙的人举双手赞成,那样还能提升他们公司的人气。

很快,大家就知道,雷洲那边,是无线电公司帮忙拉的票。圈内各媒体开始猜测了,银翼传媒与雷洲的无线电公司之间,肯定有什么不可告人的交易!

而与此同时,雷洲无线电公司联系了银翼这边,正在谈合作事宜。不是音乐的,无线电是影视公司,现在还不想去搅乱雷洲音乐圈,他们现在寻求的是影视合作。萨罗的无线电公司已经开始筹备下一部影片了,不过这次萨罗不是为了捧谁,而是为了讨好他的曾祖父。

第三乐章让他找到了一条抱大腿的捷径,所以,这次萨罗认真了,花重金请了知名编剧、导演等,打算拍一部描写战争、歌颂英雄的影片。他自己也会参演,现在正磨炼演技,同时吩咐公司的人去跟银翼谈合作,银翼的极光不是刚出道吗?肯定会出影视作品,不如跟他们无线电合作。

一般来说,雷洲的影视公司都会主推自己洲的演员,不管是真人还是虚拟偶像,用自己洲的演员更容易得到观众的支持,毕竟本洲的演员在本洲有粉丝基础,容易拉起票房。不过,萨罗现在的目的不是赚钱,是要去讨好他曾祖父。

第四乐章发布之后,萨罗就通过一些手段,将《百年灭世》全四章弄过来,送到老爷子那里去了,能在老爷子面前多露脸,他得到的好处也会更多。如今当然是怎么能让曾祖父满意就怎么来,曾祖父都不介意外洲的人,他自然也不会介意,大不了少赚点,赔钱也行,只要能让他在曾祖面前多刷刷存在感,那目的就达到了。

帮忙拉票,就是无线电公司给的诚意。

第20章 《交响新编》

就在外面闹哄哄的时候,方召却没理会那些,他坐在办公室里,撰写创作感想,以及创作音乐的一些技法和感悟。之前已经写过一些,今天将剩下的写完,其他的,以后想起来再说。写好之后方召将文档传给了薛景。

齐安市另一处,薛景正在写第四乐章的分析,听到提示音就打开了方召发过来的文档。看完就愣在那里了。

薛景编写教材,想让方召谈一谈创作理念和灵感来源,希望方召能传授一点经验,让更多的人能接触这类音乐风格,学到一些技巧,至于传授多少,就由方召自己决定。但薛景没想到方召竟然能写这么多!

这样的教材通常也就十来万字,最多二十万字,书中还要插乐谱图和其他分析图。正在编写的这一本,薛景只打算写十万字,多写些新的前人没有提到的东西,旧的那些就只简略提一提。

而方召发过来的文档,有三万字!都快到薛景预计字数的三分之一了,而且这里面全是方召的创作经验和编曲技巧,不带一点含糊,甚至结合了一些古典技法,将如何融合古典与新型乐器都解释得很详尽。

薛景看完立马联系方召:"方召,你知不知道你写的这些意味着什么?!"

如果不想从教,可以开一个收费的培训班,收几个徒弟,也会有不菲的额外收入,很多人都是这么干的。但方召竟然直接将这些都写出来了!这些东西放进这个冷门的、以后会公开发行的教材里面,并不会给方召带来多少收入。

"我知道。"方召道,"内容上有什么问题吗?"

"这倒没有,就是想确定一下,你真要将这些都编入教材?"薛景再次问道。

"编与不编,决定权在您手里。"

方召知道薛景的意思,只是,他确实愿意将自己的那些经验和技巧公开。

他不知道他能够在这个世界停留多久,重新睁开眼睛看着这个世界的时候,他是感

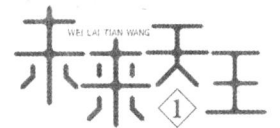

激的。他曾在末世时想过，如果有可能，他很想将自己创作的每一个音符都传递出去；如果有可能，谁不想活得更久？

这一世，本就是一场来之不易的意外，不是谁都能获得一个这样的机会。他把用一世学到的、感悟到的所有经验与技巧，留在负责传承的书籍里面。他希望，将来在自己的墓碑上，不要忘记写上"一个作曲家"。

得到方召确定回复的薛景，深深吸了一口气："……我知道了。"断开通话，薛景沉默了半响，然后将方召的名字从"参编"那一栏挪了出来，放在一直空缺的"副主编"上。

而另一边，方召在与薛景通话之后，很快又收到了段千吉的来电："来顶楼一趟，明苍想当面感谢你。"

第四乐章发布后，明苍在儿子的治疗团队那里守了会儿，询问过治疗进展并得到让他振奋的回复之后，便过来银翼找段千吉。

第一乐章发出的时候他就想见一见乐章的创作人，正如他曾经说过的那样，这四个乐章背后的创作人，对他、对他们家而言，就如神一样，将他们从长久的绝望中拉了出来，并给了他们希望。

所以，明苍一直想要当面感谢一下这位创作者。但之前银翼这边一直拦着，再加上乐章完成之前也确实不宜打扰曲人创作，明苍便一直等着。

直到今天，四个乐章全部发布，他便急急忙忙地跑过来了。反正银翼也快要公开真正的制作团队名单了，就让他先当面感谢一下这位创作者。

在段千吉通知那位创作者上来之后，明苍就有些紧张，或许是即将见到恩人而太激动，又或许是出于一种将要认识一位大师的期待。

又喝了一杯水，明苍听到段千吉的办公室门被敲响了，抬头一看，走进来的是一个年轻人。看了看对方的身后，并没有其他人。

明苍知道方召，他查过乐章MV后面字幕显示的每一个名字，当然也知道这个被放在明面上的年轻人。以他对段千吉的了解，这个被拿出来当挡箭牌的年轻人，应该也得到了不少好处。不过，这是人家公司的事情，他也不好说什么，他只是来见恩人的，不会插手银翼的内部事情。

明苍以一种长辈的和蔼视线看了方召一眼，目光中带着三分鼓励，三分同情，剩下的都是礼貌。微微颔首，明苍收回视线，继续等，还在心中猜测到底是业界的哪位大师。但四个乐章里面运用的一些技巧和手法太陌生，圈子里面的人，他问过大半了，都没得到肯定回复，难道是有人碍于保密协议不敢承认？当真是一点消息都没有。

到底是谁呢？明苍在心中苦思。

方召被明苍那一眼看得有些莫名其妙，走过去在一张椅子上坐下。

"咳！"段千吉轻咳一声，"明会长。"

明苍看过来，不明所以。

第20章《交响新编》

段千吉指了指方召:"这位,就是你要找的人,《百年灭世》四个乐章的真正创作者。"

明苍:"……"

看看坐在那里的方召,又僵硬地扭动脖子,看看段千吉,见段千吉再次点头,明苍张大嘴,下巴差点掉地上。

所以,他以为的被银翼拿出来放在公众面前的挡箭牌,其实是一辆能攻略城池的装甲战车吗?!明苍来之前想了各种可能性,认识的不认识的,关系好的关系差的,本洲的外洲的,有名气的没名气的,都在心中过了一遍。然而,真正从段千吉口中听到确切的消息,明苍还是有短暂的一刻不知道该如何回应。

约莫一分钟的沉默后——

"方召?"明苍还是有些难以置信,他实在是太意外了,只单单听那四个乐章,根本没法将脑子里的猜测,与面前这个年龄还不到他一半的年轻人联系起来。

"我就是。"方召道。

"《百年灭世》四个乐章的创作者?"

"对。"

"……太意外了。"说完又觉得有些不合适,这话像是看不起对方一样,明苍赶忙道,"抱歉,我的意思是,很少能见到你这个年纪的人创作出那样的作品。就是感觉太惊讶了……"说着说着,明苍低头笑了笑,深呼吸,起身朝方召弓身行礼,"谢谢!还有,刚才失礼了。"明苍说的是方召刚进来的时候,他看方召的眼神,一想到刚才那种带着同情的视线,明苍就觉得尴尬。

"明会长不用客气。我只是一个音乐创作者,能对赫尔病毒的治疗做出贡献,这是一个意外之喜,我也很高兴。"方召示意明苍坐坐聊,他现在只是一个二十几岁的没什么名气的小人物,也不好让堂堂延洲音乐协会副会长一直这么站在他面前说话。

"不只是你,当时薛教授在见到我的时候也很惊讶。"方召道。

"薛教授?是薛景薛教授吗?"明苍问。

"是。"

明苍知道段千吉不会骗他,而薛景的名字,也增加了这件事的真实性。

《百年灭世》这四个乐章,真的是一个二十多岁的刚毕业没多久的年轻人创作的!

确定之后,明苍拉着方召说了不少话,不是以一个长辈的身份,也不是以副会长的身份,而是以一个同行、一个父亲的身份,与方召探讨创作上的一些事情,以及如今儿子的治疗进展。

聊了一个小时,明苍才因为一个来电离开,有个外洲来的朋友找他。离开前明苍再三感谢方召,加了方召通信好友,并表示下次有空再过来找方召探讨。

离开银翼大楼的明苍,联系了薛景:"薛老师!您知道那个方召吗?!"明苍虽然是延

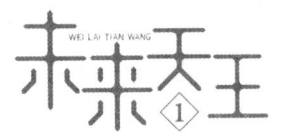

洲音乐协会的副会长，但面对薛景这样的老前辈，还是很恭敬的。明苍还是学生的时候，薛景教过他们。在更为正式的场合，他们会称薛景为大师。

接到明苍的来电，薛景有些意外，但随即想到明苍儿子的事情，又了然了。"知道啊，你从段千吉那里知道真相了？"薛景笑道。

"刚从那边出来，吓到了。"明苍也笑，"实在是，意想不到。"

路上明苍回想着与方召探讨时的感觉，他发现，方召在面对他的时候，不像是在与一个洲音乐协会的副会长交谈，没有任何拘束和紧张感，真只是在与业内普通同行交流的感觉。

"你知道我接下了一个编写教材的任务。"薛景道。

"是，听圈内的人说过。很多人都说您老傻啊。"明苍心情不错，还跟薛景这位老师开玩笑，"不过您老也不在乎那些虚名和利益了。"

"我是傻啊，不过有人比我更傻。"薛景感慨。

明苍从薛景这话中听到了欣慰和赞赏："您老说的是？"

"就方召嘛。"

"哦，他是您请的参编人之一？"薛景要编写交响构架音乐教材，用那四个乐章作为案例也能理解。

"不，他是副主编。要不是银翼那边另有安排，我还想现在就将这事公布出来。"薛景将方召发给他的文档简单跟明苍提了提，他信任明苍的为人，所以并不怕明苍泄露出去。

明苍听着通信器那头薛景毫不掩饰的高兴和欣赏，脸上的笑意也被认真所取代。

"明苍，我希望，传下去的是一些真正有意义、有价值的东西，而不是一些拼凑起来的敷衍的劣质品。"这是薛景断开通话前，对明苍说的话。

一个小时后，明苍社交平台的个人主页，发布了一条新动态："今天见到了《百年灭世》的创作者，是一个很令人惊讶，也很令人佩服的人。"

明苍的这条动态再次引发业内热议，但不管谁问，明苍都只是回应："过两天大家就能知道这位神秘的创作人到底是谁了，银翼会公开。"

明苍的话被许多媒体引用，银翼也有意推动，他们要保证极光的人气，保证投票的这几天一直有话题，除了这些小新闻，还要保证出镜率。

于是，便有了极光的第一次采访。这种形式的采访就是为了让人们对这位虚拟偶像更了解，拉近距离，而不是仅仅局限于MV中的形象。这是一个吸引粉丝的途径，可以提升人气，也有利于后面的发展。

极光的采访都是银翼事先就安排好的，并不需要方召盯着。如何能吸引观众，带动人气，银翼的队伍比方召内行，有更专业的人去引导，项目组的其他人依照事先安排好的去做就行，并不需要方召盯着。

方召则被薛景请去一同编写教材。编写教材并不是将文档直接贴上去就行，还需要做出修改，根据实例进行有层次的编排。方召作为一个纯粹的创作者，对这些可能没什么经验，所以发给薛景的文档也不适合直接使用，需要做出适当的修改。

薛景嫌网络联系太麻烦，问了方召的工作安排，得知方召最近并没有什么紧急的需要亲力亲为的事情之后，便将方召拉了过去，这样探讨起来也方便。

极光接受采访的第二天，网络投票的第四天，银翼官方一大清早就放出了一颗"炸弹"。

主播面带微笑对着屏幕："大家一直在关注这位虚拟偶像背后的团队，猜测《百年灭世》的背后请了多少位大师。下面的这份名单，就是大家一直关注的极光项目背后真正的团队，包括四个乐章的创作者。"

屏幕上，两个主播身影消失，一份加大加亮的名单显示出来。

极光项目制作人：方召

《百年灭世》系列作曲：方召

《百年灭世》系列编曲：方召

声源：庞普颂

制作团队主要成员：方召、祖文、宋秒、庞普颂、曾晃、万悦、罗德尼、付应天、斯特拉、章禹等

在线所有观众："……"你在逗我?！

对比一下《百年灭世》四个乐章的MV片尾字幕，再看看银翼新公布的这个消息。

有区别吗?！有吗?！不就只多了一个《百年灭世》系列的作曲和编曲?！

"太奸诈了，枉我昨天打听到小道消息之后，今天一大早等在这里，没想到竟然被摆了一道！"

"就是，这明摆着耍人嘛，这与MV后面的字幕根本没多大区别。"

但这并不是结束，刚才的字幕往上滚动，显示出下方更详细的名单，比如混音、分类编曲、录音指导、和声、顾问等在整个极光项目中做过贡献的个人或者团队的名字，从主要到次要排列。

"交响乐混音师和电子乐编曲师为什么也显示的方召？"

"顾问只有一个人?！方召？"

你以为我们会信？呵呵……我！们！不！信！

"制作人、作曲、编曲、顾问那里是不是显示有问题？"

"传说中的顾问团呢？怎么只有一个人？"

"我猜想，银翼故意找了好几个同名同姓的人过来。嗯，一定是这样，哈哈哈我真是机智……要不然怎么可能全部显示同一个名字?！"

原本兴冲冲准备抢发头条新闻的媒体也愣住了，这……这让他们怎么写新闻稿？银翼大清早遛人玩呢？

齐安市高人气媒体《燎原火》主编钱承敲动着手指，看着工作室大屏幕上显示的字幕，

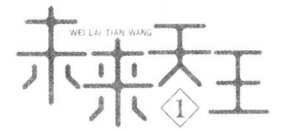

沉默不语。

"头儿，怎么搞？要不先发一条？我看已经有人发了。"旁边一名员工说道。

钱承看了看手下员工转过来的信息，上面是延洲其他媒体抢发的各类消息，不管真假，乱说一通，质疑的质疑，嘲讽的嘲讽，阴谋论的阴谋论，随时准备开始带节奏。

"先等等。"钱承将这些信息甩到一边，他们《燎原火》可不是那些目光短浅的小媒体，虽然有时候也会胡扯，但胡扯也得扯得吸引人。他也知道更多的人在等他们的报道，所以，一定不能因为银翼扔出的这个不知是真是假的炸弹而乱起来。

两分钟后，钱承收到两条消息，严肃的脸上才露出笑意，将这两条消息转给手下编辑。

"可以发了！"

外界的许多人确实被银翼大清早的这个消息给炸醒，不过，这种时候，他们还是更相信《燎原火》。在其他中小型媒体各种喧闹的时候，《燎原火》依旧按兵不动，随后，在官方平台公布了一则新闻，引用了延洲音乐协会副会长戴纳的新动态。

看看戴纳发这条动态的时间，正好是银翼扔"炸弹"之后的两分钟。

戴纳："我曾经在第二乐章发布的时候说过，第二乐章的背后，有非常厉害的交响乐混音师和电子乐编曲师，并且，我没有从中听出我所熟悉的同行的手笔。我一直非常好奇，也问过很多人，都得不到解答，直到昨天，我从明苍那里了解到了真相。

"我一直以为，这背后的混音师和编曲师是业界的哪两位前辈，但现在看来，不仅两者是同一个人，而且还是个毕业不到一年的年轻人。后生可畏！"

看着这条新闻的人思维有片刻的混乱。

"什么情况？"

"戴纳不至于也跟着银翼一起忽悠人吧？"

热议中，《燎原火》随后又发了一条引用消息，不过这次引用的不是戴纳的动态，而是明苍的。明苍贴出了一张照片，是他从银翼离开前，与方召的合照，照片下面写了一句话："见到恩人了。如我前两日所说，他的确是一个令人惊讶也值得佩服的人。"

"站在明苍旁边的就是方召？字幕里的那个方召？"

"就是他没错！我是跟他同一届毕业的学生，我能证明！"

《燎原火》连发的两条新闻，让很多人疑惑了。但戴纳和明苍也都这么说，他们两个作为延洲音乐协会的副会长，延洲音乐圈的权威，总不至于骗人吧？

"这么说，是真的？真不是同名同姓的人凑在一起？"

"银翼的虚拟项目制作人，真就是MV字幕里显示的方召？作曲、编曲、混音、顾问⋯⋯听说极光的形象也是他敲定的？"

"嘶——真可怕！"

外行人可能只是凑个热闹看个八卦娱乐，得到这两位音乐圈权威人士的肯定之后，只会觉得"哎哟这人真厉害"之类，感叹一下；但相关专业的人就觉得震撼了，正因为清楚其中的艰难，才更觉得难以置信。

《燎原火》曾经推测，银翼的这个项目背后一定有一个实力强大的有名的顾问团队，但现在看来，都错了。

曾被《燎原火》邀请点评过第一乐章，延洲大学历史学院专门研究灭世时期的教授布拉德利，以及延洲科学院研究灭世时期病变生物的研究员寇达，此时都明确表示，想与这位身兼数职的年轻顾问探讨一下学术与人生。

音乐相关的专业人士同样觉得不能接受。

"乐章里面的那种感染力，仿佛真的就要步入那个时代了，那种强悍的功底，是一个刚毕业的年轻人能拥有的吗？！"

这些看到新闻的人当然会觉得不可思议，早在第一乐章的时候，银翼编曲部主管亚尔林，就觉得方召这人简直就是怪物。

录音之前，方召一直在研究新世纪那些有趣的电子音色和旋律，前期录音时也研究了所有的人声素材。对新世纪的电脑技术不熟悉，方召就指示那些电子编曲师去做，让虚拟乐器发出他期待的电子音色。每一个乐章都有数百轨的虚拟乐器音效，方召身兼交响乐混音师和电子乐编曲师，竟然完美地将这个乐章完成！

与此同时，在景港市休养的银翼前虚拟项目负责人葛列菲兹大师，又病了。

争不过，也比不了。现实是最好的清醒剂，葛列菲兹从内部人员那里知道真相的时候，已经放弃了重回银翼的想法。这段时间他也一直在调整心态，但真正看到这些新闻，看到真相公布的这一天，他还是再次受到了打击。

当然，不可避免的，也有一些不同的声音。

"我分析过方召以前的作品，并不是这种风格。所以，对于方召《百年灭世》创作者的身份，我依旧持怀疑态度。"

"说不定这里面酝酿着什么大新闻。"

"有人查到方召的背景吗？至于让戴纳和明苍都护着？"

曾经新锋榜上的《呵呵，亲爱的你》或许有一些人喜欢，但是在更专业的人看来是有很多不足的，与《百年灭世》中四首史诗乐章差距太大，没有可比性。

"不可否认，虽然听说过方召这个人在大学时成绩不错，但齐安音乐学院优等生多了去了，他以前的作品也看不出什么来啊。"

而对于这种质疑，齐安音乐学院的学生们很快给出回应。

"呵，有些人就是这样，别人解释的话都听不进去，摆着一副'我不管，反正我觉得换我肯定做不到，那么你也一定做不到，一定是你有问题'的心态，还觉得自己特有理。呵呵——"

"时下的流行乐风与交响构架的乐风不同，但创作就跟做菜一样，这道菜可能不拿手，

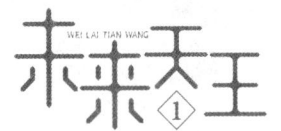

另一道菜却能达到宗师水平。或许,人家方召只是找到了一条属于自己的发展路线呢?在艺术界,这种事情多了去了。少见多怪!"

"创作与灵感,以及顿悟,是个很神奇的东西,你可能上一刻还在茫然无措,下一刻就灵感爆棚。不要小瞧任何人,世界上还真是有天才的,只是有些早早被人发现,有些慢慢发光而已。"

对于方召是不是《百年灭世》的原创者,网上还在热议中,银翼也乐得如此,只要有话题,有热度,就是好事,他们自然有办法让关注的人去投票。

不过方召这两天都不在银翼。公司的事情现在不需要他亲力亲为,而且公司附近经常有人蹲点,有些是为了等其他明星,有些则是为了盯他这个最近的话题人物。

以前方召没多少名气,就算名字挂在字幕上也没人找过来,出去也不怕被人认出。但现在,出门还坐公共列车的话,就有些麻烦了。网络的信息传播是很快的。

银翼给他配了一辆专车,有专门的司机,他现在不去公司,每天就直接从住的地方,坐车去薛景家。这天出门时还有些早,方召在前往薛景家的途中,让司机开车去一家店。

笔记本用完了,他作曲还是习惯用纸质的笔记本写草稿,也不怕稿纸被偷,他作曲时都是用自创的"密码"写的曲谱,除了他自己,没人能看懂。薛景给他介绍了一家店,这家店专门卖手写纸质笔记本,纸张是很多有同样习惯的创作者都非常喜欢的,虽然贵,但用着舒服。

古色古香的店内,中年的老板正哼着小曲,看着最近的娱乐新闻。方召进店时,新闻里正好贴出方召的照片,是一张齐安音乐学院的毕业照。

老板看了看方召,又回头看屏幕上的人,随后对方召露出亲和的微笑:"欢迎光临。"来店里购买纸质笔记本的人太多了,其中不乏大师级别的,所以看到方召时,这位老板虽然有片刻的惊讶,但很快就恢复淡定了,"喜欢什么纸质的本子随意看,上面有样板,边上有笔,可以自己试试。"

方召对纸质什么的要求不是那么高,点了薛景给他推荐的几款,付账走人。只是,从店内出来时遇到了点麻烦。他被堵了。方召沉默地看着围过来的人。他刚才的第一反应就是掏枪,还好因为没察觉到杀气,也记起来这里并不是末世,忍住了。

"你好,我是《燎原火》音乐栏目的实习生。方先生,请问您对这两天的质疑声有什么看法?是否还有其他的证据证明您是《百年灭世》四个乐章的原……原创者……"问话的人,对上方召那双看不出情绪的眼睛,结巴了。

明明看不出明显的怒气,但还是让人忍不住心虚,话也磕磕巴巴地停了,像是被枪口抵着脑袋一样,那人扒在车门上的手颤了颤,在方召的眼神下收了回去。

方召站在车门前,扫了围过来的三个人一眼,两男一女,看着都只是二十出头,应该是没毕业就提前进公司实习的实习生。

- 240 -

第20章《交响新编》

现在二月初，齐安市最近天气不太好，气温比较低，今天风还挺大，三个人也没太多保暖装备，鼻子和脸都冻得通红，边上一个女生还吸了吸鼻子。

方召想了想，掏出一张卡片递给刚才问话的人："拿回去拍，拍完记得送到银翼。"说完就坐进车里。司机赶紧开车离开，他也没想到竟然有人会在这里堵方召，方召又不是那些歌星影星，竟然已经有这么多人盯着了？

等车离开，在店门口堵方召的三个人才跺着有些僵硬的脚，看向方召留下的卡片。"天啊！"看清卡上的图案之后，那人手一抖，差点将卡片抖落，又赶紧用力捏住。

"这，这，这……这个是真的吗？！"

"火……火……"

不大的卡片上，一个"S"形的火焰构成的鸟的图纹，像是要燃烧起来灼伤人的视线。

当时，火烈鸟音效组的副组长游传留下的，除了一个储存着开场动画的微型投影仪，还有一张储存卡，用来让方召创作出乐曲之后存进去，是保密性很好的储存设备，也被业内的人笑称为"邀请卡"，只有被火烈鸟邀请的人，才会收到这张储存卡。

段千吉昨天给方召留言说过，如果有人堵上门，就将这张带有火烈鸟标志的卡片拿出来，这是段千吉与游传商议过的，只要不明说是制作开场动画的背景音乐即可。所以相比之下，已经储存了开场动画的投影仪就不适合给出去了。

段千吉问过游传："如果这张卡落到别人手中，会不会有什么影响？"

游传非常自信："只要还没往里面储存乐曲，落到别人手里也没关系，找不到也没关系，我们有办法追回。"

刚才看到那三个实习生时，方召就观察了他们的穿着和带着的设备，身上的《燎原火》实习证也是真的，而且这三人身上带着一股"菜鸟"味，给谁不是给，既然碰上了，就给他们算了，等拍够照片了，研究完确定是真货了，再还回来。

给《燎原火》的人，也正符合段千吉他们的意思。

方召不担心《燎原火》的人将卡藏起来，虽然那里的人确实喜欢找话题胡扯，吸引公众注意力，但作为延洲娱乐圈超人气媒体之一，他们不敢做太过分的事情。再说了，火烈鸟的人都表示丢了能找回，方召也就不担心那些了。

给《世纪之战》开场动画创作的配乐已经完成了一部分，但对方召来说，还不够，还得改。等将薛景这边的事情完成，方召再去改曲谱，反正薛景这边的事情也快完了，要不了两天。

方召是安心地去薛景那边编书去了，留下三个实习生在冷风中抖了抖，相互看了一眼，然后快速收好卡片，生怕再慢一步就被人看见。好在现在时间还早，这间店也不惹眼，没人注意到这边。

还有好几个地方也分布着像他们这样的实习生。上面给出了几条线路，需要人埋伏着，

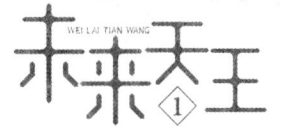

编辑们都有活儿干,他们这些刚进公司的实习生就负责跑腿了。在各种目标可能出现的地方蹲点,遇到就是幸运,遇不到只能交空差。只是他们没想到,今天运气竟然这么好,不仅堵到了方召,还收到了一份重要"证物"!

三人迅速跑回《燎原火》总部,找了带他们的一位同校毕业的师兄。

主编钱承正浏览着新收到的消息,就见手下的一个年轻编辑带着三个实习生过来:"头儿!我师弟师妹今天堵到方召了!"

"哦?"钱承没有将视线从屏幕上挪开,只是问道,"有什么收获?"他也没寄太大希望在实习生身上,就算能在自己安排的线路上堵到人,也未必能得到他想要的消息。

"方召没有说什么,只是给了个东西。"那编辑示意自己的师妹将东西拿出来。

那实习生有些不舍地从衣服里兜掏出一个布袋,将布袋打开从里面取出卡片。这卡片他们三个在回总部的路上就摸了好几次,这可是火烈鸟的储存卡!只提供给合作者的储存卡啊!一般人摸不到的!

盯着屏幕看消息的钱承往旁边瞥了瞥,然后就定住了,噌地站起身:"火烈鸟储存卡!哪里弄到的?!"这东西可没盗版一说,做盗版的人都进监狱了。

"方召给的。"那实习生小声道。

"方召?方召怎么会有这个?"钱承拿着卡,在原地走着转了两圈,然后指着那三个实习生,"到我办公室一趟,将事情详细说一说。"

当天中午,《燎原火》在直播节目中插播了一则新闻。

"最近,关于《百年灭世》四个乐章真正创作人的议论一直未停,相信很多人同我们一样,在等待下一个有力证据。今天,我们有幸巧遇方召老师,并询问了方召老师对于网上猜测的看法,而后,方召老师给了我们这个——"

出现的是四张图,从各个角度拍摄的一张卡,卡上的"S"形标志非常清晰。

是不是真的"巧遇",也没人去在意,大家都将注意力放在那四张图上。

一个"方召老师"就让熟悉《燎原火》性子的人知道,一直中立的《燎原火》要站队了,而看到那四张图后,就明白《燎原火》为何改变立场。

"我看到了什么?!"

"传说中的'邀请卡'?!"

"这是方召的?不是方召从谁那里拿的?!"

"厉害了,昨天说方召有不可告人背景的人呢?我大火烈鸟可从来不吃'背景'那套!"

火烈鸟是全球顶级游戏制作公司,他们出品的游戏,每一个都是高规格的,制作要求极为严格。音效方面,从过场动画的背景音乐,到看似毫无存在感的小配乐,再到任何一个细微的不起眼的声音,都有讲究。背景音配乐方面,那是真正的高端定制,购买的绝对是独家版权,除了游戏中,不会再出现在其他地方,"独"得很,也"壕"得很。

他们制作的在游戏中使用的曲子,单拿出来未必是最受好评的,但火烈鸟的重心是游戏，挑曲子从来都只挑最合适的。不过，以前收到邀请的确实都是一些比较有名气、有实力的大师，所以在很多人看来，能得到火烈鸟邀请的人，肯定也都是名副其实的大师。

顶级游戏与顶级音乐定制，这是大众一直以来对火烈鸟的印象。

不管创作的曲子最终能不能被用上，能收到邀请卡，本身就是实力的证明。细数一下以前收到邀请的创作方，哪一个不是大师级别的人物？哪一间不是颇具名气的工作室？即便还没有达到那个级别，也都早就闯出了名头，从来没有一个二十出头、毕业不到一年的人被邀请。

尤其是火烈鸟公司的忠实粉丝，各年龄层的游戏迷们，他们不相信火烈鸟会为谁破例。如果真是火烈鸟给方召发出的邀请，那么，真相只有一个——方召有受到邀请的实力！

随后，《燎原火》发布了一项统计结果，列出了百年来所有已知的收到邀请卡的人。今年火烈鸟可能又发出了一批，只是不知道因为什么瞒得还挺紧的，钱承打听不到这些受邀人的消息，不过他相信，就算公布出来，也没有比方召更年轻的了。

"百年来最年轻的受邀人！"

火烈鸟的历史足有一百年，而方召，则是这一百年来，收到邀请卡的人中最年轻的一位！如果没有足够的实力，值得火烈鸟压上百年声誉？

虽然不知道方召接下的到底是游戏哪个地方的背景音乐制作，但如今怀疑他原创者身份的人，已经越来越少。摆在眼前的证据实在太耀眼。

延洲音乐协会副会长明苍、戴纳，都站出来证明了，信不信？不信？好，那火烈鸟呢？没话说了吧？

然而，就在大家好不容易接受这个事实，议论着方召这个最年轻受邀人的时候，又一则新闻引起了轰动。原本这个新闻的影响范围应该只限于音乐圈和教育界，但在这个时候发布，却引起了各方的注意。

薛景在自己的社交平台上发表了一篇文章，说的是他现在正在编写的教材《交响新编》，文章中提到了编写的过程，提到书的内容，以及要感谢的人，其中就有两张图片引起了大家的注意。

第一张是薛景在自己家的书房编写教材的情形。已经退休多年的薛景老教授坐在那里，微微侧头，跟身边的人商量着什么，而薛景身边的人，正是这几天的话题人物方召。

第二张图，则是一张电子书内页截图，上面列出了《交响新编》这本书的主编、副主编以及十来位参编人员。这里面，参编人员中就有不少耳熟能详的人物，比如明苍，比如戴纳，还有几位其他洲的著名音乐人。但这些都只是参编，他们编写的内容在书中并不占主要地位。

主编那一栏是薛景，这个不看都知道，但让大家惊讶的是，副主编那一栏，竟然写的是方召！要知道，想要在这样的教材上占据副主编的位置，那必须得有足够的内容在书里。

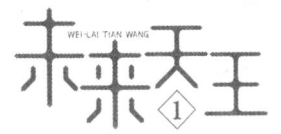

薛景那篇文章的后面有一段话为大家解惑。

"这本书中，至少三分之一的内容都是方召编写的，他将自己掌握的一些创作和编曲方面的经验技巧都写了出来，包括创作《百年灭世》四个乐章以及编曲时遇到的难题和应对之策，丝毫没有藏私。对交响构架音乐感兴趣的人可以看看，相信你们会从中学到不少。《交响新编》一书的电子版和纸质版都将于两周后与大家见面，敬请期待。"

继明苍、戴纳和火烈鸟之后的又一实锤！

虚拟偶像实力如何，有无发展潜力，背后的团队起着决定性作用，也是公众关注的一个重点。而方召，就是这支队伍的核心，现在，这颗核心已经开始发光。

▶ 未完待续 ◀